天海

Tenkai

三田誠広

作品社

天海／目次

主な登場人物

随風(天海)……比叡山の修行者
明智光秀……近江坂本城主
武田信玄……甲斐の守護大名
快川《かいせん》和尚……塩山恵林寺住職
顕如……浄土真宗(一向宗)宗主
教如……顕如の嫡男
近衛前久《さきひさ》……前関白
徳川家康……遠江浜松城主
本多平八郎忠勝……家康側近
弁誉……会津龍興寺住職
覚恕法親王《かくじょほっしんのう》……天台座主
蘆名盛氏《もりうじ》……会津黒川城主
織田信長……安土城主
森蘭丸……信長近習
ルイス・フロイス……伴天連
弥助……黒人従者

鈴木孫一……雑賀衆棟梁
羽柴(豊臣)秀吉……長浜城主
石田三成(佐吉)……秀吉近習
黒田官兵衛……秀吉軍師
安国寺恵《え》瓊《けい》……毛利軍師
斎藤利三《としみつ》……明智光秀家老
お寧《ねい》(高台院)……秀吉正室
服部半蔵……伊賀忍び
穴山梅雪……家康配下武将
吉田兼見(兼和)……侍従
近衛信尹(信輔)……前久嫡男
織田信雄《のぶかつ》……信長次男
お市の方……信長妹
井伊直政……家康側近
蘆名義広……江戸崎領主
豪海……川越無量寿寺住職

本多正信……家康側近
本多正純……正信子息
前田利家……五大老
淀どの……秀吉側室
大蔵卿局……淀どの乳母
京極高次……近江大津城主
大谷刑部吉継……敦賀城主
黒田長政……官兵衛子息
福島正則……清洲城主
西笑《さいしょう》 承兌《じょうたい》……家康側近
閑室元佶《かんしつげんきつ》……足利学校能化《のうけ》
金地《こんち》院崇伝《いんすうでん》……南禅寺住職
梵舜……吉田兼見弟
徳川秀忠……二代将軍
徳川家光……三代将軍
春日局……家光乳母

天海

第一章　琵琶湖に面した幻影の城

比叡山から吹き下ろす寒風が悲鳴のような音を立てている。

眼下の湖の水面が波立っている。

職人が組んだ足場を登って木組みの上に立つ。

中層までしか組み上がっていない建物の上に、危うい木組みだけができているのだが、天守閣が完成すれば最上階からの眺めはこのようなものだろう。

坂本城。

明智《あけち》光秀《みつひで》にとって、長く念願した居城がいま、この地に築かれようとしている。

目の前に琵琶湖の湖面が広がっている。

冬晴れの空の色を反映して湖面が青く輝いている。

対岸の山地の稜線がくっきりと見えている。甲賀や伊賀に通じる街道の分岐点になっている野洲《やす》の地に聳える三上《みかみ》山。

近江富士とも呼ばれる美しい姿が目の前にある。

「いい眺めだな」

風音の中に声が響いた。

元亀《げんき》二年（一五七一年）の暮れのことだ。

自分一人しかいないはずの木組みの上で何ものかの声が聞こえる。

奇異なことではあるが、その声に聞き覚えがあった。

「随風《ずいふう》か……。生きておったか」

つぶやくと笑い声が起こった。

自分のすぐそばに修行者の姿があった。叡山周辺の山野で三千日の回峰行をしたと伝えられるこの男は、甲賀や伊賀の忍びにも及びがつかぬほどの体術を身につけている。そればかりか怪しい幻術を用いると恐れられていた。

いま目の前にしている修行者の姿も、幻影にすぎぬのかもしれぬ。

「焼き討ちの夜は比叡の全山が炎上した。生きて下山した者はおらぬと噂されている。わしが見ておるのは、幽霊ではないか」

光秀の問いかけに応じて、低い声が響いた。目の前の随風が語っているはずだが、風が強いせいかどこか遠くから声が響いてくる気がした。

「人がこの世で目にするものはすべて幻影にすぎぬ。それが仏の教えだ。おれは山野で修行をするうちにそのことを悟った。人も獣も山野の草木も、あらゆる命は久遠本仏の掌《たなごころ》の中にある。それゆえに形のあるものはただの幻影にすぎぬ」

「言葉でわしを誑《たぶら》かそうというのか。欺《だま》されぬぞ。おぬしの目当ては何だ。叡山を焼かれた恨みか」

わずかな間があった。

風がひときわ強く吹き抜けていく。

颪の音を貫くように耳もとで声が響いた。

「十兵衛《じゅうべえ》光秀。おぬしに恨みはない。ただ訊いておきたいことがあった。比叡の全山を焼き払ったのはおぬしの差配であろう。それは独断で決めたのか、信長の命令か」

「わしの独断だと言えば何とする」

明智光秀は腰に差した刀の柄に手をかけ、相手との間合いをとるために一歩後退した。柱と梁があるだけの木組みの上だ。強い颪に体が煽られそうになるところだが、光秀にもそれなりの武術の心得はあり、颪に揺られながらも何とか体勢を保っている。

随風の体は微動もしない。長身で強靱な体力をもった相手だ。ただそこにいるだけで威圧感がある。

「なぜ全山を焼いた。山中には寺領の畑があって農民たちが働いておった。おぬしは女や子どもまで殺すように命じたのか」

「確かにわしは全山を焼けと命じた。僧兵や朝倉《あさくら》の兵を殺すのが目的だ。女や子どもが巻き添えとなったのは気の毒であった。だがこれは戦さだ。法華《ほっけ》一揆と呼ばれる戦さでは叡山の僧兵が洛中洛外の日蓮宗の寺院を焼き討ちして町衆の中からも多くの死者が出た。その日蓮宗も四十年ほど前には山科にあった一向宗の本願寺を襲撃した。山科本願寺の寺域には畑があり多くの農民が皆殺しとなった。僧兵どもが率先して殺生を重ねてきたのだ。叡山が滅んだのは自業自得というべきであろう」

「天台座主《ざす》が不在だったことは知っておったのか」

随風の問いに今度は光秀が笑った。

「覚恕法親王《かくじょほっしんのう》はしたたかなお方で、琵琶湖沿岸の交易の地を押さえて銭稼ぎに勤《いそ》しまれておった。越前の港に入る穀物や物資も、国境《くにざかい》の峠を越えれば琵琶湖の水運でこの坂本の港まで運べる。越前の朝倉の兵を比叡山に駐屯させておったのも交易のためだ。僧兵が暴れるだけならまだしも、朝倉と結託しておればわれらの敵と見なさねばならぬ。だが法親王は帝（正親町帝《おおぎまち》）の弟宮だ。帝を敵に回すわけにはいかぬ。法親王が九月九日の節句の儀式に参列のため下山されることがわかっておったので、その前後を狙った。おぬしは叡山におったのだろう。よく助かったな」

「叡山の峰続きの山々には山岳修行の行者道がある。おれはわずかな宗徒を率いて叡山を脱出し甲州に逃げ延びた」

「武田信玄《しんげん》のところか」

「おぬしが叡山を焼き討ちしたことで、信玄に上洛の口実を与えた。いま上洛して信長の勢力を排除すれば天下が取れると進言したのだが、信玄は動かなかった。比叡山が滅びたのなら天台の本山を身《み》延《のぶ》山に移せばどうじゃと、とぼけたことをぬかしおった」

そう言って随風は笑い声を洩らした。

光秀は笑っていない。独白のように低くつぶやいた。

「信玄は上洛せぬか。ならば織田信長の天下がしばらく続くことになる」

「力で世を制圧する者は、いずれ力によって滅ぼされる」

「わしに信長を討てと唆《けしか》けておるのか。ようやくこの坂本を押さえたばかりだ。琵琶湖沿岸の各所には鉄砲を造る鍛冶工がおる。しばらくはこの交易の要衝で財を蓄え、戦力を増強せねばならぬ。天下を制するものは力だ。最も強いものが日本　国《ひのもとのくに》を制圧して太平の世を築くことになる」

「そうかな……」

修行者の顔に相手を見くびるような笑いがうかんだ。

「信長は多くの敵を作った。力が強ければそれだけ敵を増やすことになる。力だけでは天下は取れぬ」

「力でなくて、何によって天下を制するのだ」

「さて、何であろうかな」

不敵な笑みをうかべたまま、修行者は光秀の顔を睨みつけた。

「これだけは言うておこう。武力に頼っておったのでは、おぬしはいずれ武力でわが身を滅ぼすことになろうぞ」

男の声が耳もとで谺《こだま》のように響いた。

その直後、男の姿が、忽然と目の前から消えていた。

幻術か……。

光秀は自らの周囲を見回した。

ただ激しい風が音を立てて吹き抜けていくばかりだった。

叡山焼き討ちの直後、随風は武田信玄を頼って甲府（甲斐府中）の躑躅《つつじ》ヶ崎館を訪ねた。

信玄というのは法名で、幼いころより師事していた臨済宗妙心寺派の岐《ぎ》秀元伯《しゅうげんぱく》を導師として出家している。

かつて覚恕法親王の名代として訪ねたことがあり、信玄とは旧知の間柄だった。

信玄と対面した随風は焼き討ちの状況を語った。

多くの高僧が焼け死に、田畑を耕していた農民の子女までが虐殺された。そのありさまを克明に語ったあとで、随風は信玄に上洛を促した。

「法華経を重んじる日蓮はもとより、禅宗の栄西や道元、専修念仏の法然や親鸞など、宗祖と仰がれる高僧はすべて、天台の修行僧として叡山で学んでおる。その天台の本山を焼き討ちするとは、天道に反する暴挙だ。これで織田信長を討つ大義名分が得られた。いまこそ上洛して天下を取るべき時ではないか」

相手は源氏の血筋の守護大名ではあるが、法親王の名代を務めたことのある随風はいささかも遜《へりくだ》ることがなかった。

随風は一介の修行者にすぎないが、仏道を極めたという自負をもっている。いわば仏の分身として、高みから天下について考え、長く続いた戦国の世を終結させる英傑の出現を期待している。

信玄には世を統べる資質がある。武田一族は甲斐が本拠だが、信濃のほぼ全域を制圧し、今川義元《よしもと》が桶狭間で討たれあとは駿河にも侵出していた。

さらに大坂の石山本願寺を拠点として加賀や三河にも勢力を有する一向宗（浄土真宗）の宗主顕如《そうしゅけんにょ》とは、ともに左大臣三条公頼《きんより》の娘を妻とする義理の兄弟という間柄だ。焼き討ちされた比叡山延暦寺、越前の朝倉、北近江の浅井《あざい》と連携して、顕如と信玄は織田信長包囲網の中心となっていた。

信玄は五十歳を過ぎたばかりの武将だが、百戦錬磨の戦闘を重ねた結果、老将と言ってもいい落ち着きを具えていた。頭は剃髪しているが伸び放題の鬚の半ば以上は白くなっており年齢を感じさせた。

随風は三十歳代半ばの若々しい修行者で、信玄から見れば童子のようなものだ。

信玄は薄笑いをうかべて応えた。

「おぬしは法親王の名代を務めるほどじゃから、若いころに仏門に入り修行を重ねたのであろう。されども寺や山野で修行するだけでは見えぬものがある。甲斐や信濃を支えておるのは農民で、その農民の支えとなっておるのは国衆と呼ばれる在地の小領主じゃ。国衆が守ってやらねば、収穫した米はただちに盗賊に盗られてしまう。貧しい農民とはいえ米を収穫した直後には、一年分の食料を富としてもつことになる。その富を守ってやるのが国衆の務めじゃ」

童子を相手に教え諭すような口調で信玄は語り続けた。

「国衆は鍛えられた騎馬軍団を抱える独立した戦国武将だ。土地の争いはどこにでも起こる。国衆たちの間に争いが起こらぬように、領国を統括し国衆を束ねて他国の侵略を防ぐのが、わしのような守護大名の役目じゃ。辺境の国衆が他国の侵略を受ければ、わしが乗り出していって闘わねばならぬ。敵に勝てば領有する土地が増え、国衆も豊かになる。それはつまるところ農民たちを支えることにもつながる。わかるか、随風。わしは甲斐の国衆を一つにまとめ、混乱の極みにあった信濃をも平定した。越後の上杉輝虎《てるとら》（謙信）とは数度に及ぶ闘いを続けて信濃を守ってきた。相模の北条氏康《うじやす》、駿河の今川義元とは和議を結んでおったが、義元が亡くなって国衆の争乱が起こったおりは駿河に侵出して争乱を鎮めた。いまでは三国と遠江の一部を領有しておる」

信玄は不意に、低い笑い声を洩らした。

「わしは天下など望んでおらぬ。国衆の土地を守り、領国が安泰であればそれ以上の望みはない」

口ではそう言っているが、信玄にも野心があることを随風は見抜いていた。

いまは動く時ではないと信玄は考えているのだろう。

わずかな間のあとで、随風が口を開いた。

「信玄どのも出家しておられる。天台の本山が滅んだことに義憤を感じておられるのではないか」

「本山が消滅したのでは宗徒の方々もお嘆きであろう。何ならわしが斡旋するによって、本山を身延山に移されてはいかがかな。それならばわしも何かとご協力いたす所存じゃがな」

思いもよらぬ提案に、随風はわずかに語気を強めた。

「身延山は日蓮宗の本山ではないか」

「不受布施派と呼ばれる過激な日蓮宗の本拠は武州の池上本門寺じゃ。身延山は伝統を重んじる法華宗じゃによって、天台の教えとも大きな隔たりはない。どちらも法華経を受持しておるということでは似たような教えではないか」

「織田信長の横暴を阻止できるのは、信玄どのしかおらぬ。信長の暴虐ぶりが顕著になったいまこそ上洛の好機ではないか」

「随風どの……」

信玄は随風の顔を見つめながら、ささやくように言った。

「そなたは何を求めておられるのか。天台の復興だけが目的ではあるまい。この信玄に天下を取らせて、副将軍にでもなるおつもりか」

今度は随風が低い笑いを洩らした。

「おれは法親王の配下ではない。ただ書状を運んでおっただけだ。法親王は帝の弟宮だがいささか困ったお方だ。朝廷の財政は破綻しておる。貧窮に悩んでおられる帝に仕返しをするつもりなのか、弟宮は坂本の町を中心に越前と京を結ぶ物流を押さえて、銭稼ぎをされておった。各地の武将や本願寺と盟約を結んだのも大義があるからではなく、おのれの銭稼ぎのためであった。京の日蓮宗には町衆の支えがあり、一向宗には加賀の国衆や農民の支持があった。仏門というものはいずこからか寄進を受けねば存続できぬ。銭稼ぎも時には必要であろう。だがおれは一介の修行者だ。おのれの出世や銭稼ぎに興味はない」

信玄は不気味な笑みをうかべた。

「何の望みもないと言いながら、おぬしは全国を駆け回っておるらしい。何が目的なのじゃ」

随風は信玄の顔を睨みつけるようにして低い声で言った。

「戦さのない世になればと思うておる」

信玄は腕組みをして目を閉じた。

しばしの沈黙があった。

やがて信玄は目を開きうめくように言った。

「戦さのない世か。それは途方もない夢のごときものではないか」

「信玄どのも同じ夢をもっておられるのではないか。この甲斐では戦さがなくなった。信玄どのが国衆の信頼を得ておられるからであろう」

「甲斐の平穏はつかのまのことにすぎぬ。いまも越後の上杉輝虎は隙あらばと信濃を狙うておる。あやつの侵略を許せば、信濃だけでなく甲斐も無事では済まされぬ。織田信長が桶狭間で今川義元を討ってくれたおかげで駿河はわしの領国となったが、いずれ信長は同盟を結んでおる三河の徳川家康とともにこちらに攻めてくるであろう」

「信玄どのが天下を取ってしまえばよいのだ。それでこの日本国に太平の世がもたらされる」

「わしが上洛すれば背後を衝かれる。京は遠い。まずは信濃に隣接した美濃を落とすか、あるいは遠江から、三河、尾張を目指すか……。手近なところから一つ一つ支配地を拡げていかねばならぬ。長い道程じゃ。その前に、わが寿命が尽きるやもしれぬ」

「美濃を攻めるとすれば、織田信長とまともにぶつかることになる」

「甲斐の騎馬武者は勇猛果敢で、その姿を見ただけで越後勢が退散するほどであったが、騎馬武者が活躍したのは過去のことじゃ。信長は鉄砲を撃つ傭兵を雇っておるようじゃな。われらも鉄砲の用意はあるが、山に囲まれておるゆえ異国と交易するには不利と言わねばならぬ」

「鉄砲の伝来は南蛮船が嵐で種子島に漂着したおりに、ポルトガル人が地元領主に二丁の鉄砲を手渡したのが始まりとされる。刀鍛冶がそれを模倣して国産の鉄砲を作り、種子島と呼ばれる鉄砲が広まった。各地の職人が改良を重ねていまでは扱いやすい鉄砲が国内で量産されておる。ただ鉄砲の弾丸《たま》となる鉛と、火薬の原料の硝石は、南蛮船に頼らねばならぬ。堺などの商人とつながりがなければ戦さに勝てぬ時代となった」

「鉄砲隊が相手では、甲斐が誇る赤備え軍団も、力を発揮できぬであろうな」

信玄は低い声でつぶやいた。

甲斐には赤備えと呼ばれる軍団がある。高価な辰砂《しんしゃ》（水銀）を用いた甲冑に身を固めた鍛え抜かれた武者たちを、信玄配下の山県昌景《やまがたまさかげ》が率いている。

「赤備え軍団はその赤い鎧を見ただけで敵を震え上がらせると言われておるが、朱塗りの鎧といえども鉄砲には無防備じゃ」

随風は声を強めた。

「信長は戦さに勝つごとに物流の要衝を押さえて富を得ておる。鍛え抜かれた武者を擁するよりも、富で鉄砲を増やせば戦さに勝てる世となった。富の力で信長は上洛を果たした。天下を取ればおのずと富は覇者のもとに集まってくる。信長はさらに富を増やすことになる」

「甲斐でも鉄砲は揃えたものの弾丸に窮しておってな。甲斐には海がない。塩や魚介も不足しておるが、弾丸の不足にはほとほと困っておる。戦場で鉄砲を用いたあとは、足軽どもに鉛の弾丸を拾わせておる始末じゃ。わが義弟でもある本願寺の顕如は、毛利配下の村上水軍の助けで弾丸や火薬を入手しておると聞く」

「毛利元就《もとなり》は先頃亡くなったという報せが届いた。嫡男もすでに亡くなっており、孫が跡を継ぐようだが、毛利一族は分裂の危機にある。信長の勢いは揺るぎそうもない」

「甲斐の騎馬軍団も滅びることになるのであろうな」

信玄は息をつき、それから弱々しい咳をした。

「昼間はこのくらいの咳だが、夜になると激しく咳き込むことがある。昼間でも咳き込むようになれば戦さには出られぬであろう」

そう言って信玄は、もう一度、大きく息をつき、気分を変えようとしたのか話題を転じた。

「随風どのはどちらのご出身かな」

「会津の天台の末寺で得度した」

「奥州の会津か……。蘆名《あしな》の黒川城じゃな」

信玄は微笑をうかべた。

「風評によれば、戦国の世にわしの他に三人の名将がおるとのことじゃ。丹波の赤井直正、近江の浅井長政、奥州会津の蘆名盛氏《もりうじ》。それに加えるとすれば、三河の徳川家康……。家康は遠江にも進出して、いまも争いが続いておるのじゃが、いずれ叩き潰さねばならぬと思うておる。ただそれまでにわしの寿命がもつかどうか」

信玄は再び咳き込んだ。

今度の咳は、しばらくの間、収まらなかった。

甲州塩山。

山深い谷間を流れる笛吹川の周囲に広がった平地に、恵林《えりん》寺の寺域が広がっていた。鎌倉時代に地頭を務めた二階堂一族が開いた臨済宗の古刹で、一時荒廃していたのを武田信玄が再興して妙心寺派の明叔《みんしゅく》慶浚《けいしゅん》を招いた。

明《みん》との国交と交易に不可欠な訳語僧として、臨済宗の僧侶は室町幕府の中枢に入り込んでいた。重用されたのは南禅寺を筆頭とする五山と呼ばれた寺院の禅僧だが、そこから外れた妙心寺の禅僧は宗門の拡大のために地方に赴き、各地の武将の導師となって新たな寺院を興していた。現在の住職も妙心寺派の快川紹喜《かいせんじょうき》という評判の高僧だ。

快川和尚《おしょう》は美濃の守護大名であった土岐《とき》一族の出身で、斎藤道三《どうさん》や子息の義龍《よしたつ》と親しく、外交僧としても活躍した。

いまその快川の前に、随風が座している。

「おれは諸国を遊行する修行者だが、長く叡山を本拠としておった。その叡山が信長に焼き討ちされた。おれはわずかな宗徒とともに甲斐の信玄どのを頼った。甲斐まで来たからにはぜひとも快川和尚の話を聞きたいと思うた。叡山では多くの高僧が焼け死んだ。無残なことだ」

快川和尚は七十歳は超えていると思われる老人だが、その体軀や表情には衰えなどいささかも感じられない。

随風は若い頃、足利学校で学んだ。そこでの教育は儒学が中心だったが、講師は鎌倉の円覚寺から派遣された臨済宗の禅僧だった。臨済宗は長きにわたって宋や明に留学僧を派遣してきたので博学な者が多く、漢語が堪能であるばかりか、国政や儒学にも通じていた。それゆえに随風は臨済の禅僧を尊重していた。

和尚が問いかけた。

「洞山《とうざん》無寒暑の公案をご存じかな」

座禅を一種の苦行ととらえる天台宗や、ひたすら座禅によって無の境地に到達する曹洞宗と違って、臨済禅は公案と呼ばれる設問を重視し、言葉による問答で奥深き真理を探究しようと試みる。

公案にはいちおうの答えはあるものの、その答え方や解釈は多様で、導師ごとに違っている。従ってさまざまな導師の教えを受けることが臨済禅の修行だと言ってもよい。

随風は身構えるような気持で応えた。

「寒暑到来をいかに回避せん、という問いであったか」

随風も多くの禅寺を訪ね歩いたので、この公案は聞いた覚えがあった。

「さよう。弟子の問いに洞山和尚は、何ぞ無寒暑のところに向こうて去らざるや、と答えた」

「弟子がさらに、無寒暑とは何かと問い、それに洞山和尚が、寒時は闍梨《じゃり》を寒殺し暑時は闍梨を熱殺す……と答える。確かそのような問答であった」

「その意は何と心得られるか」

随風は古い記憶を辿った。この公案をどの寺で聞いたかは忘れてしまった。そのおりの導師の解釈は、おぼろげながら記憶している。

「寒暑とは命の危険にさらされる人生の重大事のことであったか。闍梨とは阿闍梨《あじゃり》と呼ばれる高僧のことで、生に執着する煩悩を超えた悟りの境地にあれば、寒暑に惑わされることはないという教えであろう。おれが習った導師はそのように言われた」

「そのとおりではあるが、文言に沿って解釈すれば、寒き時は寒さに死に、暑き時は暑さに死ぬということじゃ。叡山の高僧であれば、火に包まれたおりにも心を乱されることはなかったであろう」

「恐れ入った」

随風は和尚に向かって頭を下げた。

叡山で高僧が焼け死んだことを無残だと語った随風の話しぶりを、和尚は公案を例として、やんわりと窘《たしな》めたのだ。

「確かに叡山の高僧や修行者は、それなりの覚悟をもっておったはずだ。とはいえ信長の非道は目に余るものがある」

和尚は微笑をうかべた。

「お怒りはごもっともながら、仏門に入った者は死を恐れることはないと心得ねばならぬ。この恵林寺は清流のそばの風光明媚な場所にあり、禅の修行にうってつけの静寂に包まれておるが、『安禅必ずしも山水を須《もち》いず心頭滅却すれば火も自ずと涼し』という言葉もある。焼き討ちの火焰の中にあっても覚りの境地に赴くことはできるはずじゃ」

それからしばらくは、禅の公案についての議論が続いた。臨済宗の禅僧は言葉を巧みに操る。禅について語るのは愉しかった。

だがいまは、のんびりしている暇はなかった。

話に区切りがついたところで、随風は語調を変えて問いかけた。

「ここへ参ったのは臨済禅を学ぶためではない。この世のありようについて和尚のお考えを伺いたいと思うたのだ」

和尚は笑いながら大仰に驚いてみせた。

「この世のありよう……。それはまたいかなる公案よりも難儀な問いじゃな」

随風は真剣な口調で語り始めた。

「桓武帝が平安京に遷都され、伝教大師（最澄）が叡山に延暦寺を開かれてから、保元の戦さが起こるまでの三百数十年の間、京の周辺には戦さのない太平の世が続いておった。だがいまは、戦乱が百年以上も続いておる。和尚はこの渾沌とした世をいかに見ておられるのか。この世に秩序を取り戻すためには何が必要か。和尚のお考えを伺いたい」

和尚は手を顎のあたりに当て、思案するようすを見せながら、諧謔めいた口調で応えた。

「愚僧は美濃の生まれでしてな。京の妙心寺で修行をした時期はあるものの、美濃と信濃、それに甲斐のこのあたりのことしか知らぬ、いわば井の中の蛙《かわず》じゃ。されば狭い見解であることを承知でお聞きあれ。わしは美濃の斎藤道三や子息の義龍どのと親しかったゆえ、美濃が尾張や越前と抗争を続けておる間、信濃や甲斐から背後を衝かれぬように、信玄どのとの間に信義による不可侵の約定を結ぶように進言し、わしが使者となって飛脚のごとく走り回ったものじゃ。まあ、わしにできるのはその程度のことであった」

　そう言って声を立てて笑ったあとで、和尚は表情をひきしめた。

「これからの世で何よりも大事なのは、信義ということであろうな」

「信義……。弓矢よりも鉄砲よりも、信義が大事だと言われるか」

　和尚は大きく頷いた。

「信義によって戦さを起こさずに済めば、弓矢や弾丸の節約になる。日本国のすべての武将が信義によって結ばれるならば、戦さはなくなるであろう」

　随風は身を乗り出すようにして和尚に問いかけた。

「どうやって信義を伝えればよい」

「顔を合わせて話すことじゃな」

　そう言ってから和尚は笑みをうかべた。

「戦国の世であれば敵将と会うわけにもいくまい。そこで大事になるのが書状じゃ。書状で理を説き、信義によって益があることを伝えれば、相手の心も動くであろう。臨済の禅僧は名文を書くことで知られておる。優れた禅僧を側近とすることじゃな」

　和尚は得意げな顔つきになったが、それもまた諧謔であったろう。

　随風は挑むような口調で言った。

「確かに快川和尚のような名文家に代筆をしてもらえば、説得力があるやもしれぬ。されども信義の背後には、力があるのではないか。誰も力のない者と信義を結ぼうとはせぬであろう」

和尚は呵々大笑して言った。

「確かに信義の背後には力がある。平安遷都からの三百数十年間は、京の周辺では戦さがなかったが、地方では平将門の乱などが起こった。されども朝廷からの追討の宣旨を受けた地方の武将らが信義によって結束し、反乱を鎮圧した。当時の朝廷には力があった。だが朝廷が武力を有しておったわけではない。朝廷の中心には帝がおられた。全国の武将や国衆は、信義によって帝の配下となっておったのじゃ」

「帝とは何だ」

「さて、何であろうかな」

一瞬、快川和尚は言い淀むようなようすを見せた。

「帝は武力によって国を制圧する覇王ではない。帝は皇孫《すめみま》と呼ばれ伊勢の天照大御神《あまてらすおおみかみ》の末裔とされる。八百万《やおよろず》の神の総帥であり、本地垂迹《ほんじすいじゃく》説に従えば権現と呼ばれる仏の化身であり、天台の久遠本仏、華厳の盧舎那仏、密教の大日如来、専修念仏の阿弥陀仏のごときものじゃ。その帝も、帝から国の統治を托された将軍も、いまは力を失っておる。この国に必要なのは、光り輝く新たな神といったものではないかな」

随風は身をふるわせた。

「まさかそれは織田信長ではないであろうな」

「信長は神になりたいのであろう。されども信長が示しておるのは力にすぎぬ。力だけでは誰も従わぬ。武力に圧倒され恭順したものがあったとしても、それは心の底からの信義によるものではない。

万民が平伏《ひれふ》す光り輝く神でなければ、この国を統べることはできぬ」

光り輝く神……。

随風の心の奥底にその言葉が刻まれた。

恵林寺を辞し、山門のあたりまで来た時、随風は足を止めた。

広大な敷地を有する恵林寺には三つの山門がある。入口から黒門、赤門と呼ばれる簡素な門があり、三番目に三門と呼ばれる二層の楼閣をもった立派な門がある。

織田信長の勢力が拡大し、武田一族が滅ぶとすれば、この恵林寺が戦火に包まれることがあるのかもしれない。

随風の目には三門の楼閣が紅蓮の炎に包まれているさまが見えるようだった。

つい先ほどの快川和尚の言葉が脳裏をよぎった。

心頭滅却すれば火も自ずと涼し……。

随風は目の前の楼閣を見上げながら、その場に立ち尽くしていた。


摂津は太古の時代に難波宮《なにわのみや》という都城が置かれた場所だ。

聖徳太子創建と伝えられる四天王寺から難波宮旧跡にかけて細長い台地が延びている。かつては海に突き出した岬のような地形だったが、いまは台地の両側の湿地が固められて低い平地が広がり、商人たちが大坂という港町を築いていた。

台地の北端のすぐ先で、京や琵琶湖から流れる淀川と奈良からの大和川が合流し、水路による物流の拠点となっている。

その台地の上に広大な寺域をもつ寺院が建てられていた。

石山本願寺。

かつての王宮の廃墟と思われる石が大量にあったことから石山と呼ばれていたが、地元の商人たちは大坂本願寺と呼んでいた。

浄土真宗（一向宗）の中興の祖とされる蓮如の隠居所として築かれたのが発端で、蓮如はこの地から全国の門徒に指示を出し、戦国大名や武将を相手に一揆を起こした。一心一向に念仏を唱えることで強い団結力をもった一揆衆は、強力な武装集団として恐れられていた。加賀の地では国衆や農民が団結して大名を倒し、浄土真宗が一国を制圧するという事態が生じていた。

蓮如の在世中からこの地は掘割や塀を巡らせた砦のような造りになっていたのだが、山科にあった本願寺が日蓮宗に焼き討ちされたため、本願寺そのものがこの地に移された。掘割はさらに拡大され、丘の上に広がる難攻不落の城砦となっていた。

随風は比叡山でも念仏の修行をしたことがある。だがそれは阿弥陀堂の本尊の周囲を念仏を唱えながら夜を徹して走り回る一種の荒行だった。

法然や親鸞が開いた浄土の教えは、荒行を否定し、厳しい修行をせずとも念仏を唱えるだけで阿弥陀仏の極楽浄土に往生できるというもので、多くの民衆の支持を得ていた。いまでは加賀だけでなく、越中、越前、三河などでも一向一揆が起こり勢いを増しつつあった。

丘全体が本願寺の寺域になっていて、掘割や塀で囲まれた砦の中に畑が作られ、農民たちが作業を進めていた。その傍らでは鍛冶職人が鉄を打ち、刀を鍛えたり、鉄砲の整備をしていた。この寺域だけで食料から武器までが調達できるようになっている。

農民も職人も絶えず念仏を唱えていた。その念仏の響きが寺域の上空に響きわたっている。この響きの中に身をひたすだけで、身も心も洗われる心持ちがするようだった。

寺域の中央には豪壮な建築物があった。金堂にあたる阿弥陀堂だ。隣接してほぼ同じ規模の建物があり、渡り廊下でつながっている。こちらは開祖の親鸞の肖像を祀った御影堂《みえいどう》と呼ばれる建物だ。

随風は覚恕法親王の名代として訪ねたことがあり、本願寺の僧侶とは顔見知りになっている。宗門の僧が勉学する講堂に入って旧知の僧を見つけ来意を告げた。

寺域の奥にある小坊に案内された。

質素な感じの小さな建物だが、そこが第十一世宗主の顕如《けんにょ》の住まいだった。

顕如は三十歳くらいの若き指導者だ。病没した父の第十代証如《しょうにょ》の跡を継いで十二歳の時から本願寺宗主の重責を担っている。父に倣って関白九条稙通《たねみち》の猶子となり、左大臣三条公頼の娘を正室とした。

随風は自分を仏の分身と考えているので、皇族や公卿が相手でも遜ることはないが、相手が自分より年下だとかえって身構えるような気持になった。

「本日は顕如どのに問いたきことがあって参上いたしました。ご承知のように織田信長は比叡の全山を焼き討ちした。高僧や修行僧だけでなく宗徒の農民までが虐殺された。信長というのは神仏を恐れぬ無頼の輩のようだ。この本願寺もいずれは全滅することになるのではと懸念される」

顕如は厳しい表情で対応した。

「そなたは以前にも、覚恕法親王の名代として来られたことがあったな。無心随風。三千日の山岳修行を積んで涅槃《ねはん》に到達したと豪語しておるお方であろう」

「そのような法螺《ほら》を吹いたこともあるが、昔のことだ」

「そなたが明智光秀の館で幻術を用いたという噂が広まっておるぞ。屏風の中に描かれた船の船頭に声をかけると、船頭が船を漕いで前に進み、船が屏風の外に飛び出してあたりが水浸しになったというではないか」

「光秀は夢でも見ておったのであろう」

そう言って随風は笑ったが、顕如は表情を緩めなかった。

随風は語調を変えて語り始めた。

「ご承知のとおり信長は比叡の全山を焼き払った。法親王は下山されておったので無事だったが、多くの高僧が遷化《せんげ》された。寺域には田畑もあって、農民の子女までが命を落とすことになった。信長は神仏を恐れぬ非道の輩だ。抗うものは皆殺しにする。顕如どの、この戦さ、いつまで続けるおつもりか」

顕如は厳しい口調で応えた。

「知らぬ。わたしはこの城砦のごとき本願寺で生まれた。ここより他の世を知らぬ。蓮如さまがこの砦を築かれた時、すでに浄土真宗は加賀を支配しておった。戦国大名は自らの支配地を増やすために果てもなく戦さを続け田畑を荒らす。加賀の門徒が蜂起して大名を倒し国衆と農民が一揆同心した国を築いた。阿弥陀仏の極楽浄土を現世に創出したのだ。その浄土を守るためにわたしは闘い続けなければならぬ」

「浄土の教えは念仏によって死後に往生するのが本義であろう。何ゆえに現世にこだわって戦さを続けるのだ」

「来世の極楽往生を信じることができれば、現世でも心を強くして生きることができる。浄土の教えは現世に生きるものを励ますものだ。われらは戦国の世に生まれた。これも阿弥陀仏の思し召しであろう。われらは戦さをする宿世を負うておるのだ。この本願寺の広大な寺域を見られたか。大勢の農民たちが畑を耕しわれらの兵粮を作ってくれる。昨日も今日も、加賀や三河から続々と農民が集まってくる。この本願寺は門徒の民が支えてくれておる。これもすべて阿弥陀仏の思し召しなのだ。その仏の思いにわれらは応えなければならぬ」

　さすがに宗主らしく弁舌は巧みだが、信玄のような百戦錬磨の武将ではなく、随風自身のような荒行で鍛えた修行者でもない。どことなく知に溺れた弱さが感じられた。

　随風は語調を強めて言った。

「四十年前、山科本願寺が襲撃されたおりにも、大勢の農民が虐殺されたと伝えられる。念仏を唱えれば往生できるということで、農民は死を恐れず宗門のために尽くし、時には武器を手にして闘いもするであろうが、織田信長を相手に闘い続ければ、いずれはこの本願寺の寺領にいる農民たちも皆殺しとなるだろう。宗門を率いる宗主が門徒に死を強いるというのはいかがなものか。おれはそんな宗門は間違っておると思うが、顕如どのはいかにお考えか」

　畳みかけるように問い質すと顕如は一瞬、怯んだような表情を見せた。

「われらは各地で一揆を起こしておるが、武将を相手に領地を侵略するつもりはない。この国には禅宗もあれば密教もある。各地に神社があって八百万《やおよろず》の神が信仰されておる。浄土の教えだけで日本国を支配しようとは思わぬ。戦さのない世に城砦ではなく平時の寺として本願寺を再建し、穏やかに教えを弘めることができればそれに越したことはない。だが織田信長は武力でわれらを押しつぶそうとする。門徒宗は信長が支配する尾張や三河でも戦いを続けてきた。信長が先に軍勢を引かぬ限りは、われらも戦い続けるしかないのだ」

「このような城砦で信長に勝てるとお思いか」

「随風。おぬしは天台座主の側近ではなかったのか。いつから織田信長の回し者になったのだ」

　吐き捨てるように言ってから、顕如は大きく息をついた。

「わたしも戦さをどのように収めるかを考えておる。そのために前《さき》の関白をお招きして、和睦への道筋を探っておるのだ」

「前の関白……。近衛前久《さきひさ》か」

随風はわずかに声を高めた。

近衛前久は摂関家の筆頭という名門に生まれ、十九歳で関白左大臣の重責に就いた。だが帝や公卿が無力となった世を憂いて、自ら関東管領の上杉輝虎のもとに赴き、兵を率いて東国の平定に乗り出した行動力のある公家として名を知られていた。

「わが嫡男の教如を近衛どのの猶子にしていただいた。浄土真宗の宗主は公卿の方々と深いつながりをもつことが代々の習わしだ」

「そう言えば顕如どのと信玄どのは義理の兄弟であったな」

「われらと武田は同盟を結んでおる。近衛どのは上杉と親しく、覚恕法親王は朝倉、浅井と親しい。毛利もわれらの味方だ。われらは織田信長の包囲網を築いておる。信長などを恐れることはないのだ」

随風は低い声でささやきかけた。

「おれは叡山焼き討ちの直後に信玄を訪ねた。上洛を促したのだがあやつは動かなかった。信玄は病んでおる。包囲網はやがて綻びることになろうぞ」

顕如は表情を硬《こわ》ばらせた。


前関白の近衛前久が招かれていると聞いたので、訪ねることにした。

寺僧の案内で前久の坊に向かった。

顕如の住まいより少し大きな建物に前久は居住していた。

中は薄暗かった。がらんとしたところで、調度品の類はなく、薄い畳が二畳ほど並んで敷かれた場所に、公家らしい装束をまとった男が寂しげにぽつんと座していた。

どうやら男は昼間から酒を飲んでいるようだ。男の前には酒を入れる瓶子が並んでいて、その何本かは横倒しになっていた。それだけの酒をすでに一人で飲んでしまったのだろう。酔いが回っているのか、怪しい口調で男が声をかけた。

「何だ、おぬしは。わたしに用があるのか。わたしが誰か知っておるのか」

随風は少し離れた板敷きの場所に座して言った。

「おれは叡山の修行者で無心随風というものだ。前関白どのと問答をいたしたいと思い参上した。相手をしていただけるかな」

「幻術師だな。明智光秀からその名は聞いておるぞ」

前久は手近な瓶子を差し出して言った。

「いいところへ来た。話し相手が欲しかった。もっと近くに来い。酒を飲むか」

「おれは修行者だ。酒は飲まぬ。だが飲めぬわけではない」

「ならば相手をせよ」

随風は手を伸ばして瓶子を受け取り、そばにあった杯に酒を注いだ。

白く濁った酒だが、濁りがうすく、上品な味がした。

「いい酒だな」

思わず独り言のようにつぶやくと、前久は薄笑いをうかべた。

「専修念仏は叡山と違って衆生に禁欲を強いることはない。法師も妻帯するし酒も飲む。酒造りの蔵元や杜氏《とうじ》にも門徒がおるようで、ここにはいい酒がある」

前久は自分が手にしていた杯の酒を一気に飲み干してから語り始めた。

「城内のようすを見たか。農民は畑を耕し刀鍛冶は武器を作っておっただろう。この城は武士ではなく農民や職人が支えておる。鉄砲の手入れをしているものの姿を見たか。紀伊の鈴木孫一が雑賀《さいか》衆を率いて参陣している。あやつらは鉄砲を造る技術をもっておるが、何よりも射撃の腕が秀でている。傭兵として各地の武将のもとに赴けば貴重な戦力として銭が得られるはずだが、あやつらは一向宗の門徒で、この城に命を捧げておるのだ。門徒衆には目指すものがある。ただの傭兵とは違う。仏のために強い意欲をもって命がけで闘う。さすがの信長もこの石山本願寺には手を焼いておるようだな」

そこまで話して、前久は語調を変えて問いかけた。

「随風よ。おぬしは何を求めてここに来たのだ。浄土の教えを学びに来たわけではあるまい」

「門徒衆のようすを見にきただけだ。おれは仏門に入った修行者だ。他宗派とはいえ仏を信ずる門徒衆のようすは気にかかる。叡山が焼き討ちされた日、おれはその場にいた。麓の方から火を点けられれば、寺僧も宗徒も逃れることはできぬ。おれはわずかな宗徒を連れて行者道を伝って逃れたが、ほとんどの宗徒が焼け死んだ。この本願寺で同じことが起こってはならぬ。和議を結ぶ方途はないかと考えておった」

空になった杯の端を唇につけたまま、前久は随風のようすを窺っている。警戒しているようではあるが、暇つぶしの相手として好意を抱いているようにも見える。

前久は際立った美貌の持ち主だった。年齢は随風と同じくらいで三十歳代の半ばだろう。顔立ちだけ見ると少年のような初々しさがある。

だが随風に向けられた眼は酔いのせいか、どろんと澱んでいた。

「わたしは罷免された前関白だが、もともと関白などというものにはいかなる権威もないのだ。もっとも帝とて同じことだがな。帝は長きにわたって即位の儀式をすることができなかった。銭がなかったからだ。朝廷の財政は破綻しておる。毛利元就からの献納でようやく即位の三年後に儀式を執り行った。顕如から本願寺を門跡寺院に定めよという要望があったので、わたしが帝に取り次いだ。皇族や公家の中には反対するものもあったが、わたしが押し切って門跡の扱いにしてやった。それも一向宗からの献金をあてにしてのことだ」

話すうちにも前久の声は途切れがちになり、いかにも投げやりな言い方になった。

「信長が上洛するまでは、御所も荒れ放題だった。信長は戦さに強いだけの邪悪な覇者だが帝は副将軍に任じる決断をされた。もっともこれは信長が受けなかった。足利将軍の下位に置かれるのが不本意だったのだろう。あるいはおのれを帝より上位の神のごときものと考えておるのか。わたしは信長の強さは認めるが警戒せねばならぬと思い、信長の要求を拒んだこともある。するとわたしの前に関白を務めておった二条晴良が信長に取り入って、関白に返り咲きを果たし、こちらは罷免されてしまった。もとより関白には何の権威もないが、いまのわたしはまったくの無力だ。こうして毎日、うまい酒を飲ませてもらっておるが、わたしは何の役にも立たぬ」

前久は空《から》になった杯に新たな酒を注いだ。

「叡山の修行者だと言ったな。仏門に入るにしてもさまざまな宗門がある。おぬしはなぜ天台を選んだのだ」

随風はしばらくの間、考え込んでいた。

「そのようなことは考えてみたこともなかった。たまたまとしか言いようがない。父親が早死にし、母親にも見捨てられた。ものごころついた時には寺の小僧になっておった。それが天台の寺だったというだけのことだ」

「幻術はどこで学んだ」

「そんなものは知らぬ。故郷の山野を駆け回って修行をするうちに体術が身についた」

「わたしも自己流だが武術の鍛錬をした。上杉輝虎と手合わせをしたこともあるぞ。あやつは戦さの戦術には長けておるが、武術はそれほどでもない」

前久は酒を満たした杯を口に運び、なめるように味わっている。

「おぬしとわたしとは、境遇が似ておるようだ。わたしもものごころついた時には公卿になっておった。最初は権中納言であったが、権中納言とは何か、子どものわたしにはわからなかった。十二歳で内大臣。十九歳で関白左大臣となった。自ら望んだわけではない。いまは武士の世だ。位階や官職など何の役にも立たぬのだが、関白ともなれば雑用が押し寄せてくる。おもしろうないので上洛した上杉輝虎について越後に赴き、武将として東国を転戦した。当時は長尾景虎と呼ばれておった上杉輝虎は生真面目な輩で、関東管領に叙任されるとむきになって東国平定に乗り出した。その責任感を好ましく感じて、あやつに任せておけばこの戦国の世が治まるかと期待したのだがな……」

杯の酒を口に運ぶ前久の眼が奇妙な光を帯びて輝き始めた。

「関白は無力だが、わたしなりにこの戦国の世を憂いておった。上杉輝虎が日本国《ひのもとのくに》を制圧し、太平の世を実現してくれるのであれば、わたしも労を惜しむつもりはなかった。あやつが小田原の北条氏康を攻めている間も、わたしはかつて足利将軍の親族の鎌倉公方が東国支配の拠点としておった古河《こが》城の指揮を任された。古河は下総《しもうさ》、下野《しもつけ》、上野《こうづけ》、武蔵《むさし》の国境《くにざかい》が一点に集中した場所で、いまも関東の要と言える城砦だ。上杉輝虎が武田信玄と闘うために信州川中島に出向いたおりも、わたしは古河城を守り続けた。だが、突然気がついた。輝虎は天下を取る器ではないと……」

前久は不気味な笑いをうかべた。

「あやつは生真面目なだけで、狡さがない。戦さ上手で城を落とすのは得意だが、調略によって闘わずして勝つ術を知らぬ。籠城した敵を力で落とすには時がかかりすぎる。北条の小田原城は難攻不落だ。手間どっておるうちに信玄の侵略を許して信州の全域を押さえられてしまった。あやつは戦国の世を治めるどころか、東国だけを制圧することもできなかった。そのことがわかったので、わたしは京に戻った。だが京にも、わたしの居場所はなかった」

　前久は杯の酒を飲み干し、大きく息をついた。

「近衛どのは英傑が現れて日本国を統一することを望んでおられるのだな」

　相手の目を見据えながら、随風が問いかけた。

「天下太平の世……。誰もがそれを望んでおるのではないか」

　吐き捨てるように前久は言った。

「そう思うておったのだが、大名も配下の武将も、足もとの小さな領地を争うばかりで、天下を平定するという野望をもっておらぬ。輝虎と覇を競っておった信玄も、信濃と駿河を平定すると甲府に戻ってのんびりと温泉につかっておるというではないか」

　随風は声を高めて問いかけた。

「上杉にも武田にも期待できぬとなれば、誰が国の統一をなすと言われるのか。織田信長か」

　前久は視線を宙に定めて、大きく息を吸い込んだ。

「信長はおのれの力を過信しておる。力まかせに相手を倒せば天下がとれると思うておるが、その非情な采配は敵ばかりか配下の武将にまで恐れを抱かせている。信長は敵を許すことがない。相手を叩きのめし息の根を止めるまで攻撃を止めぬ。信長に天下を治める器量はない」

「信長に欠けておるものとは何だとお考えか」

　随風の問いかけに、前久はすぐには応えなかった。瓶子を手にして自らの杯に酒を注いだ。

第二章　三方ヶ原の戦さと空城計

「随風、おぬしも飲むがよい」

そう言って、前久は杯の酒を飲み干した。

「信長に欠けておるのはな……」

相手の顔をまともに見据えて、前久は言った。

「弱さと狡さだ」

前久は顔を歪めるようにして硬ばった笑いをうかべた。

「ただ弱いだけの輩はどこにでもおる。おのれの弱さを自覚して狡く立ち回るだけの智恵が求められる。その智恵さえあれば、戦さによる衝突を避けて、謀略や策略で相手を殺さずに味方に引き入れることができる。そうやって味方を増やしていけば、いずれは全国の武将を配下に収めることができるやもしれぬ」

「ううむ……」

随風はうめくような声を洩らした。

「この乱れた戦国の世を鎮めるためには、万民を従わせる英傑の出現が不可欠ではないかと考えておったが、弱さと狡さをもったものというのは、思いがけぬ目のつけどころだな。それにしても、そのような弱さと狡さをもった武将がどこかにおるのか」

前久は間を置かずに応えた。

「武勇と名誉を重んじる武将にとっては、弱さや狡さは隠しておきたいものだ。従って目にはつかぬが、気になる武将が一人おる。信長配下の木下藤吉郎という男だ」

「木下藤吉郎……」

意外な名だった。

「もとは足軽だったという成り上がりの武将か」

「農民の出自だという噂もある。信長の指図に従って動くだけの飼い犬にすぎぬが、野武士や山賊を味方につけて急速に力をつけてきた。いまは城攻めを任されるほどの武将になっておるが、謀略を用いて次々に城を落とすと評判になっておる。武力で相手を滅ぼすのではなく、策略で敵を味方につける。ここ数年の成り上がりようを見ておれば、あと十年も経てば、天下に手が届くのではないか」

「名は聞いたことがあるが、どのような男なのだ」

「出自の低さを逆手にとり、道化たそぶりで相手の心を和ませる。そのありさまから、人たらしの猿と呼ばれておる」

「猿とは……」

「比叡の日吉《ひえ》神社の守り神にそっくりで、つまり愛嬌のある猿のような顔だということだ。それゆえ幼いころは日吉丸と呼ばれていたらしい。信長はただ、猿、と呼んでおる。いずれにしろ信長に代わって台頭するものがあるとすれば、地方の大名ではなく、信長配下の武将ではないか」

「信長配下というなら、明智光秀はどうか。おれは光秀のあとを追い続けてきたのだがな」

「十兵衛光秀か……」

前久は空になった杯を手で弄びながら、つぶやくように言った。

「確かにあやつには狡いところがある。あやつは浪人上がりで、術策を弄して足利将軍の配下となり、わたしのところに参上して帝とのつながりを求めた。漢籍に詳しく歴史の知識もあって、有能な輩であることは確かだ。信長にも取り入っていまでは信長配下の武将となった。世の趨勢を見る狡さがあり、兵法にも通じておる。だがあやつには欠けておるものがある」

「弱さが欠けておるというのだな」

随風の言葉に前久は大きく頷いた。

「物わかりが早いな。おぬしとは気が合いそうだ。光秀は自分の強さを確信しておる。過信と言うてもよい。態度が尊大で敵を作りやすい。とはいえ野心に満ち、おのれの勢力を拡大するために勤勉に動き回る輩で、堺の商人とも親交を結んでおる。足軽上がりの猿と違って、和歌にも通じており、帝にも気に入られた。わたしも光秀には注目しておる。いずれあやつを利用して、信長と交渉するつもりだ。本願寺を救うためには信長に頭を下げて和議を結ぶしかない。罷免されたとはいえ前関白だ。それくらいのことはできる。このように毎日、酒を飲ませてもらっておるからな。いずれ顕如には借りを返すつもりだ。だから遠慮なく飲むがよい」

促されるままに随風は自らの杯に酒を注いだ。

それからしばらくは、仏教や儒学や歴史の話をした。

随風は天台の修行者だが、足利学校で四年間学び、儒学や歴史や兵法の知識がある。自分では博学だと思っているが、摂関家に生まれた前久の知識には及ばなかった。話をしていると学ぶことが多く、話題が尽きなかった。

陽が落ちたようで、もとから薄暗かった坊の中は闇に包まれていた。

若い僧が行灯を持って入ってきた。

「お酒をお持ちいたしましょうか」

若い僧が声をかけた。

何本もあった瓶子がほとんど空になっていた。

「おれはそろそろ帰ることにする」

前久はほとんど酔いつぶれていたので、これ以上は話が続かないだろうと思った。

だが居眠りをしていたと思われた前久が、急に目を見開いて元気のいい声で言った。

「随風、叡山から焼け出されて、おぬしは帰るところがないのだろう。今夜はここに泊まっていけ。こやつはわたしの猶子の教如だ。いずれは顕如の跡継になる」

教如は十代の半ばくらいの若者だった。父の顕如は三十歳くらいだから、いまの教如と同じころに子息が生まれたことになる。

「おれは無心随風。風に吹かれるままの風来坊だ」

随風が声をかけると、教如は生真面目な口調で応えた。

「近衛どのと長く話し込んでおるところを見ると、身なりは卑しいが碩学《せきがく》の高僧らしいな。わたしは宗主の嫡男だが、この大坂の砦では一兵卒だ。命など惜しくはない。仏敵信長を倒すまで命をかけて闘い抜く所存だ」

若者の一本気な姿に好感をもつと同時に、危うさを覚えた。

「教如どの……」

随風は若者に語りかけた。

「われらは仏の掌《たなごころ》の中で生かされておる小さな命に過ぎぬが、その命の一つ一つはすべて仏の慈悲によってこの世にもたらされたものだ。われらが目にする人の姿や獣の姿、地を這う虫や風にそよぐ草木のすべてに仏性が宿っておる。人も獣も虫も草木も、すべてが仏の分身だと言ってよい。その大事な命を疎《おろそ》かにしてはならぬ。おぬしは若い。仏によってこの世にもたらされた命を粗末にしてはならぬ。おぬしは生きねばならぬ。生き続けることが仏の本願に叶うことではないか」

「仏の本願は信長に勝つことではないか。勝つための捨て石になることをわたしは厭《いと》わぬ。わが身を捨てて、仏道を守るのだ」

「教如どの。おぬしには宗主の跡継としての責務があるはずだ。一向宗は全国に門徒を広げておる。その者らを導くために、おぬしは生きながらえるべきではないか」

「されども……」

何事か反論しようとした教如を制して、横合いから近衛前久が口を挟んだ。

「顕如も教如も、この砦の中で生まれた。戦乱の世しか知らぬ。乱世はいずれ終わる。ここにおる随風とわたしが終わらせてみせる。なあ、随風、そうであろう」

前久に声をかけられて、随風は低い声で応えた。

「そうでありたいものだな」

教如が退出したあとで、随風は腰を上げようとしたのだが、新たな酒と酒肴が運ばれてきたので、帰りそびれてしまった。

「そうだ。思い出したぞ」

魚の干物を口に運びながら、前久が声を高めた。

「弱くて狡い輩がもう一人おった。わたしが三河守に推挙してやった若い武将だ」

「三河守というと、信長と同盟を結んでいる松平元康……、いまは確か徳川家康と名を更《か》えているようだが」

「徳川というのはわたしが付けてやった名字だ」

　前久は上機嫌で語り始めた。

「三河には有力な大名がおらず、小さな国衆がひしめいておるだけで、尾張の織田、駿河の今川の双方から侵略される心細い状況であった。家康はそういう国衆の嫡男に生まれたのだが、六歳の時に人質として今川へ赴くところを織田に奪われ、二年後、信長の兄の信広が捕虜となったおりに人質交換で駿河に連れて行かれた。信広は庶子とはいえ尾張を支配する織田信秀の長男だ。国衆の子にすぎぬ家康と交換するというのは釣り合いがとれぬようだが、そこには今川義元の軍師の太原雪斎《たいげんせっさい》の深慮遠謀があった。雪斎は家康を教育して、自分の跡継の軍師に仕立て上げようとしたのだ」

　前久の言葉は随風の心をとらえた。

　思わず身を乗り出すようにして耳を傾けた。

「雪斎は臨済宗妙心寺派の禅僧で、駿河の今川、甲斐の武田、相模の北条の三国同盟のために奔走するなど、老獪な策士として名を成したが、もはや年老いておった。今川義元の次の代の氏真《うじざね》の支えとなる新たな軍師が必要だと痛感しておったのだろう。そのために織田信広の城を攻め、城主を生け捕りにして人質交換を申し出たのだ。そういうわけで家康は八歳のころから雪斎の指導を受け、儒学や兵法を学んだ。元服すると今川義元の家臣として戦場に赴き、手柄を立てるまでになった。すでに父は亡く、所領は若い家康が継ぎ、父親の配下であった譜代の武将らに駿府《すんぷ》（駿河府中）から書状を出して領地を統括しておった」

そこまで話して、前久はいかにも楽しげな笑みをうかべた。

「そのままであれば家康は家臣として今川義元に尽くし、子息の氏真の代になれば軍師として活躍したことだろう。だがそうはならなかった。上洛を目指した今川義元が桶狭間で織田信長の奇襲を受けて命を落としたのだ。ここから家康は狡さを発揮する。今川方の城代が逃げた本拠の岡崎城に居座り、今川の家臣を装いながら、機を見て織田信長の側に寝返った。巧みな駆け引きで周囲の国衆を味方に引き入れ、勢力を一気に拡大した。当初は三河の一向一揆に悩まされておったが、譜代の家臣や配下となった国衆に支えられ、ついには三河一国を支配するまでになった」

前久は随風の目を見て、意味ありげな笑みをうかべた。

「長く人質であったため家康はおのれの弱さを自覚しておる。雪斎から学んだ兵法を用いて狡く立ち回る術も知っておる。いまでは信長と同盟を結んで三河を完全に平定し、さらに遠江の西半分を制圧して浜松に居城を構えておる」

前久はうまそうに酒を呑み干してから話を続けた。

「わたしが京に戻っておった時期に、家康は三河守への叙任を朝廷に願い出た。東国では通称として官職名を用いる慣例が広がっておるが、朝廷よりの除目《じもく》で与えられたものではない。あやつは正式の除目を求めた。三河守ともなれば従五位下に相当し叙爵されて大夫《たいふ》（下級貴族）の一員となる。いまは戦国の世だから国司の長官というのは名誉職にすぎぬが、小領主の国衆が長官となるのは誉れには違いない。しかしあやつの出自の松平というのは、素性の知れぬ家柄だ。そのままでは叙爵は無理だ」

自慢げな笑みをうかべて前久は話を続けた。

「そこでわたしは一計を案じた。吉田神道を継承しておる神主の吉田兼右《かねみぎ》が侍従を務めておったので、偽の系図を作らせた。武門源氏の祖の八幡太郎義家から分かれた源氏の傍流で、藤原氏の猶子となった家系であるということにして、三河守への叙任を帝にお認めいただだいたのだ。事前の申し出では、家康はわたしに銭百貫を献上し、その後も年ごとに銭三貫と馬一疋をくれるはずであったが、実際に家康が差し出したのは銭二十貫と馬一疋だけであった。年ごとの献金の話はきれいさっぱり忘れたようだ。まことに狡い輩ではないか」

随風は前久の話を聞きながら、快川和尚の言葉を想い起こしていた。

——書状で理を説き、信義によって益があることを伝えれば、相手の心も動くであろう。臨済の禅僧は名文を書くことで知られておる。優れた禅僧を側近とすることじゃな。

武田信玄に快川紹喜がついていたように、今川義元には太原雪斎が軍師として仕えていた。快川も雪斎も妙心寺派の禅僧だ。だが前久の話に出てきた家康という若者は、幼少のころから雪斎に教えを受けていたという。側近に禅僧を抱える必要もなく、自ら策を立て、自ら書状を書いて敵を味方に引き入れることができる。

快川和尚はこんなことも話していた。

この国に必要なのは、光り輝く新たな神……だと。

その家康という男が、光り輝く神になれるかどうか。

これは浜松まで出向かねばなるまい、と随風は心の中で考えを巡らせていた。

盆地にある冬季の京の底冷えのする寒さと違って、遠州は温暖の地で、真冬とは思えぬほどの穏やかな風が吹いていた。

随風は青く輝く湖を見下ろせる山地の上にいた。

浜名湖。

近江の琵琶湖の広さには及ばないが、広大な湖面がどこまでも広がっている眺めから、遠きにある淡海《おうみ》（近江）という意味で、遠江《とおとうみ》という国の名が生じたと伝えられる。

琵琶湖の周囲で修行をした随風にとっては、湖を見下ろせる山野は親しいものだった。

元亀三年（一五七二年）冬。

甲斐の武田信玄がついに動いたという報せが京に届いた。

信濃の諏訪から伊那谷を南下していると伝えられた。将軍足利義昭の要請に応じて上洛を目指しているのだろう。山県昌景の赤備え軍団が先駆して三河に入り長篠城を制圧した。周辺の国衆を次々に味方に加えているということだ。

一方で武田信玄の本隊は難所とされる青崩《あおくずれ》峠を走破して、天竜川の左岸を南下し、徳川家康の居城のある浜松に接近している。

近衛前久から聞いた徳川家康という若者がいかなる戦さをするか、眺めてみたいという思いがあった。

浜名湖の北岸には三河の豊川から本坂峠を越えて浜松に向かう街道が通っている。山岳地帯の行者道を通って遠江に入った随風も、ここからは街道を進むことにした。

七十年ほど前の地震と津波で、それまで淡水湖だった浜名湖は海とつながった。従って奥まった北岸の湖面も海と同じ水位だ。

その湖岸沿いの街道を進むと、気賀という港町があった。琵琶湖畔の坂本に比べれば小規模だが、湖の水運によって栄えているようだ。

街道は気賀の街を迂回するように延びている。都田川という小さな流れには木を組んだ橋がかかっていた。

目の前に台地の斜面が見えた。街道はかなり急な坂道となって台地の上に向かっている。坂を登り切った先には、どこまでも平らな草原が続いていた。

三方ヶ原だ。

今川義元が桶狭間で討たれたあと、駿河の国衆の多くは信玄の側に寝返って、跡継の今川氏真は正室の実家でもある相模の北条を頼った。信玄は駿河を侵略したあとさらに遠江の東半分を制圧し、西半分に進出している徳川家康とは激しく対立している。

すでに武田信玄の本隊は浜松の北東に位置する二俣城を包囲している。二俣の少し先の一言坂《ひとことざか》を下ったあたりは川幅が広く水の流れも緩やかで水深も浅くなっている。そこで渡河して浜松を目指すつもりだろうが、二俣城をそのままにしておけば、一言坂を下った直後に背後を衝かれる。信玄は時をかけて城を落とすことにしたようで、もう二ヵ月近く進軍を停止して包囲を続けている。

渡河したすぐ先がこの三方ヶ原だ。信玄の軍勢はこの台地の上を進んで浜松城を目指すことになる。実際に台地の上を歩いてみると、平らに見えた台地のここかしこに川が流れていて、深い谷ができている。街道はその度に下りと上りを繰り返す。武田勢が徳川家康の浜松城を攻めるとすれば、大軍勢がこの台地に穿《うが》たれた谷を越えていかなければならない。

どのような戦さになるのか……。

随風は足を急がせた。

遠江に向かう前に、随風は坂本城の明智光秀を訪ねた。

天守閣はすでに完成していて、商都として賑わう坂本の町に屹立する威風堂々としたたたずまいになっていた。

光秀は石山本願寺を攻める信長の軍勢に兵を派遣したり、京の将軍足利義昭と連絡をとるなど、慌ただしく動き回っていたが、その日はおりよく坂本の居城にいた。

「武田信玄が動き始めたようだな」

案内を請うこともなく城内に入って、いきなり声をかけた。

「随風か。いつもながら驚かせてくれるな」

「信玄も上洛する気になったか」

「将軍足利義昭公は以前から上洛を要請していた。信長包囲網の成果が出ようとしておる。信長どのも動くことになるだろう。おそらく来年になれば将軍を京から排除して、いよいよわれらが京を支配することになりそうだ」

「その前に信玄が美濃に到達すれば、大きな戦さになる」

「上洛の前に信玄は浜松を攻めるはずだ。徳川家康どのに従っておる国衆を味方に引き入れれば、信長どのと闘う前に戦力を増強できる」

「その徳川家康だが、どんな輩だ」

「二年ほど前に上洛して、朝倉攻めの戦さに加わったり、京に滞在して将軍に拝謁を賜ったり、信長どのの家臣のごとく尽くしておった。まだ若いが気配りの利く男だ。長く人質であったので、人柄が練れているように感じた。あやつは三河一国と遠江の西半分を制した大名だが、信長どのの配下になってから日の浅いわしに対しても腰が低く、飼い犬のように擦り寄ってきた。腰が低すぎて武将としての覇気は感じられなかったがな」

「戦さはうまいか」

「戦さの経験は浅い。配下の国衆に支えられているようだ」

「浜松に行ってみようと思うのだが、書状を一筆書いてくれぬか」

「書状は書くが、家康どのに会うのなら口頭で伝えてくれ。信玄は百戦錬磨の老獪な策士だ。容易《たやす》く勝てると思うてはならぬ……となし」

話はそれで終わった。声の調子を落として光秀がささやきかけた。

「比叡山を焼いたこと、いまでも恨んでおるのであろうな」

随風は笑いながら応えた。

「過ぎ去ったことだ。いまさら恨んでも仕方がない。おぬしは信長の命に従っただけであろう。それにしても信長は思いきったことをする輩だ。おのれの力を過信しておるようだが、非道は長くは続かぬぞ」

「その信長どのにわしは仕えておる。いまは雌伏の時だ」

「おぬしの志はわかっておる。当分の間は耐えて従うしかないだろう。いずれ雄飛の時が来る」

光秀は咎めるように声を高めた。

「おぬしはいつも天の高みから世の動きを見下ろしておるようだが、高みの見物をしておっても何も始まらぬぞ。おぬしは何を企てるつもりだ。世の争乱を鎮める英傑を探し求めて、仕官でもするつもりか」

「おれは誰かの家来になるつもりはない。志をもった英傑がおるなら、そやつがいかに世を鎮めるか、見守りたいと思うておる」

「おぬしがそやつの軍師になるというのか」

「兵法の心得はあるが、小さな戦さに勝っても仕方がない。おれは先のことを考えておる」

「先のこととは何だ」

「百年、二百年先のことだ」

「そのような先のことを考えて何とする」

「さて、何とするかな……」

随風は言葉を濁した。

去り際に、光秀が声をかけた。

「信玄が動けば、信長包囲網を敷いている朝倉や浅井が必ず攻めてくる。わしも戦さの準備をせねばならぬ。家康どのはわれらの味方ではあるが浜松へはわずかな援軍しか送れぬ。甲州の軍勢とまともに闘えば、家康どのは必ず負ける。随風、おぬしも戦さに巻き込まれぬように気をつけることだな」

随風は振り返って応えた。

「おれは死なぬ。百歳まで生きて、天下太平の世を眺めてから成仏するつもりだ」


浜松城は掘割と土塀に囲まれた堅固な城砦だが、天守閣や石垣などはなく、小高い丘の上に建物が点在するだけの簡素な居城だ。

信玄の軍勢が迫っている。家康は籠城するつもりのようで、城門は閉ざされ、櫓《やぐら》の上に守備隊の兵がぎっしりと並んでいた。

幟旗《のぼりばた》に「厭離穢土《おんりえど》、欣求浄土《ごんぐじょうど》」の文字が見える。

敵と味方を判別するために武将や兵が掲げる旗指物や馬印には紋や記号を用いたものが多い。家康の兵たちも小さな旗指物には葵の紋を用いていたが、指揮官の脇に掲げる幟旗には文字が書き込まれていた。

文字を書き込んだものとしては甲斐の武田勢が掲げる「風林火山」が有名だが、これは兵法の極意を示したものだ。阿弥陀如来の浄土の教えを幟旗に掲げるのは珍しい。しかも家康が支配する三河では一向一揆が盛んで、浄土の教えを信奉する敵と闘うことも多かったはずだ。

随風は城門の前に進み出て、大声で名乗りをあげた。

明智光秀の書状を持参したと伝えると、城門が開かれた。客人の扱いで城郭の中に通され、丘の上の城館に案内された。

徳川家康と対面する。

若い。年齢は三十歳前後だろう。

近衛前久ほどの美貌ではないが、整った顔立ちをしている。家康は人質として駿府に護送されたあと、華陽院《けよういん》という母方の祖母に育てられた。その華陽院は絶世の美女で、何人もの武将に請われて各地を転々としたあと、たまたま駿河に辿り着いていて、孫の世話をすることになったと伝えられる。

光秀の書状をもっていたとはいえ修行者の姿をした怪しい人物がいきなり現れたので、家康は警戒している。山岳修行で鍛えた随風の体軀を見て恐れをなしたのか、側近の若者を同席させていた。

本多平八郎忠勝《ただかつ》。

あとでわかったことだが、配下の国衆ではなく、三河の小領主にすぎなかった松平一族に代々仕えてきた譜代の家臣で、桶狭間の合戦があったころに十三歳で初陣を飾ったということだ。蜻蛉切りと称される長槍を駆使し、戦場ではつねに先頭に出て獅子奮迅の活躍をする猛将で、鹿の角の形をした黒光りする兜を見ただけで敵が退散すると言われた伝説の人物だ。

ただ座しているだけの姿を見ても、居ずまいに隙がなく、全身から殺気が迸っているようで、随風も緊張感を覚えた。不用意に身動きするといきなり斬りつけられる惧《おそ》れがあった。

随風は家康と忠勝の顔を交互に眺めてから語り始めた。

「十兵衛光秀とは懇意だがおれは信長の配下ではない。仏道を求めるものとして、戦国の世の収束を見届けたいと思うておる。家康どのの評判を伝え聞いて、信玄を相手にどのような戦さをされるか、見物に参った」

家康は無言で随風の顔を睨んでいた。初対面の随風に対してどのような態度をとるか決めかねているようだ。

長い沈黙のあとで、家康は冷ややかな口調で問いかけた。

「光秀どのの書状には、伝えたいことは随風が口頭で語ると記されておる。まずはその伝言を聞かせていただこう」

「信玄を侮るなと、それだけだ。信玄の騎馬軍団は三万騎、家康どのの配下は一万五千騎と聞き及んでいる。いかに闘われるおつもりか」

「わたしは三河守を務めておる。上洛を目指す信玄は必ず三河を通る。戦力の半ばは三河の岡崎城の守りに就かせた。信長どのが派遣した援軍はわずか二千騎ほど。この浜松城を守っておる兵力は援軍を加えても一万騎に満たぬ。信玄は配下の中でも最強とされる山県昌景が率いる赤備え軍団を三河に派遣して長篠城を落とした。周囲の国衆は信玄の側に寝返って、山県昌景とともに西から遠江に侵入し、天竜川の対岸にある二俣城の攻撃に加わっておる」

「相手は大軍だ。戦略はあるのか」

「戦略などどうでもよい。戦さは勝つしかないのだ」

家康は声を高めた。

勝つしかないと言いながら、不安を感じているように見えた。

随風は詰問した。

「少ない兵力でいかに勝つおつもりか」

「随風。おぬしは何ものだ。信玄の間者か。わたしの戦略を探りにきたのか」

家康の顔が硬ばっている。

小心な輩だ、と随風は心の内でつぶやいた。

近衛前久が言ったように、弱さと狡さが天下取りの必須の条件であるならば、小心で警戒心が強いのは悪いことではない。

「信玄は二俣城まで進軍しておるのだろう。いまさら間者を派遣して敵状を探る必要はない。おれはただ家康どのの決意のほどを知りたいだけだ」

家康は警戒心を緩めずに、ちらりとかたわらの平八郎忠勝の方に目を向けた。

平八郎忠勝が勢い込んで問いかけた。

「明智光秀どのの書状を持っておったが、明智どのは稀代の戦略家だ。われらがどれほどの意気込みで武田勢と闘うか、監視をして報告するつもりではないか。愚かなことだ。見張られておらずとも、われらは死力を尽くして闘う所存だ」

本多平八郎はまだ二十歳代の半ばと思われる若武者だ。家康の側近を務めているからには、相当に信頼が厚いのだろう。家康も三十歳くらいだから、この二人は格好の取り合わせなのかもしれない。

随風は笑いながら応えた。

「おれはただの見物人だ。家康どのは信長と盟約を結んでおるとはいえ、三河と遠江を治めておられる大名だ。籠城して甲斐の軍団をやりすごすもよし。真正面から決戦を挑まれるもよし。ご自分の判断で戦さを進められるのは当然のことだ。だが信玄のことだ。何か戦略を立てておるやも知れぬ。十兵衛光秀が伝えたかったのもそのことであろう。相手の肚の中を読んで慎重に行動することだな」

「そなたは信玄のこともよく知っておるようだな」

「天台座主覚恕法親王の名代として何度か甲州に出向いた。此度の戦さを信玄は一世一代の大勝負と考えておる。これまでのように領国を守るという思惑を捨て、叡智の限りを尽くして一気に攻めるだろう。これは信玄の最後の闘いだ。なぜなら信玄は胸を病んでおるからだ」

家康は驚いたようすで訊き返した。

「信玄が病んでおる……。それはまことか」

「あやつが咳をしておるのをこの目で見た。夜はもっと激しく咳き込むと言うておった」

「ううむ……」

家康はうめくような声を洩らした。

信玄の病状を伝えたことで、家康も随風を信頼したようだった。

心を開いたように一気に語り始めた。

「わたしは信玄が浜松を目指すなら鳳来寺山の麓からの鳳来寺道を辿ると思い込んでおった。こちらの見通しが甘かったのだが、信玄の大軍が難所の青崩峠を走破するとは予想外であった。青崩峠から天竜川の左岸を下って浜松を目指すとなれば、河岸の東に位置する二俣城が要となる。信玄は先遣隊を派遣して二俣城を攻めにかかった。わたしは兵を率いて天竜川を渡河し、二俣城の救援に向かったのだが、信玄本隊の到着が予測より早く、われらは大敗して浜松城に逃げ戻った」

家康は平八郎忠勝の方に目をやってから言葉を続けた。

「先陣を務めたのはここにおる平八郎だったが、天竜川を渡河してすぐ先の一言坂を登ろうとした時に坂の上から急襲された。その勢いにわれらは退却するしかなかったのだが、先陣の平八郎は殿《しんがり》を務めることになった。わたしは平八郎の命はないものと覚悟したのだが……」

家康がそこまで話すと、平八郎忠勝が話に割って入った。

「われらは坂の下に踏みとどまって、敵の追撃を食い止めるつもりであったが、その坂下の側面から敵の鉄砲隊が現れた。坂の上の敵と闘っている時に側面から鉄砲で撃たれたら、われらは全滅するしかない。ところが敵は鉄砲を撃たずに、われらを逃がしてくれた。何とも不思議なことだと思うたのだが、あるいは事前に信玄から、戦闘を避けよという指示が出ていたのやもしれぬ」

家康も思案をするような顔つきで言った。

「わたしも奇妙なことと思うておったが、信玄が病んでおるとなると合点がいく。信玄は先を急いでおるのだろう。だとすると二俣城を落として天竜川を渡河したあとは、浜松城を攻めずにそのまま三方ヶ原を横断して浜名湖の北岸を抜け、本坂峠を越えて三河に入るのではないか。そのあたりの国衆はすでに甲州方に寝返っておる。信玄は自らの領国を行くような心地で戦力を温存したまま信長どのとの決戦に臨むことになる」

随風は急に声を立てて笑った。

「信玄は鉄砲の弾丸《たま》を惜しんだのだろう。甲州には海がない。鉄砲を調達したものの弾丸や火薬の調達には苦労しておるようだ」

そこで真顔になって随風は言葉を続けた。

「よかったではないか。家康どのもこのまま浜松城に留まっておれば、信玄との衝突を避け戦力を温存することができる。信玄が通り過ぎるのをただ待っておればよいのだ」

「そういうわけにはいかぬ」

家康は勢い込んで言った。

「浜松城を攻めずに素通りしていくなど、この家康を見くびった屈辱的な仕打ちだ。信玄がその気なら、われらは三方ヶ原に撃って出る。敵が三河に向かっておるとすれば、われらは敵の背後を衝くことができる。まさに千載一遇の好機ではないか」

家康は平八郎忠勝の方に向き直って声を高めた。

「出陣の準備にとりかかるべし。二俣城が落ちれば信玄は天竜川を渡河し三方ヶ原を横断して西に向かう。われらも三方ヶ原に出て敵の背後を衝く。平八郎忠勝、おぬしが先陣を務めよ」

「心得た」

平八郎忠勝は素早く立ち上がり、城館の外に飛び出していった。


二人きりになったところで、随風は家康にささやきかけた。

「敵の背後から奇襲をかけたとしても、相手は敗走しているわけではない。背後から迫る敵に気づけば陣形を整えて応戦するだろう。こちら側も無傷ではすまされぬ。おそらく家康どのも多くの配下を失うことになるだろう。ご家来のおられる前で異を唱えるのは差し控えたが、この戦さ、敵が戦わずして通過するなら、こちらは籠城したままやり過ごすのが得策であろう。おれは一介の修行者だが足利学校で四年に亘って禅僧の九華瑞璵《きゅうかずいよ》から兵法を学んだ。逃げるが勝ちという言葉があるように、戦力を温存できるのなら、それが何よりの戦略ではないか。悪いことは言わぬ。ここは籠城して亀のように首をすくめておればよいのだ」

家康はしばらくの間、黙り込んでいた。

初対面の直後の警戒心のようなものはなくなっていた。

家康は随風を信頼したようで、心の内を語り始めた。

「随風どの。わたしは信玄や信長どののような百戦錬磨の武将ではない。これまで大きな戦さをしたことがないのだ。三河や遠江は、小さな領地を守る国衆がひしめいておる地域だ。尾張の織田、駿河の今川に挟まれておるので、どちらかに恭順して生き残るしかない。わたしは人質として駿府で育ったので、今川義元の配下になるしかなかったが、義元が信長どのの奇襲で討たれたあとは、父の本拠であった岡崎城を占拠し、密かに織田方と連絡をとっておった。今川には世話になったが、嫡男の氏真の器量のほどは、駿府でともに暮らしておったのでようわかっておる。今川に未来はないとわたしは見切りをつけた」

家康の顔に薄笑いがうかんだ。

「わたしは松平の譜代の家臣に、織田方に加担すると打ち明けた。機を見て織田方につくべきだと近在の国衆に働きかけ、同盟の仲間を増やしてきた。戦さで制圧するのではなく、理を説いて味方につけた。信玄のように圧倒的な武力で各地を制圧したわけではないのだ。いまはわたしの配下にある国衆も、わたしの力がどれほどのものか、半信半疑で見守っておる」

家康は小さく息をついた。

「信玄はわたしのことを見くびって、浜松城を素通りしようとしておる。戦さに不慣れな臆病者だと思い、敵に背を向けても襲ってはこぬと断じておるのだ。国衆はいま、このわたしがどういう戦さをするかを眺めておる。このまま籠城を続け、臆病者だということを世に示してしまえば、周囲の国衆はわたしを見限って離れていくだろう。ここはわたしの心意気を示すべき時だ」

随風はすかさず反論した。

「おぬしは太原雪斎の薫陶を受けたと聞いておる。老獪な軍師なら闘わずに敵をやり過ごし、勢力を温存するのも戦法だと考えるだろう」

「わたしには雪斎ほどの実績がない。誰もわたしのことを信用してはおらぬ。いまは信玄と勝負をして、武将としてのわたしの采配を国衆に見せねばならぬ。わたしは信玄と闘わねばならぬのだ」

意気込んで語る家康のようすを眺めながら、随風は自分の期待が萎《しぼ》むのを感じていた。

若い割には思慮もあるようだが、国衆の思惑にこだわりすぎて、おのれを見失っている。

天下を取る器ではない……。

随風は心の内でつぶやいた。


二俣城が陥落した。

すでに信玄の軍勢は一言坂を下り天竜川を渡河したという報告が届いた。

軍勢は渡河のあとまっすぐに対岸の坂を登って三方ヶ原の上に出たようだ。

予想されたとおり、信玄は浜松城攻めを断念し、甲斐からの本隊に三河北部の国衆を加えて、美濃を目指すようだ。

三方ヶ原の崖の上は、浜松城からは見通すことができない。おそらく信玄の軍勢は三方ヶ原を横断し、先頭の部隊は浜名湖の北岸に近づいているはずだ。

家康配下の軍団は野外に待機している。

静けさと緊張感が、床几に座した家康の周囲を包んでいた。

家康が立ち上がり、待機している配下の武将や国衆らに声をかけた。

「信玄はこの城を攻めることを諦めて、浜名湖の北岸から三河を目指すようだ。われらは城から出て三方ヶ原を越え、敵の背後を衝く」

家康は声を高めた。

「いざ、出陣……」

「おう……」

周囲の武将たちが声を揃えて応えた。

本多平八郎忠勝の部隊を先頭に、待機していた兵たちが隊列を組んで城郭の外に出ていく。

主力は騎馬武者だが、徒歩で従う足軽や鉄砲隊もいるから、軍勢の進行は緩やかだ。

随風は最後尾の軍勢が城を出てから、自らも城外に出た。

浜松城から北に向かって街道が延びている。最初の斜面を登って少し進んだ先で、街道は左右に分かれていた。

左は浜名湖の北岸に出る本坂道。右は真っ直ぐに北上して山間部に進む鳳来寺道。

どちらを進んでも前方には広大な台地が広がっている。しかし随風は浜名湖の北岸から三方ヶ原の上に出たことがあるので、どこまでも平らに見える台地に、何本かの流れが深い谷を穿っていることを知っている。

ふと奇妙な予感に駆られた。

あまりにも静かすぎる。

信玄の軍勢がどのあたりを進んでいるかは不明だが、大軍が谷を越える時には騒音が生じ土煙が上がるはずだ。

いま目の前に広がっている三方ヶ原は、静寂に包まれていた。

信玄の軍団は動きを止めている。これは罠だ……。信玄は素通りすると見せかけて、家康を誘導したのではないか。

家康の逸る気持を見透かして、わざと敵に後ろを見せるような進軍をした上で、途中で進路を変え、三方ヶ原の崖の上で待ち伏せする。信玄の考えそうなことだ。

随風は山岳修行で鍛えた体力を駆使して、家康の軍勢を追い抜き、先を急いだ。

目の前に谷があった。斜面を一気に駆け下り、細い流れを飛び越えて、その先の急斜面を登り始めた。

台地の上に出て、息を呑んだ。

果てが見えないほどの大軍勢が台地を埋め尽くしていた。

三角形の先端を前方に向けた魚鱗の陣形を取っている。すでに全軍が配置に着いて、動きを止め、音を立てないようにして敵が坂を登ってくるのを待ち構えている。

魚鱗の陣の右翼には、山県昌景の赤備え軍団が待機していた。

信玄が待ち伏せしていることを家康は知らない。

そのことを家康に伝えなければと思ったが、時すでに遅かった。

武田の軍勢が待ち構える台地の縁に、家康の軍勢の先頭が姿を見せ始めていた。

先陣を務めるのは本多平八郎だ。鹿の角をかたどった黒い兜が見える。台地を埋め尽くした信玄の軍勢を見て驚いたはずだが、平八郎は平然として軍勢を前に進める。前に進めなければ、後続の部隊は坂を登り切ることができない。坂の途中にいるところを敵に襲われれば、戦況はたちまち不利になる。

後続の部隊が台地の上に出られるように、本多隊は信玄の魚鱗の陣の直前まで進み出た。

信玄は動かない。家康の本隊が台地の上に登るのを待っている。

狙いは家康だ。

家康の軍勢は次々に台地の上に登ってくる。だが先陣の本多隊が留まっているため先へ進めず、仕方なく左右に散った陣形となる。鶴翼の陣に似ているが、意図したものではないので明らかに混乱が生じている。

家康の本隊が台地の上に姿を見せた。阿弥陀仏の教えを記した幟旗が見える。

信玄が動いた。

赤備えの山県隊が突如として前進を始めた。

激戦が始まった。台地のあちこちで衝突が起こった。

家康軍の陣形が整っていないうえに、背後には急坂があって自由に動けない。堅固な魚鱗の陣を敷いている信玄軍は陣形を崩さずに前に迫り出していく。

本多平八郎を始め、家康譜代の武将は奮戦してよくもちこたえていたが、両翼の国衆の軍勢はたまらず敗走を始めた。

間を置かずに、家康の軍勢は総崩れとなった。

信玄軍は陣形を乱さずに前進し、敗走する家康軍を追って坂を下っていった。

全滅か……。

随風は心の内でつぶやいた。

登ってきた崖を下って、街道から大きく逸れた経路で浜松城に引き返した。

鎧で身を固めた武者を乗せた馬は速度が出ない。随風の方が先に城に着いた。

城門の守りについていた兵に声をかけた。

「負け戦だ。敵はこの城まで追いかけてくる。味方が城に逃げ込んだら城門を閉めて、あとは籠城するしかないだろう」

随風は城門の脇に立って三方ヶ原の方を見守っていた。

敗走する騎馬武者たちが続々と城門の中に入っていった。だが城門の前を素通りして海の方に去っていくものもいる。武田方の勢いを恐れ、籠城は危険と見て、遠くまで逃げていくつもりなのか。

重なり合うようにして疾走する騎馬武者の一団が見えた。

どうやら家康が側近たちに守られて逃げ延びたようだ。

城門が見えたので安心したのか、側近たちが馬の速度を緩めた。

ただ一騎になって城門の直前まで来た家康は、そこで馬を止め、力尽きたように馬から落下した。

随風が駆け寄って家康を助け起こした。

異臭がした。

家康の鎧が汚れている。どうやら敗走する間に、恐怖のために嘔吐し、下痢を洩らしたものと思われる。家康はほとんど失神しそうになっていたが、随風に支えられて立ち上がると、大声で側近たちに命じた。

「殿《しんがり》の部隊が入城しても、城門を閉じるな。すべての城門を開け放ったままにしておけ。よいな」

それだけのことを言うと、家康は大きくよろめいた。

側近たちが駆け寄ろうとすると、家康は言った。

「おぬしらは城門の外で、最後の一兵が帰還するまで見守っておれ。わたしのことは構うな」

そう言って家康は随風の方に倒れかかった。随風は家康の体を抱えるようにして城砦の奥に向かった。

「まずは井戸のところへ」

家康が声を絞り出した。

城館に通じる坂道の手前に井戸があった。

家康は下帯まで脱いで水を浴び、体を浄めた。

「よく生きて還れたものだ」

家康は独り言のようにつぶやいた。

「空城計《くうじょうけい》だな……」

随風が思い出したようにささやきかけた。

空城計とは南朝宋の将軍、檀道済《たんどうせい》が著した『兵法三十六計』に書かれた第三十二計にあたる。強大な敵を相手に敗走して居城に逃げ込んだ時は、すべての城門を開け放って無防備な状態に見せかけるという戦略だ。

聡明な敵であれば、城砦の内部に罠が仕掛けられているのではと用心して、城への突入をためらうことになる。

とはいえ実際に突入されれば無防備なだけに全滅する惧れがあった。

「空城計は相手に聡明さがなければ、かえって危険をもたらす戦略ではないか」

随風が問いかけると、家康は寒さに身をふるわせながら答えた。

「近隣の国衆は自分の居城に逃げ帰った。信長どのが派遣した援軍は城を見捨てて、今切の方に逃げていった」

今切というのは津波で海と浜名湖がつながった地点で、浅瀬を渡って三河の方に逃げるつもりだろう。

家康は弱々しく溜め息をついた。

「いまこの城に配備されておるのはわずかな兵だけだ。空城計を試みるしかない。そなたの進言に従って最初から籠城しておれば、信玄はそのまま素通りしてくれていたのだろうが……」

「おのれの弱さと愚かさを肝に銘じておくことだな」

丘の上の城館に入ると、随風は紙と筆を求めた。

さらさらと紙の上に絵を描いてみせた。

「おれは仏画を描く鍛錬をした。これは菩薩半跏思惟《はんかしゆい》図に似せて、おぬしのいまの姿を描いたものだ。恐怖のあまり渋面をつくって全身をふるわせておる。この仏画を寝所にでも貼って、毎夜眺めるがよい。もう二度とこのような負け戦を起こすことがないように、毎日反省することだな」

仏画を受け取った家康は感嘆したように応えた。

「ありがたい。これはまさにいまのわたしだ。随風どのの言われるごとく、毎日おのれの愚かさを肝に銘じるとともに、末代までの家宝にしようぞ」

家康は疲れを覚えたのか、その場に伏して鼾をかき始めた。

随風は城門の脇の櫓に登った。

家康を逃がすために最後尾で闘い続けていた本多平八郎もすでに帰還していた。

城門は開け放たれたままだ。

あとを追ってきた山県昌景の赤備え軍団が、少し離れた場所で進軍を停止していた。

赤い兜に金色の三日月の飾りをつけた騎馬武者が前に進み出た。

随風は甲州で山県昌景と対面したことがある。武田二十四将の筆頭と称えられる武将だが、意外に小柄だったことを覚えている。

その小柄な武将は、訝るように開け放たれた城門を眺めていた。

やがて武将は意を決したように振り返ると配下の騎馬武者に声を発した。

赤備えの騎馬軍団は、三方ヶ原の方に引き返していった。

第三章　山川草木に悉く仏性あり

阿賀と呼ばれる川が流れている。河口のある越後では阿賀野川と呼ばれるのだが、源流に近い会津では阿賀、あるいはただ大川と呼ばれる。山間《やまあい》を流れる川ではあるが、川幅は広くゆったりとした大河のごとき眺めで、左右にも平地が広がっている。

右岸には黒川（若松）城の城下町がある。

対岸はわずかな田畑のほかには草地が広がっている。その鄙びた場所に龍興寺という天台の寺があった。慈覚大師円仁の創建と伝えられる古刹で、本尊は阿弥陀如来だが、浮身観音と呼ばれる観音堂が周囲の民衆に信仰されていた。

山門の前に立って、随風は周囲の山々を眺め回した。

この地に生まれ、この寺で育った。

記憶もない幼少のころに小僧として寺に入り、十一歳の時に得度して修行僧となった。

得度受戒の導師はこの寺の弁誉《べんよ》という住職だったが、その住職が亡くなったため、随風が寺に呼び戻された。

随風は長く比叡山で修行をし、天台座主覚恕法親王の側近に取り立てられた。末寺の住職を務める資格は充分にある。とはいえ住職に就任するというのは形式的なもので、随風は今後も遊行の旅を続けることにしている。本山の比叡山が活動を停止しているので、居場所を失った修行僧があふれている。住職の弁誉が病に倒れた時に信頼できる同輩に声をかけ、すでに寺の管理は任せてあった。

今回は住職就任の挨拶で檀家を巡るために帰郷した。

本堂に入って阿弥陀仏の前で読経をした。

小僧として幼少のころから過ごした懐かしい場所で読経をしていると、ふだんは心に留めることもない過去の記憶が甦ってきた。

父母の思い出はほとんどない。

両親はすでに亡く、この寺の墓地で眠っている。

母は黒川城を本拠とする蘆名一族の繋累だということだが、傍系であるので婿養子となった父の身分も低かった。その父が早くに亡くなったため、随風は幼いころから寺に入り、導師の指導を受けていた。母は家を存続させることを諦めてどこかに再嫁したと後に聞いた憶えがある。随風にとってはどうでもよいことだった。

導師の弁誉は穏やかな人柄だった。学識があるようには見えなかったが、温かい眼差しで随風の成長を見守っていた。幼い随風に日用の作業を指示するほかに、経典の内容について、おとぎ話を語るようにおもしろおかしく話してくれた。

漢字を習ってはいたが、まだ仏教経典を読みこなすほどではない。

仏教の基礎知識は法話の形で導師から口頭で伝えられたものだ。

天台の寺院であるから教えの中心は妙法蓮華経（法華経）となる。法華経には法華七喩と呼ばれるいくつもの喩《たと》え話が記されている。子どもにもわかりやすい物語で、導師の話に惹き込まれて聴き入るうちに、仏教の魅力に取り憑かれていた。

法華経の前半部は、臨終を迎えた釈迦が最後の教えを説くという設定になっている。多くの弟子や菩薩たちに向かって、釈迦は仏教の教えを基礎から語り始める。

法華七喩などの初心者向けの法話を説いたあとで突如として経典は新たな展開に移る。

大地が鳴動し天上から光が降り注ぐ。地中から黄金の菩薩たちが湧出し、さらに金剛石のごとく光り輝く宝塔が出現する。そうした奇瑞のあとで、釈迦は法華経の神髄ともいえる教えを語る。

この世に現れ多くの教えを説いた釈迦という仏は、仮の姿にすぎない。その背後には久遠本仏と呼ばれる永遠の仏の存在があって、釈迦仏も、その他の諸仏諸尊も、すべては久遠本仏の分身なのだ。

それだけではない。この世に存在するありとあらゆる生命は、人も獣も山野の草木も、久遠本仏の掌《たなごころ》の中にあり、十方世界（宇宙）に広がる巨大な仏の一部なのだ。

山川草木《さんせんそうもく》に悉《ことごと》く仏性《ぶっしょう》あり……。

導師が語ったこの言葉が、随風の胸の奥にしみこんできた。

この世界を覆い尽くすような巨大な仏が存在し、すべての生命はその仏の一部に過ぎない。この世に現れて教えを説く人の姿をした仏や菩薩も、すべては久遠本仏の分身であり、その背後には形のない巨大な仏の存在がある。

だとすれば、いまここにいる自分も、大きな仏の存在に包み込まれているのか。

そう思うとたちまち疑問がわいてきた。

随風はただちにその疑問を口にした。

「すべての生命は悉く巨大な仏に包み込まれていると教えられたが、おれにはそうとは思えぬ。そんな感じがまったくせぬのだが……」

導師は声を立てて笑った。

「そなたもそう思うか。実はわしもそう思うておる」

怪訝な表情を見せた随風に、導師は語りかけた。

「すべての生命が大きな仏の胎内にあり、おのれ自身にも仏性があるということは、言うてみればただの理屈じゃ。その理屈を体感し、確かにおのれに仏性があると感じることができれば、それはすなわち覚りの境地に到達したということになる。だが、わきまえておくがよい。おのれを仏と感じるというのは、至難のことだ。そこに到達するまでには長く苦しい修行が必要となる。そのために修行者は読経し、座禅を組み、陀羅尼や念仏を唱え、さらに厳しい山岳修行に励むことになる」

随風は勢い込んで言った。

「ならばおれは、日夜修行に励むぞ。座禅でも念仏でも、どんな厳しい修行でもやりぬいてみせる」

「まあ、あせらずともよい」

導師は笑いながら言った。

「禅宗は座禅を奨励し、浄土の教えは念仏を尊ぶが、天台の教えは幅が広い。密教の陀羅尼も唱えるし、山岳修行も採り入れておるが、日用のお勤めをするのも大事な修行だ。水を汲み、華を生け、堂内を掃除するのも大事な修行なのじゃ」

結局のところ、小僧として雑用をこなす日々が続くことになった。

導師は天台の末寺を任されているだけの人物ではあったが、不思議な奥深さを感じさせる人柄で、法話が巧みだった。

導師はまた絵心があって、手すさびに仏画を描いていた。

随風が興味をもったので、紙と筆を与えられた。見よう見まねで絵を描くうちに、たちまち精巧な仏画を描けるようになった。

久遠本仏は形のない仏だが、その胎内には無数の諸仏諸尊が分身として存在して、教えを説き、奇瑞をもたらし、衆生を救済する。とくに観音菩薩は三十三通りに変化して、さまざまな姿で顕現して衆生を救済する。そのため仏画も多様なものが描かれる。

仏の脇侍として欠かせない菩薩もいる。白象に乗った普賢菩薩、青獅子に乗った文殊菩薩は、重要な素材だ。

未来仏とされる弥勒菩薩も人気が高い。弥勒菩薩は次の世の仏となる菩薩で、片膝を組んで椅子に座した半跏思惟《はんかしゆい》像として描かれることが多い。

随風は筆の動きに任せてさまざまな姿の菩薩像を描くようになった。

幼いころは寺域から出ることは禁じられていたのだが、正式に得度してからは、集中して経典を読む合間に、寺の外に出て山岳修行に打ち込んだ。

龍興寺は平地の寺だが、山に囲まれた谷間にあるので山岳修行の場所には困らない。

山野を駆け回った。初めの内は道がよくわからず、寺に戻れるかどうか不安だったが、そのうち樵《きこり》が通う踏み分け道や、わずかな獣路を辿って、寺の周囲の山々を自在に駆けるようになった。山々の佇まいや吹き抜ける風の気配だけで迷うことなく寺に戻ることができる。

不安が消えると、無心になれる。

のちに自ら無心随風と名乗ることになるのだが、まだ幼かったせいもあって、山に踏み込めばたちまち無心になることができた。

何も考えずにただひたすら山道を辿る。樹木の幹や枝や葉が目に入る。

山川草木に悉く仏性あり。

山にも川にも草にも木にも、仏性があり、すべての生命は仏に包まれている。

目に映るもののすべてが仏の胎内にあり、仏そのものなのだ。

早朝に寺を出て、気がつくと夕刻になっており、寺に戻っている自分に気づく。

その間の記憶は失われている。

随風はそのことを導師に尋ねてみた。

「早朝に寺を出て夕刻に寺に戻るまで、山野を走っている間のことを、おれはほとんど憶えておらぬ。記憶がなければ、何の足しにもならぬのではないか。それで果たして修行になっておるのだろうか」

導師は大きく頷きながら応えた。

「比叡山においても高僧は千日回峰行という修行をされる。千日にわたって山岳修行をすることで、法華経に書かれておる山川草木に悉く仏性ありという教えを体得し、久遠本仏と一体となって、悟りの境地に到ることになる。山野におる時の記憶がないということは、思うにそなたはすでに涅槃の境地に到達しておるのではないか。それは修行者として大事なことだ。怠らずに修行を続けるがよい」

それでは自分はすでに悟りの境地に到達し、仏そのものになっているのか……。

そう思ったが、そんなことを考えていると無心の境地から離れてしまうので、そのことは考えないようにした。

ただある奇妙な体験をした。

自分が仏そのものだということなら、その分身の諸仏諸尊は自分の胎内に存在することになる。

ある時、自分の胎内から声がするように思えた。

わたしは浮身観音というものだ……。

声はそのように告げた。

わたしは法華経の教えを説くために衆生の間を回り、わが身を磨り減らすようにして力を尽くしてきたのだが、そのうちにまさにわが身が磨り減って、ただの土塊《つちくれ》となり、泥田の中に埋もれるようなありさまになってしまった。わたしは仏の分身として、まだ多くの衆生に教えを説き続けなければならぬと思うておる。泥田に埋もれたわが身を救い出し、どこぞに安置してもらえればありがたい。

随風の目の前に、土塊となって泥田に埋もれた観音菩薩の姿が見えていた。その周囲の田畑や山野のようすを心に刻みつけた。

山岳修行の行き帰りに、周囲の平地の田畑を見回るうちに、心に刻みつけた風景と同じ場所が見つかった。導師に頼んで檀家の農民に声をかけ、そのあたりの田畑を掘り返してみると、土で造られた観音菩薩像と思われる土塊が出土した。

土塊を寺に運んで見つめていると、もとの菩薩の姿が目の前に浮かんできた。

その菩薩の姿を図像で描いて導師に見せた。

導師は仏造りの工匠を招いてその図像をもとに木彫りの菩薩像を造り、田畑から掘りだした土塊をその胎内に封入した。

のちに寺の最大の檀家である黒川城の蘆名一族の寄進によって、観音堂が建立され、会津の各地から参拝者が集まるようになった。


成長とともに体力がついて、山岳修行の範囲は広がっていった。

阿賀川や支流の只見川の上流には果てもなく山地が続いていた。駒ヶ岳や燧《ひうち》ヶ岳という名峰が並び、その先に広大な平地が広がっている場所があった。そのあたりは湿地になっていて、農耕には適さず、人の姿のない湿原がひっそりと水を湛えていた。ただ草木だけが日の光を浴びて息づいていた。

こんな場所があるということが、大いなる不思議と思われた。まさにこの世界のすべてが仏の胎内に在るのだと感じられた。

さらに南に進むと大きな湖があり、男体山と呼ばれる形のよい山の裾野に中禅寺という天台の寺があった。寺に泊めてもらってさらにその先に進むことができる。随風が山岳修行の範囲を広げていくきっかけになった。

男体山はまた山岳信仰の霊峰とされ、山の裾野をさらに下ったところに、山そのものを御神体とする二荒山《ふたらさん》神社という大きな神社があった。のちにはそこが下野《しもつけ》国の一の宮だということを知った。そこが本社で、中禅寺の近くに中宮祠《ちゅうぐうし》、男体山の頂上に奥社があった。神仏習合の考え方で山は千手観音の権現とされ、山麓にある本社のそばに輪王寺という寺院があった。ここも天台の寺だった。

寺僧たちは男体山の奥に広がる湿原を尾瀬と呼んでいた。

さらにこれは伝説の域を出ないのだが、かつて弘法大師空海がこの地を訪れ、二荒という文字を「にこう」と音読みしたことから、この地が「日光」と呼ばれるようになったのだと伝えられる。


山岳修行の領域が広がるにつれて気づくことがあった。

随風にとって、山岳修行で走破する山野はすべて久遠本仏の胎内であり、山川草木が息づく聖域であったが、その聖域の中に異物が点在していた。

自然のままに息づく山の中に、異様なものがある。

山城だった。

黒川城の蘆名一族はこの地域の領主で、随風の母方の遠い親戚でもある。会津の民にとっても、地域の治安を維持し、河川を管理してくれる、頼りになる殿様だった。本拠の黒川城は平地の城下町に接していて、人々の営みとつながっていた。

山城は文字どおり山の中にあって、人々の暮らしとは切り離されている。

蘆名配下の国衆が、敵の侵入に備えて各地に山城を築いていた。

会津は陸奥の南端の中央に位置している。東には伊達、西には上杉の領地があり、時おり領地を巡って戦さが起こった。

久遠本仏の胎内にある異物は、戦さのための備えとして置かれたものだ。

なぜ戦さなどというものが起こるのか。

まるで自分の腹の中で小さな虫が無駄な争いをしているような気がした。

どうしたらこの虫を退治することができるのか。そこには豊かな農地があり、勤勉な農民がいた。

戦さのおり、兵たちは田畑を荒らし、農民の家を焼き、草木を踏みにじっていく。

仏道を窮めるとは、仏と一体となるところで終わるものではない。その仏の胎内に不穏なものがあるならば、秩序を破壊するものを糺弾し、戦乱のない世を築かねばならぬ。

戦さが起こっているのは会津や陸奥ばかりではない。

日本国《ひのもとのくに》の到るところで戦乱が起こっているらしい。その乱れた世をこの目で眺めてみたいと随風は思った。


随風は十四歳で寺を出て遊学の旅に出た。

宇都宮の粉河寺で学んだあと、十八歳で比叡山延暦寺の修行僧となった。

その後も近江の三井寺、大和の興福寺、下野の足利学校など、遊学の旅に出てはいたが、本拠としたのは比叡山だった。

成長した随風は人目を惹くような大男になっていた。経典も読み込み、山岳修行で体力を鍛えていた。何よりも自分を久遠本仏の分身と思っていたから、それが態度にも顕れ、新参の修行僧であるにもかかわらず、大僧正のごとき威厳を放っていた。

比叡山では堂内にこもって座禅や念仏の修行を重ねることもあったが、山岳修行として延暦寺の寺域や周囲の山々を駆け回ることが多かった。延暦寺は比叡山の広大な領域に広がっていて、根本中堂のある東塔《とうどう》、転法輪堂や常行堂のある西塔《さいとう》、さらに奥まったところに広がる横川《よかわ》があり、そこを周回するだけでも修行になる。

寺域の山道を走り回る大男の姿は、いやでも目についてしまう。無心随風の名は叡山の全体に広がっていった。

随風の噂はのちに天台座主になる覚恕法親王の耳にも届いたようで、法親王から声がかかった。

当時の覚恕は、洛中の門跡寺院、曼受院《まんじゅ》から通ってくる皇族だった。兄の正親町《おおぎまち》帝は財政破綻した朝廷の立て直しに苦労していたが、弟の覚恕は出家して自由の身になると狡猾ともいえるほどの才覚を発揮して、京を支配している三好一族や近江や堺の商人を味方につけ、叡山東麓の坂本を拠点として琵琶湖の水運を利用した交易の経路を押さえていた。

権威を失った帝や足利将軍に代わって、朝倉や石山本願寺と同盟を結ぶために画策するなど、すでに比叡山の中心人物となっていた。

覚恕が興味をもったのは、随風の体力だったようだ。

叡山での本拠にしていた小堂に呼びつけると、覚恕はいきなり語りかけた。

「三千日の回峰行をして涅槃に到達したと豪語しておるのはその方か」

確かに随風はそのようなことを吹聴したことがあった。自慢をする気はなかったのだが、山岳修行には自負があった。比叡山の学僧の多くは貴族の嫡流から外れた子弟で、理屈を述べるのは達者だが山岳修行に本気で取り組むものは少なく、延暦寺の全体が形骸化した生ぬるい場所と感じられた。寺域を走り回る随風の姿からは、怒気をはらんだ敵意のごときものが発散されていた。そのことが覚恕にも伝わっていたのだろう。

相手が皇族であっても随風は怯まない。堂々と胸を張って言い放った。

「おれは故郷の寺におったころから近くの山野を走り回っておった。三千日と日数を数えたわけではないが、山野の草木と一体となったという手応えはもっておる」

「脚が速そうだな。飛脚の代わりにはなるだろう。わしの手伝いをせぬか」

「何をすればよい」

「地方の大名などにわしの意向を伝えるものがほしい。重要な役目なのでただの飛脚には頼めぬ」

相手は帝の弟宮だ。ただちに拒否をするわけにはいかぬ。だが相手の言いなりになるのも気が進まない。随風は挑むように問いかけた。

「一つ伺ってもよろしいか」

かなり大きな声だったので、法親王は一瞬、怪訝な顔つきになった。だがすぐに余裕のあるところを見せて、うす笑いをうかべた。

「何なりと訊くがよい」

「法親王は大名にご意向を伝えておられるとのことだが、いかなるご意向か」

「知れたこと。叡山が中心となって諸大名と結び、米や海産物を荷運びする経路を確保せねばならぬ。京の北山を抜けていく裏街道はあるが、琵琶湖の水運を使えば大量に荷が運べる。美濃を支配しておる織田信長が近江への進出を狙うておるようじゃ。朝倉や浅井など、近隣の大名と結束を固めておきたい」

「法親王は堺や近江の商人を味方につけて、手広く商いをしておられるそうではないか」

「わかっておるなら話が早い。わしの手足となって働くがよい」

「おれは誰の命令も受けぬ」

「まあ、よいではないか。山野を走るのがそなたの修行であろう。わしはいずれ天台座主になる。座主の書簡を懐に山野を走るのもよき修行になるであろう」

山野を走るだけでなく、地方の大名とやらと会って、どのような人物かを見定め、見聞を広めるのも修行だと思い、書状を運ぶ役目を引き受けた。


書状を携えて越前の朝倉義景《よしかげ》のもとに赴くことになった。

山岳修行で鍛えた随風の脚なら、越前の一乗谷まではわずかな距離だ。法親王の名代なので怪しまれることもなく館の中に案内された。

義景は風格のある武将で、領国を完全に平定し、ゆとりのある生活をしていた。京の貴族の邸宅のような広々とした館を構え、能楽や和歌に親しみ、贅沢な暮らしをしていたが、越前を制圧しただけで満足しているようで、上洛して天下を取るという意欲はもっていなかった。

書状を手渡すと、随風の目の前でざっと読み通し、ただちに応えた。

「相わかったと、それだけを覚恕さまにお伝えしてくれ。そなたは側近のようだな。これも何かの縁だ。酒でも飲んでいくか」

短い返事だけでは覚恕も満足しないだろうと思い、義景のようすを探るために、酒の相手をすることにした。

義景は何人かの側近を呼び集めて、酒宴を開いた。

その側近の中に明智光秀がいた。

譜代の家臣ではなく、国衆でもなく、身分の低い参謀のような立場の人物だったが、控え目な態度ながら鋭い目つきで話の成り行きを見つめているようすには、ただものではない見識が感じられた。義景は光秀を信頼しているようで、わからないことがあると光秀に見解を求めた。どんな問いに対しても的確にわかりやすく回答する話しぶりからも、叡知に長けた輩だと思われた。

いつも同じ顔ぶれで飲んでいるようで、側近たちの間には親しく和やかな雰囲気が広がっていた。随風だけが新顔なので、質問が集中した。京の状勢についての問いが多かった。随風は叡山の修行者だが、洛中の天台寺院に出向くことも多かったし、京の噂はいろいろと耳に入っている。適当に答えておいた。

酒宴が終わり、館の外に出ると、光秀の方から声をかけてきた。

「飲み足りぬ気がせぬか」

「酒はもういい。だが話をするなら相手をしてもよい」

「ならばわしのところへ来い」

明智光秀は城下の外れの古びた寺の門前にある廃屋のような建物に住んでいた。

それでも広い板間があり、書棚に書物が並んでいた。

奥から女が現れて、酒の入った瓶子と杯を差し出した。

粗末な衣を着ていたが、立ち居ふるまいに奥ゆかしさが感じられた。

いまは貧窮した暮らしぶりだが、以前はどこかの大名の家臣だったのかもしれない。

光秀は酒を一気に飲み干してから言った。

「わしは長く浪人をしておって妻子には苦労をかけておる。朝倉の館に出入りしておるが家臣になったわけではない。糊口を凌ぐためにここで塾を開いておる」

「子ども相手の塾か」

「大人の武士も来る。武術の心得はあっても教養のない田舎侍が多い。朝倉義景どのが上洛して将軍や帝と交流することになれば、配下の武士も多少の教養が必要であろう」

「朝倉義景は上洛する気などないだろう。この一乗谷を小京都として、贅沢な暮らしに満足しきっておる。武将としての気概は失ったのではないか」

「だが将軍は朝倉に期待をかけておるようだ」

のちに暗殺されることになる足利義輝はまだ健在だった。しかし京を支配する三好一族の権勢の前に居場所を失い、わずかな側近に守られて逃げ惑いながら、各地の武将に上洛を要請する書状を送り続けていた。

光秀が足利義輝のことをよく知っているような口ぶりだったので随風は問いかけた。

「おぬしは足利義輝と懇意なのか。将軍はどこにおるのだ。もはや足利将軍など、何の力ももっておらぬのだろう」

「上杉と武田の戦さを調停したり、西国や九州の紛争を鎮めるなど、書状を出すだけで問題が解決することもある。将軍にはそれだけの権威があるのだ。もっとも双方が戦さに倦んで軍を引く機会を窺っておる時に、ちょうど和議を促す将軍の書状が届いたということだがな」

「誰もが戦さに倦んでおるのではないか。この戦国の世を終わりにすることはできぬものか」

「わしもそのことを考えておる。この日本国のありようを、大局を見据えて熟考すれば、どのようにして戦さを鎮め、世を治めることができるか、その道筋が見えてくるはずだ。いまは英傑の出現が求められておるのではないか」

　事もなげに言い切った明智光秀の言葉に、随風は心を動かされた。

　おのれの領地にこだわったり、権威のある武将に取り入って出世することばかり考えているものが多い中で、日本国の将来に目を据えている人物がいるとは、思いがけないことだった。

「それはどのような英傑だ」

　随風の問いに、光秀は微笑をうかべた。

「このような荒《あば》ら屋に住み、田舎侍を相手に塾を開いておるわしが言うたのでは誰も信用せぬであろうが、ここでわしは毎日、日本国の状勢を眺めながら、密かに戦略を練っておるのだ。いずれ時が来たら、わしは旗挙げをする。このわしが、天下太平の世を実現する英傑になるつもりだ」

　随風も微笑をうかべた。

「おぬしが天下を取るというのか。一介の浪人の身分から、いかにして天下人になるつもりだ。その戦略とやらを聞かせてもらいたいものだ」

　光秀は自らの杯に酒を注ぎ、相手の杯に酒が残っているのを見て言った。

「酒を飲まぬのか。朝倉の館では飲んでおったではないか」

「おれは修行者だ。深酒はせぬ」

　そう言いながら、随風は杯の酒を呑み干した。

　光秀は満足そうな笑みをうかべた。

「そうだ。もっと飲め。酔った相手でないと、このような話はできぬからな。戦略というほどのものではないが、わしは道理をわきまえておるつもりだ。とにかく最強の武将が日本国の全土を制圧すれば、戦さはなくなる。それが道理であろう。見ておるがよい。わしは強大な覇王となってこの国を平定するつもりだ」

光秀は随風の杯に酒を注ぎ、低い声でささやくように言った。

「おぬしも訝っておるとおり、わしは浪々の身だ。いまのわしには何もできぬ。領地もなければ手勢もおらぬのだからな。いくら頭の中に戦略があっても、銭と配下がなければ戦さを起こすわけにはいかぬ。しかしいますぐにでも、銭を得ることはできる。朝倉からは家臣になれと催促されておるのだ」

そう言って光秀は暗い表情で笑ってみせた。

「しかしわしはあれこれとごまかしながら、仕官の話はやりすごしておる。自分を安売りするつもりはない。いまは京や堺に出向いて、そこで見聞したことを義景どのに伝え、わずかな駄賃をもらっておる。朝倉の家臣になってしまえば、主君として仕えねばならぬからな。それは御免蒙りたい。まだ機が熟しておらぬゆえ、野望も戦略もわしの頭の中に留まっておるが、いまこれほどの野望を抱き、戦略を練っておるものは、日本国広しといえども他にはおらぬであろう。天下を制するのはこの明智十兵衛光秀だ」

何という自負か……。

随風は心の内で賛嘆した。

この慢心は生まれつきのものだろう。だとすれば大名とはいわずとも、国衆くらいの家柄に生まれたのかもしれぬ。

ふと思いついたことがあったので尋ねてみた。

「美濃に明智城というのがあるが、おぬしはそこの出身か」

光秀は急に表情を硬ばらせた。

「明智城はわが叔父の居城であった。守護大名の土岐一族の流れを汲む名門ではあるが、叔父はささやかな領地を守る国衆に過ぎなかった。美濃は蝮《まむし》と呼ばれる斎藤道三が勃興して土岐一族を排除したのだが、嫡男の義龍との間に不和があり、配下の国衆が二つに分かれて闘った。わが叔父は負けた道三の側について討ち死にした。わしは家族を連れてこの越前に逃れた。それ以後は長く浪人を続けておる」

光秀は酒を呷るように呑み干してから、声を高めた。

「だがわしが世に出る日も近い。細川藤孝《ふじたか》という足利将軍の家臣が、頻繁にわしを訪ねて来る。将軍と織田信長の間を取り持ってほしいという依頼だ。どうやら将軍の側近たちも、信長に目を向けておるようだ」

「信長とは知り合いなのか」

「信長は斎藤道三の娘婿だ。わしは道三の家臣として縁組の交渉に出向いた。信長とは古い付き合いだ。わしが朝倉の家臣にならぬのも、信長の方が力があると見ておるからだ」

織田信長の話は随風も耳にしていた。

覚恕法親王が越前の朝倉、北近江の浅井と結んで琵琶湖の水運による商いを広げようと画策していることは承知していたが、覚恕が何よりも恐れているのは、本拠の尾張だけでなく美濃を制覇した織田信長が、近江にまで進出するのではないかということだ。

織田信長もまた商業の重要性を認識していて、楽市楽座という商いの場を設け、そこで得た資金で鉄砲隊を増強していた。北近江には鉄砲鍛冶の集落がある。信長は琵琶湖の水運に狙いをつけ、物流を制した上で、さらに上洛の機会を窺っているはずだ。

「随風といったな。おぬしは何のために法親王の配下になっておるのだ。天台宗の中で出世をしたいと思うておるのか」

酔いの回った濁った目で、光秀はこちらを見ていた。

随風は応えた。

「おれは山岳修行者だ。山野を駆けることで仏と一体となる。おれが目指しておるのはそれだけだ」

光秀は疑うような眼差しで随風の顔を見つめた。

「仏と一体となるとは、どういうことだ。そうなることにどれほどの喜びがあるというのだ」

「喜びなどといったものとは無縁だ。おれが仏であり、仏がおれだと感じておれば、おれは世界の主だということになる。天下を取るなどというのは些末事に過ぎぬ。ただこの仏の胎内のごとき日本国のあちこちで戦さが起こっておるのは、何やら腹具合が悪いような気分だ。天下を取って日本国を平定しようというものがあれば、応援してやってもよいと思うておる」

「ならばわしを応援せよ」

光秀は身を乗り出すようにしてささやきかけた。

「わしは自分の出世を望んでおるのではない。この日本国を制圧して天下太平の世を実現したいと思うておるだけだ。そのために各地を回って知己を増やしてきた。将軍とも面識がある。織田信長とも親しい。北近江の鉄砲職人にも気心の知れたものがおる。堺の商人とも伝手《つて》がある。あとは将軍と織田信長を結びつけて、天下を取るだけだ」

「信長の配下となるだけなら、天下は取れぬぞ。信長は戦さは巧みだが血も涙もない冷酷な武将だという噂だ。そのような男が天下を取ったのでは、この国は治まらぬのではないか」

「まあ、見ておれ。わしには考えがある」

そう言って光秀は、不気味な笑いをうかべた。

陸奥の南端に位置する会津の地は、長く相模の三浦氏を祖とする蘆名一族が支配してきた。当代の城主は蘆名盛氏という五十歳を過ぎた老将だった。

平地の城下町に接した堂々とした佇まいの黒川城の曲輪《くるわ》の中に、町衆や農民たちに信仰されている稲荷堂があった。神仏習合で境内には龍興寺の別院があり、新たに住職となった随風は稲荷堂の堂守を兼ねることになっていた。

その挨拶のために城主の盛氏を訪ねた。

盛氏は西に接する越後の上杉、陸奥の東端の伊達、さらに常陸の佐竹と長く抗争を続けていた。

随風はかつて武田信玄が、名将とされる三人の名を挙げたことを記憶していた。

丹波の赤井、近江の浅井、会津の蘆名……。

だがいま目の前にしている蘆名盛氏は、名将とは程遠い立ち枯れたような老人だった。

家督を譲った嫡男の盛興《もりおき》を病で亡くしたばかりで意気消沈しているのだろう。跡継の男児は盛興ただ一人しかいなかった。

随風の母は傍系とはいえ蘆名の出身だ。盛氏もそのことは承知していて、随風のことを気にかけていたようだ。

「一族に縁のあるそなたに住職を引き継いでもらい、わしも安心できる。とはいえそなたは天台座主の側近らしいな。またすぐに京に戻るのであろう。天台の本山が焼き討ちされるなど、京の状勢は不穏なようじゃ。そのあたりの話を聞かせてくれぬか」

請われて随風は語り始めた。

「京は織田信長が支配している。三好勢は一掃された。だが石山本願寺の抵抗が続いている。本願寺に兵粮を届ける毛利配下の村上水軍と織田配下の九鬼水軍が大坂の沖合で戦っているが一進一退だ。信長は近江を制圧して安土に城造りを始めた。武田信玄は亡くなったようだな。表沙汰にはされておらぬが、遠江の三方ヶ原で徳川家康の軍勢を圧倒して三河に入ったあと、急に動きを止め全軍が甲府に引き返した。子息の勝頼が跡を継ぐようだが、浅井長政も朝倉義景も滅んだ。信長包囲網は崩壊した」

「信長が天下を取るということか」

「帝のおられる京を制圧するということではすでに信長は天下を取っておるが、全国を制覇するとなると道は遠い。西に毛利、四国に長宗我部《ちょうそかべ》、九州に大友や島津がある。甲斐の武田、越後の上杉、相模の北条も簡単には滅びぬ。さらに陸奥に伊達と蘆名があることは言うまでもない。京からここまで軍勢を差し向けるわけにはいかぬだろう」

「確かに陸奥は辺境の地じゃ。源頼朝は鎌倉から出発いたしたので奥州藤原氏を滅ぼすことができたが、織田信長がここまで来るのは難儀なことであろうな」

そこまで話して、盛氏は大きく息をついた。

「わが蘆名一族は源頼朝どのの側近として活躍し、奥州の平定にも功績のあった三浦氏の流れじゃ。その功績で会津の領地を与えられ、三浦の分家が蘆名氏を名乗ってこの地を発展させてきた。とはいえわしが若かったころは、伊達の配下の国衆に過ぎなかった。伊達でお家騒動が起こった隙に、わしは周囲の国衆たちと話し合い、時には武力で配下に収めて、いまでは伊達と並び立つほどの戦国大名となったのじゃ。わしは戦さ上手と褒められて得意がっておったが、領地を広げすぎたために、東から伊達が盛り返してきたり、東国の統一を狙う上杉に西から侵略されたり、気を許す暇がなくなった」

盛氏の声はしだいに深く沈み込んでいった。

「跡継と頼んでおった息子が亡くなり、蘆名の未来も危うくなった。わしはもう戦さをする気にはなれぬ。されども何もせずに放置しておけば、わが領地は東と西から侵略されることになろう。朝廷や将軍にかつてのように権威があって、地方の領地争いに裁定を下し、必要ならば中央から調停のための兵を出すような体制が実現してくれぬものか。いまの信長にはそこまでの権威がないということかな」

随風も大きく息をついた。

信長には敵が多すぎる。信長の勢力が強くなれば、敵対する勢力が連合して対抗しようとするだろう。戦さがさらに拡大することになり、戦国の世は果てもなく続きそうだ。

「おれは仏道の修行者だが、悟りの境地を求めるだけが修行ではない。日本国の行く末を案じておる。おれが生きているうちに、必ず天下太平の世を築きたいと願うておる。それが仏道に生きるものの使命だ。わが母に縁のある蘆名一族のことも気に懸けておくつもりだ」

そんなことを言ってみたが、嫡男を失った老将の励みにはならなかっただろう。

随風は会津の地をあとにした。

天正《てんしょう》七年（一五七九年）。戦国の世は徐々に終結に向かう気配を見せ始めていた。

天下の覇者を目指す織田信長は琵琶湖の東岸の安土に壮麗な城を築きここを本拠とした。

長良川の畔に城下町を築き、その町から仰ぎ見る山上に天守閣を築いた岐阜城も、類例のない見事な城郭だったが、安土城はさらに豪華で想像を絶した建物だった。

湖に面した山裾から斜面に沿って石垣が積み上げられ、その上に天空の都市のようにいくつもの建物が重なり、さらにその先の丘陵の尾根に広大な曲輪が築かれている。

その中央には通常の天守閣ではなく「天主閣」という文字で表現される楼閣が聳えている。通常の天守閣の甍の上に八角形の朱塗りの望楼が載せられ、さらにその上に金色に輝く方形の部屋が突き出している。それゆえにまさに「天主」の座とでもいうべき眺めとなっている。

八角形の建物といえば聖徳太子が築いたと言われる法隆寺の夢殿や、帝の即位礼の高御座《たかみくら》など、神仏の御座所に用いられるものだ。

信長は自らを神仏に擬《なぞら》えようとしているのか。

城郭の中腹には摠見寺という広大な寺域をもつ寺院が建立されているが、中心の金堂にあたる場所には神社の拝殿のような建物があり、二層になった建物の上部に御神体の巨石が据えられている。迷路のような城郭の通路は必ず寺域を通るようになっていて、来訪者は拝殿の巨石を遥拝する仕組みになっている。

この御神体は、信長そのものではないかという風評が流れていた。

すでに武田信玄、上杉謙信は没し、朝倉義景と浅井長政は織田の軍勢に追い詰められて自決した。かつての信長包囲網は崩壊していた。

石山本願寺はまだ抵抗を続けていたが、各地で起こっていた一向一揆はほぼ鎮圧され、毛利水軍による兵粮の補給も信長の水軍が阻止するようになっていた。

石山本願寺は孤立していた。

日本国は広い。西にも東にも中央の制御が利かぬ地域はあまたあるが、少なくとも京の周辺は信長が制圧している。信長は天下を取った気でいるのだろう。

琵琶湖の湖岸に佇み、不思議な天主閣を見上げながら、随風は胸の内でつぶやいた。

織田信長と語らってみるか……。

光秀に斡旋を頼むのは面倒だった。このまま乗り込んでいって信長を脅かしてやろう。

随風は天主閣や曲輪のようすを窺っていた。

山岳修行で鍛えた随風には常人には及ばぬ体術がある。

仏と一体となれば、悉く仏性を宿している草木に合一して、周囲の風景に融け込むことができた。

八千頌般若経によれば、衆生が人生の途上で眺めているものはすべて影絵芝居のごとき幻影にすぎない。影絵を映し出す光源となる蠟燭の炎を吹き消せば一瞬にして幻影は消え失せる。

人は誰もが体内に光源となる炎を秘めている。その炎に息を吹きかければ、そのものが見ている幻影は消える。

随風は自在におのれの気配を消して移動することができる。

昼間でも警備の目を欺くことは可能だが、夜の闇に紛れれば、どこへでも忍び込むことができた。

広大な曲輪の到るところに篝火が焚かれ、天主閣のある山の全体が明るく輝いてはいたが、篝火の間や根元には必ず闇がある。闇と闇を縫うようにして、随風は迷路のような曲輪を進んでいった。

天主閣の前に出た。

信長はその最上階を寝所としているらしい。

守りの兵が駐屯していたが、迷路の果てまでたどりつく敵はいない。兵には油断があった。

兵たちの背後の闇を辿って、天主閣の内部に忍び込んだ。

中央が吹き抜けになった構造で、太い柱と梁が縦横に張り巡らされている。体術のある随風にとっては、わが庭のような造りだ。柱や梁を伝って猿《ましら》のごとく吹き抜けの上部に昇っていく。

そこで吹き抜けの空間は閉ざされ、急な階段だけが上層に通じている。

神の領域ともいえる八角形の望楼がそこにある。

随風は階段の途中で足を止め、上層の気配を探った。

信長は最上階の金色の間で寝んでいるようだ。

八角形の望楼には近習が一人だけ、警備に当たっている。

類例のない美少年と噂される森蘭丸《らんまる》がそこにいるのか。まだ十代半ばの少年だが、父は猛将として知られた金山城主の森可成《よしなり》だ。浅井と朝倉の連合軍を相手に孤軍奮闘して討ち死にした壮絶な最期は伝説として語られている。その子息ならば腕も立つはずだ。

随風は気配を消したまま階段を昇っていった。

八角堂の床面から首だけを出して内部を覗き込んだ。予想したとおり少年が一人、最上階に上がる階段の前に座している。灯火は点っているが階段のあたりは薄暗くなっている。随風は気配を消したまま素早く少年の正面に回り込んだ。

相手の目を見据えた。闇の中の目が射るように少年を見つめている。

少年はその眼差しに気づいたはずだが、射すくめられて、身動きできなくなっている。

随風がささやきかけた。

「おまえは夢を見ておるのだ」

少年はそのまま、全身が凝り固まったようになっている。

動けなくなっている少年の前を通って、随風は最上階への階段を昇っていった。


部屋の中央に夜具が敷かれていた。織田信長は眠っているように見えた。

枕元から少し離れた場所に油を入れた皿があって、小さな炎が揺れていた。その微かな光では信長の顔がわずかに闇の中に浮かび上がるだけで、金色に輝くはずの壁も周囲の闇の中に融け込んでいた。

随風はその闇の中にいた。

「これは夢だ……」

随風は眠っている信長に語りかけた。

「夢の中でおまえと問答をしたいと思う。答えてくれるか」

微かな息づかいが闇の中に響いた。恐れているわけではないが、訝《いぶか》り、わずかにいらだったような息づかいだった。

「おぬしは何じゃ。刺客ではあるまい。刺客ならばわが命すでに絶えておるはずじゃ」

随風は静かに最初の問いを発した。

「織田信長……。おまえは何ものだ。何ゆえにこのような城を築いた。天の高みから日本国を支配しようというのか」

軽い寝息に交じって、うめくような声が響いた。

「おのれの意のままになる世界を、おのれの周りに築く。わしの望みはそれだけじゃ。意のままにならぬものがあれば、抹殺する。そうやっておのれの世界を広げていけば、いずれは日本国の全土を支配することができよう。だが日本国は広い。これから先も長い闘いが続いていく。しばしの間、この城の中で寛がせてくれ」

「その長い闘いによって多くの兵が死ぬ。田畑が荒らされ農民たちも疲弊する。日本国の全土が荒廃したのでは、おまえの闘いは負け戦になるのではないか」

「おぬしはわしに向かって説教しようというのか。小賢しい奴じゃ。おまえは法師か。比叡山から焼き出された修行者か。わしは神も仏も信じてはおらぬ。言うてみればおのれが神じゃ。この城を開いてから切支丹の伴天連《ばてれん》どもが頻繁に訪れるようになった。日本国には八百万《やおよろず》の神があり、仏教にも諸仏諸尊があるが、伴天連の神は唯一にして全知全能の神じゃという。それを聞いてわしは伴天連に言うてやった。わしがその唯一の神じゃと。伴天連はふるえあがっておったぞ」

「この城を構えたあと、おまえは何をなすつもりだ。戦さを日本国の全土に広げていくというのか」

「わしは叡山を焼き払った。同じように石山本願寺も叩き潰す。抗うものは皆殺しじゃ。わしの思いどおりにならぬものはすべてこの世から消し去らねばならぬ」

「それでは敵が増えるのではないか」

「さにあらず。誰もが命は惜しいはずじゃ。この信長に逆らえば必ず命を取られるとわかれば、九州も陸奥も、わしに頭を下げることになる。最後まで頭を下げなかったものは、どんなに遠くでも軍勢を送って首を刎ねる。首を刎ねられた輩は髑髏杯になって毎日酒を注がれることになるのじゃ」

髑髏杯の話は随風も耳にしたことがあった。

長く信長包囲網の要として敵対を続けた浅井、朝倉を滅ぼした時、信長は浅井長政、その父の久政、朝倉義景の頭蓋骨に漆を塗って杯として、配下のものらと祝杯をあげたということだ。

信長は残忍な人間だ。情け容赦のないところが配下に恐怖心を抱かせ、それが信長の軍団の結束力となっている。

随風は声を高めた。

「恐怖で配下を従え、日本国を制覇したとして、それでおまえは満足なのか。恐れによって人を従えておる限り、国の内には不安とおののきが広がるばかりで、天下太平の世など実現できぬのではないか」

不意に不気味な笑い声が起こった。

ここまでの対話は夢の中でのものだったはずだが、眠っていると思われた信長が夜具の上に身を起こし、闇の中に潜んでいる随風の姿を見据えていた。

「これは夢ではないな。どうやってここに入った。おぬしは何ものだ」

「無心随風。天台の山岳修行者だ」

「無心……。名は聞いたことがある。十兵衛光秀のところに通う幻術師ではないか」

「それは十兵衛が広めた噂であろう。おれはただの修行者だ」

「何のために修行をしておる。おぬしは何を求めておるのじゃ」

「光り輝く神を……」

　一瞬、信長は黙り込んでいた。

　随風は重ねて言葉を続けた。

「万民が平伏すような光り輝く神でなければ、この国を統べることはできぬ。戦国の世を終結させ、天下太平の世を築く英傑を求めて、諸国を巡っておる」

「光り輝く神……、それは伴天連が説く唯一絶対の神のごときものか。伴天連の神は逆らったものには容赦なく天罰を下す恐るべき神じゃ。それゆえに伴天連どもは神を恐れ、神の意向に追い立てられるように、遠きこの日本国にまで出向いて命がけで布教に努めておる。どうじゃ。その伴天連の神というのは、わしに似ておると思わぬか」

「勝手にそう思っておるがよい」

　随風は独り言のようにつぶやいた。

　信長は低い笑い声を洩らした。

「無心随風とやら。おぬしはおもしろい輩じゃ。しばらくここに逗留していくがよい。これ、誰かある……」

　信長は声を高めた。

誰かあるなどと言っても、近くに侍っているのは階下の八角堂にいる美少年だけだ。夢の中にいるはずだが、信長の声で目が覚めたようだ。

慌ただしい足音がして、少年が姿を見せた。

「蘭丸、こちらは客人じゃ。寝所にご案内いたせ」

蘭丸と呼ばれた少年は驚いたように闇の中を見つめた。

随風の姿に目を留めて、声をふるわせた。

「何ものだ。どうやってここに入ったのだ」

信長が笑いながら言った。

「こやつは明智光秀と懇意の幻術師だ。そなたは幻術に誑《たぶら》かされておったのだろう」


天主閣の下層の部屋に案内された。

そこを寝所として安土城に滞在した。その後も何度か安土城に出向いた。

翌年のことだが、滞在していたルイス・フロイスという伴天連と言葉を交わす機会があった。フロイスは五十歳近いポルトガル人で、日本国における滞在期間が長く、言葉が堪能だった。

「わたくしは切支丹の教えを弘めている伴天連で、フロイスと申します。あなたさまは仏陀の教えを学ばれる修行者だとお聞きしました。できれば仏陀の話など伺いたいと思うております。どうかよろしくお願いします」

切支丹という南蛮の教えがあることは知っていたが、異国人の伴天連と話をするのはその時が初めてだった。法華経に描かれた十方世界に遍在する久遠本仏という存在に惹かれ、その仏と一体となることを目指してきた随風にとって、世界は仏に満たされているはずだった。

宇宙そのものである十方世界のすべてが仏の胎内にあるのだとすれば、伴天連の神もそこに包み込まれているというのであろうか。

仏の教えを説いたのは釈迦牟尼と呼ばれる人物で、天竺すなわち印度の人であった。その教えが中国で漢訳されて日本国に伝わったことは知っていた。印度も中国も、広大な領域に広がった大国だ。印度と中国と日本国を併せれば、それは世界そのものと言ってもいいはずだった。

そう思い込んでいたのだが、その印度よりも遥かな西方に、イスパニア（スペイン）、ポルトガル、イタリアなどという国があり、そこでは切支丹という教えが弘まっている。いま目の前にいる異様な目鼻立ちをした異国人は、確かにその教えの伝道者だと感じられた。宗教に染まっているものに特有の、揺るぎのない信念の強さと、そこから溢れ出る威厳が感じられた。

だがそれよりも、もっと驚いたことがある。

伴天連のかたわらに、異国人の従者がいた。その人物の背丈や体格が、日本国では右に出るものがないと自認している随風を圧倒していた。

しかもその人物は黒い肌をしていた。

随風が従者に見とれているのを察知して、フロイスが笑いながら言った。

「そこにおるのは信長どのの従者で弥助《やすけ》と呼ばれております。先ごろイタリア人の伴天連でわたしの上司にあたるアレッサンドロ・ヴァリニャーノさまが安土に来られた時に、わたしは通辞を務めたのでございますが、弥助はその伴天連の護衛でございました。信長どのは弥助がことのほかお気に召したようで、この弥助をくれるなら布教に協力すると申し出られました。そのようなわけで、弥助は信長どのの家来となったのでございます」

伴天連の説明でさらに興味を覚えた随風は、試みにその従者に問いかけた。

「弥助どの。生まれはどちらだ」

言葉が通じるとも思えなかったが、フロイスが通訳してくれるかと期待していた。

だが意外にも、弥助はただちに答えた。

「ワタシ、ウマレタ、トオイトコロ……モザンビク」

フロイスが説明した。

「印度から海を西に行ったところにアフリカという大陸がございます。その東海岸のモザンビクというところで、奴隷として売られておったのを、地元の商人が伴天連への贈り物にしたようでございます」

随風は再び弥助に問いかけた。

「この国に来て驚いたことはあるか」

「ヒトガ、ヤサシイ」

「人が優しいと言うたのか。どうしてそう思った」

「ワタシノクニデハ、イクサニカテバ、テキヲコロス。ソウデナケレバ、ドレイニシテウル。ワタシモ、ドレイニサレタ。コノクニデハ、テキヲドレイニスルノデハナク、ケライニスル……トテモヤサシイ」

フロイスが笑いながら言った。

「この国でも戦さで多くの人が殺されることは承知いたしておりますが、和睦に応じた武将がそれまで敵だった武将の家来になることもよくあるとのことでございます。弥助はそのことを申しておるのでしょう。ただ信長どのは違います。信長どのは敵をすべて殺してしまわれる。恐ろしいお方でございます」

弥助は随風とフロイスの前にギヤマンと呼ばれる透明な杯を置いて、赤い酒を注いだ。伴天連も酒を飲むらしい。

赤い酒は美味であった。

随風が酒を呑み干したのを確認してから、フロイスが問いかけた。

「これは葡萄から作った酒でございます。いかがでございますか」

「神に仕える伴天連も酒を飲むのか」

問いかけるとフロイスは笑みをうかべた。

「葡萄酒は神の御子の血だとされており、また血は神の言葉の象徴だともされておりますので、儀式のおりには、葡萄酒は欠かせぬのでございます」

「神の御子とは何だ」

「切支丹の神は形のない存在であらせられます。それゆえ人の姿をした神の御子を地上に遣わされ、神の言葉をそのお方がお伝えになったのでございます」

「神の分身のごときものだな。それならばわかりやすい。天台の教えでも、形のない仏の分身として、釈迦というお方が衆生の前に顕現されたとされておる。その点では切支丹も仏教も似ておるようではあるが、仏というのは慈悲深いお方とされておる。聞くところによると、切支丹の神は情け容赦のない恐ろしいものだそうだな」

「信仰の薄いものや、神に抗うものには天罰が下ります。最後の審判の日に、インヘルノと呼ばれる地獄に落とされるのでございます」

「仏教にも閻魔大王というお方がおられて、生前に悪を為せば地獄に落ちることになっておるが、形のない仏はまことに慈悲深いお方で、人も獣も草木にさえ仏の慈悲が届いており、われらは悉く仏性を与えられて救われるとされておる」

伴天連は微笑をうかべながら随風の話に耳を傾けているように見えたが、身を入れて聞いているとは思えなかった。仏の教えについて聞きたいとは言ったものの、本気で聞こうとはしていないようだ。

随風はむきになって説明した。

「久遠本仏は釈迦如来を遣わしただけでなく、さまざまな諸仏諸尊を自らの分身としてこの地上に派遣される。その代表ともいえるのが観音菩薩だ。この菩薩は三十三通りに変化して、危難に遭遇した衆生のもとに顕現し、霊力によって人々をお救いくださる。また常不《じょうふ》軽《きょう》菩薩というお方は、万物に仏性ありという教えを説くために、道行くすべての人々の前に平伏し、仏として跪拝したために、怪訝に思った人々に杖で打たれ、石を投げられるのだが、傷だらけになりながらも仏の教えを説き続けるのだという。薬王菩薩は大量の油を飲んで自らに火を点け、暗闇に迷う人々の行く手を灯明となって照らし続ける。万物に仏性ありとされるのだから、このおれも仏の分身だ。それゆえにおれは諸国を巡って修行を続け、世のため人のために尽くしたいと思うておる」

どれだけ話が通じたかはわからないが、相手は感動したように両手を広げ、何度も頷きながら言った。

「まことに素晴らしいお話でございますな。そうだといたしますと、あなたさまは仏の分身として、いかにして人々をお救いになるおつもりでございますか」

「この戦乱の世を収めなければならぬと思うておる」

「あなたさまが、戦国の世を終わらせるのでございますか」

随風は笑いながら言った。

「おれは一介の修行者だ。戦さを終わらせるためには武力が必要であろう。おれは諸国を巡り歩き、万民が平伏す光り輝く神のごとき武将を捜し求めておるのだ」

「それは信長どのではありませぬか」

「さて、それはどうかな……」

随風は話題を変えた。

「伴天連は大いなる使命感をもって布教に尽くしておるようだが、最終的には何を目指しておるのか。この日本国を切支丹の国にするつもりか」

フロイスは語調を強めた。

「さようでございます。南蛮貿易の拠点となっている呂宋《ルソン》をご存じでしょうか。数多くの島が列なり、争いの絶えぬところでございましたが、すべての民が切支丹となることによって、争いのない平穏な国となりました。国の名もポルトガルとイスパニアを統一したフィリペ王に因んでフィリペナスと呼ばれております」

「すると伴天連たちは日本国のすべての民を切支丹に改宗させようとしておるのか」

「すべての民が切支丹となれば、この乱れた戦国の世も治まりましょう。神の教えはすべての民を救うことにあります。すでに九州の大友宗麟どの、大村純忠どのなど、大名の方々も切支丹に改宗されました。高山右近さまを始め、信長さまの配下の武将も次々に切支丹となられております」

これは剣呑《けんのん》だ……。

随風は胸の内でつぶやいた。

このままでは伴天連どもに日本国を乗っ取られてしまう。

いずれこの国を平定する英傑が現れたなら、ただちに国を閉ざすように提言せねばならぬ。

随風は心に誓った。

第四章　試練の場に臨む徳川家康

安土城をあとにした随風は、琵琶湖の対岸の坂本城に明智光秀を訪ねた。

光秀は長く丹波攻めを任されていた。

丹波は有力な大名が存在せず、堅固な城を構えた国衆が群雄割拠する状態だったが、信長によって京を追われ備後に逃れた将軍足利義昭が毛利一族の支援を受けて書状を発し、丹波の国衆の半ばを掌握していたため、光秀の丹波攻めは困難を窮めた。

とくに武田信玄が三人の名将の一人として名を挙げた赤井直正の戦術は巧妙で、西丹波から但馬にかけての国衆を配下として抵抗を続けた。光秀は東丹波の国衆の城を一つずつ落として配下につけ、さらに支配下の地域に徳政令を発して農民を味方につけた。その結果、光秀の軍勢はじりじりと前進を続けていた。

ところが織田信長と同盟を結んでいたはずの丹波篠山の波多野秀治が突如として裏切り、光秀の背後を衝いた。

光秀は大敗北を喫して一時は坂本城に撤退することになったが、やがて態勢を立て直して波多野を攻め、波多野一族が籠城する八上城を包囲した。

その最中に光秀は織田信長に呼ばれ、大坂の石山本願寺攻めに援軍を送るように命令された。光秀は丹波と大坂を慌ただしく往復することになった。さらに播磨《はりま》で闘う羽柴秀吉（木下藤吉郎）にも援軍を送ることになり、丹波攻めは遅々として進まなかった。

そのような苦難の日々の果てに、ついに光秀は波多野や赤井の抵抗を封じて丹波をほぼ平定することに成功した。

随風が光秀を訪ねたのはそういう時期だった。

念願の丹波を制圧して、意気軒昂であろうと予想したのだが、対面した光秀は疲れきった表情を見せていた。

「どうした。元気がないではないか」

随風が声をかけると、光秀は大きく息をつきながら応えた。

「丹波を制圧した。だが、どうにも気分が晴れぬ。おぬしは信長どのに気に入られたようだな」

「しばらく安土に滞在しておった。信長は自らが神になったかのように、八角形の望楼の上の黄金の間に居住しておった」

「神を気取っておるが、あやつはわがままな子どものような輩だ。そのわがままには、わしも手を焼いておる」

「何かあったか」

光秀はしばらくの間、黙り込んでいた。

いつもの自信に満ちたようすが見られなかった。

やがて光秀は顔をそむけ、どこか遠くを眺めるような眼差しになった。

「丹波の戦さは激烈を窮めた。苦戦が長く続いた。悪右衛門と恐れられた知将の赤井直正が病没しなければ、いまも戦さが続いていたことだろう。その赤井にも悩まされたが、八上城の波多野秀治の裏切りも大きな痛手だった。信長どのと盟約を結んでおった波多野が裏切るとは予想外だったため、われらの軍勢は背後を衝かれ大敗することになった。わしは命からがら坂本城まで逃げ帰ったのだ」

あらぬ方を眺めながら静かに語っていた光秀は、急に随風の方に向き直った。その顔に憤怒の表情がうかんでいた。

「われらは死力を尽くして闘い、ついに波多野を降伏させた。敵ながら見事な闘いであった。波多野秀治ら三兄弟は見識と勇気をもった武将であり、周囲の国衆からの信頼も篤かった。味方にできれば頼りになる配下となるだろう。わしは三兄弟を生け捕りにして、命を救うと言い渡した。彼らは恭順を誓った。波多野は農民たちにも慕われておったので、篠山の周囲はこれまでどおり波多野に任せておけばよい。これで丹波は完全に支配できるとわしは安堵した。ところが……」

光秀はうめくような声で言葉を続けた。

「安土から使者が来て、生け捕りにした三兄弟を安土に護送せよと命じられた」

「波多野三兄弟は安土で磔刑に処せられたのであったな」

「命を救うと告げたわしは、ぬか喜びさせたことになる……」

声をつまらせた光秀は、何度も大きく息をついた。

「おのれに刃向かうものは必ず抹殺する。神になったつもりの信長にとっては、天罰を下したということになるのであろうな」

そう言った随風に対して、光秀は何度も大きく息をついた。そうやって冷静さを取り戻そうと努めたのだろう。長い間のあとで、光秀は語り始めた。

「確かに波多野一族は信長どのと盟約を結んでおきながら裏切った。信長どのとしては許すことができなかったのだろう。しかし信長どのは世に言われておるような短気な輩ではない。冷徹な戦略を立てて行動する知将だ。怒りに任せて裏切りものを抹殺したということではないのだ。あやつの狙いは、この十兵衛光秀にある」

光秀は随風の顔を見つめて、ささやきかけた。

「わしが波多野を配下につけて戦力を増やすことを、信長どのは恐れたのだ」

光秀は不気味な薄笑いをうかべた。

「剛胆な人物を装ってはおるが、信長どのは意外に肝の小さい輩だ。征服した敵をすべて殺し、恐怖によって天下を平定しようとしておるが、恐怖にふるえあがっておるのは、実は信長どのではないか。怖いから、裏切りそうな敵はすべて殺してしまう。いまや信長どのは、敵だけでなく、味方の配下にまで恐れを抱き始めておる。武田信玄も上杉謙信も病没した。朝倉、浅井は信長どのが自決に追い込んだ。もはや周囲に敵はおらぬ。いま信長どのを脅かすものがあるとすれば、それは配下の武将たちだ。信長どのはこの十兵衛光秀を恐れている」

「おぬしも信長を恐れておるのだろう」

「恐れてはおらぬ。いまの信長どのはまだ、このわしを必要としている。だが信長どのはわしを試そうとしておるのだ。わしが命を助けると約束した波多野三兄弟を殺した。わしの面目を潰して、わしがどう出るかを見ておるのだ」

「いまは自重すべきであろう」

「おぬしに言われずともわかっておる」

そう言って光秀は声を立てて笑って見せたが、その顔は硬ばっていた。

近衛前久が二条の自邸に戻って朝廷にも出仕しているという話を明智光秀から聞いたので、随風は京に向かった。

石山本願寺で会った時は、信長との間に不和があり、京にいられなくなったという状態だったのだが、その後、明智光秀の斡旋で信長との和解が成立したとのことだった。

左京の二条には、かつて近衛前久を追い落として関白になった二条晴良の邸宅があったのだが、晴良が失脚したあと信長はそこに自邸を築いた。だが帝の御所が近すぎることが気に入らなかったのか、その自邸を皇嗣の誠仁《さねひと》親王に譲り、自らは少し南にある本能寺の広い境内に新邸を築いていた。

その誠仁親王の御所に隣接したところに、近衛前久の邸宅があった。

関白から退任した後は、いかなる役職にも就いていない。

近衛前久は長く上杉謙信と行動をともにしていた時期があり、その後も信長が入洛する前に京を支配していた三好一族や、明智光秀が丹波攻めで手こずった赤井直正と親交があった。信長包囲網を最初に構想したのも近衛前久ではないかと言われている。

若さに似合わぬ策士であり、策に溺れて失脚を重ねてきたところがあった。

いまは失意の時期にあるはずだ。

邸宅の主殿に入ると、近衛前久は以前に会った時と同じように昼間から酒を飲んでいた。

「おお、随風か。待っておったぞ。酒の相手をせよ」

「何だ。おれが来るのがわかっておったのか」

「信長から急使が来た。無心随風がそちらに出向いたら、ただちに安土に来るように伝言せよとのことだ。随風、おぬしはいつから信長の配下になったのだ」

「配下になったわけではない。しばらく安土に滞在して、城内を案内してもらっただけだ。おれに何の用かな」

「おそらく浜松の徳川家康のことだろう。家康はいま難儀な問題を抱えておる。おぬしは家康と親しいようだな」

「親しいわけではない。近衛どのから話を聞いたので、三方ヶ原の戦さを見に行っただけだ。確かにあやつは弱さと狡さを兼ね具えておった」

「とにかく飲め」

近衛前久は随風の前に瓶子と杯を差し出した。

受け取って手酌で杯に注いだ。

前久は酒の相手が来たのが楽しくてならぬようすで、上機嫌で語り始めた。

「随風よ。久し振りだな。おぬしと石山本願寺で会ったころは、信長と敵対しておったのだが、あやつが鷹狩りをすることを知って親交を結んだ。いまでは親しい間柄となっておる。だが信長はわたしを利用することしか考えておらぬ。九州へ行けと命じられた時は困惑した。毛利の水軍が支配する瀬戸内の船旅は難儀であった。しかしまあ、九州に辿り着けば、どこの大名も歓待してくれた。うまい酒が飲めたぞ」

「九州に何をしに行ったのだ。信長の味方になれと説得したのか」

「わたしは信長の配下ではない。そんなことはせぬ」

前久は自分の杯に酒を注ぎながら言葉を続けた。

「信長が恐れておるのは、毛利が九州にまで進出して勢力を広げることだ。ところが九州は豊後の大友宗麟《そうりん》、日向の伊東義祐《よしすけ》、肥後の相良《さがら》義陽《よしひ》、薩摩の島津義久らが互いに覇を競っておる。わたしは九州の争いを鎮めるために出向いたのだ。前関白という肩書きも田舎に行けば少しは役に立つ。とにかく大名らはわたしの説得に応じて、当面の間は戦さをせぬと約定を交わした。これで大友宗麟は背後から攻められる惧れがなくなったので、毛利に対する防備を固めることができる」

「大した手柄ではないか。近衛どのが日本国のすべての土地を回れば、天下太平の世が実現するのではないか」

「そうはいかぬ」

前久は薄笑いをうかべた。

「やつらの約定は口約束にすぎぬ。関白も前関白も、何の力ももっておらぬからだ。日本国を支配するためには力が要る。いま力をもっておるのは信長だけだ」

「それでも九州の大名が約定を結んだということは、信長には有利に働くことになる。九州から大友が攻めて来る惧れがあるうちは、毛利は東の方に攻めていくことが難しくなる」

「信長には貸しを作った。それはいいのだが、最後に出向いた薩摩では、ずいぶん長く引き留められてしまった。島津義久や弟の義弘に、京の世情を話せと言われて、酒を飲みながら話しておるうちに、漢籍や和歌も手ほどきすることになり、ずいぶん長く逗留してしまった。その見返りに、信長は天下を平定した暁には、わたしを一国の大名にしてくれると約定を交わしてくれたが、これも口約束にすぎぬ」

随風の顔を見据えて、前久は問いかけた。

「無心随風、おぬしはどこに姿を眩ませておったのだ」

「しばらく故郷の会津でのんびりとしておった」

「おぬしのような風来坊にも故郷があるのか」

「会津で生まれた。得度した寺もあって、いまはその寺の住職ということになっておる」

「出世したではないか。その勢いで、おぬしもいずれは天台座主になるつもりだろう」

比叡山が焼き打ちされた後、失意の覚恕法親王は辞意を表明したのだが、延暦寺そのものが焼失したため辞意は認められないまま、法親王は二年半後に薨去された。その後はいまに到るまで天台座主は空位のままで放置されている。

「なれるものならなってもよいが……」

そう言って随風は笑い声を立てた。

自分の将来については、随風は何も考えていない。

まさに無心随風。風に任せて生きていけばよいと思っている。

ただ世の中に吹いている風のようなものには注意を払っている。世の動きを見据え、趨勢をとらえて、光り輝く神の出現を期待したい。

「家康が難儀な問題を抱えておると言うたな。どうした。何かあったのか」

随風の問いに、前久は冷ややかな口調で答えた。

「ありふれた嫁と姑の問題だ」

前久は杯の酒を口に含んだ。

「だがそこに一国の命運がかかっておる。これは由々しき事態だ。家康はいま追い詰められておるのではないか」

空になった杯に酒を注ぎながら、前久は話を続けた。

「家康の長男の信康は、織田信長の娘の徳姫を嫁にしている。信康の実母の築山殿という女は、父親は今川義元の家臣、母親は義元の親族と言われておる。いずれにしても今川方の娘として育ったので、夫の家康が今川を裏切って織田方についたことを恨んでおるようだ。今川が滅びたあと、駿河は武田信玄に制圧された。今川の家臣や国衆の多くは武田方に取り込まれた。築山殿の親族や知人も多くが武田方に属しておるようで、何やらきな臭いやりとりがあるようだ」

酒を口に含んで、前久は続けて語った。

「おぬしも承知のように家康は遠江の浜松に城を築いた。信康と築山殿は本拠の三河岡崎城におる。家康は築山殿とは疎遠になっておるようで、側室に次男が生まれた。これは家臣に預けたようだが、いまは浜松城に新たな側室を入れて、つい先日、三男が生まれたという。これは夫婦の問題というべきか」

話を聞きながら、随風は三方ヶ原の戦さの直後の憔悴しきった家康の顔を想いうかべた。自ら筆を執って菩薩半跏思惟図に似せてその姿を描いたのだが、いま家康は同じような顔つきになっているのではと思われた。

妻も子もいない随風としては、家康の困惑に共感することはない。家康が受けている試練に本人がどう対処するかに興味を覚えるだけだ。

随風は問いかけた。

「信長は家康の夫婦の問題に介入して、わざと家康を窮地に陥れようとしておるのか」

前久は吐き捨てるように言った。

「そういうことだ。どうやら徳姫どのから父親の信長に書状が届いたようで、そこには姑についての苦情とともに、築山殿と信康が武田方に内通しておる、といったことも書かれておったようだ。嫁として冷遇された怒りに任せて、あることないことを書きつらねただけかもしれぬが、信長はこれを口実にして、家康に難題を負わせようとしておる。まあ、子どもの喧嘩のような他愛もない争いだが、人の命がかかっておる」

「何でその夫婦の問題におれが呼ばれるのだ」

「まあ、飛脚の代わりに書状を届けよということではないか」

「飛脚の代わりくらい、いくらでも務めてやるが、何やら面倒なことだな」

「急ぐことではない。おぬしがいつここに来るかもわからずに、わたしに伝言を頼んだくらいだからな。今夜は夜を徹して飲み明かそうぞ」

前久はにわかに大声を発した。

「これ、酒が残り少なくなった。肴も何か頼むぞ」

それから急に声を潜めて、随風にささやきかけた。

「ところで、わたしは信長から、石山本願寺と和議を取りまとめるように頼まれておる。そのことは顕如に伝えてあるが、本願寺の内部でも何やら揉め事があり、すぐには対応できぬようだ。いずれわたしが出向いてじかに話し合うことになる。おぬしは浜松に出向くことになるだろうが、戻ってきたら本願寺に来てくれぬか」

「本願寺の揉め事とは何だ」

「顕如はもう戦さに倦んでおる。各地の一向一揆も鎮圧され、京の周辺から東海道、東山道（中仙道）、北陸へ向かう北国街道のあたりまで、戦乱はほぼ収束しておる。そうなれば石山のような砦を構えるのではなく、平時の寺院を中心として布教活動をした方が、本来の仏の教えにも適うことであろう。顕如はそう考えておるのだが、子息の教如が徹底抗戦を主張しておって、いまは収拾がつかぬ。おぬしには教如の説得を頼みたい」

「それは難題だな」

「石山本願寺で酒を飲んだ時に、おぬしは教如と言葉を交わしたであろう。あのおりのやりとりを聞いておって、おぬしのような仏の道についての見識をもった人物の進言なら、教如も受け容れるのではないかと思うたのだ」

「とにかく浜松から帰ったら、石山本願寺に出向いてみることにするか」

「ありがたい。そうと決まれば、あとは飲むばかりだ」

前久は楽しげに声を張り上げた。

上機嫌を装ってはいるが、前久の胸の内には鬱屈がある、と随風は感じた。

近衛前久は頭が切れる。行動力もある。とはいえ公家の哀しさで、兵力を有していない。明智光秀は着々と兵力を蓄えて、いまでは信長から恐れられるほどになっている。

兵を持たぬ前久と、兵を有する光秀。

どちらが吉で、どちらが凶か。

そのことがいずれ明らかになるだろう、と随風は思った。


安土城の黄金の間で、信長と対面した。

「浜松の家康に書状を届けてほしい」

信長はいきなり用件だけを告げた。

「何だ。わざわざおれを呼び出して、そんな用件か。書状なら飛脚に頼めばいいだろう」

相手が信長でも随風は臆するところがない。

信長も笑いながら応えた。

「そうはいかぬ。これは重大事を告げる書状なのじゃ。書状を渡すだけではない。家康がどのように応じるか、見届けてほしい」

「嫁と姑の問題だろう。それが重大事なのか」

「徳姫からの書状で、家康の長男の信康が武田と内通しておることがわかった。おぬしに届けてもらう家康宛の書状には、信康を殺せと記してある」

「家康の忠誠心を試すというのだな。そんなことをせねば配下を信用できぬのか」

随風の言葉に、信長の表情がわずかに硬ばった。

だが何事もなかったように、信長は静かに言い切った。

「わしの周囲にあるものは、人であれ鷹であれ、すべてわしの意のままにならねばならぬ。わが意に抗うものがあれば殺すまでじゃ」

「そんなことで配下を失うつもりか。家康は三河と遠江を支配する大名ではないか」

「誰であれ将棋の駒のようなものじゃ。役に立たぬものは捨てればよい。敵に回らぬように抹殺せねばならぬ」

「家康はわが子を殺すと思うか」

「そんなことはわからぬ。わしの命令に従うならば配下として留め置く。従わぬなら家康も殺す。それだけのことじゃ」

「ううむ……」

随風は小さく息をついた。

信長の揺るぎのない言葉に、わずかに気圧された感じがした。

「書状はもうできておる。浜松に届けるか、届けぬのか、どちらじゃ」

「飛脚の役目を拒めば、おれも抹殺されるということだな」

「わかっておるなら、ただちに出立せよ。蘭丸、蘭丸……」

信長は声を張り上げて階下にいる近習を呼んだ。

かねて指示があったようで、森蘭丸は書状を手にして階段を昇ってきた。

書状を差し出されたので、黙って受け取った。

随風は森蘭丸の脇をすりぬけ、信長の前から姿を消した。足音も響かなかった。

その姿がいきなり虚空に消えたように見えた。


浜松に来るのは七年ぶりだった。

かつては土を盛っただけだった城郭も、石が積まれ、大名の本拠らしい佇まいになっていた。

徳川家康は三十八歳になっている。

七年の年月はそれなりに風格のようなものをもたらしていたが、その表情は冴えなかった。

武田信玄は死去したが、甲州の軍団が滅びたわけではない。

跡を継いだ武田勝頼は再び軍団を率いて三河に進撃し、長篠にまで進んだところで、信長と家康の連合軍に大敗した。その後は上洛の野望は失ったようだが、今川が滅びた駿河の支配は続け、さらに再三にわたって遠江への進撃を試みていた。

徳川家康は周囲の国衆を結集して戦さに備えていた。

「おれは飛脚だ」

そう言って随風は書状を渡した。

家康は随風の顔をじろりと睨んだ。

「三方ヶ原の戦さのおりは、おぬしの世話になった。あの時、おぬしの進言を聞いて籠城しておればと、何度悔んだか知れぬ。だが随風よ。おぬしはいつから信長どのの使い走りになったのだ」

「急ぎの用らしいので引き受けた。おれは飛脚より脚が速い。それに重要な書状らしいからな」

「中身について知っておるのか」

「知らぬ。ただ信長はおぬしを試そうとしておるのだろう」

「試す……」

家康は低い声でつぶやいた。

随風は冷ややかに言った。

「従えばよし、従わざれば殺す。それが信長のやり方だ」

家康の顔が硬ばった。

しばらくの間、家康は黙り込んでいた。

家康はまだ書状を開いていなかった。

「中身は読まずともわかる。信康を殺せというのだろう。松平一族の本拠は岡崎だ。わたしは武田方の侵略に備え家族と離れてこの浜松に移ったのだが、離れて暮らすことでしだいに疎遠になった。母親とも長く別居を続けてきた。産みの母親に甘やかされて育った信康は、いささかわがままなところがあるのだろう。信長の娘とは反りが合わなかった。だがそれだけで殺せというのは理に合わぬことだ」

不意に家康は立ち上がって部屋を出た。無言だったが、ついて来いという気配を感じて、随風もあとに従った。

廊下の先の部屋に入った。

女がいた。

すぐ近くに赤子が寝かされていて、静かな寝息を立てていた。

「こちらは昔世話になった随風どのだ」

女にそう言ってから、家康は随風の方に振り返った。

「わが妻のお愛……、そこに寝ておるのは三男の長松だ。わたしはこの赤子を嫡男だと考えておる。いまは長松と呼んでおるが、いずれ竹千代と改名させる。松平の嫡男は竹千代と呼ばれることになっておるからだ。信康も幼少のころは竹千代と呼ばれておった」

沈んだ口調で家康は語った。

随風は女の顔に注目した。美しい顔立ちをしていた。

修行者の随風は、女というものにさしたる興味をもっていなかったが、女の美醜くらいはわかる。美しい女だが、顔つきに暗さがあった。どことなく翳《かげ》を背負っているようで、はかなさが感じられた。

家康はこの女を寵愛しているのだろう。

廊下に出てもとの部屋に戻った。

「お愛は薄幸な女で二度も夫を亡くし、目を患っておる。わたしの顔もよく見えておらぬようだ」

そう言って家康は息をついた。

「信康どのはいまも岡崎におられるのか」

随風が問いかけると、家康は首を振った。

「信康は近くの二俣城に呼び寄せた。このところ武田勢が何度も侵略を試みておる。先の三方ヶ原の戦さでも、信玄は真っ先に二俣城を攻撃した。二俣城は防備の要だ。信康を呼び寄せたのは武田勢との戦さに備えるためだ。信康が武田方と内通しておるのだとすれば、防備の要の城をむざむざと敵に渡すことになる。されども、随風、わたしは信康を信じておる。信康は内通などしてはおらぬ」

「ご正室の築山殿も二俣城に移られたのか」

「あやつを二俣城に置くわけにはいかぬ。信康はともかく、母親が武田方と内通しておるのは、わたしも承知しておる」

家康は少し早口になって言った。

「浜名湖の手前に佐鳴《さなる》湖という小さな湖がある。その畔におる家臣の館に幽閉した。いずれ殺さねばならぬ。思えばあやつも不幸な女だ。わたしがまだ今川の家臣であったころに正室となった。父親は今川の家臣。母親は義元の妹だ。わたしが織田方に寝返ったために、父親は詰め腹を切らされた。あやつはいまもわたしを怨んでおる」

家康は大きく息をついた。

それから遠くを見るような目つきになった。

「わたしが戦さ場に出る時の馬印の幟旗《のぼりばた》を知っておるだろう」

随風は即座に応えた。

「厭離穢土《おんりえど》、欣求浄土《ごんぐじょうど》という文字が書かれておったな。前から気になっておった。あれは阿弥陀仏の浄土の教えであろう。おぬしは三河で一向宗と闘ったはずだ。なぜ敵方の教えを掲げるのだ」

「浄土を求めるのは一向宗だけではない。松平一族の氏寺は三河にある大樹寺で、法然上人の浄土宗だ。今川義元が信長に討たれた時、わたしは軍勢の一員として桶狭間の近くで闘っておった。織田勢に追われて三河に入り、目についた寺に逃げ込んだ。わたしが三河におったのは六歳までだが、記憶が甦った。そこが氏寺であった。それも阿弥陀仏のお導きであったやもしれぬ。わたしは自刃するつもりであったが、住職に諭されて生き延びることになった。その時に学んだのが、厭離穢土、欣求浄土の教えだ。戦国の世はまさに穢土だ。その穢土から離れて、戦さのない世を築き、この日本国に現世の浄土を実現すると、わたしは心に誓ったのだ」

そこまで話して、家康は急に声をひそめた。

「とはいえ当時のわたしは、父に仕えておったわずかな譜代の兵を率いるだけの、城ももたぬ弱小の若武者にすぎなかった。幸い義元が討たれたことで、岡崎に詰めておった今川方の城代が逃げ出したため、わたしは労せず父の城をわがものにすることができた。岡崎は織田が支配する尾張に近すぎる。幼少のころに織田の人質になっておったので、織田の家臣に懇意の者がおった。書状を交わして恭順を誓い、織田を頼って生き延びるしか術がなかった。いまのわたしは、織田信長の意のままになる飼い犬にすぎぬ」

家康は随風の顔を見据えて言葉を続けた。

「名門足利一族の分家で代々の守護大名であった今川義元が、織田の奇襲で討たれるとは、駿河の国衆にとっては驚天動地のことであった。うろたえた駿河の国衆たちは、跡継の氏真が頼りにならぬと見て、一斉に武田方について自分たちの領地を守った。わが妻の親類縁者もそっくり武田方に回っておる。あやつがそうした国衆と通じるのは致し方ないことだ。妻は殺すしかないと思うておる。されども……」

家康は言い淀み、心の奥底から絞り出すような声でささやきかけた。

「長く疎遠であったとはいえ、信康は大事な長男だ。信長の命令で殺すなど、できることではない。わたしが長男を犠牲にすれば、信長に頭の上がらぬ臆病者ということになり、配下の国衆の信頼を裏切ることになろう。わたしはどうすればよいのか」

随風も低い声で応じた。

「これは三方ヶ原の戦さよりも大きな試練だな」

家康は顔をそむけ、うめくようにつぶやいた。

「あのおりは随風どのの進言に従わなかった。此度は、そなたの進言に従いたいと思う」

　こやつは自分で決断することもできぬのか……。

　肚の中ではそう思ったが、随風は励ますように強い口調で言った。

「いまは信長に従うしかないだろう。国衆の思惑などに惑わされてはならぬ。臆病者と思われようと、辛抱するしかない。辛抱しておれば、事態が好転することもある。信長の命《いのち》、それほど長くはなかろう」

　そこまで話してから、随風は短く息をついた。

「とはいえここには人の命がかかっておる。おれは妻も子もおらぬ風来坊だ。おぬしの気持を思いやることは出来ぬ。この世に浄土を築こうというおぬしの志を、おれは尊きことと思うておる。だが浄土の教えでは五逆ということを説いておる。救いがたき五つの罪悪の筆頭に挙げられておるのが父殺しだ。いまおぬしが直面しておるのは、その反対の子殺しであるが、同罪と言うべきであろう。いかに高い志をもっておっても、子を救えぬのであれば無間地獄に堕ちることになる」

　相手の言葉を遮るように家康が声を高めた。

「わたしはおのれが地獄に堕ちることを恐れてはおらぬ。ただここで信長どのの意のままになってわが子を見捨てれば、譜代の家臣や国衆からも見放されることになるのではないか」

「家臣や国衆の思惑など放っておけ。ここはおぬしの心に問うてみるがよい」

「心に問う……」

　家康は途惑ったようにつぶやいた。

　随風の眼差しに不気味なほどの鋭さが宿っている。

「そうだ。心に問うのだ。長男とは疎遠になったと、おぬしは言うた。だが赤子のころはどうであったか。わが子を愛しいと思うたことはなかったか。信長に反旗を翻してでもわが子を守りたいと思うておるのではないか」

家康は大きく息をついた。

「わが子を愛しいと思うのは当たり前だ。妻のことも不愍だとは思う。されどもわたしは三河と遠江を治める大名だ。譜代の家臣はもとより、領国におる国衆たちは、すべてがわが兄弟であり、わが子のごときものと思うておる。信康を救おうとすれば戦さになる。家臣と国衆を守るのがわたしの務めだ。多くの命を救うためには、わが子一人を失うことに耐えねばならぬのであろうな。わたしがわが子を見捨てれば、弱き父だと批判をするものもおるであろう。批判は甘んじて受けよう。わが身が地獄に堕ちることも厭わぬ。だがここはすべてを耐え忍んで、信長どのの命に従うしかないのではないか」

「肚が決まっておるならば、迷うことはない。おぬしの今日の決断が、いずれ大きな稔りをもたらすことになろうぞ」

家康の顔に、静かな笑みがうかんだ。


石山本願寺。

その本堂の片隅で数人の人物が厳しい口調で諍論《じょうろん》していた。

中央にいるのは浄土真宗第十一世宗主の顕如。そのかたわらに正室の如春尼、次男の顕尊と三男の准如。向かい側には長男の教如がいる。父の顕如と教如は、信長との和議を巡って激しく対立していた。

この父子の対立を見守っているのは、近衛前久と随風。さらにもう一人、毛皮を身にまとった猟師のような姿の人物がいた。

鈴木孫一。

雑賀《さいか》衆と呼ばれる傭兵軍団の棟梁で、雑賀の孫一と呼ばれることもある。雑賀衆は紀伊和歌山のあたりの在地武士団で、水軍を擁して海賊たちと闘ってきた。種子島に鉄砲が伝来すると逸早く入手し自分たちの技術で改良を加え、高性能の鉄砲の量産に成功していた。雑賀衆は大量の鉄砲を保有しているだけでなく、射撃の鍛錬を重ねており、最強の傭兵軍団として恐れられていた。

傭兵であるから各地の大名に雇われることもあるが、鈴木孫一は浄土真宗を信仰しており、門徒だけの鉄砲隊を組織して石山の戦さに加わっていた。火薬や弾丸、武具や食料などの運搬にも携わり、実質的には石山本願寺の兵を統率する立場にあった。

「信長との戦さは十年に及んでおる。これまでも何度か停戦して和議の交渉に及んだことがあったが、実を結ばなかった。しかし今回は信長の側から和議の申し入れがあった。近衛前久さまのご尽力のお蔭だと思うておる」

一同の顔を見回しながら、顕如が語り始めた。

「山科本願寺が焼き討ちされたのは五十年近い昔のことだ。それ以来、われらはこの石山を本拠として闘いを続けてきた。わたしはこの城砦の中で生まれた。戦さの中で育ち、この城砦の中で父から宗主の責務を引き継いだ。とくにこの十年は織田信長との激戦が続いた。門徒たちは疲弊の極みにある。これが仏教寺院のあるべき姿だとは思えぬ」

顕如は一人一人の表情を確認し、言葉を選びながら静かに語り続けた。

「仏の教えというものは、平時の寺を中心として人から人に伝えられるものであろう。この戦さ、いつかは終わりにせねばならぬと考えておった。これまで高圧的な姿勢を崩さなかった信長も、毛利との戦さが長びいており、譲歩する気になったようだ。美濃に新たな本願寺を築いてはどうかと、願ってもない提案を受けた。いよいよ矛を収める時が来たかと思うておる」

顕如が話すのを止めると長く沈黙が続いた。

やがて近衛前久が口を開いた。

「和議のこと、雑賀衆はご承知か」

問われた鈴木孫一は、顕如と同年配の壮年の武将だ。

孫一は静かな口調で答えた。

「われらは傭兵なれば、宗主が撤退を命じられるなら、粛々と従うまでだ」

「そううまくは事が運ばぬのではないか」

鋭い口調で割って入ったのは長男の教如だ。

「加賀でも三河長島でも、われらの一揆は鎮圧された。最後まで砦に残った門徒は皆殺しになった。この石山とて同じことだ。和議と見せかけて石山を出たところで捕縛され磔《はりつけ》にされるかもしれぬぞ。加賀や三河からかろうじて逃げてきた門徒たちは、石山に籠城して最後まで闘う決意を固めておる。宗主がお逃げになるならそれもよいであろう。わたしは最後まで門徒たちとともにここに残るつもりだ」

顕如がわずかに声を高めた。

「そなたはわたしの後継者ではないか。わたしの命《めい》に逆らうというのか」

「門徒とともに生き、門徒とともに死ぬ。それがわが務めであり、阿弥陀仏の思し召しに適うことと思うている」

「わたしに逆らうというなら、もはやそなたはわが嫡男ではない。ここにおる准如に宗主を継がせることになろうぞ」

「宗主の座など戦さでは何の役にも立たぬ。この石山の兵の大半は加賀と三河の衆だ。宗主どのが撤退を命じても誰も従わぬ」

「雑賀の孫一どのはわたしとともに城を出る決意をされた。鉄砲隊が撤退すれば戦さを続けることはできぬぞ」

「鉄砲など要らぬ。どうせ負ける戦さだ。われらは命をかけて闘い、一揆同心して極楽浄土に往生するのだ」

父と子の間で激論が続いたが、決着はつかなかった。

近衛前久がとりなすように言った。

「いずれにしても、和議が結ばれてから城砦を明け渡すまでには、それなりの手順が必要だ。信長のことだ。城を出たものは皆殺しにする算段をしておるやもしれぬ。宗主が退去してどこかに落ち着くまでは、城の防備を固めておく必要がある。ところで顕如どのは城を出て、いずこに赴かれるおつもりか」

「わたしはこの石山で生まれ育った。ここより他に行くあてはない」

顕如は困惑したようにつぶやいた。

その時、横合いから鈴木孫一が進言した。

「よろしければ紀州の雑賀においで願いたい。本願寺には及びもつかぬが、われら雑賀党の拠点となっておる寺がある。近在の農民たちが鷺森御坊《さぎのもりごぼう》と呼ぶ浄土真宗の寺だ。宗主においでいただければ、農民たちが歓迎いたすであろう」

近衛前久も頷いて言った。

「雑賀の鉄砲隊を護衛につけて紀州に赴かれれば、信長も手出しはできぬ。石山の防備はそのままにしておいて、改めて和議の実現に向けての手順を算段すればよい」

教如が強い口調で言った。

「和議の算段など無用なり。われらはここにおる門徒の命がすべて根絶やしになるまで闘い続ける所存だ」

この時、沈黙を守ってきた正室の如春尼が身を乗り出すようにして教如に話しかけた。

正室は左大臣三条公頼《きんより》の末娘で、公家の娘らしい気品を具えている。

「教如よ。そなたはなぜ父に逆らうのじゃ。この十年、門徒たちは一揆同心して命《めい》をかけて戦さを続けてきた。宗門にとって何よりも大事なのは同心することじゃ。宗主の命は仏の命じゃ。子息のそなたが父の命に従わぬのでは、門徒衆に示しがつかぬではないか」

教如は顔をそむけた。

母親とは口もききたくないといったそぶりに見えた。

顕如は先ほど、宗主の地位を准如に継がせると言った。次男の顕尊はすでに幼少のころに、本願寺と並立している脇門跡興正寺の養子になっている。どうやら母親の如春尼が末子の准如を寵愛していることを、教如は恨んでいるようだ。

気まずくなったその場の雰囲気を変えようとしたのか、近衛前久が割って入った。

わざとらしい笑みをたたえている。

「家族の話し合いは別のところでやられてはいかがかな。ともかく顕如どのは雑賀衆とともに紀州に赴かれる。教如どのは門徒とともにここに残り、戦さの後始末を担われる。そういうことでこの場は収めて、場所を変えて酒でも飲もうではないか」

そう言って前久は随風の方に向き直った。

「随風どの、いかがかな。これで和議に向かって話を進めることができそうだな」

前久が酒を飲みたがっていたことはわかっていたが、随風はあえて言った。

「ここの酒はうまい。だがその前に、教如どのといささか話をしたい。どこか静かな場所で、二人きりにしていただけるかな」

「話とは何だ。いまここでできぬのか」

教如は気色ばんで随風に問いかけた。

この時、鈴木孫一が立ち上がって言った。

「われらは仏にご挨拶せねばならぬ」

そう言って本堂の中央に安置された阿弥陀仏の方に向かった。顕如と如春尼、顕尊、准如、近衛前久らもあとに従った。

やがて仏の前で、念仏を唱える声が響き始めた。


念仏の声を聞きながら、本堂の片隅で、随風と教如は向かい合っている。

教如は若い。二十歳を少し過ぎたばかりだろう。このまま若い命を散らせたくはない。この若者を生かすことが仏の道だ。

「教如どの……」

随風は語りかけた。

「おぬしは何を求めて生きておる。ただ死ぬために生きてきたわけではあるまい」

「仏の思し召しに従っておるまでだ」

間を置かずに教如は答えた。あまりにも素早く答えが出る。それは何も考えていないということではないか。

「仏の思いとは何だ。仏の思いがなぜおぬしにわかるのだ。それは一人よがりの思い込みではないか」

語調を強めて問いかけた随風に対して、教如は視線を逸らしてつぶやくように言った。

「わたしがそう思っているのだ。それでよいではないか」

随風は低い声で諭すように語った。

「おぬしは宗主の後継者だ。何十万という門徒を率いるものには責任がある。おぬしが死ぬだけではない。おぬしに率いられたこの城砦の門徒が皆殺しになるのだ。それは信長が殺すのではなく、おぬしが殺すようなものではないか」

「いまは戦国の世ぞ。殺し殺されるのが日常だ。信長との十年に及ぶ抗争でどれほどの門徒を殺してきたことか。宗主どのはいまになって和議を結び紀州に退避されるという。それは門徒を見捨て自分だけ助かろうという卑劣な算段ではないか」

「やむなきことで戦さは始まる。どこかで和議を結んで戦さを収めねばならぬ。そうでなければ果ての無い殺し合いが続くことになる」

「それが末法の世のありさまだ。だからこそわれらは死後の往生を願うのだ」

「教如よ。おぬしは観無量寿経を読んだであろう。そこには釈迦牟尼が阿弥陀仏の教えを説かれた理由が描かれておる。父の頻婆娑羅《びんばしゃら》王と子の阿闍世《あじゃせ》太子との対立があり、わが子がわが夫を殺すという絶望の中で釈迦尊者に救いを求めた韋提希夫人《いだいけぶにん》に説かれたのが阿弥陀仏の教えだ。阿弥陀仏にすがるというのは、韋提希夫人のごとき生き地獄に陥ったものにのみ許されることではないか。父も母も健在なおぬしのごとき恵まれたものが気安く口にすべきことではない」

教如は何か言い返そうとして、急に息を呑んだように黙り込んでしまった。

沈黙が続いた。

教如は荒く息をついていた。

その息づかいは嗚咽かと思われるほどだった。

「わたしには居場所がない」

ぽつりと独り言のように教如はつぶやいた。

随風の顔を見つめて、教如は語り始めた。

「宗主は准如を跡継にすると言われた。それは以前から心に決めておられたことだ。進言したのは母ぎみであろう。母ぎみは准如を溺愛しておられる。わたしは長男に生まれ、宗主の後継者であることが定められていた。幼心にもそれらしくふるまわねばならぬと思い定めて、歳に似合わぬ大人びた態度を心がけた。すぐ下の弟の顕尊が養子に出されたことも心の負担になった。自分ばかりが母に甘えてはならぬとおのれに言い聞かせた。可愛げのない子どもであったろう。母はわたしとは距離をとるようになった。そこに末の子の准如が生まれた。准如は温厚で情の濃やかな子どもだった。母が准如を溺愛し、次の宗主にと望むのは無理のないことかもしれぬ。わたしは母を責めようとは思わぬ。だが父や母とともにこの砦から退去するつもりはない。紀州の寺などに退避しても、わたしには居場所がないのだ」

随風は幼いころに寺に入った。母の顔もよく覚えていない。

母の愛を知らずに育った。家族もいない。人を愛するとはいかなることか、わかっていないのかもしれぬ。ただ仏の分身になったつもりでいるので、大らかな慈悲の気持はある。教如に同情するつもりはないが、若い命を無駄にすることはないと強く思う。

「甘えたことを言うものではないぞ。ここにおぬしの居場所があるというのか。宗主の長男という立場は生まれつきであり、与えられたものだ。自分の居場所は自分で見つけねばならぬ。石山から出たあとで自分に何ができるか、じっくりと考えてみることだな」

そう言ってから、少し冷たく突き放しすぎたかと省みた。

「この戦乱の世が収まるまで、一人で修行の旅に出てはどうか。一揆が鎮圧されたとはいえ、浄土真宗の寺は各地にある。雌伏の時を過ごして心を鍛えておくのだ。いずれおれが、おぬしの居場所を見つけてやろう。いまのおれは一介の修行者だが、天下を制圧しそうな武将とは親交を結んでおる。誰が天下をとっても、おれはそやつの側近になって、新しき世を築く。おれが何とかしてやるから待っておれ」

教如は不満そうな顔つきをしていたが、修行の旅に出るという提案には興味を覚えたようすだった。話はそれで終わった。

宗主の顕如は石山から撤退し、その十二年後に死去することになる。

紀伊の鷺森、和泉の貝塚、大坂の天満と移転を重ねた末に、ようやく京の堀川に本願寺を築いた矢先の死去だった。

顕如が石山を去ったあとも教如は門徒を率いて信長との戦さを続けたが、半年後に近衛前久の説得に応じて、すでに本尊や御影が運び出された建物に火を点けて退去し、東海や北陸を放浪したが、二年後には許されて父のもとに戻った。

顕如と教如は和解し、教如は長く父の補佐を務めていた。その間、顕如は教如の義絶や廃嫡を口にすることはなかった。だが顕如の死後、正室の如春尼が顕如直筆の譲状とされる文書を提出し、末子の准如が第十二世の宗主に就任することになる。

なお、この十年にわたる石山本願寺との戦さを、つねに陣頭指揮していた佐久間信盛が、信長によって職を解任され、追放処分とされた。本願寺との戦さが長びいたことの責任を追及されたのだが、佐久間信盛は信長が若武者だったころからの側近で、譜代の武将の筆頭とされ、最重要の近畿地方の支配を任されていた。佐久間信盛は寂しく高野山で余生を送ったと伝えられる。

代わりに近畿地方の支配を任されたのは明智光秀だったが、最有力の武将を追放した信長の非情な裁量に接して、光秀は自分も同じようにいずれ追放されるのではという危機感を覚えたのかもしれなかった。

第五章　備中高松城で秀吉と語る

天正十年（一五八二年）、五月。

毛利の三本の矢と後世に語り継がれる毛利輝元《てるもと》（毛利元就の長男隆元《たかもと》の子）、吉川元春《きっかわもとはる》（次男）、小早川隆景《たかかげ》（三男）の連合軍と、織田信長の毛利攻めの先鋒を務める羽柴秀吉（木下藤吉郎）の軍勢は、備中高松城を挟んで向かい合った山地に陣取り、大軍同士の決戦が始まりそうな気配を見せていた。

五千の兵が守る高松城の城主は、小早川の忠臣、清水宗治で、秀吉側の大軍を前にしても徹底抗戦する構えで籠城していた。

高松城の南には足守川が流れている。秀吉の軍勢は川の左岸の北東の山地に結集しているのだが、川を挟んだ右岸の南西部の山地には毛利勢が陣取っている。

睨み合いの中心にある高松城には異変が生じつつあった。

秀吉軍が付近の農民を掻き集めて堤を築き、足守川の上流を堰き止めたのだ。堤は高松城の南側を取り囲むように延びて、東の山地にまで到達している。俄か造りの堤によって行き場を失った水流は、左岸の低地に流れ込み城は危機に瀕していた。

高松城は戦国時代に多く築かれた山城とは違って、足守川の氾濫によって広がった平地の中央に位置している。水捌《は》けのよくない土地のようで、城の周囲には湿地や泥田が広がり、それが天然の要害になっていたのだが、築かれた堰によって湿地は広大な湖になろうとしていた。おりしも梅雨の季節で連日のように雨が降り続いている。水嵩が日増しに高くなり、船でなければ城からの出入りは不可能となった。

補給路を断たれた高松城は、孤立していた。

この高松城に到るまでの秀吉の進撃は、時間はかかったが見事なものだった。毛利と同盟を結んでいた備前の宇喜多直家は巧みな懐柔策で、闘わずして秀吉の麾下に入った。しかも当主の直家は嫡男の秀家を秀吉の養子とした上で病没した。秀吉は労せずして備前一国を支配することになった。

さらに堅固な要塞として知られた播磨の三木城と因幡の鳥取城は、大軍勢で取り囲む兵粮攻めであっけなく開城し、秀吉の軍門に降っていた。いずれの闘いでも、秀吉勢は一兵の損失もなく城を落とし、籠城していた戦力を味方に加えていた。

毛利勢にとっては、高松城は最後の砦と言ってよかった。

ここを失えば、秀吉の軍勢は備後に到達し、毛利の本拠の安芸までが危険にさらされることになる。羽柴秀吉は高松城の周辺が一望できる東の石井山の中腹に陣を構えていた。長期戦が予想されたため、堅固な山城が築かれ、大きな館が建てられていた。

その秀吉の陣を、信長の使者として遣わされた山岳修行者が訪ねた。

伝説の霊獣とされる麒麟の「麟」の文字を崩した信長の花押のある書状を持参したため、ただちに秀吉の前に案内された。初期には多用された花押だが、岐阜城に居を移して以後は「天下布武」の印章が用いられ、「麟」の花押は最重要文書にしか用いられなくなっていた。

館に入った使者は、上座に案内されようとしたのを辞して、板敷の上に座し、笑いながら言った。

「とりあえず書状を開けられよ」

怪訝そうに上座に着いた秀吉は、はらりと書状を開いた。

「何じゃ、これは」

思わず書状を床に投げ出した。

「無心随風と問答せよ……、書いてあるのはそれだけじゃ。おまえがその随風か」

「天台の修行者だが、頼まれて時々、信長どのの飛脚を務めておる」

「名は聞いたことがあるぞ。十兵衛光秀どののもとに客人として招かれたという幻術師が、確かそのような名であった」

「ただの風評だ。おれは幻術など用いぬ。ただ脚が速いので飛脚をしておる」

「信長さまとは懇意なのか」

「懇意というほどではないが、おれの頼みに応えてくれた。安土城を訪ねて猿に逢うてみたいと言うと気安く書状に花押を描いてくれた。ついでに高松城のようすを報告せよと命じられたので、ここに来る前にそのあたりの山の中を駆け回った。南側の山地には毛利の軍勢が陣を張っておったぞ」

「そんなことはわかっておる」

怒ったようにつぶやいた秀吉だったが、急に相好を崩して話しかけた。

「猿に逢いたいと信長さまに言うたのか。なぜわしに逢いたいと思うたのじゃ」

「近衛前久どのがおぬしを高く評価しておった。信長どのに代わって天下を取るものがあるとすれば、木下藤吉郎かもしれぬという話であった。もっともその話を聞いたのはずいぶん昔だがな」

「関白どのはわしのことをどのように話されたのだ」

「人たらし……というようなことであった。敵を味方に引き入れるのが上手いらしい」

「まあ、確かにそうじゃが……、おぬしは近衛どのとも懇意なのか」

「近衛どのとはよく酒を飲む。天下の趨勢について語り合うのだが、近衛どのはしばしばおぬしの話をする。信長どのの配下では随一と称賛されておる。あまりに評価が高いので、どのようなお方か、ご尊顔を拝したいと思うたのだ」

「こんな顔じゃ」

そう言って秀吉は、おどけた顔つきになった。

わざと剽軽な表情にならずとも、充分におもしろい顔をしていた。

確かに日吉《ひえ》神社の猿に似ている。ただ猿に似ているだけでなく、手振りや身振りを交えた全身の動きが軽やかで、大道芸人のような底抜けの明るさが感じられた。

これでは対面したものは必ずこの男に親しみを覚えることだろう。

風貌はわかった。だがこの男の心のありようを見定めなければならぬ。

随風は問いかけた。

「堤のようすも見てきた。見事な築堤だな。水攻めというのは猿どのが思いつかれたのか」

「発案したのは軍師の官兵衛《かんべえ》じゃや。城の周囲が湿地であったので水攻めというのは誰でも思いつくことじゃが、一目見ただけでも水を堰き止めるには途方もない工事が必要じゃとわかる。並の軍師なら思いついても進言することはない。官兵衛はわしのことをわかっておる。途方もないことを事もなげに成し遂げるのがわしのやり方じゃ。まあ、銭さえ出せば百姓は動く。わしには銭がある。それが戦さに勝つ極意じゃ」

「三木城や鳥取城では、取り囲んで兵粮攻めにしたそうだな」

「城を攻める前にあらかじめ銭を撒いて米を買い占めておく。そこで城を囲めば城内の敵はたちまち飢える。一兵も失わずに敵に勝ち、敵兵も殺さずに味方につける。太刀もいらず刀もいらず……。これがわしの戦さじゃ」

「うむ……」

随風はしばらく考え込んでいた。

こやつは武将でありながら、義を説くこともなく、兵法を論じることもない。さながら、商人《あきんど》のごとき物言いをする。確かにただものではない。

随風は問いかけた。

「猿どのは銭がお好きなようだな」

「銭さえあれば鉄砲が買える。兵も集まる。そのあたりまでは誰もが考えることじゃ。しかし何より重要なのは、百姓を使うことじゃ。百姓に銭を渡せば兵粮が集まるし、城も築ける。山の中に道を通すこともできる。その道の要所に兵粮を置けば短期間で進軍することができる。要は、銭さえあれば戦さに勝てるということじゃ」

「銭はどこから調達するのだ」

「摂津の多田、但馬の生野《いくの》など、わしが押さえた地域には銀山がある。採れた銀は信長さまのものじゃから安土に送ることになっておるが、戦さに必要であれば使うてよいと許しを得ておる。毛利も石見銀山を押さえて、南蛮貿易で鉛や硝石を調達しておる。毛利の安芸の領地は安堵してやってもよいが、銀山は何としても押さえねばならぬ」

「見事な築堤だが、南の山地における毛利勢は攻めて来ぬのか」

「高松城の周囲はすでに水嵩が増している。このあたりの川船はすべてわれらが押さえておるから、毛利勢が兵粮を届けることはできぬ。兵を下ろして堤を壊しにかかれば、大きな戦さが始まることになるが、やつらにそこまでの勇気はない。近衛前久どののお蔭で九州の争いが収まったゆえ、豊後の大友宗麟が安心して毛利と闘えるようになった。このあたりで大きな戦さをすれば、大友に背後を衝かれる。やつらは和議の条件が提示されるのを待ち受けておるのだ」

「どのような条件を示すつもりだ」

「城主の清水宗治は切腹。毛利勢は本拠の安芸に撤退する。このあたりだけでなく、安芸の手前の備後までを信長さまの支配地とする。まあ、そんなところかな」

「備後まで差し出せというのは、いささか虫が良すぎるのではないか」

「丹波を制圧した明智光秀が援軍として駆けつけるはずじゃ。御屋形さまにもご出陣いただきたいと願いを出してある。猿ばかりに手柄を立てさせてはおられぬと、出陣を決意されるであろう」

「信長どのに信頼されておるようだな」

「信頼ではない。侮《あなど》られておるのじゃろう」

「侮られるとは……」

秀吉は随風の前に、おのれの顔を突き出して見せた。

「ほれ、この顔じゃ」

秀吉は満面の笑みをたたえて、声を出して笑った。

「わしは足軽上がりじゃ。御屋形さまはいまもわしを猿と呼び、足軽のように扱われる。それでよいのじゃ。明智十兵衛などは、もとは足利将軍の使者として、信長さまに同盟を命じた立場であった。いまでもあやつは、おのれの方が立場が上じゃと考えており、それが態度にも出てしまう。わしはいつまで経っても足軽じゃ。信長さまも気を許しておられる」

笑いを絶やさずに秀吉は話し続けた。だがその目が探るようにこちらの表情を窺っているのを、随颪は見逃さなかった。

この年の三月、織田信長の嫡男信忠が率いる織田の軍勢が、甲州の武田勢と闘い、武田勝頼を自決に追い込んでいる。信長も信州諏訪まで出向いて、甲斐と信濃の制圧を宣言した。同時に徳川家康は武田が支配していた駿河に進出している。

織田勢が甲州に侵入したおり、武田方の武将が逃げ込んだとして、恵林寺が焼き討ちになり、快川和尚が没している。

心頭滅却すれば火も自ずと涼し……。

この文言はそのおりの快川紹喜の辞世として伝えられている。

越後の上杉、相模の北条、陸奥の伊達などが残っているとはいえ、織田と徳川の連合軍は、東海道、東山道、北国街道など、東国に向かう主要な街道を抑え、広大な経済圏を支配することになった。

残るは西国の毛利だけだ。

その毛利攻めの責任者という重責を担っているのが、この猿と呼ばれる異形の人物だった。

随風は問いかけた。

「信長どのがこちらにお出ましになるというのはまことか」

「必ず来られる。この館は野戦の本陣としては贅沢すぎるものであろう。御屋形さまにお出ましいただくことを見越してわざわざ建てたのだ」

「信長どのを招いて戦さをするというのは、おぬしが配下の最有力ということではないか」

「ははは っ……」

秀吉は猿に似た顔をくしゃくしゃにして笑い声をあげた。

「御屋形さまの第一の配下は、加賀の一向一揆を鎮め、いまは上杉勢と闘っておられる柴田勝家どのじゃ。その証拠に、浅井に嫁いでおられた妹のお市の方を、柴田どののもとに再嫁させようという動きがある。そうなると三人の姫ぎみも柴田どのの娘ということになる。羨ましいことじゃ」

随風はかつて覚恕法親王の使者として浅井長政のもとに通った時期があった。お市の方とも面識があったし、城内の中庭で遊ぶ娘たちの姿も目にした。

浅井長政は織田の軍勢に攻め立てられ、北近江の小谷城に籠城したおり、正室のお市の方と三人の娘を城外に逃がした上で、自刃して果てたと伝えられる。

随風は探りを入れるように問いかけた。

「おれも浅井のところには何度か訪ねたことがある。お市の方は絶世の美女と言うてよい。しかも信長どのの気性にも通じる気概のようなものが感じられた。お市どのが猿どののもとに再嫁されれば、おもしろき取り合わせであったろうな」

秀吉はしばらくの間、息を呑んだように黙り込んでいた。

猿のような顔から笑いが消え、能面に似た不気味な表情に変わっていた。

「おぬしはそれを探るように、信長さまから命令されたのか」

「おれはいかなる命令も受けてはおらぬ」

「花押を描いた書状を携えて来たからには、目的があるのじゃろう。信長さまは気の短いお方じゃ。配下のものがいつ裏切るかとつねに用心しておられる。わしは裏切るつもりなど金輪際ないのじゃが、お市の方の嫁ぎ先が柴田どのになりそうじゃと聞かされた時には、いささか失望した。わしは猿じゃ。お市の方にも好みというものがあろうが、信長さまが妹の好みを聞いてから嫁ぎ先を決めるとは思えぬ。御屋形さまが信頼しておられるのが柴田どのじゃということが、ようわかった」

秀吉は大きく息をつき、独り言のようにつぶやいた。

「まあ、いつのことになるかわからぬが、天下随一の美女をわが妻としたいものじゃな」

この猿にもそれなりの夢があるのだろう、と随風は思った。

天下随一の美女を妻とするためには、秀吉自身が天下を取るほどの権力者となる必要があるのではないか。

ふと思いついて、随風は問いかけた。

「猿どのにはすでに長く連れ添ったご正室がおられるのではないか」

秀吉は急に嬉しげな顔つきになって応えた。

「おうよ。わしがまだ足軽であったころに、上役にあたるお方の娘に好かれてしもうたのじゃ。相手のお寧《ねい》はまだ童女であったし、わしの身分が低いので親も反対しておったが、お寧が強引に話を進めて縁談をまとめてしもうた。いまではお寧の父親も兄も、わしの家来となっておる」

「ご正室はいまどこにおられる」

「長浜のわしの城におる。わしの母親も同居しておる。母は田舎者の礼儀知らずじゃが、お寧はよう面倒を見てくれる」

秀吉の話しぶりからは、お寧という正室への愛情と感謝が伝わってきた。その正室への思いと、天下随一の美女を妻としたいという願望が両立するところに、この猿と呼ばれる男の無邪気なほどの向上心が感じられる。

この男は本気で天下を取り、美女を娶るつもりでいるようだ。

確かに……。

随風は胸の内でつぶやいた。

近衛前久が言っていたように、信長の配下の中では、この猿どのが天下の覇者に最も近い位置にいるのではないか。

だが、この猿どのが、光り輝く神になるというのだろうか。

随風の胸の内には疑念が広がっていった。


随風は石井山の中腹にある本陣の館を出た。

かたわらには秀吉の小姓だという若者がいる。

「軍師の官兵衛とやらにも話を聞きたいのだが、この近くにおるのか」

「官兵衛なら、この山の麓におる。すぐ近くじゃ。小姓に案内させよう。佐吉、佐吉はおるか……」

秀吉は声を高めて小姓を呼んだ。

二十歳くらいの若者がすぐに姿を見せた。おそらく廊下に控えて、秀吉と随風の会話に耳を傾けていたのだろう。

小姓と肩を並べて山地の斜面を降り、黒田官兵衛の陣屋に向かった。

「佐吉どのといわれたな。いつから猿どのの小姓を務めておるのだ」

「佐吉は幼名でございます。いまは元服して石田三成《みつなり》と名乗っております。われらは近江の土豪でございます。殿が長浜城主となられたおりに、父が仕官を願い出まして、そのおり兄とともに仕えることになりました。わたくしはまだ元服前の童子でございましたので、いまだに佐吉と呼ばれております」

「ずっと小姓を務めておるのか」

「童子でございましたから、お側で雑用を務めることしかできませんでしたが、いまは背丈も伸びましたので、武者として先陣を切りたいと願うております。ただ殿のお許しがなかなか出ないのでございます」

「猿どのとは、どのようなお方だ。思うところを聞かせてくれぬか」

「見たとおりのお方でございます。明るくて剽軽で、子どものように無邪気なお方でございます」

「武将であるからには野心も秘めておるのではないか」

「殿は目先のことしか考えないお方でございます。ただそのことを自分でも気づいておられて、軍師を抱えておられます。かつては美濃出身の竹中半兵衛というお方でしたが、病没されましたので、いまは黒田官兵衛どのを頼りにしておいでです」

「官兵衛とはどのような輩だ」

随風の問いに、しばらくの間、石田三成は黙り込んでいた。

どのように語ればよいか迷っているようにも見えた。

そうこうするうちに、黒田官兵衛の陣屋のすぐ近くまで来たようだ。

三成は早口に語り始めた。

「官兵衛さまは播磨の小寺一族に仕えた姫路城代のご子息で、若いころから才覚を発揮し、わずか三百の兵だけで何千という大軍と互角に勝負するなど、特異な軍略家として世に知られることになりました。お人柄は穏やかそのものですが、肚《はら》に何かを隠し持っているような、いかにも怪しいお方でございます。殿が播磨に進軍されたおりは、姫路城の本丸を明け渡し、自らは二の丸に居住して軍師として戦略を伝授されるようになったと聞いております」

わずかな間を置いてから、三成はさらに語り続けた。

「備前の宇喜多秀家どののお父ぎみが織田方に寝返ったのは、官兵衛さまの調略によるものでございます。同じように摂津の荒木村重さまが突如として謀反を起こされた時にも、有岡城に乗り込んで調略を試みられたのですが、これは失敗して土牢に長く幽閉されることになり、脚を傷められました。いまも歩く時には杖をついておられます。有岡城が開城され救出された直後に鳥取城攻めが始まったのですが、すぐに戦略を立てられました。これが恐るべき策戦でして……」

そこまで話して、三成は怯えたように声を低くした。

「商人に命じて周辺の米を買い占めるのはいつものことですが、官兵衛さまは城内の兵粮が底をついたのを見越して、無防備な農民たちの家を焼き払ったのでございます。行き所のない農民たちは城に逃げ込んでいきました。兵粮のないところに大勢の農民が逃げ込んだのでたちまち餓死者が出て、鳥取城は容易く落城したのでございます。脚を傷められて以後の官兵衛さまは、より冷酷な軍師に変貌されたようで……」

そこまで話して三成は口を閉じた。

黒田官兵衛の陣屋が目の前に迫っていた。

陣屋の中には来客があるようだった。

誰も通すことはできぬと番卒に止められたが、安土からの使者のお方だ、と三成が伝えたので、中に入ることができた。

床几のかたわらに杖を立てかけた軍装の武者がいた。陰気な目つきをしている。これが黒田官兵衛孝高《よしたか》だろう。

官兵衛と対面しているのは僧形の人物だった。石田三成は面識があるようで、一礼したあとで来意を告げた。

「安土からの使者の随風どのをお連れいたしました。随風どの、こちらは毛利方の軍師の安国寺恵瓊《えけい》どのでございます」

安国寺恵瓊は四十歳を少し過ぎたくらいの壮年の人物だった。

どうやら官兵衛を相手に、和議を結ぶ根回しに来たようだ。

「秘密の談合ではないのか」

随風が問いかけると、恵瓊は声を上げて豪快に笑ってみせた。

「わしは密使ではない。これから官兵衛どのに世話になることもあろうかと思うて、挨拶に参ったのじゃ」

「もう戦さが終わりそうな物言いだな」

「明智光秀の軍勢に続いて、信長どのが備中にお出ましになるとのこと。そうなればわれらに勝ち目はない。和議を結んで軍勢を引くしかないであろう」

「本領の安芸は安堵するとして、手前の備後をどうするかが問題だな。それと石見銀山の利権か」

随風がつぶやくと、恵瓊の目が怪しく光った。

「石見銀山は渡せぬ」

そう言って恵瓊は官兵衛の方に目を向けた。

官兵衛は表情を変えずに低い声で言った。

「いますぐ銀山を寄越せとは言わぬ。安心されよ。されどもこのことは伝えておかねばならぬ。地上で生み出される米などはともかく、日本国の地の底から生み出される金や銀は、中央が管理すべきものだ。天下を取ったものが全国の鉱山の利権をすべて掌握することになる。地方の大名が領内の銀山を独占するのは難しくなるだろうな」

「誰が天下を取るというのじゃ。信長か」

恵瓊の語調が強まった。

官兵衛と石田三成は互いの顔を見交わした。

恵瓊は笑いながら言葉を続けた。

「十年ほど前であったかな。わしは上洛して、京を追われた将軍足利義昭どのの処遇について信長と談合した。そのおりの傲慢不遜な信長の態度に接して、わしは信長の世は五年で終わると毛利どのに報告した覚えがある。信長は放っておいても遠からず自滅すると話したのじゃがな……。十年経ったいまも信長が生きておるのは予想外じゃが、わしの見るところ、あやつの寿命はすでに尽きておる」

随風が口を挟んだ。

「三日ほど前に安土で信長と会ったが、患っておるようにも見えなかったぞ」

石田三成が驚きの声を上げげた。

「随風どのは安土からここまで、三日で駆けて来られたのか」

「おれは身軽な山岳修行者だからな。鎧を着た騎馬武者なら半月以上はかかるであろう」

話題が逸れた。

恵瓊がすかさず言った。

「信長は病で死ぬのではない」

「討たれるというのか。誰が討つというのだ」

「毛利が放った刺客かもしれぬぞ」

そう言って恵瓊はまた豪快に笑って見せた。

官兵衛が鋭い目つきで恵瓊を睨みつけた。

「羽柴どのの軍勢だけでも、毛利を圧倒できる。信長どのに万一のことがあろうと、毛利は助からぬぞ」

「わかっておる。信長は情け容赦なく敵を滅ぼす。親類縁者まで皆殺しにする。その恐怖で信長の軍門に降った敵も少なくない。その恐怖は配下の武将にまで広がっておる。信長に刺客を送るものがあるとすれば……」

恵瓊はそこで聞き手の顔色を窺うように間を置いてから言葉を続けた。

「信長配下の武将が謀ることもあるのではないか」

官兵衛は静かに応えた。

「ありえぬことだ。信長どのはすでに家督を嫡男の信忠どのに譲られた。先ごろの甲州武田攻めも総帥は信忠どのであった。後継者が決まっておるのだから、信長どのに刺客を送っても詮無きことだ」

恵瓊は腕組みをしながら、一同の顔を見回した。

「もしも信長どのに万一のことがあれば、猿どのはいかがなさるおつもりかな」

官兵衛は冷ややかに言った。

「信長どのには長男の信忠どのの他に、伊賀を守っておられた次男の信雄《のぶかつ》どの、四国攻めの総帥に任じられた三男の信孝《のぶたか》どのがおられる。揉め事が起こらぬように、猿どのは一刻も早く京に戻らねばならぬ。幸い信長どのをお招きするために、難所であった船坂峠の道を広げ、石を並べて整備をした。沿道の百姓に銭をばらまいて握り飯などを用意させ、夜を徹して進軍すれば、全軍が十日で京に到達できよう」

「和議がまとまればの話であろう」

恵瓊が意味ありげに言った。

官兵衛は恵瓊の顔をまともに見据えた。

「和議はまとまる。恵瓊どのにお任せする。秀吉どのに貸しを作られよ。毛利が滅びたあとも、恵瓊どのには参謀として、われらの仲間になっていただきたい」

「ううむ。ははは っ……」

恵瓊はまたもや笑い声を立てた。

安国寺恵瓊は東福寺で学んだ臨済宗の禅僧で、のちには羽柴秀吉の配下となり、さらに関ヶ原の戦さでは西軍の軍師として活躍することになる。


備中高松城からの帰路は街道を辿ることにした。

黒田官兵衛が整備したと話していた船坂峠をゆっくり歩きながら通り抜けた。

備前と播磨の国境にある船坂峠は急坂の難所として知られていた。

確かに道路が整備されている。

道幅が広げられ、道路の凹んだところが補修されている。

いまは梅雨の時期なので道路はどこもぬかるんでいる。馬は脚をとられ、荷車は車輪が空転して進まなくなるはずだ。だが本来は難所であるはずの急坂が、いまはきっちりと補修されている。この補修によって行軍の速度が上がることは間違いない。

信長の遠征のための補修と官兵衛は話していたが、秀吉の軍がここを逆走する場合にも役立つだろう。

街道を進むうちに、姫路城、明石城、兵庫城、尼崎城と、信長の宿泊所が見事に整備され、道路も拡張されていることがわかった。この整備された街道を、信長はわずかな兵とともに進むことになる。その先に通りやすくなった船坂峠がある。そこを秀吉の軍勢が怒濤のごとく駆け降るさまが目に見えるようだ。

京に近づくにつれて、胸騒ぎのようなものが押し寄せてきた。

何かが起こる。

これはただの胸騒ぎではない。十方世界を満たしている気の流れが、不穏な気配を告げているように感じられた。

とはいえ、何が起こるのかは、予測がつかない。

随風にしては珍しく不安を抱えながら、安土城の織田信長を訪ねた。

信長はいくぶん苛立ったようすで、随風の前に現れた。

「どうした。浮かぬ顔をしておるではないか」

信長が笑いながら問いかけた。

浮かぬ顔をしているのは信長の方だ。

随風はとりあえず報告をした。

「水攻めの現場を見てきた。見事な築堤だ。毛利の軍勢は山の上に陣取って、水嵩が増えていくのをただ眺めておるだけであった。だが撤退する気配はない。和議の交渉は試みているようだが、あるいは大きな戦さになるやもしれぬな」

「いずれはわしが出陣する。それで毛利は滅びる。だが、毛利を滅ぼしてしまえば、わしにはもはや敵がいなくなる。まことの危機はそのあとにやってくる」

まことの危機……。

信長は何を考えているのか。

相手の心裡を計りかねているうちに、信長が問いかけた。

「おぬしは猿の顔を見に行ったのであろう」

「確かに猿に似ておったが、なかなかに侮れぬ猿であった。信長どのは掘り出し物の家臣を見つけられたな」

信長は、ふん、と鼻先で嗤った。

「顔は猿じゃが、忠実な飼い犬じゃ。その忠実さがどこまで続くことか……。怪しい軍師がついておるからな」

「官兵衛とも話をした。肚の底の知れぬ策士であった」

「あやつはいずれ抹殺せねばならぬ。猿もじゃ」

信長は吐き捨てるように言った。

随風は信長の顔を見つめた。

信長のようすがおかしい。ひどく怯えたような気配が感じられる。それが引き金になって、怒りが体内に充満しているようだ。

「徳川家康を安土城に招くことにした」

わずかな沈黙のあとで、信長は唐突に言った。

「武田との戦さは長びいた。信玄は病没したが、甲州軍団の結束は固く、若い勝頼を支えて激戦を続けた。その間、家康は落成した安土城を見に来る暇もなかった。それで家臣ともども招待して馳走をしてやることにした。饗応の差配は明智光秀に任せてある。随風、そなたは光秀とも家康とも親しいのであろう。宴席に列するがよい」

そう言ったあとで、信長は随風の顔を覗き込むようにして言った。

「わしが甲斐と信濃を制圧しておる間に、家康は遠江の残り半分と駿河を押さえた。あやつの方が得をしたのではないか。いまや三国を支配する強大な大名となりおった。いささか強くなり過ぎたようじゃな」

　独り言のようにつぶやきながら、信長は不気味な笑みをうかべた。


　明智光秀はまだ坂本城にいた。

　光秀は先年、長く連れ添った正室を亡くしていた。光秀が朝倉の参謀として貧しい暮らしをしていた時に荒《あば》ら屋を訪ねたことがある。そのおりの正室の清楚で上品な姿を記憶している。

　光秀は天守閣の最上階で、一人で酒を飲んでいた。

「おお、随風か」

　随風が音もなく現れても、光秀は驚くようすを見せずに、杯を差し出した。

「飲むか」

　黙って杯を受け取った随風は、注がれた酒を一気に飲み干してから言った。

「徳川家康が安土に招かれたようだな」

「饗応役を仰せつかった」

「毒を盛れと命じられたのか」

　空になった随風の杯に酒を注ごうとしていた光秀の手が止まった。

　長い沈黙のあとで、光秀はぽつりとつぶやいた。

「信長どのは心を病んでおられる」

　再び沈黙が長く続いた。

「ううむ……」

随風がうめくように息をついた。

光秀が低い声で言った。

「九州は南端の薩摩のほかは小領主がひしめいておるばかりで信長どのの敵ではない。四国を制覇した長宗我部も戦力は知れている。毛利が滅びればもはや信長どのに敵はおらぬ。次の敵は三国を領有する徳川家康ということになろう」

「家康は家臣を連れて来るということだ。ただでは済まぬぞ」

「家臣を同伴するとはいえ、軍勢を引き連れておるわけではない。信長どのは家康を試そうとしておるのだ。招待を受けて無防備なままで安土城に乗り込んで来るか。家康の胆力と忠誠心を試すつもりなのだろう」

「家康は来るのか」

「拒めば戦さになる。家康は調略によって武田家臣の穴山梅雪を寝返らせた。わしが丹波を平定したおり、家臣にするつもりであった波多野一族を信長どのは磔刑に処せられた。だが此度は穴山梅雪をお許しになった。これは罠だ。家康は感謝の意を告げるために安土に参上せぬわけにいかぬのだ。いつ毒を盛られるかと家康は不安におののくことになる。おそらく厨房には配下を送り目を光らせるであろう。厨房が戦場になる」

吐き捨てるようにつぶやいた光秀の目が不気味に据わっていた。

こやつも病んでいる。

随風は心の内で息をついた。

階下から声がかかった。

「殿……。ご挨拶に参りました」

「こちらへ。無心随風が来ておるが、かまわぬ」

天守閣の最上階に昇る階段から、壮年の武将が姿を見せた。鋭い目つきをしている。その姿全体から、重い気配が滲み出ていた。

随風はにわかに息苦しさを覚えた。

こやつは死を覚悟している……。

「家老の斎籐利三《としみつ》だ」

利三と呼ばれた男は警戒するように随風の顔や体を眺めていた。表情が異様に暗い。いまから戦場に赴くような殺気が発散されている。

その利三のようすに目を配りながら随風はつぶやいた。

「名は聞いておる。稲葉一鉄の家臣だったそうだな」

随風の言葉に光秀が応えた。

「戦さに勝ち、国を治めるために、何よりも必要なのは人だ。利三はわしが美濃におったころからの盟友だ。美濃を支配しておった斎藤道三は素性の知れぬ成り上がりもので、斎藤という名字も偽りを称したのだろうが、利三は美濃の名門斎籐一族の生まれだ。道三が子息の義龍と対立した時、わしと利三は不本意ながら敵と味方に分かれた。利三は稲葉一鉄の娘を妻としており、稲葉が織田方についたのに従って、利三も織田方に加わったが、わしが丹波攻めに苦慮しておるのを察して、わしのもとに駆けつけてくれた」

そう言って光秀は斎籐利三の方に目を向けた。

利三が口を開いた。

「わたくしは斎籐道三どののもとにおりましたころから、明智光秀どのの見識と志に敬服いたしておりました。美濃を拠点として全国制覇を目指すという道三どのの心意気を受け継いでおるのは、光秀どののただ一人でございます。わたくしは親族が義龍さまの側に加わったため、やむなく道三さまや光秀どのとは敵対することとなりましたが、いつの日か光秀どののお役に立ちたいと念じておりました」

光秀が続けて言った。

「丹波が平定されたのは利三のお蔭だ。波多野一族の説得だけでなく、利三は周囲の国衆の山城を回って帰順を説いてくれた。命がけの試みであったが、利三は太平の世を築くという義をもって国衆たちの心を動かした。すべての国衆がわが配下となったので、丹波には平穏な日々がもたらされるはずであった。しかしそれが、信長どのの気に障ったようだ」

話している光秀の目に険悪な気配が宿っている。

「信長どのは帰順を誓った波多野一族を磔刑に処しただけでなく、国衆の山城をすべて破壊するように命じられた。すでに赤井も波多野も滅んだ。丹波の国衆が反乱を起こす惧れはない。信長どのが恐れておるのは、この光秀なのだ」

光秀の声がしだいに高まっていった。怒りのためか声がふるえはじめた。

「稲葉一鉄のもとには那波直治《なわなおはる》という有能な家老がおって、利三の推挙でわしのもとに帰属することになったのだが、信長どのはわしの配下が増えることを恐れて、直治を稲葉のもとに戻すように命令された。さらに斡旋した利三を切腹させよとのことであったが、わしは拒否した。もう一つ、許しがたいことがある」

さらに声を高めて光秀は言った。

「四国をほぼ制圧した長宗我部元親《もとちか》の正室と、利三の兄の正室は姉妹の間柄だ。その縁で、石山本願寺との戦さが続いておった時期に、わしは長宗我部と和議を結び、互いに不可侵という約定を守ってきた。だが毛利との戦さに決着がつきそうになったいまになって、信長どのはわれらに相談もなく約定を反古にして、三男の織田信孝さまに四国攻めを命じられた。わしと利三は面目を潰すことになった」

そこで急に、光秀は声をひそめた。

「殿は狂っておられる。わしか家康か、どちらかを滅ぼそうとされておる。いや、双方とも滅ぼすつもりではないか。いずれは有力な家臣のすべてを抹殺して、孤独な覇王になることであろう」

そこで一呼吸置いてから、光秀は誰にも聞こえぬ低い声でうめくようにつぶやいた。

「あやつの天下は長くは続かぬ……」

その声は、随風の耳には届いていた。

斎藤利三は四歳くらいの少女を伴っていた。

男たちが暗い話を交わしている間も、まっすぐに前を向いて、話に聞き入っているように見えた。会話の内容がわかるわけもないと思ったが、しっかりと耳を傾けているところを見ると、会話がはらんでいる緊張感を感じとっていたのかもしれない。

「これは利三の末娘だ」

明智光秀が随風にささやきかけた。

「丹波での戦さは激しかった。利三が戦場に出ている間、末娘をしばらくわしのもとで預かっていたことがある。それで情が移って、わが娘のように思うておったが、此度、母親の実家に戻すことになった。美濃へ出向く時は坂本に寄るように頼んであった。最後にもう一度、顔を見て別れを告げたたかった」

光秀は少女の方に顔を向けた。

「福……。息災であったか」

少女は光秀の顔を見上げた。

「おじじさま。福は、元気でございます」

少女らしい無邪気な顔つきではあったが、その目に鋭さがあった。

父の斎籐利三とそっくりだ、と随風は思った。

妻も子もいない随風は、親子の情というものには無頓着で、とくに感慨を抱くこともなく、少女と光秀のやりとりをただ眺めていた。

光秀は少女にことのほか思いをかけているようすが窺えた。光秀自身にも娘が四人あったが、すでに成長して、全員がしかるべき武将に嫁いでいる。

久々に幼い少女を預かって情が移ったのだろう。

冷徹な武将にも微笑ましい側面がある。

随風にとってはそれだけの出来事であるはずであった。

およそ二十年の後、随風はこの少女と再会することになる。


随風は再び安土に向かった。

家康の一行の到着にはまだ間がある。随風は湖岸に沿った道を先に進んだ。

東海道は三上山の手前で湖岸から離れて伊賀に向かい、その先の難所とされる鈴鹿峠を越えることになるのだが、湖岸を北上した彦根から東に向かう東山道は、尾張や三河に向かうおりにも利用されていた。

その彦根の先には、羽柴秀吉が居城としている長浜城があった。

こちらは安土城などと違って、小規模な城だが、琵琶湖に面した水城《みずき》で、船で直接に城郭の中に入ることができる。明智が琵琶湖の西に坂本城を築いたように、秀吉は琵琶湖の北に商業の拠点を築こうとしたのだろう。城の周囲には商人たちが町を開いていた。

秀吉はつねに織田の軍勢の最前線で闘っていたから、城に戻ることはほとんどない。従って城の主は、正室の寧《ねい》という女人だった。

かつてこのあたりは浅井長政の所領だった。浅井が滅びたあとは戦さのない平穏な日々が続いているので、警備の兵も少なく、容易く城郭の中に入ることができた。

城郭の奥にある館に入ると、厨房で女たちを差配しているそれらしい年配の女人がいたので声をかけた。

「そなたが寧どのか」

女はいかにも明朗そうな屈託のない笑顔で対応した。

「わしが寧じゃがね。おみゃーさまはどこぞのお寺の方かね」

「天台の修行者だが、使者としてあちこちに出向いておる。秀吉どのが遠征されている備中から帰ったばかりだ」

「おや、そうかね。猿どのは元気じゃったかね」

「敵の城を水攻めにして、相手の和議の申し出を待っておられた。此度も大勝利であろう」

「官兵衛どのの策戦のお蔭じゃ。猿どのは細かいところにはよう気がつくものの、大きな戦さの戦略を立てるのは向いとらんがね」

そう言って寧は声を立てて笑った。

これは、したたかな女だ……。

随風は胸の内でつぶやいた。

「猿どのから言伝でもあったかね」

「直接にお言葉をいただいたわけではないが、ちと心配なことがあってこちらのようすを見にきた」

「この長浜に心配なことがあるだかね」

「ここはいささか無防備だ」

「そりゃそうじゃ。猿どのがごっそり兵を連れて遠征に出りゃあしたでな」

「この近江で戦さがあるやもしれぬ」

寧は素っ頓狂な声を張り上げた。

「ひぇーっ……。ほんまかね。近江は安土のお城のお膝元でねえか」

「その安土城が危ない。だがこのことは内密に願いたい。この城の裏山に、大吉寺という天台の寺院があるが、ご存じか」

「寺があることは知っとるが、浅井との戦さで全山が焼けたと聞いとるがね」

「寺は焼けたが本尊の聖観音立像や阿弥陀如来像などの寺宝は避難しておったので無事だ。俄か造りではあるが本堂や宿坊なども建ち、寺としての体裁は調っておる。戦さが起こってこの城が攻められるようなことがあれば、寺僧がご案内に駆けつけるように手筈を決めておく。お寧どのやお母ぎみは、速やかに寺に避難していただきたい」

「はあ……、そりゃまあ、どえりゃあことで……」

まだよくわかっていないようすではあったが、随風自身、これから何が起こるか、詳細を把握しているわけではない。ただ十方世界に広がった気の破れ目のようなものを感じている。

何かが起こる。

とにかく正室には警告を発した。

随風は長浜城を辞して、裏山の方に入っていった。


随風はいまでも山岳修行を続けている。

山野を走っていれば仏性に包まれ心が安らぐ。

比叡山から峰続きの行者道を辿り、琵琶湖を一周することが多い。

比叡山を開いた最澄は、京のある葛野盆地の西と琵琶湖の東に多くの寺院を配置した。比叡山を中心とした曼陀羅を想い描いていたのかもしれない。修行者にとってはありがたいことで、峰ごとに寺があるので修行の途中で日が暮れれば、山寺で宿を借りることができる。

長浜城の裏山にある大吉寺も随風にとってはなじみの場所だった。

浅井との戦さですべての堂が焼失したが、いくつかの建物は再建され、宿坊も整備されていた。寺僧も多く、鍛えられた僧兵も配備されている。

寺僧とは顔なじみになっている。僧兵たちにも集まってもらい、状況を説明することになったが、随風自身、何が起こるかわかっていない。とりあえず、戦さが起こりそうだということだけを話した。

「戦さが迫っておる。詳細を明かすことはできぬが戦さは必ず起こる。そなたらに頼みがある。長浜城には羽柴秀吉どのの正室と母ぎみがおられる。戦さが起こればただちに僧兵を派遣してお守りしてほしい。嶮しい道もあるが何とか寺までご案内できればと思う」

僧兵の中には疑義を唱えるものもあった。

「戦さを起こすとすれば浅井の残党か。ならば比叡山を焼き討ちした信長に対し恨みを晴らすということであろう。ということはわれらの味方ではないか」

随風は相手の気を静めるために笑ってみせた。

「浅井の残党などはおらぬ。信長の専横が目立つゆえ、陣営の中で仲間割れが生じる惧れがある。何にしてもご正室など女人に罪はない。戦さに巻き込まれぬようにお助けするのが仏道に励むものの務めであろう」

そう言って寺僧らを納得させた。

寺を出て、長浜の方には下りず、尾根伝いの行者道を辿った。

山道を進んでいる間は無心になれる。

久遠本仏と呼ばれる十方世界に広がった巨大な仏と一体となる。

仏と一体となれば、そこは無の世界だ。

だがその無の中にも、ひらめきのように言葉が飛び交っている。

それは仏が考えているのか、随風が考えているのか、定かではない。

あとは徳川家康の動きだ……。

誰かが考えている。

あの男を生き延びさせてやらねばならぬ……。

随風は山道を疾駆する。

安土城の裏山が目の前に迫ってきた。

第六章　前夜の酒宴と本能寺の変

安土城の曲輪の中を歩いていく。

随風も宴席に招かれているので気配を消して忍び込む必要はない。

迷路のように曲がりくねった曲輪の道を堂々と歩いている。

「随風どのではないか。これは奇遇だな」

声がかかった。

振り返ると、壮年の武士の姿があった。その顔に見覚えがあった。

「おぬしは伊賀の忍びであったな」

「覚えておいででしたか。伊賀の服部半蔵正成でございます」

随風が比叡山で修行を始めたばかりのころだったか。琵琶湖の周囲の山々をひたすら駆け回っていたころのことだ。霊峰三上山の近くを走っていた時に、背後に何ものかの気配を感じた。

誰かが自分のあとを追いかけている。

若き随風は自らの脚力に自負をもっていた。自分ほど脚の速いものはおらぬと思っていたのに、背後の何ものかは同じ速さで追ってくる。

さては鬼神の類かと、いきなり脚を止めて振り返った。

百姓のような姿をした若者がそこにいて、笑いながら話しかけた。

「法師《ほっし》どの、脚が速いな」

「おぬしこそ、なかなかのものだ。忍びの鍛錬をしておるのか」

「伊賀の半蔵だ。このあたりではわしに敵うものはおらぬと思うておったが、法師どのはまさに韋駄天のごとき速さで駆けておられる」

「おれは天台の修行僧で無心随風というものだ。速く駆ければそれだけ仏に近くなれると思うて、琵琶湖の周りを駆け回っておる」

「法師などやめて、忍びにならぬか」

「おぬしこそ、忍びなどやめて、修行者になったらどうだ」

そんなやりとりをして、その男と親しくなった。

自分の方が少し年上かと思っていたが、いま目の前にいる武士はかなりの年配に見える。それだけ自分も年を取ったということだろう。

随風が問いかけた。

「見れば忍びではなく、武士の姿をしておるではないか。どこぞの武将の家臣となったのか」

相手は笑いながら答えた。

「わしは伊賀の母のもとで育ったのだが、父の服部半蔵保長《やすなが》は足利将軍に仕え、足利が衰退したのちは、三河岡崎の松平清康さまに仕えておった。清康さまは家康どのの祖父にあたる。そういう縁があって、父のあとを継いでいまは伊賀の里の忍びたちを差配しながら、わしは岡崎城の守りに就いている」

「そうであったか。おれは家康どのとは懇意で、浜松城に赴いたこともある。岡崎におられた長男の信康どのは、まことに残念なことであったな」

「信長どのの専横は目に余るものがある。わが殿もよう耐え忍んでおられる。随風どのは信長どのとも懇意であられるか」

「飛脚のような役目を仰せつかっておる。何しろ脚が速いからな。本日も信長どのの命で宴席に参列することになった」

「それはよい。杯を酌み交わそうではないか」

「徳川の家中で何か動きはないか」

「動きとは……」

半蔵正成は急に声をひそめた。何かを察したようすだ。

小声で語り始めた。

「兵を連れずに安土に乗り込むことに、反対するものがなかったわけではない。家康どのは織田と同盟を結んでおるだけで、織田の家臣ではない。この招きには剣呑な気配がある。安土に入ったところを討たれるのではと、血の気の多い本多平八郎などは、何かあれば単身で信長と差し違えると豪語しておる」

「何が起こるかはわからぬが、万一の場合、街道が封鎖されることも考えておかねばならぬ。おぬしは伊賀者なれば、忍びの抜け道を知っておろう」

「忍びの抜け道はあるが、はたして家康どのをご案内できるかどうか」

「命がかかっておれば、どんな道でも進むしかないだろう」

随風が語調を強めると、半蔵はいちだんと声を落として尋ねた。

「随風どのは何ごとが起こると懸念されておるのだ」

「まずは宴席で、毒見を怠らぬことだな」

「それはわれらも懸念しておった。厨房に見張りを配置し、料理は必ず事前に毒見をする。伊賀から手練れの忍びを呼び寄せ、要所に配置してある」

「家康どののご無事を祈りたい」

随風がつぶやくと、半蔵は真剣な表情になって問いかけた。

「随風どの。そなたは誰の味方なのだ」

随風は微笑をうかべた。

「戦国の世を終わらせこの日本国に太平の世をもたらす英傑の出現を期待している。信長は岐阜城に移ってから天下布武の印章を用いるようになった。自らの武力によって天下を平定するという志であろうが、おれは信長の世は長くは続かぬと見ている。その先にどのような英傑が現れるか、見守りたいと思うておるのだが……」

随風はそこで言葉を濁した。

半蔵と随風は顔を見合わせた。

「家康どのには生き延びていただかねばならぬ」

随風は独り言のようにつぶやいた。


安土城の曲輪の中に広大な寺域をもつ摠見寺の一郭に大宝坊という建物があった。大きな法要を開くための施設で、徳川家康を迎える宴席の会場となった。

安土城や畿内各地の守りに就いている武将や、家康の家臣、国衆など、総勢百人ほどが結集して会食することになる。

隣接した厨房はまさに戦場だった。百人ぶんの食膳を調《ととの》えなければならないのだが、饗応役の明智光秀の家臣と、招待された徳川家康の家臣が入り乱れて一触即発の緊張感が漲っている。

騒ぎが起こった。食膳に上る魚料理を試食した毒見係の郎党がにわかに腹痛を起こしたのだ。

厨房の騒ぎは噂となってたちまち城内に広がった。

騒ぎを聞きつけた信長が厨房に駆けつけ、責任者の光秀を叱りつけたとか、あまりの強い叱責に屈辱を覚えた光秀が本拠の坂本城に帰ってしまったとか、のちにはさまざまな風評が飛び交うことになる。

その隙を衝いて気配を消した随風はそろそろと主賓の家康の席に忍び寄った。

「家康どの」

声をかけると家康は低い声で応じた。

「おお、随風か」

「何やら厨房で騒ぎが起こっておるようだな」

「覚悟はしておる。宴席で出されたものは、危なそうなものは隣におられる穴山梅雪どのがこっそり食してくださることになっておる」

家康の隣席には肥満した武将が座していた。甲州軍団の名将とされた穴山梅雪だ。この人物なら自分の食膳と併せて二人分の料理を平らげることも可能だろう。だが、家康は何も食べないつもりだろうか。

随風は問いかけた。

「腹が空くのではないか」

「何の。餅や干物を持参しておる。酒は寝所に戻ってから飲めばよい」

「安土での饗応が終わったあとは、ご予定がおありか」

「何もないが、堺に出向いてみようと思う。鉄砲や火薬を調達してくれる商人から招かれておる。家臣たちにも堺のようすを見せてやりたい」

「その気持はわからぬでもないが、できる限り速やかに三河までお戻りになるべきであろう。幸い家康どのの配下には伊賀に縁のある服部半蔵どのがおられるので、いざとなれば忍びの道を通って逃げることもできようが……」

話していると、すぐ隣にいた穴山梅雪が割って入った。

「わしは家康どのに命を救われた。何事かがあれば、わが命をかけて家康どのをお守りいたす所存じゃ」

少し離れたところに本多平八郎忠勝がいて、こちらの会話に聞き耳を立てていた。穴山梅雪が、命をかけて家康を守ると言った時、平八郎忠勝も上半身を揺するようにして大きく頷いてみせた。

家康は家臣に恵まれている。

何とか生き延びるだろうと随風は思った。


深夜、随風は織田信長が寝室にしている天主閣の最上階に忍び込んだ。

信長は熟睡しているように見えた。

「信長よ。おまえはどこへ行くつもりだ」

胸の内でつぶやいた。

その声は眠っている信長の胸の内に伝わっているはずだ。

「おまえは敵に恐怖を与えるだけでなく、配下のものにまで恐れを抱かせている。おのれに従うものを皆殺しにしようというのか。いずれはおまえを信じ従うものは一人もおらぬようになる。この日本国におまえ一人だけが孤立して、それで天下太平の世が築かれると思うておるのか」

信長は静かに寝息を立てていた。

「信長よ。おまえは何ものだ……」

信長は応えなかった。


夜が白んだころに、随風は安土城を出た。

琵琶湖の湖岸を南下し、瀬田唐橋を渡って西岸に回り込んだ。

坂本城には緊張感が充ちていた。

兵たちが出陣の準備をしていた。号令がかかれば、いますぐにでも城外に討って出るといった雰囲気が漂っている。

ふだんよりも警備が厳しそうな状態ではあったが、随風は案内を求めずに、気配を消して天守閣の中に忍び込んだ。

明智光秀は最上階の窓から琵琶湖の湖面を眺めていた。

随風はまだ木組みが出来たばかりのこの場所から琵琶湖を見下ろした時のことを想い出していた。

光秀のつぶやきが聞こえた。

「この城からの眺めは素晴らしい。この眺めも、もはや見納めになる」

独り言にしてはしっかりとした口調だった。

随風が来たことを察知して語りかけたのだろう。

「兵たちが出陣の準備をしておったな」

「まずは丹波の亀山城を目指す。そこに丹波各地の城の守りに就いておる兵が結集し、播磨を経て備中を目指すことになる」

「高松城を水攻めにしておる羽柴秀吉の配下に入るのだな。それにしても急な出陣だな」

「以前から決まっておった出陣だ。準備はしておった。斎藤利三を始め、配下の武将らはすでに亀山城に向けて出立した」

「この眺めが見納めだというのは、いかなることだ。まさか死ぬ気ではあるまいな」

随風が問いかけると、光秀は低い笑い声を洩らした。

「戦さに臨む武将は誰もそれなりの覚悟をもつものだ。だが見納めだと言ったのはそういうことではない。つい昨日のことだが、わしは信長どのから、国替えを言い渡された。この坂本のある琵琶湖西岸の領地も、わしが制圧した丹波も、すべて召し上げとなった」

「何と……。領地を召し上げられたのか。だが国替えならば、新たな領国の割り当てがあったのだろう」

「新たな領国は、出雲と石見《いわみ》とのことだ」

「それは……」

随風は息を呑んだ。

出雲と石見は毛利の領国だ。そこを戦さで勝ち取れということか。坂本城や亀山城、福知山城、黒井城、周山《しゅうざん》城など、光秀自身が確保して配下の武将を城代とした城砦はすべて召し上げ、戻る場所のない背水の陣で闘えというのが信長の意向だろう。

それにしても、坂本は琵琶湖の水運の要であり、この城は光秀が思いを込めて築城した愛着のある拠点だ。

それを召し上げて、いまはまだ敵の支配下にある場所を与えるというのは、あまりにも苛酷な国替えではないか。

「石見には銀山がある」

慰めにもならぬであろうが随風はそんなことを言ってみた。

光秀はそれには応えずに、低い声でつぶやいた。

「信長はとことんわしを嫌っておるのだろう」

随風は気にかかっていたことを尋ねてみた。

「安土城の厨房で何かあったのか。騒ぎが起こったようだが」

光秀は冷ややかに声を高めた。

「家康は用心のために監視役を厨房に派遣していた。毒を盛られると恐れておったのだろう。小心な輩だ。信長が家康を安土に招いたのは、あやつの心根を試すためだ。三河、遠江、駿河の三国を領有して、あやつは思い上がると同時に、恐れも抱いておるのだろう。毒を盛られて領国を召し上げられるのではと、内心びくついておったのだろうな。毒見役が魚を食って、毒じゃ、毒じゃと騒ぎ立てた」

「それでおぬしが饗応役を免じられたのか」

光秀は応えず、話を逸らせた。

「いずれにしてもわしが出陣することは決まっておった。粛々と備中に向かうまでだ。毛利攻めの総大将は猿だ。あやつの配下になるのは気が進まぬが、次々と城を落としていくあやつの勢いは侮れぬ。いずれ信長は猿を疎んじることになるだろう」

「信長は、誰も信じておらぬようだな」

光秀は応えずに静かに息をついた。

しばしの沈黙があった。

不意に、光秀が思いついたように言った。

「無心随風、ここに来い。ここからの眺めはまことに見事だ。おぬしにとっても、見納めになるやもしれぬぞ」

随風は天守閣に忍び込んだあと、壁際に膝をついた姿勢でじっとしていた。

言われて初めて立ち上がり、光秀と肩を並べた。湖面の向こうに、近江富士とも称される三上山があった。その麓の野洲の地から、伊賀を経て伊勢や尾張に向かう街道がある。

光秀がこの城を手放すのだとしたら、自分がこの城を訪ねるのも、これが最後ということになる。

「十兵衛……」

随風は低い声でつぶやいた。

「命を大事にせよ」

光秀は応えなかった。


六月一日の夕刻。

随風は京の近衛前久邸を訪ねた。

前久は世の状勢を冷静に眺めている。酒を酌み交わしながら、世情について語り合うつもりだった。

先客がいた。

吉田兼和《かねかず》。皇室の祭事を仕切り全国の神社を統括する吉田神道の宗家だ。

二人はすでに酒を飲み始めていた。

随風が姿を見せると前久は上機嫌で言った。

「無心随風。よく来た。もう飲み始めておる。いつか徳川家康を三河守に任じた話をしただろう。その時に家康の系図を作ったのが吉田兼右《かねみぎ》で、ここにおる兼和はその息子だ。父からの世襲で侍従職を継いでおるが、それだけではない。吉田一族は日本の神々への信仰の歴史をまとめ、独自の儀礼を確立して、全国の神社を仕切っておる。聞いて驚くな。吉田神道は死者を神に祭り上げる技法を、一子相伝の秘法として継承しておる。なあ、そうであろう、兼和。おぬしは死者を神とすることができるのだろう」

吉田兼和は初老の人物だ。童顔の前久は若く見えるが、随風と同じ年齢で四十歳代の後半になっている。この三人はほぼ同世代といえた。

「随風にわが息子を紹介しよう。まあ、飲んでいてくれ」

そう言って前久は渡り廊下の先に向かい、すぐに若者を連れて引き返してきた。

若いころの前久とそっくりの美男子だった。

「これが長男の信輔《のぶすけ》だ。烏帽子親の信長どのから一字を戴いた。信長どのの近習を務めたこともあって、森蘭丸とは親友の間柄だ。十八歳だが、これでも内大臣を務めておる。信輔、ここにおられるのは天台の法師で、各地の有力武将の間を使者として周り、この戦国の世の裏側で暗躍しておられる無心随風どのだ」

若者は疑うような鋭い眼差しで随風を睨みつけ、低い声で言った。

「無心随風の名は聞いておる。信長さまの夢の中に入り込んできた怪しい幻術師だということだ。あやつに誑《たぶら》かされたことがあると森蘭丸も話しておった」

「まあ、そういうこともあるだろう」

随風はすでにそのあたりにあった杯に手酌で酒を注いで飲み始めている。

若い信輔も酒は好きなようで、手酌で飲み始めた。

随風は初対面の吉田兼和に興味をもった。

「兼和どの。死者を神にするというのはいかなることだ。秘法とされておるらしいが、その秘密の一端なりとも明かしてはもらえぬか」

兼和はすでに昼間から飲み始めているらしく、かなり酔いが回っているようすだ。

軽い口調で語り始めた。

「密教では即身成仏ということが行われておる。五穀を断って木の実や薬草だけで生きておるうちに体が痩せ細って仏になる準備ができる。そこですべての食を絶ち、最後に水も絶つと、体が干物のような形状になる。座禅を組んだ姿で干物になって、そのまま何百年でも仏として拝まれることになる。吉田神道の秘法も似たようなものだ。ただ世俗の人の場合は、あらかじめ五穀を断って入滅の時を迎えるというわけにはいかぬ」

そこまで話して兼和は気持よさそうに酒を飲み干した。

随風が問いかけた。

「断食をせずに死んだものの体は、腐ったり、虫に食われたりするのではないか」

兼和は自慢げに応えた。

「さあ、そこからが秘法だ。死体は釉薬をかけた大きな壺の中に収納せねばならぬ。これで虫などが入り込むことはなくなる。腐るのを防ぐためには、われらが調合した秘伝の薬を塗り込み、さらに薬草で壺の中を満たす。そうしておけば、死者の体は永遠の命を保つことができる」

「それはただ死体が腐らず干物になるというだけのことではないか」

そう言って随風は笑った。

吉田兼和は、むきになったように捲《まく》し立てた。

「死するとは体から魂が抜け出すということだ。その魂は墓さえ作っておけば、それが目印になって天から舞い降りてくることもある。墓の中に骨や灰ではなく、五体満足の体が収められておれば、そこに魂が宿って復活することもあろう。いずれにしても、体がある限り、人々は死者を敬い、跪拝することができる。それはまさに、人が死して神になるということなのだ」

人が神になると言っても、死体が干物になるだけなら、誰も拝まぬのではないか。

随風は胸の内で溜め息をついた。

万民が平伏す光り輝く神でなければ、この国を統べることはできぬ……。

いまは亡き快川和尚の言葉が脳裏に甦った。

死体を壺に入れるようなことでは、人を神にすることはできぬ。

光り輝く神をこの世に顕現させるためには、何が必要なのか。

ふと思いついて、随風は同席して酒を飲んでいる若い信輔に問いかけた。

「そなたは信長の近習であったそうだな。安土城には城郭の中に広大な寺院があった。その中心の金堂にあたる場所に、神社の拝殿のようなものがあり、二層になった建物の上層に巨大な石が安置されておった。あれは神社の御神体のようなものか」

内大臣だというこの若者は酒好きなようで、杯を手に取ると立て続けに何杯も飲み干し、顔を赤くしていた。

信輔は笑いながら言った。

「信長さまが仏教を嫌っておられたのは僧兵が敵対しておったからで、仏教そのものを否定されたわけではない。安土城を築かれる時には、来訪者が必ず寺院の伽藍の中を通るように設計された。当初はご自分に似せた仏像を造らせる計画であったが、伴天連が説く全知全能の神は姿形がないと聞かされて、それなら日本の神と同じだと言われ、神社の御神体に多い石を祀ることにされた。あの石は信長さまの分身なのだ。来訪者は必ずあの石の前を通らねばならず、石を振り仰ぐことになる。すでに信長さまは神として拝まれておるのだ」

「内大臣どの。そなたは信長を拝むべき神だとお考えか」

早くも酔いが回ったようすで、信輔は澱んだ目つきで随風を見据えた。

「あやつは恐ろしい祟り神だ。家臣たちも皆、おののいておる。あの石を拝むものがあるとすれば、おのれが祟られぬように、お祓いをするような気持で拝んでおるのだ」

「それでは一つ、お伺いしたいのだが、内大臣と信長とは、どちらが位が上だとお考えか」

「問うまでもないことだ。内大臣など無に等しい。関白も帝も、信長の前には無力だ。信長は安土の城郭に寺を築いただけでなく、本丸御殿という建物を造った。それは御所の清涼殿を模したもので、信長はそこに帝をお招きして、安土を日本国の都とするつもりであった。御殿は天主閣の根元にある。そこを帝の御座所として、信長は天主閣の高みから帝を見下ろすつもりであったのだろう。さすがに帝はそのことに気づかれて、信長の催促にも応じず行幸は見送られた。帝も信長のことは嫌悪しておられる。帝がまことにこの日本国の行く末を憂慮しておられるなら、信長配下の武将らに、信長追討の勅命を出されればよいのだ」

それを聞いた父親の前久が、だしぬけに声を立てて笑い始めた。

「石山本願寺の教如もそうであったが、若者は過激だ。隣の邸宅におられる皇子《みこ》にも、それだけの気概があってほしいものだな」

隣の邸宅とは親王の御所のことだ。かつてはそこに近衛前久を関白から追い落とした二条晴良の邸宅があったのだが、晴良が失脚したあと信長がその地に自らの邸宅を建て、二条御新造と呼ばれた。狭いながらも信長の住居とあって城砦のような造りになっている。だが間もなく信長はその邸宅を正親町帝の皇嗣とされる誠仁《さねひと》親王に献上し、自らは少し南に位置する本能寺の寺域に移った。親王の邸宅はいまは二条新御所と呼ばれている。

正親町帝はすでに高齢なので、誠仁親王への皇位継承が期待されている。

近衛信輔は若いころの前久とそっくりで、公家としての自分の人生に無力感を覚えているようすだ。だが上杉謙信と意気投合して東国に出向き、武将としても活躍した父親ほどの気概はなく、ひたすら酒に溺れているようだ。

吉田兼和は帝と武将との連絡役のような務めを果たしていて、信長とも明智光秀とも親しいようだ。話し好きで次から次へと公卿や武将の噂話に興じていたが、やがて床に伏して鼾をかき始めた。

若い信輔も酒を飲む速度が速く、兼和より先に熟睡している。

近衛前久はいくら酒を飲んでも酩酊することはない。慎重に言葉を選びながら果てもなく会話を続ける。

信輔と兼和が眠ったのを確認すると、随風の顔を見て、意味ありげな薄笑いをうかべた。

これからが本当の酒席だとでも言いたげなようすだった。

「随風。何かに怯えているようだな。おぬしにしては珍しいことだ」

低い声で前久がささやきかけた。

いささかも酔っていない。鋭い眼光が随風に向けられていた。

「気になることがあった」

随風は応えた。いま自分が抱えている不安を話し、言葉を交わすことができるのは、前久だけだという気がした。

「備中からの帰途、山岳の行者道ではなく、街道を通ってみた。難所とされた船坂峠が拡幅され路面も整備されていた。姫路城、明石城、兵庫城、尼崎城を結ぶ経路も整備が進み、大軍勢が一気に駆け抜けることができるようになっていた。信長どのの遠征に備えるためと軍師の黒田官兵衛は言うておったが、果たしてそれだけが目的なのか」

前久はすぐに応えた。

「秀吉は毛利攻めのために大軍を率いておる。信長の身辺警護の兵はわずかだ。信長の一行が船坂峠の登り坂に差しかかった時に、坂の上から急襲すればひとたまりもないだろう。そのまま大軍を率いて上洛し、京と安土城を制圧する。それで秀吉は天下が取れる。だがあの猿に、そこまでの胆力があるか。あやつは腰を低くして敵を味方につけるだけの、小心な輩ではないか」

「軍師の黒田官兵衛がついておる」

「確かに、官兵衛なら考えそうなことだな」

前久はつぶやいて、杯の酒を口に運んだ。

「だが主君を討ったとなれば、不義の賊軍ということになる。猿は敵を作ることになろう」

しばしの間、二人は沈黙していた。

前久は杯に酒を注ぎ、嘗めるように味わっていた。

それから低い声で語り始めた。

「この戦国の世に、義というものがどれほどの効力をもつか。毛利攻めに加わった秀吉配下の武将たちは、秀吉と官兵衛の手腕に敬服しているはずだ。武将も国衆も、強い方に味方して生き残りを図る。義を重んじるならば、信長の三人の子息を立てねばならぬはずだが……」

「甲斐と信濃を支配する長男の織田信忠どののもいまは上洛されておる」

「確かに信忠どのはここの西隣の妙覚寺におられる。武田勝頼を滅ぼしたとはいえ、信濃も甲斐もいまだ不安定だ。配下の武将はそのまま残して、わずかな手勢だけで上洛された。信長も今夜は四条の本能寺にいるはず。いま織田の父子はまったくの無防備だな」

前久と随風は顔を見合わせた。

「三男の織田信孝どのは寄騎《よりき》の丹羽長秀《にわながひで》とともに四国攻めの準備のためいまは和泉におられる。次男の信雄《のぶかつ》どのは伊勢の本拠におられるか。いずれにしても織田の勢力は各地に分散しておる。柴田勝家は北陸で上杉勢と闘い、滝川一益は東国で北条勢を相手にしておる。あとは三河、遠江、駿河の三国を治める徳川家康か……。家康どのは安土城に招かれておったのではないか」

前久の言葉に随風が応えた。

「宴席は無事に終わり、いまは堺の街を見物に行かれたはずだ」

「家康も兵を率いてはおらぬ。いまは無防備だ」

前久はいかにも愉しげな笑みをうかべた。

何事かが起こるのを期待しているように見えた。

随風は冷静な口調で語り続けた。

「いま京で何事かが起こった場合、一両日で到達できるのは、丹波の明智光秀、丹後の細川藤孝、大和の筒井順慶、摂津の池田恒興《つねおき》、高山右近、中川清秀といったところか。近畿一円の指揮をとっておるのは明智光秀だ。だがその光秀は信長から国替えを命じられた。本拠の坂本のある琵琶湖の西岸も、艱難辛苦の末に制圧した丹波も召し上げられ、代わりに出雲と石見を与えられたということだが、そのあたりは毛利の支配下にある」

　前久は驚いたように声を高めた。

「ならば十兵衛光秀は、いまは領地をすべて奪われたということか」

　前久の顔が硬ばっている。

　随風は前久を見つめて言った。

「光秀は肝の据わった男だ。これまでも辛抱強く耐えて機を窺ってきた。今回も耐え忍ぶだろう。ただ……」

　随風は言葉を濁した。一瞬の躊躇があった。

「斎藤利三のことか」

　前久がささやきかけた。

　随風は応えずに杯の酒を口に運んだ。

　前久は小さく息をついた。それからつぶやくように語り始めた。

「斎藤利三は稲葉一鉄の娘婿であったが、稲葉のもとを離れて明智光秀の配下となった。そのことを恨んだ稲葉は信長に訴え出て、信長は光秀に斎藤利三の切腹を命じ、光秀はこれを拒否した。斎藤利三の斡旋で四国の長宗我部と和議を結んでおったからだ。だが信長はその和議を無視して、三男の信孝どのを総大将、丹羽長秀を寄騎として、四国攻めを命じられた。光秀は毛利攻めに加わるために備中に向かうのであろうが、戦さが終われば、利三を切腹させなかったことを咎められるのではないか」

「斎藤利三は正室と娘を美濃の稲葉のもとに戻した。何事かを決意したのではないか。あやつの顔に、死相が顕れておった」

前久は口に運ぼうとしていた杯を持った手を止めた。

「光秀はいま、丹波か」

わずかに声を高めて前久は問いかけた。

「亀山城に配下の軍勢を結集している。そこから播磨に出て備中に向かうのであろうが、亀山城から京を目指せば、半日とはかかるまい」

随風の答えに、前久は怯えたように周囲の物音に耳を澄ますような仕種を見せた。

前久は早口にささやきかけた。

「日中に兵を動かせば怪しまれる。日が暮れてから軍勢を動かしても、明け方には京に到達できるだろう」

前久の言葉に促されて、随風も耳を澄ませた。

「もうすぐ、夜が明ける」

どこからか何かの気配が忍び寄ってくる気がした。


最初は、ただの気配だった。

だがやがてその気配は、それとわかる地響きに変わった。

「その時が来たようだな」

随風がつぶやいた。

酔いが回って体を斜めにしていた前久が身を起こして、かたわらで熟睡している子息の信輔を揺り起こした。

「寝ている場合ではないぞ。戦さが起こる。外に出て見てまいれ」

「何ですか。父ぎみこそ、夢を見ておられたのでは」

寝ぼけた声を出していた信輔が、にわかに怯えたような顔つきになった。

「地震《ないふり》ですか。揺れてますね」

前久は子息に向かってささやきかけた。

「わたしは東国で何度も戦さを体験した。これは軍勢が移動する地響きだ」

「ようすを見てきます」

若い信輔は勢いよく渡り廊下の方に駆け出していった。

熟睡していたはずの吉田兼和が寝言のような声を発した。

「何だ、戦さだと。まさかこの京で戦さとは」

応仁の乱以来、京の都では度々戦乱が生じている。だが織田信長が畿内を制してからは、京で戦さが起こるとは誰も考えなかったはずだ。

その戦さが起ころうとしている。

「いま京に軍勢を差し向けることができるのは……」

先ほど話し合ったことを、前久はもう一度確認するように問いかけた。

「十兵衛光秀しかおらぬ」

低い声で随風が応えた。

吉田兼和が飛び跳ねるように身を起こした。

「明智光秀が戦さ……。どういうことだ」

前久が兼和の方に向き直って言った。

「信長どのは今宵は本能寺の宿舎におられる。わずかな配下が守っておるだけだ」

織田信長は四条にある本能寺の寺域に邸宅を建て、上洛したおりの宿舎としていた。小邸であるので警備の人数もわずかだ。亀山城から備中へ進撃するはずの一万騎以上の明智軍が京に攻め上ればひとたまりもないだろう。

吉田兼和が慌てふためいたようすで声をふるわせた。

「わしは光秀どのとは懇意だ。吉田の館にある石風呂が気に入ったようで、よく訪ねて来られる。夜を徹して飲み明かしたこともある。博学で思慮分別のある器の大きなお方だと思うておったのだが……。いま信長どのを襲撃したところで、天下が取れるとは思えぬ。暴挙というべきであろう」

前久が思案顔で語り始めた。

「暴挙ではあるがわずかな勝算に賭けたのではないか。丹後の細川藤孝と大和の筒井順慶は光秀と親しい。京を押さえれば摂津の池田恒興、高山右近、中川清秀も従わざるをえない。丹波を制圧した光秀の軍団は強力だ。光秀は畿内を制圧できるだろう」

「だが秀吉の軍勢が十日で京に到達する。大きな戦さとなるだろう」

随風の言葉に、前久は微笑をうかべた。

「猿にとっては千載一遇の好機ということになるな」

まさかとは思うが、こういう事態を想定して、備中からの街道の整備を図っていたのだろうか。

「北陸の柴田勝家、東国の滝川一益はすぐには上洛できない。徳川家康は兵を伴わずに堺あたりを見物しておる。だが池田恒興ら摂津の武将は、秀吉が街道を整備しながら西進したことを知っておるはずだ。光秀の思うようには事態は進まぬのではないか」

随風がつぶやくと、前久は吉田兼和に向かって言った。

「朝廷はどう動くのか。いずれにしろ侍従のおぬしが使者として明智光秀の陣営に赴くことになるだろう」

「帝は静観されるであろうが、京の治安を維持するためには、とりあえずは光秀どのにお任せになるしかないのでは……」

「銭を要求すれば光秀はいくらでも出すだろう。おそらく京を制圧したあとは、守りが手薄になった安土城を襲う。安土にはかなりの金銀財宝があるはずだ」

前久がそこまで話した時、戸外に飛び出していった信輔が息を弾ませながら駆け込んできた。

「町衆が騒いでおります。京の大路をいくつもの小隊に分かれた騎馬軍団が進軍し、本能寺の周囲を取り囲んでおるとのこと。水色に白い桔梗の紋を染め抜いた旗指物が見えたといいますから、明智の軍勢に間違いありません」

随風はその場に立ち上がってつぶやいた。

「信長がここで命を落とすか」

「信長だけではない」

前久がうめくような声を洩らした。

「この邸宅の西隣の妙覚寺にはご長男の信忠どのが宿泊しておられる。光秀が信長を討つとすれば、軍勢はこちらにも来るだろう」

その時、戸外からただならぬ物音が伝わってきた。大勢の人々の罵声や足音が響き、戦さが始まったような気配が室内にまで入り込んできた。

随風は無言で邸外に向かった。前久、信輔、吉田兼和があとに続く。

小路を挟んだ妙覚寺の前に出てみると、信忠を守護する軍勢が境内から外に出ようとしていた。本能寺の信長はほとんど護衛の兵を伴っていなかったが、信忠は五百騎ほどの軍勢を引き連れていた。

本能寺に向けて援軍を出すようだ。

　随風が声を高めた。

「光秀の軍勢は一万騎を超える。わずかな兵を出してもどうにもならぬだろう」

　前久の子息の信輔が大きく頷いた。

「闘うならば二条新御所に籠城された方がよろしいかと。元は信長さまの邸宅で、城砦のごとき造りになっております。まだ信忠さまは妙覚寺におられるはず。わたしが進言いたしましょう」

　信輔は兵たちを掻き分けるようにして境内に入っていった。

　その時、兵たちや見物の町衆の間から、声が上がった。

「火の手が上がったぞ」

「あれは本能寺の方向だ……」

　前進していた兵たちの動きが止まった。

　本能寺が炎上したのであれば、援軍を送っても間に合わぬ。

　妙覚寺の境内から指揮官らしい武将が現れて、兵に撤退を命じた。信輔の進言が伝わったのか、兵たちは隣接した二条新御所の方に移動を始めた。

　妙覚寺は南北に長い敷地で、近衛邸はその北側の敷地に接し、二条新御所は南側に接している。水色の旗を掲げた軍勢が南から押し寄せ、たちまち妙覚寺、二条新御所と同時に、同じ一郭にある近衛邸を取り囲んでしまった。

　戦さはすぐには始まらない。まずは妙覚寺に兵が残っていないかを確認しているようだ。織田信忠とともに二条新御所に入っていた近衛信輔が飛び出してきて、父の前久を見つけて報告した。

「二条新御所にはまだ誠仁親王が居られます。このままでは皇嗣の親王が戦さに巻き込まれてしまいます」

随風は素早く明智の軍勢の間を駆け回り、見知った武将を捜した。おりよく斎藤利三の姿が見えた。

「斎藤どの。頼みがある。こちらへ」

随風は斎藤利三を近衛前久のもとに案内した。

「こちらは前関白の近衛前久どの、ご子息で内大臣の近衛信輔どの、それに光秀と親しい侍従の吉田兼和どのだ。見てのとおり、織田信忠どのは二条新御所に入られた。堅固な城砦のごとき邸宅だ。これから激しい戦さとなろうが、困ったことがある。新御所にはまだ皇嗣の誠仁親王がおられるのだ。いかがいたしたものであろう」

斎藤利三は臨戦態勢の指揮官として緊張したようすを見せている。目は血走り、目つきにも尋常でないものが感じられたが、随風の落ち着いた説明に平静を取り戻したようだ。

「われらは朝廷と敵対するつもりはない。親王には速やかに帝の御所にお移りいただきたいが、お顔が判別できるように、輿や牛車は用いず、徒歩でお移りいただければと思う。それから近衛どのにお願いいたしたきことがある。われらはこれから二条新御所を攻めることになるが、近衛邸が隣接しておるので、屋根の上から矢を射かけたいと思う。屋根に登ることをお許しいただきたい」

いまの近衛邸は、かつて羽柴秀吉が自邸として建てた邸宅を譲り受けたもので、書院造りの簡素なものだ。貴族邸の寝殿造りのように南側に庭があるわけではないので、館の屋根の上に登れば、南隣の二条新御所の邸内が目の前に見下ろせる。

前久が冷ややかに応えた。

「これは戦さだ。拒否したところで射手は屋根に登るであろう。まあ、よい。許可をいたす」

「ありがたきこと。これで前関白どのは、われらのお味方ということだな」

べつに味方をするつもりはない、と前久は言おうとしたのだろうが、その前に大音声の叫び声が聞こえてきた。大路の彼方からの声なのだが、耳もとで叫ばれたような大声に聞こえた。

やがて声の主が近づいてきた。

人とも思えないほどの長身で、遠くからも黒光りした顔が見てとれた。

「おお、弥助ではないか」

安土城で信長の近習を務めていたこともある信輔が親しげに駆け寄っていった。

弥助が長い槍を振り回しながら駆けてきた。そのあたりには明智の兵たちがいたのだが、異形の姿のため恐れをなして後退するものが多く、弥助は闘うこともなくここまで到達できたようだ。

弥助は信輔の姿を見て大声で言った。

「おお、近衛さま。殿が、大殿が亡くなられた。ご自分で腹を切り、森蘭丸どのが館に火を放たれた。それから蘭丸どのはおれに、妙覚寺の若殿をお守りせよと命じられた」

信輔がささやきかけた。

「信忠どのは隣の二条新御所に入られた。堅固な城砦だから安心せよ。大殿のご最期のこと、よく伝えてくれた。弥助の役目はこれで終わった。近くに南蛮寺がある。そちらに避難するがよい」

「いやだ。蘭丸さまのご命令だ。おれは若殿をお守りする」

押し問答をするまでもなく、弥助は巨体を揺るがせて二条新御所に入っていった。

随風と前久は顔を見合わせた。

「ここは戦場になるな」

「二条新御所が炎上する惧れがある。わが屋敷に飛び火せぬように、桶にでも水を汲んでおくか」

「館に戻るのか」

「外におっても仕方がない。館の中で飲み直さぬか」

「また飲むのか」

呆れたように随風がつぶやいた。


信長と嫡男の信忠を討ち果たした明智光秀は安土城を占拠し、朝廷からの使者の吉田兼和と交渉して京の治安維持を任されることになった。光秀は数度に分けて朝廷に多大の銀を献上した。

光秀に誤算があったとすれば、頼みにしていた丹後の細川藤孝や娘婿にあたる子息の忠興の協力が得られなかったことだ。大和の筒井順慶も日和見を決め込んでいた。摂津の池田恒興は羽柴秀吉からの急使で備中にいたはずの軍勢がすでに姫路を通過したことを知り、自らの居城に閉じこもっていた。これを見て同じ摂津に居城をもつ中川清秀と高山右近も籠城して秀吉軍の到着を待った。

明智光秀は孤立することになった。

羽柴秀吉の軍勢は十日で上洛を果たした。

光秀は総力を結集して天王山の手前の山崎で秀吉軍を迎え撃ったが、あえなく敗れて逃げるところを雑兵に討たれたと伝えられる。

斎藤利三も敗走して琵琶湖畔の堅田まで逃げ延びたが、捕らえられ、粟田口で処刑された。

本能寺の変の当日、堺から京に戻る予定だった徳川家康は、明智の軍勢が京を支配していることを知って、宇治川沿いに伊賀を目指したが、明智の軍勢に追いつかれた。

一行の殿《しんがり》を務めていた穴山梅雪が、ただ一人、追撃する明智の兵に立ち向かい、家康一行の逃亡を助けたと言われている。

家康に命を救われた穴山梅雪は、そのことで借りを返すことになるのだが、兵たちは立派な武将の姿をした穴山梅雪を家康と誤認し、梅雪の首を取ったことで安心して引き返したという伝説も残されている。

数日をかけて三河岡崎にまで逃げ延びた家康は、ただちに明智追討の軍勢を編制しようとしたのだが、初動が遅れたために備中から引き返してきた羽柴秀吉に先を越された。

そこで家康は、信長の長男信忠の領地とされていた信濃と甲斐に向かった。信長と信忠が討たれたため、各地の城代を務めていた配下の武将や国衆の間に動揺が広がり、争乱が起こりそうになっていたが、軍勢を率いて乗り込んだ家康が信濃と甲斐を制圧して、広大な地域を支配することになった。

明智光秀を倒した羽柴秀吉は、同じ六月のうちに、尾張の清洲城に信長配下の宿老たちを集めて会議を開いた。

清洲は信長の父の信秀が一時本拠としていた居城で、信長が桶狭間に出陣したのもこの城からだった。

清洲会議を提案したのは秀吉で、信長の後継者を決めるとともに、お市の方の嫁ぎ先を決めるという思惑もあったようだ。

宿老だけでなく多くの武将が結集し、次男の信雄、三男の信孝も清洲に駆けつけていたが、会議に参加したのは秀吉が選んだ四人だけだった。

信長の宿老の第一は佐久間信盛のはずであったが、石山本願寺攻めが長びいた責を問われて信長によって追放されていた。それに続く宿老としては、三男の信孝の頼騎となっていた丹羽長秀、北陸で上杉勢と闘っていた柴田勝家が双璧とされた。秀吉の羽柴という名字も丹羽と柴田から採ったものだ。この二人を出席させないわけにはいかない。

他にも有力な宿老として、東国で北条攻めをしていた滝川一益がいるのだが、一益は戦さに負けたため本拠の伊勢長島に引きこもっていた。この一益が参加しないことで、柴田勝家は孤立することになった。

秀吉は会議の参加者に、小姓から成り上がった池田恒興を加えた。長く側近を務め信長の信頼が厚かったことは確かだが、信長が討たれると素早く秀吉の配下となり、明智との闘いに貢献した人物だった。織田信孝の頼騎として和泉にいた丹羽長秀も、明智攻めに参戦していた。秀吉、恒興、長秀の間ではすでに話がまとまっていたようだ。

ここまでは秀吉の思惑どおりに進んだ。

だが毛利攻めの秀吉の軍勢に従っていたのは、秀吉が育てた若手の武将や、秀吉の巧みな調略に応じた敵方の国衆であったので、支えにはならなかった。

従って、この清洲会議で信長の後継者が秀吉だと明確に定められたわけではない。

話し合われたのは、亡くなった織田信忠と明智光秀の支配地を、どのように配分するかということだけだ。この件に関しては、明智との戦さに間に合わなかった柴田勝家は何の主張もできなかった。

毛利攻めの総帥を任されていた羽柴秀吉ではあったが、領地としては本拠の長浜の周囲と、播磨を領有しているだけだった。この会議では、新たに山城、河内と、丹波の一部が加えられたが、格段に支配地が増えたわけではない。しかし会議を差配した秀吉の勢いは誰もが認めるところだった。

信長の次男信雄には尾張と伊賀、三男信孝には美濃が加増されたが、信長が本拠とした安土城の周辺は、長男信忠の遺児でわずか三歳の三法師という幼児が相続することになった。

この幼児は信忠の本拠の岐阜城にいたため、本能寺の戦さに巻き込まれることはなかった。秀吉は早くからこの幼児の後見として名乗りを上げていた。安土城は天主閣などの建物は焼失してしまったが、石垣を張りめぐらせた城郭はそのまま残っている。結局のところ、安土城を相続した三法師を後見する羽柴秀吉が信長の跡を継承していると、世の人々が認めるところとなった。

信長配下の武将の筆頭と自認している柴田勝家には、何も与えられなかったのだが、秀吉は余裕のあるところを見せて、自らが安土に移ることで不要となった長浜城の管理を勝家に任せることにした。雪深い越前を所領とする勝家にとっては、物流の拠点となる長浜の地は願ってもない譲渡と感じられたはずだ。

すべては秀吉の思惑どおりに進んだかに見えたのだが、最後に、悔しい結果が待っていた。

領地の分配については発言を許されなかった三男の信孝が、叔母のお市の方の再嫁については強く主張して、本人の意向を尊重することになった。

お市の方は柴田勝家を選んだ。

領地を得られなかった勝家は、ここでは見事な逆転勝ちとなったが、織田信孝に恩義を感じることとなった。

清洲会議に招かれなかった徳川家康だが、自らの軍勢で甲斐と信濃を制圧していたため、従来の三河、遠江、駿河に加えて五国を領有する最大の大名となった。


家康の本拠の浜松城には、近衛前久が逗留していた。

明智の軍勢に自邸の屋根に昇ることを許可した前久だったが、矢を射かけるだけでなく屋根の上からの銃撃があって、二条新御所に入った織田信忠の守りは一挙に崩壊した。

そのことで前久は、あらかじめ光秀と共謀していたのではと疑われ、京を追われた。

前久はかつて三河守への叙任で便宜を図った徳川家康を頼り、半年以上にわたって浜松城に身を潜めていた。

一方、随風は長浜城にいた正室と生母を背後の天台の寺に避難させたことで、秀吉に感謝され、安土城に招かれた。

安土城はほとんどの家屋が焼け落ちたはずだが、石垣で囲まれた城郭はもとのままで、そこに多くの建物が再建されていた。当主の三法師や秀吉が居住するに相応《ふさわ》しい見事な建物が並んでいた。ただ天主閣の偉容は失われたままだ。

招かれているので番卒に案内を求め、城郭の中でも最大の建物に案内された。

まずは正室の寧が随風を出迎えた。

「随風さん。おみゃーさまが長浜城にいりゃーしたおり、怪しい坊さまじゃと思うて、ごぶれいいたしただね」

「まあ、怪しい法師であることに違いはない」

そう言って随風は笑った。

寧も楽しげに笑った。

「大吉寺の坊さまがたには、どえりゃあ世話になりゃあした。おみゃーさまは謀反が起こることを知っとられたのかね」

その問いには応えずに、随風は話題を逸らせた。

「大吉寺までの山道は難儀であったろう。姑どのもご無事であったか」

そんな話をしているところに、秀吉が現れた。

「わしの母親はもとは百姓じゃで、年はとっても体だけは丈夫じゃ。頭の方はだいぶぼけとるがのう……」

秀吉は座敷の上座に座ると、いきなり問いかけた。

「わしもそのことが気にかかっておった。母親とお寧を助けてくれたことはありがたいと思うておるが、おぬしはなぜ戦さが起こることを知っておったのじゃ」

随風は逆に問い返した。

「猿どのもご存じだったのではないか」

秀吉は驚いたように声を高めた。

「わしが、明智の謀反を知っておったと……。どういうことじゃ」

「備中から姫路までの街道が普請されておった。黒田官兵衛も十日もあれば上洛できると言うておったぞ」

秀吉はいささか慌てたように弁解した。

「船坂峠を普請したのは御屋形さまをお招きするためじゃ」

随風は相手のようすをうかがいながら言った。

「十兵衛光秀はもう少し我慢強い輩と思うておったのだがな……。謀反を起こすとすれば、明智ではなく、猿どのではないかとおれは見ておった」

随風の言葉を聞いて、正室の寧が大声で驚いてみせた。

「まさか猿どのが謀反とは。おみゃーさまはそんなことを考えとったのかね」

随風は低い声で言った。

「猿どのはともかく、軍師の官兵衛は、あらゆる事態に備えておったのではないか」

秀吉は笑い声を立てた。

「確かに官兵衛なら考えそうなことじゃ。あやつはつねに天下を取ることを目指しておる。いまはわしの軍師じゃが、そのうち自分で天下を取る算段を始めることじゃろう」

「もしも信長が健在で、毛利攻めが成功したのちには、まず官兵衛が切腹を命じられていたことだろう。そうでなければ猿どの。おぬしが討たれていたはずだ」

寧が再び驚きの声を上げた。

「まあ、どにゃーなわけで猿どのがそげなことに……」

「これ、お寧……」

にわかに秀吉が怒声を発した。

「わしはこれから随風と密談をする。おまえは酒の仕度をせい」

正室が厨房の方に下がって行くと、秀吉は身を乗り出すようにしてささやきかけた。

「わしは年が明けたら柴田勝家を討つつもりじゃ」

随風は応えなかった。

敵を倒し、味方も倒す。これでは信長と同じことではないか。

黙り込んでいる随風の心の内を察したかのように、秀吉は急に屈託のない笑顔をうかべて言った。

「何だ。不満そうだな。勝家を討つことに疑念があるというのか」

「戦さには大義が必要だが……」

「信長どのの三男の信孝が、勝家を頼って反乱を企てておる。西国の毛利や四国の長宗我部に使者を送って、西からもわれらを攻めようという算段のようじゃ。これは明らかに反乱であろう。ならば先手を打ってこちらから攻めるしかない。冬場は勝家のおる越前北ノ庄は雪に閉ざされる。その間にまずは岐阜城におる信孝を攻める。殺しはせぬ。信孝さえ取り込めば、勝家の側には戦さの義がなくなる。雪が融けたころに、じっくりと攻めようと思うておる」

「猿どのは遺恨をおもちではないか」

随風の言葉に、秀吉の顔が蒼白になった。

「わしが……、勝家に遺恨じゃと」

蒼覚めていた秀吉の顔が、今度は見る間に赤くなった。

「いや、確かに、お市の方のことで、わしは柴田どのを恨んでおるのじゃろうな」

そう言うと秀吉は、悔しさを剝き出しにしたような表情を見せた。

「清洲会議では三法師さまに安土城を相続していただくことが第一の目当てであった。わしが三法師さまの後見と認められれば、自然の流れで、お市どのがわしのもとに再嫁されることに誰も反対はせぬと踏んでおったのじゃがな……。信孝が余計なことを言い出して、お市の方のご意向を確かめることになった。ご本人に確かめれば、誰も猿の嫁になるとは言わぬはずじゃ。それで信孝は勝家に恩を売って、わしに向かって反乱を起こすように唆《そそのか》した。信長どののご子息だとはいえ、許しがたき輩じゃ」

そこまで話して、秀吉は随風の顔をまともに見据えた。

「おぬしに頼みがある。以前、高松城攻めの陣屋で言葉を交わした時、お市の方と面識があると言うておったな」

「猿どのの期待はわからぬではないが……」

随風の言葉に、秀吉は怪訝な顔つきになった。

「わしはまだ何も話しておらぬが」

「越前北ノ庄が落城することになれば、その前に乗り込んでお市の方を救出せよというのであろう」

「ものわかりが早いな」

「長浜にあった小谷城から救出されたお市の方は、伊賀におられた兄の信包《のぶかね》さまや尾張守山城の叔父信次《のぶつぐ》さまのもとで九年ほどの年月を過ごされた。三人の娘の成長を見守ることには喜びがあったであろうが、夫を捨てて自分だけが逃げたという負い目を抱えて、苦しい日々であったのではないか。同じ苦しみを再び抱えたくはないと思うておられるだろう」

「ならばせめて、娘だけでも救えぬものであろうか」

「猿どの。その娘をどうするおつもりか」

秀吉は息を呑むように言葉に詰まった。

だがすぐに剽軽な作り笑いをうかべてみせた。


その年の暮れに、秀吉は信長次男の信雄を味方につけ、まずは柴田の出城となっていた長浜城を落とした。さらに美濃に進出して岐阜城の三男信孝を攻めた。信孝はたちまち秀吉の軍門に降った。

翌年の三月、雪が融けた北ノ庄から柴田勝家の軍勢が出陣した。秀吉は長浜城に軍勢を結集させ、西国のようすを窺っていた。毛利の出陣が予想されたからだ。しかし毛利は動かなかった。安国寺恵瓊の進言で、日和見を決め込んだのだ。

両軍は近江と越前の国境に近い賤ヶ岳で激突することになる。降伏していたはずの織田信孝が再び挙兵したため、秀吉の本隊は美濃に向かうことになったが、秀吉の近習であった若手の武将らの活躍で、柴田勝家の軍勢は停滞していた。そこに秀吉の本隊が駆けつけ、当初は柴田勢の味方をしていた前田利家が寝返ったこともあって、柴田の軍勢は総崩れとなった。

勝家は本拠の北ノ庄に撤退し、籠城するしかなかった。

秀吉の大軍が城を取り囲んだ。

その北ノ庄の城郭にある館に、随風の姿があった。

柴田勝家の継室、お市の方と対面している。

ここに来たのは秀吉の頼みに応えるためではない。

人の命を救うことは仏法に適っている。

それだけではない。随風には予感があった。

お市の方とは面識がある。信長の妹だけあって、気性の強さを感じさせる女人であった。夫の浅井長政も童顔の整った顔立ちだった。娘たちも美しい姫ぎみになっているはずだ。

戦国武将は娘を嫁がせることで同盟を結んでいく。娘たちは強い絆を広げて、戦さのない世を築いてくれるのではないか。

何よりも、信長の血を後世に残したい。

そんな思いを秘めて、お市の方に語りかけた。

「おれは無心随風という天台の修行者だ。いつぞや天台座主覚恕法親王の使者として、小谷城の浅井長政どのをお訪ねしたことがある」

「よう憶えておる。いまは羽柴どのの使者をされておるのか」

「あなたさまを救出するようにという命を受けた」

「われはもう逃げぬ。これから天守閣に昇り、勝家どのと自刃する覚悟じゃ」

揺るぎのない口調でお市の方は決意を語った。

予想されたことだった。この城から救出されても、よいことは何もない。敵の猿どのの側室になるという、嫌悪すべき道が待っているだけだ。

「ではせめて、ご息女がたを城外にお連れしたい」

「娘たちもただ辱めを受けるだけではないか」

「さようなことはない。この随風がお約束いたす」

「そなたにはそれだけの力があるのか」

「おれは一介の修行者だが、猿どのとは懇意だ。織田の血を宿した大事な姫さまだ。しかるべき武将に嫁ぎ、次の世を担う子孫を残されることだろう」

お市の方は隣室にいる娘たちに声をかけた。

おそらくは母親から、家族揃って自決するといった話を聞かされていたのだろう。

長女茶々、十七歳。

次女お初、十四歳。

三女お江、十一歳。

長女はすでに女の姿をしている。随風を睨みつけた眼に鋭さがあって、息苦しさを覚えるほどだ。

次女は穏やかな人柄を感じさせる。三女はまだ子どもっぽさを残しているが、芯の強さを感じさせた。

この三女が徳川の未来を支えていくことになる。

随風は三人の娘とともに城外に出た。柴田方の兵士たちも娘たちを連れた随風の姿を見ると、道を開けてくれた。

門の外に出ると、城を取り囲んだ秀吉方の兵たちが、一斉に上方に目を向けていた。

随風も、娘たちも、足を止めて振り返った。

天守閣の最上階に人の姿が見えた。

柴田勝家とお市の方が、いままさに自決しようとしていた。

その時、随風の耳もとで声が響いた。

「こんなことをして何になるというの」

声のした方を見ると長女の茶々が鋭い目つきで随風を睨みつけていた。

茶々が何を言おうとしているのかすぐにはわからなかった。自分の父と母が自害しようとしていることを指しているのか。

随風は問いかけた。

「こんなこととは何だ」

茶々が答えた。

「おまえがわたしたちを助けたことよ。助けられても、わたしたちは幸せにはなれない。そのことがわかっているのに、なぜ助けたの」

随風は返す言葉もなく、ただ少女の顔を見つめるばかりだった。

第七章　小牧長久手で秀吉と対決

天正十二年（一五八四年）。

天下分け目の戦さが始まろうとしていた。

場所は尾張の小牧と長久手。ここに西と東から軍勢が進出して衝突することとなった。

西軍を率いるのは羽柴秀吉、東軍を率いるのは徳川家康。

秀吉の軍勢は十万以上、家康の軍勢は一万数千。兵力に圧倒的な差があった。

それでも家康は、秀吉の大軍を相手に果敢な戦さを挑まねばならなかった。

宿老の柴田勝家を倒した秀吉は独裁体制を固めていた。

次の標的が、三河、遠江、駿河、甲斐、信濃の五国を領有する徳川家康であることは、誰の目にも明らかだった。

その家康を、信長の次男信雄が頼った。

柴田勝家を討った闘いでは、信雄は秀吉の側に回っていた。敗北した三男信孝に自決を強いたのは信雄だ。だが信長の後継者であるはずの自分を無視して秀吉の独裁体制が強化されるのを見て、信雄はやむなく家康を頼った。

家康は全国に書状を出して、秀吉の独裁に批判的な武将を募った。東国の北条氏政、北陸の佐々成政、四国の長宗我部元親らが、一斉に地元で秀吉配下の武将を襲撃することを約束した。また鉄砲隊を率いる雑賀孫一が根来衆とともに、秀吉が石山本願寺の跡地に築城したばかりの大坂城を攻めることになっていた。

三月、徳川家康は織田信雄とともに尾張の清洲城に入り、東山道を東進する羽柴秀吉の軍勢を迎え撃つことになった。

その一箇月ほど前、随風は京の近衛前久を訪ねた。前久は明智光秀と共謀したという疑いがようやく解けて、浜松から京に戻っていた。

前久はいつものように、一人で酒を飲んでいた。

「大和のどこかの寺に身を隠そうと思うておる」

前久は酒を口に含みながら、暗い顔つきで言った。

「戦国の世を終わらせる武将として、おぬしは秀吉に期待をかけておったのではないか」

随風が笑いながら問いかけると、前久は苦しげに顔を歪めた。

「明智に加担した疑いは晴れたが、長く浜松城におったので、徳川方と見なされ、秀吉に睨まれておるのだ。とはいえ徳川方につくわけにもいかぬ。秀吉の勢力は圧倒的だ。家康は疫病神の信雄に頼りにされて、困惑しておるのではないか」

わずかに息をついてから、前久は言葉を続けた。

「半年以上も浜松におったので、家康とは親しくなった。あやつは狡い輩だ。そのことがようわかった。明智に討たれた織田信忠どのの所領の甲斐と信濃を見事に奪い取った。同じ時期に北条勢も甲斐に侵入したのだが、家康は北条と和議を結び、北条方に付いていた甲斐や信濃の国衆を書状のやりとりだけで味方に取り込んで、戦力を消耗することなく甲斐と信濃を領有することになった。家康を侮ってはならぬ。だがいま秀吉とまともに闘えば、戦力の差が大きすぎる。ここで家康がどのような狡さを見せるか、楽しみではあるのだがな」

「楽しみなら、家康の陣に加わって見物したらどうだ」

「そうはいかぬ。わたしは秀吉に期待をかけておる。いまは縁が切れてしまったが、いずれあやつは、わたしを頼るしかなくなる」

前久はいやに自信ありげに言い切った。

「どういうことだ」

随風の問いに、前久は薄笑いをうかべた。

「あやつが天下を取ったとしても、将軍にはなれぬ。将軍になるためには源氏の裔《すえ》でなければならぬ。かつて徳川家康が三河守の官職を求めた時には、兼和の父の兼右に命じて家系図を作らせた。だが足軽上がりの猿の系図を作るのは難儀なことだ。いずれにしても猿が官職を得るためには、わたしに頼るしかない」

「此度の戦さ、家康に勝ち目はないか」

「ない」

前久は静かにつぶやいた。

勝ち目はない、と近衛前久が断じた家康の陣に、随風は忍び込んでいた。

清洲城。

かつてこの地で開かれた清洲会議で、織田信雄は尾張を領有することになった。従って尾張の諸城は信雄の配下が押さえていたが、近江から美濃に進撃した羽柴秀吉の大軍勢が木曽川を越えて尾張に入り、犬山城を落としていた。

気配を消して陣屋に入り、床几に腰をかけている家康の脇に立つと、家康は驚くようすもなくささやきかけた。

「随風か。よく来てくれた。そなたはわたしにとって、福の神のようなものだ。そなたの進言に従っておれば間違いはない。どのように闘えば勝てるか、教えてくれるか」

「勝つつもりか。敵の軍勢はこちらの十倍近いのではないか」

随風が問うと、家康は大きく息をついた。

「勝つしかないであろう。三河、遠江、駿河の三国を領有しただけでも信長どのに睨まれて、危うく毒を盛られるところであった。それがいまは五国を有しておる。信長どのと信忠どのが亡くなり、主を失った甲斐と信濃は混乱の極みにあった。わたしが乗り出さねば国衆同士の争いが起こり、再び戦乱の世に戻りかねぬところであった。幟旗に記してあるようにわたしは戦さのない浄土を目指しておる。やむなくわたしは兵を出して二国の治安を維持したのだが、結果としては、秀吉どのよりも多くの国を支配することになった。まずいことになったと自分でも思うておる」

「それで、どのような戦略を立てておるのだ」

「ここは三方ヶ原のような平原ではない。山地で闘えば相手が大軍であろうと戦さは局地戦となる。まずはこの先の小牧山城という山城まで軍勢を進め、そこで敵を迎え撃つ」

「局地戦で勝ちを重ねておれば、どうにかなるというのか」

「猿どのの戦さをこの目で見たわけではないが、あやつの戦略は話に聞いている。信長どのが残虐なまでに敵を殺し、恐れによって支配を広げようとされたのに対し、猿どのは武力による衝突を避け、調略によって味方を増やしてきた。此度の戦さも、あやつは引きどころを探っておるはずだ。こちらが負けて和議を求めれば、相手の言いなりになるしかないが、勝ち続けた上で和議に応じれば、五国は安堵されるはずだ」

「局地戦に勝つ自信はあるのか」

「それはある。わたしはかつてのわたしではない」

家康は笑い声を立てた。

「そなたが描いてくれた菩薩像は浜松城の寝所に掲げてあったが、戦さに出る時は携えて、いまは岡崎城の寝所にある。わたしは愚かで弱い武将だ。だがその弱さを知る故に、おのれを抑え我慢することを学んだ。人の一生は重荷を負うて遠き道を行くようなものだ。わたしの前には果てのない長き道程がある。一つ一つ小さな戦さに勝ち、書状や密使で調略を重ねることで、一歩でも二歩でも先に進めるなら、それでよしとせねばならぬ。まあ、見ておれ。愚かなわたしでも、戦さを重ねて少しは知恵をつけてきた。この戦さ、必ず勝ち抜いてみせる」

話している家康の姿を眺めながら、随風は少なからぬ驚きを覚えていた。

浜松で初めて会った時は、家康もまだ若かった。敵を恐れ、味方の国衆の顔色を窺い、不安を隠しながら強い武将を装っていた。

時が流れた。当時の家康は三河と浜松の周囲を押さえただけのささやかな大名にすぎなかった。いまは五国を領有し、味方となった織田信雄の領地を加えれば、尾張、伊勢、伊賀にまで及ぶ広大な地域を支配している。

羽柴秀吉と覇を競うまでになった家康は、おのれの弱さを熟知している。五国を制圧してはいても、それは各地の国衆の意向に応じて領地を安堵しただけで、武力で制圧したわけではない。いまこうして秀吉の軍勢と対決しようとしても、動かせる兵力には限りがある。

その限りある兵力で、家康は強大な敵に立ち向かおうとしている。

「さて、まずは軍勢を前に進めることとしよう」

家康の周囲には譜代の武将たちが控えていた。

側近の本多平八郎忠勝はすでに最前線に出て兵を進めている。

そのあとを追って、家康の本隊が動き始めた。

秀吉軍の先鋒として犬山城を落としたのは、小姓上がりの武将として清洲会議にも参加した池田恒興だった。秀吉に加担して明智光秀と闘った恒興は、褒賞として大垣城、子息の元助は岐阜城を任され、美濃を拠点としていた。この戦さでも秀吉の軍勢の主力と言ってよかった。

その手前の羽黒砦には森長可《ながよし》が陣取っている。猛将として知られた森可成の子息で、本能寺で命を落とした森蘭丸の兄に当たる。池田恒興の娘婿でもあるので、恒興の先陣を務めている。

家康はこの羽黒砦を攻めた。奇襲が成功して森長可の軍勢は総崩れとなり、敗走を始めた。

家康は深追いせずに、軍勢を小牧山まで撤退させた。

「なぜ追わぬ」

撤退の指示を出した家康に随風は声をかけた。

「深追いすれば秀吉の本隊が出てくる。ここは緒戦に勝ったことを戦功として、次の手順に進めばよい。森長可は戦功を挙げげんと焦っておる。緒戦に敗れた失地を回復するために、さらに大きな戦功を目指すはずだ」

「さらに大きな戦功とは何だ」

「狙いは岡崎城だ」

　岡崎城は三河の本拠だ。いまは浜松を本拠としている家康だが、先祖の松平一族の発祥の地であり、死守せねばならぬ場所だ。

　家康は声を高めて配下に命じた。

「やつらは竜泉寺城から長久手を通って岡崎に向かうだろう。われらは南寄りの経路で守山《もりやま》の小幡《おばた》城に向かう。敵がその北側を通りすぎたところを背後から襲撃する。次の戦場は長久手だ」

　その時、大声で叫ぶ声が聞こえた。

「待て。それはならぬぞ」

　戸外に設置した陣屋の背後に城館があった。その中から若者が姿を見せた。

　家康とともに旗挙げした織田信雄だ。

「小幡城に移るとは何事だ。秀吉の本隊はこちらに攻めてくるのではないか」

　家康は冷ややかに言った。

「本拠の岡崎を落とされれば、この戦さは負けでございます。敵の先陣が岡崎を目指しているところを、背後から奇襲をかけます。われらの動きを悟られぬように、この小牧城にも兵を残しておきます。あとは信雄どのが指揮されますように」

　信雄の顔が蒼褪めていた。

　織田信雄は二十七歳。信長配下の北畠一族の娘婿となり、一族が領有する南伊勢を乗っ取るなど、知略に長けた人物ではあるが、伊賀での戦さでは大敗し、信長の援軍を得てようやく平定するなど、失態も多いことで知られていた。

　信雄は声をふるわせながら言った。

「そちはわたしを見捨てるというのか」

家康は落ち着き払った口調で言った。

「見捨てるなど、とんでもないことでございます。秀吉どのの本隊がこちらに攻めてくることはございません。山岳での戦さでは何が起こるかわかりませぬ。相手は大軍でございますが、総帥の秀吉どのが危険を侵して進軍することはないと断じてよろしいかと存じます。どうぞご安心いただきますように。平地での闘いとは違い、山岳では戦略によって戦さの趨勢はいかようにも変化いたします。ここはこの家康にすべてをお任せいただきとうございます」

戦略と言われれば、信雄も引き下がるしかなかった。

そのやりとりを聞いていて、家康の狡さとしたたかさが、武田信玄にも劣らぬほどになっていると随風は感じた。相手は信長の御曹司だが、その意向を受け容れるつもりはいささかもない。御曹司を尊重しながらも、平然と自らの命に従わせる。家康はまだ四十歳代の半ばだが、晩年の信玄のような風格を宿していた。

小幡城に移動した家康のもとには、服部半蔵が指揮する伊賀衆からの連絡があり、敵の軍勢の動きは手に取るようにわかった。敵が通り過ぎて長久手に向かったところを家康の軍勢が背後から急襲した。

不意を衝かれた池田恒興らの軍勢はたちまち崩壊した。

指揮を執っていた秀吉の甥の秀次《ひでつぐ》は逃がしたものの、池田恒興と元助の父子、および森長可は長久手で討ち果たした。家康の見事な采配がもたらした大勝利だった。

緒戦に大敗し、有力な武将を失った秀吉は、家康との衝突を避け、戦さは持久戦となった。雑賀と根来の鉄砲隊が大坂城を攻撃したこともあって、秀吉は撤退を考え始めたようだ。

秀吉もただでは引き下がらない。家康との戦さが長期戦になっている間に手を回し、信雄の領地の国衆を調略して反乱を起こさせた。さらに別働隊を派遣して、信雄の本拠の長島城を攻めた。

動きのとれなくなった信雄は秀吉の軍門に降った。

騒ぎの張本人の織田信雄が降伏したため、戦さの大義が失われた。秀吉と家康は闘わずして兵を引くこととなった。

鮮やかな采配で見事に緒戦に勝利し、家康は秀吉に軍を引かせた。

互いの戦力を考えれば、大勝利と言っていいはずだが、戦場から岡崎城に引き上げた家康は暗い顔つきだった。

家康は配下の武将たちを労《ねぎら》い宴席に臨んだ。武将らは上機嫌で戦勝した気分の宴が続いたが、家康は途中で退席し、寝所に向かった。

随風も宴席に列なっていたが、宴の途中で家康の小姓だったという側近の井伊直政《いいなおまさ》という若者に声をかけられ、先に寝所に案内されていた。この若者は聡明にして武勇に優れ、甲斐の山県昌景の赤備えの軍装を継承して、長久手の戦さでも武功を挙げていた。

先に寝所に入った随風は、かつて自分が描いた菩薩像と対面した。三方ヶ原の戦さで大敗して、命からがら浜松城に逃げ帰り、疲弊し憔悴した姿を弥勒菩薩の半跏思惟像に擬《なぞら》えて描いたものだ。

本当に寝所に掲げてあるということにまず驚いた。

これを毎日、家康は寝る前に眺めているのか。

この仏画を描いた時には、とても天下を取るような器とは思えなかったが、いまの家康には自らの弱さを熟知した上で他人を優しく包み込む風格のようなものが感じられる。

とはいえ新造した大坂城と安土城を本拠とする羽柴秀吉の方が、動かせる軍勢は遥かに大きいというのが実状だ。局地戦に勝っただけでは、秀吉の権威はいささかも揺らいではいない。家康はそこをどのように切り拓いていくのか。

そんなことを考えていると、家康が姿を見せた。

「この戦さはわたしの負けだ」

入ってくるなり家康はつぶやいた。

「局地戦に勝って見事に兵を引かせたではないか」

随風は慰めるように言ったが、家康は小さく息をついただけだった。

寝所の隣室に、酒と酒肴が用意されていた。

側近の井伊直政が用意したようだ。次の間に控えている。ここでの会話は、直政だけには聞こえているはずだ。

「清洲会議で美濃を拝領した池田恒興は大垣城、子息の元助は岐阜城、娘婿の森長可は兼山城を拠点としている。わたしは書状を送って同盟を呼びかけ、あやつらも良い返事をくれていたのだが、直前に裏切って秀吉側に回った。わたしとの間に書状のやりとりをしたことは隠し通せるものではない。そのためあやつらは戦功を焦ったのだ。三人とも首を取ってやったが、あやつらが敵に回った時点で、わたしの負けは決まっておった」

「雑賀党の鉄砲隊が大坂城を攻めて打撃を与えたという話も聞いておるが……」

「鉄砲隊だけでは大坂城は落とせぬ。石山本願寺から撤退した一向宗の協力が得られぬかと書状を送ったのだが、本願寺は動かず、雑賀党は孤立することになった。西国の毛利も、四国の長宗我部も動かなかった。このわたしに人望がなかったということだな。互いに兵を引くことになったとしても、猿どのが有利な立場になっておることは確かだ。これからいろいろと無理難題を吹っかけてくるだろう。まずは人質を出せと言うてきたので、次男の義伊丸を出すことにしたが、それだけで済むとは思えぬ」

次男の母は正室に仕えていた奥女中だった。家康の手付きとなって男児を産んだが、正室の目を恐れて家臣のもとで育てられた。浜松を本拠とする家康はこの男児とはほとんど接していない。浜松には家康が寵愛するお愛という側室がおり、三男の長松（秀忠）が生まれた。家康はこの三男に目をかけ自分の幼名の竹千代と呼んで大事にしている。

人質に出されるのは、父から愛されていない男児なのだ。

「無理難題か……」

随風は言葉を濁した。

家康は織田信長の命令で正室と長男を殺さねばならなかった。秀吉がどのような要求をつきつけるか予断は許されない。あるいは今後、家康が領有している五国も召し上げられることになるのかもしれない。

「次の手を考えておるのか」

「何が起ころうと、ひたすら耐える。いまはそれしかない。そうではないか、随風」

家康の問いに、随風はただ小さく頷くばかりだった。

秀吉は人質として差し出された義伊丸を養子とした。のちの結城《ゆうき》秀康《ひでやす》だ。

双方の軍勢は引かれたものの、家康が全国の武将に、秀吉の独裁を批判する書状を送ったことは誰もが知るところで、対立は長く尾を曳くことになる。

家康はさらに困難を抱えていた。信濃の上田を本拠とする真田昌幸《さなだまさゆき》が反乱を起こしたのだ。真田昌幸は武田の有力武将だったが、武田が滅亡した後は織田信長に恭順し、信長亡き後、一時は相模の北条氏政と結んでいた。だが家康が甲斐と信濃を平定するにあたり、氏政と同盟を結んだために、やむなく徳川の配下となった。だがそこに問題があった。真田は飛び地として上州の沼田にも領地を有していたのだ。

家康は娘を氏政の嫡男に嫁がせており、親族でもある。氏政とは上州の支配は任せるという約定を結んでいた。従って真田昌幸の沼田の飛び地を認めるわけにはいかなかった。昌幸には再三にわたって領地の返上を命じたのだが、昌幸は従わなかった。

真田昌幸は稀代の戦略家だと言われている。武田の家臣だったころから、戦略家としての真田の名はすでに知れ渡っていた。しかし家康は当初、真田の力量を見くびっていた。家康は数度にわたって上田城を攻めたものの、ことごとく撃退されてしまった。

一方、秀吉は毛利と同盟を結んで四国の長宗我部元親を攻め、四国の全域を支配していた元親を土佐一国に封じ込めた。さらに秀吉は九州に進出して、有力大名をすべて配下に収めた。

天正十三年（一五八五年）七月。

秀吉は関白に就任した。

この任官は全国の武将に衝撃を与えた。

備後の鞆《とも》に逼塞している将軍の足利義昭はすでに権威を喪失していた。秀吉が関白となったことで、秀吉に刃向かうことは朝廷を敵とすることになる。

すでに実質的に天下を取っていた秀吉は、これで名実ともに日本国の覇者となった。

随風は京の近衛邸を訪ねた。

思ったとおり、近衛前久は昼間から一人で酒を飲んでいた。

「おお、随風か。久し振りだな。ずっと家康のもとにおったのか」

「猿どのが関白とは驚いた。足軽上がりの猿どのは将軍にはなれぬと言うておったではないか。どのような工作をしたのだ」

「先祖が源氏でなければ将軍にはなれぬ。実は関白職をめぐって、わたしの息子の信輔と、二条晴良の息子の昭実が争っておったのだが、帝が譲位されることになり、御所の修復や即位の費用の負担を申し出た秀吉にそれなりの官位を与える必要が出てきた。それで致し方なく、秀吉をわたしの猶子ということにして、関白にしてやったのだ。これで秀吉に恩を売った。何しろわたしは義理ではあっても秀吉の父なのだからな」

そう言って、前久は杯の酒をぐいと飲み干した。

それから大きく息をついて言った。

「秀吉を猶子にしたことで、息子の信輔は怒り狂っておる。親子の間に深い溝ができた。だが、随風。これで天下太平の世が実現するぞ。おぬしもそれを望んでおったのだろう」

随風の心の内は穏やかではなかった。

足軽上がりの武将が近衛の猶子となって関白に昇る。それは世の秩序を無視した暴挙ではないか。

「九州と四国がほぼ平定されたとはいえ、五国を領有する徳川家康と東国の関八州をほぼ押さえておる北条氏政は同盟を結んでおる。これに越後の上杉、陸奥の伊達が加われば、秀吉の権威も安泰とは言えぬ。まだ天下太平の世には程遠いのではないか」

「家康は秀吉に反旗を翻して小牧長久手の戦さで緒戦には勝利した。秀吉は兵を引いたが、家康を制圧する次の機会を狙うておる。上田の真田昌幸が有する沼田の領地が紛争の火種になる。秀吉は沼田の土地を安堵すると昌幸に約束したらしい。北条氏政は認めぬだろう。秀吉と氏政の戦さとなれば、徳川はどちらに付くか。徳川は娘を北条に嫁がせて同盟を結んでおる。秀吉はこの同盟を破棄させたがっておる。家康の次男を養子に迎えただけでなく、自分の方からも人質を出そうとしておる。配下の武将に嫁いでおった妹の朝日姫を離縁させて手元に戻した。どうやら猿どのは、その妹を家康に再嫁させるつもりらしい」

「猿の妹……」

随風は息を呑んだ。

猿の妹も猿に似ているのか。いずれにしてもかなりの高齢であり、とても美しい女人とは言いがたいだろう。その妹を嫁がせるというのは、正室を殺せと命じた信長の要求よりも耐えがたい無理難題ではないか。

「家康はその嫁を受け容れるというのか」

「受けぬわけにはいかぬだろう。受けねば秀吉と戦わねばならぬことになる」

そう言って前久は杯を口に運んだ。

随風も思わず自分の杯の酒を一気に飲み干した。

人の一生は重荷を負うて遠き道を行くようなものだ、という家康の言葉が想い起こされた。

家康はまた一つ、重荷を負うことになる。

家康は本拠を駿府城に移した。人質ではあったが幼少時代を過ごした懐かしい場所だ。家康はここに朝日姫を迎えた。三年後に病没するまで正室の座にあり駿河御前と呼ばれた。

家康に招かれて駿府に逗留していた随風は、そこから東海道を東に向かった。

この十数年、随風は形ばかりではあるが、会津の龍興寺と黒川城内の稲荷堂の住職を務めていた。そのため何度かは故郷に帰った。山岳修行を兼ねているので信濃や上野、下野の山道を辿ることが多く、東海道から東国に入るのは初めてのことだ。

箱根の山を越えた先が小田原だった。

北条氏政の本拠の小田原城がある。

急峻な山地と岩場の多い海に囲まれた天然の要害ともいえる地形だった。しかも城下町をとり囲むように深い堀が二重、三重に巡らされている上に、西には早川、東には山王川が流れている。さらにその東には幅の広い酒匂《さかわ》川が流れていた。

まさに難攻不落の城砦だ。上杉謙信も、武田信玄も、この城を落とすことはできなかった。

秀吉は総力を結集してこの城を攻めるだろう。

随風は自分の足で周囲の地形を確認した。

備中高松城の水攻めの光景が想い起こされる。ここは海に接していて、同じやり方はできない。秀吉はどんな方策を立てるのだろうか。

小田原城を見下ろす丘の上に立って、秀吉の陣屋はこのあたりに建てられるか、といったことを考えた。だが自分は軍師ではない。それ以上のことを考えるのは止めて、小田原をあとにした。

随風はさらに旅を続けた。

故郷の龍興寺や稲荷堂の有力な檀家は領主の蘆名一族だった。自分の母も同族だったと聞いたことがあるが、親しく言葉を交わしたことのある領主の蘆名盛氏は子孫を残さず、養子が跡を継いだと伝えられる。

いまの当主の蘆名義広《よしひろ》も常陸の佐竹一族から招いた養子なので、随風自身と血のつながりがあるわけではないが、これまで多くの寄進を受けてきたのでそれなりの恩義は感じていた。

その蘆名義広は伊達政宗との領地争いに大敗して、親族のいる常陸に逃亡した。この結果、会津の蘆名一族は消滅することになった。義広は父の佐竹義重から江戸崎という地にわずかな領地をもらい定住しているのだが、そこにある不動院という古刹を復興してほしいという依頼が随風のもとに届いた。

常陸には霞ヶ浦という広大な湖があると聞いている。その南には下野《しもつけ》に源を発する毛野《けの》川（鬼怒川）や常陸の山地からの流れを集めた常陸川という幅の広い川がある。江戸崎は霞ヶ浦と常陸川に挟まれた地域で、遠江に似た温暖な場所だということだった。

恩義がある蘆名の当主からの依頼なので断るつもりはなかったが、江戸崎という地名に心が動いた。

江戸の先の方というくらいの意味合いだろう。

その手前に江戸という地がある。この地名には川の入口という意味がある。

随風は会津から京に向かう時に、上州のあたりで利根川という大きな川を越える。少し南の山野を行く時には、荒川という川の上流を遡っていく。いずれの川も上流部ですでに大河となっている。この大河が双方とも江戸という地で海に注いでいる。

大河があれば水運が盛んなはずだ。

随風はその江戸を目指して脚を速めた。

平地が果てもなく続いている。そんな眺めを予想していたのだが、武蔵国に入ると海岸の近くには嶮しい丘陵地が続いていた。起伏のある丘を越えていく。ようやく丘陵地の先端に出た。その向こうに広大な平地が見えた。

百年ほど前に上杉配下の太田道灌が築城したといわれる江戸城があった。道灌は歌人でもあって、城郭の中の風雅な造りの邸宅で歌会を催したという記録も残っているらしいが、木造の建物は焼けるか朽ち果てるかして、いまは廃墟となっている。だが掘割など城郭の痕跡は残っている。石垣などのない小さな平城だが、丘陵地につながった起伏のある地形を活かした堅固な城と感じられた。

城のそばに日枝《ひえ》神社があった。近江の日吉《ひえ》神社の流れを汲むもので、天台の寺の守り神でもある。他にも稲荷神社や天満宮天神などもあって、百年前にはそれなりに人の往来があった場所と思われた。

その先の平地に出ると、到るところに川の流れがあった。海に接したところは浅瀬が多く、大きな船は接岸できないが、上流まで川船が行き交っていて、商業が栄え、小さな町ができている。

街道を整備し、運河を開削して川と川を繋げば、商いはさらに発展するはずだ。だがそこには大きな問題があった。

利根川、渡良瀬川、荒川などの大河が、合流と分流を重ねて江戸湾に流れ込んでいる。水運には便利だが、関東の広大な平地や周囲の山地に降った雨がことごとくこの江戸に集中しているので、川の氾濫が懸念される。

随風も利根川の上流で、上州の平野が水浸しになっているさまを目撃したことがある。甲州でも、美濃でも、川の氾濫を防ぐ治水工事は領主にとって最大の課題だった。

東国は鎌倉公方の足利と関東管領の上杉、さらに新興の北条との間に長く抗争が続き、戦さが絶えなかった。従って、治水工事に手をつけることができなかったのだろう。戦乱の世が終わり、水の流れを制することができれば、この江戸という地は、京や大坂を凌ぐ巨大な商都となるのではないか。

鎌倉も小田原も、関八州の中心から外れた隅の方に位置している。戦さに備えて山地が入り組んだ天然の要害のような地を選んだ。かつて鎌倉公方が拠点とした古河も、関東管領の拠点の五十子《いかっこ》も、平野の端の高台に位置している。平地の中心を拠点とするのは胆力の要る試みであったろう。この江戸の地に城を築いた太田道灌は、剛胆で先の読める人物だったに違いない。

その道灌はあまりにも頭が切れすぎたため、乗っ取りを恐れた上杉一族に暗殺されたという伝説が残っている。

随風は利根川に沿って北上し、川筋が西に向きを変えるあたりで川筋から離れた。東に進路をとる。小高い丘を一つ越えたところに外海につながる常陸川があった。この川も雨が降れば氾濫するようで川幅は広い。だが雨が降らなければ水流が少なく、小石や砂利がむきだしになっていて水運には使えそうもない。

いま自分が越えてきた丘陵を開削し利根川の水をここに通せば川船が航行できるし、江戸湾に向かっていた利根川が外海に流れていくので、江戸の町の治水にも役立つだろう。

江戸……。

そこは富を生み出す宝の山になるかもしれない。

戦国の世が終わりさえすれば……。

そんな思いを胸に抱きながら、随風は江戸崎の蘆名義広を訪ねた。


江戸崎はひなびた寒村だった。

城砦のごときものも見当たらなかった。

ようやく尋ね当てた領主の住居は、農家のような質素な建物だった。

当主の蘆名義広は元服前の少年かと思われるほどの純朴そうな若者だった。だがその口調には苦難に耐えたものに特有の、どこか醒めたような落ち着きが感じられた。

「随風どの。よく来られた。わたしは無力な若年の身にて蘆名の養子となったが、佐竹からの人質であったわたしを当主とすることに反対するものも多く、家中を一つにまとめることができなかった。そのため伊達との戦さに敗れ、会津を去ることになった。そなたは蘆名の縁者だと聞いた。蘆名一族が築き上げた会津を失ったこと、まことに相済まぬと思うておる」

詫びてはいるが悪びれたようすはない。若さゆえの淡泊さか。常陸の出なので会津という土地へのこだわりが少ないのかもしれない。随風自身、自分が蘆名の縁者だとは思っていないので、この少年を批判するつもりもなかった。

「寺を再興せよとのことだが、どのような寺だ」

「あとでご案内するが、廃墟に等しい不動堂があるばかりだ。江戸崎は何もない貧しい土地だ。せめて寺なりと整備したいと思うておるが、わたしには知識も資金もない。そなたは五国を領有する徳川家康どのと懇意だと聞いておる。そなたの尽力で何とか寺を再興できぬものか」

勝手な頼みだとは思ったが、引き受けることにした。

これまでに蘆名盛氏から寄進を受けた恩返しだと思えばよい。

家康は関白となった秀吉の斡旋で中納言に任じられ、帝の拝謁を賜ることになった。そのおりに何か手土産が必要だと家康が言うので、比叡山延暦寺の再興のために寄進をしてはどうかと進言した。

延暦寺は朝廷と縁の深い寺院で、皇族や公卿の子弟が数多く入山していた。延暦寺の再興は帝にとっても願ってもないことのはずだった。

家康の寄進だけで延暦寺の全山が復興されるわけではないが、秀吉も出資の意向を伝えてきたので、とりあえず根本中堂の再建が始まった。

天台本山の再建の話は東国の天台寺院にも伝わっていて、家康の側近を務める随風の名は知れ渡っているはずだった。

随風は天台宗の東国本山とされている武蔵川越の無量寿寺に向かった。

住職の豪海僧正はかなりの高齢と思われた。信長の焼き討ちで延暦寺が活動を停止して以後は、天台の中枢にあると言ってもよい重要人物だった。

東国全体の天台寺院を差配し、本山復興のために東国でも資金集めを続けていた。

「ちと頼みたいことがある」

豪海と対面すると随風はいきなり本題に入った。事情を説明して江戸崎に小さな寺を再興したいと告げると、相手はいきなり驚くほどの大声で笑い始めた。

「徳川家康を蔭で動かしておると噂される随風どのがいきなり現れて、何事かとこちらも身構える気分であったが、どこぞの小さな寺を再興せよとは、あまりにもささやかな要求で、いささか拍子抜けじゃな。片田舎の寺であれば周囲に空き地もあろう。不動堂だけでなく、本堂や講堂なども建て寺らしい伽藍を築かれてはいかがかな。随風どののご要望とあれば銭はいくらでも出してやろう」

そう言って豪海僧正は再び大声で笑い始めた。

この笑い声は相手を威圧する……。

おのれによほどの自負がなければ、このような笑い声は出せぬだろう。

これは学ぶべきところだと随風は胸の内で思いをめぐらせた。

僧正は意味ありげな笑みをうかべてささやきかけた。

「そなたの話はいろいろと伝え聞いておる。家康どのが帝に叡山の再興を願い出て、秀吉も銭を出すことになり、一気に根本中堂の再建が決まったと聞いておる。家康どのを動かしたのはそなたであろう。だとすればそなたは叡山復興の恩人じゃ。田舎に寺を建てるくらい何ほどのこともない。話はこれで決まりじゃによって、あとは京や大坂の話を聞かせてくれ。わしは東国の寺を支配しておるが、本山の叡山が焼かれて以来、京の話が伝わって来ぬようになった。秀吉は朝廷から関白に任じられたそうじゃな」

「近衛家の猶子になって関白に任じられたのだが、朝廷から改めて豊臣という氏姓を賜った。いまでは豊臣秀吉と名乗っておる」

「秀吉とはどのような輩じゃ」

「人好きのする陽気な人柄を装ってはいるが、狡賢いところもあり、侮れぬ輩だが、所詮はおのれの欲だけで動いておる。天下を取ったのちに何をやらかすか、誰もが懸念を抱いておるのではないか」

「天下はもう収まったのか」

「毛利は秀吉の配下となる覚悟を固めて、秀吉とともに四国の長宗我部を攻めた。四国全体を領有しておった長宗我部は土佐一国に封じ込められた。九州の武将もそれぞれの領地を安堵されて今後は戦さを起こさぬと誓った。越後の上杉も秀吉の意向に従うだろう。陸奥の伊達はどうか。そのあたりがまだわからぬ」

「東国はどうなるのじゃ」

「信州上田の真田昌幸の飛び地が上州の沼田にある。それが火種になって戦さが起こりそうだ。北条氏政と長く同盟を結んでおった徳川が秀吉の側に付けば、北条は滅びる。そのあとがどうなるか……。おれには腹案がある」

「ほう。そなたの腹案で、世が動くというのか」

「おれの進言を徳川家康が呑めば、事はそれで収まる。そうでなければ戦さがさらに続くことになる」

「腹案とやらを聞かせてほしいものじゃな」

随風は小さな笑い声を洩らした。

相手の豪快な笑い声には遠く及ばない弱々しい笑い声だった。

「徳川はいま、三河、遠江、駿河、甲斐、信濃の五国を領有しておる。これは秀吉の領地より多い。このままでは済まぬだろう。いずれ徳川は五国を召し上げられ、領地換えを命じられる。そのおりに、北条の領地をそっくり受け継ぐことにすればよい。いまの北条は関八州のほとんどを領有しておる。五国を捨てて広大な東国を領地とする。家康にとって悪い話ではない。とくに江戸という地が気に入った。東国の府を江戸に置くことを家康に勧めたい」

「秀吉がそれを許すか」

「信長は東国を滝川一益、西国を秀吉に任せた。それ以後、秀吉は西国の制圧にかかりきりになっておった。東国のことはよく知らぬであろう。粗野な地侍が巣くう厄介なところと考えておるのではないか。いずれにしてもこの話がまとまらねば、秀吉と家康の間で戦さとなる」

「そのような腹案を以前から考えておったのか」

「おれも江戸崎に向かう途中で初めて江戸を通った。それまではどのようなところか知らなかった。実際に江戸を歩いてみると、感銘を受けた。いまは鄙びた場所だが、水路を整備すれば水運によって東国各地から産物を集めることができる。東国は広大だ。江戸はいずれ宝の山になるとおれは思う。徳川が江戸に移れば商人が集まってくる。東国各地の物産も江戸で商われるようになるだろう。この川越も荒川の水運で江戸とつながっておる。この寺もたいへんな賑わいになることだろう」

豪海は随風の顔をまじまじと見つめながら、感心したように大きく息をついた。

「名は聞いておったが、そなたと直に話をして、噂に違《たが》わぬ傑物と感じ入った。それにしても、そなたは会津には戻らぬのであろう」

「会津の寺は同輩に任せてあるので心配ない。檀家の蘆名が江戸崎に移ったので、これからはそこがおれの本拠ということになる」

「江戸崎は片田舎で、そなたには不相応じゃ。どうかな、この寺を継ぐ気はないか」

冗談の口調ではなかった。

随風はいくぶん困惑を覚えながら応えた。

「僧正どのの跡を継ぐのは荷が重い。おれはまだ京や大坂に出向いて世のありようを見極めねばならぬ」

「それならばよい手立てがある。この無量寿寺は阿弥陀仏が本尊の仏地院が中心で中院《なかいん》とも呼ばれておるが、かつては毘沙門天を祀った南院と、元三大師《がんざんだいし》と称えられ東国では人気の高い慈恵大師良源さまの似姿を本尊とした北院があった。だが長く戦さが続いたために、どちらも荒廃しておる。そなたに北院を任せよう。北院も修復して立派な寺にするつもりじゃ。そこを本拠にしてはどうじゃ」

「常住はできぬがよいか」

「よい。寺の修復や管理はわしに任せておけ。だが一つ、条件がある。わしの弟子になれ」

これも冗談の口調ではなかった。

随風は微笑をうかべ穏やかな口調で言った。

「お申し出はありがたいが、おれは風任せの風来の修行者だ。いまさら誰かの弟子になろうとは思わぬ」

「よいではないか。そなたはいつから随風と称しておるのじゃ」

「幼いころに会津の寺で得度した。それ以来ずっと随風を名乗っておる」

「いいかげん飽いたのではないか」

「そうかもしれぬな」

「名前だけでよい。わしの弟子らしい法名に改めよ」

「どんな名だ」

「そうじゃな……」

豪海は少し考えてから、声を高めた。

「天海《てんかい》。これでどうじゃ」

よい名だ、と思った。

豪海を師として、その豪放な笑い方だけでも学んでみたい……。

続けて豪海は坊号についても提言してくれた。

「わしは若いころは叡山の東塔にある南光坊に住しておった。向後は南光坊天海と名乗るがよい」

それで話は決まった。

随風改め天海は川越北院の住職となった。

廃墟となっていた北院が修復され、元三大師像を本尊とする慈恵堂が再建された。北院は文字を改めて「喜多院」と表記されるようになった。


駿府に戻ると、家康は出陣の準備をしていた。

随風の顔を見て、家康は寂しげな笑いを浮かべて言った。

「わしは秀吉どのの命に従って北条を攻めることにした。もとはと言えば、わしの戦さが下手で、真田の上田城を攻めきれなかったからだ。真田昌幸に沼田城の明け渡しを命じることができれば、北条氏政との同盟を破ることはなかったのだが……。氏政の嫡男に嫁いだ娘とは縁を切ることになる。情けない父親だが、これも長い人生に負うていかねばならぬ重荷の一つであろう」

「小田原城を見てきた。難攻不落の要塞だ。秀吉がどのように落とすのか見ものだな」

「これまでも上杉や武田に攻められたおり、北条は小田原城に籠城して難を逃れた。此度も籠城するしかないであろう」

「籠城では勝てぬ。上杉も武田も周囲に敵があって長期戦には耐えられなかった。だがいま秀吉を脅かす敵はおらぬ。じっと待っておれば、いつかは北条の兵粮が尽きる」

　家康はふうっと大きく息をついた。

「わしはこれまで多くの戦さ場をくぐりぬけてきた。堪えねばならぬ時は息を詰めるようにして堪えてきた。長い道程であった。だがここへ来て、迷いが生じた。秀吉どのの勢いに押されて、いまのわしは瀬戸際まで追い詰められておる。若いころのわしであれば、秀吉どのを相手に真っ向勝負を挑むことも考えたはずだ。北条との同盟を守り、さらに伊達や上杉とも結んで秀吉どのに挑めば、勝機があるやもしれぬ。されども大きな戦さになるであろう。わしは戦さに飽いた。娘の嫁ぎ先の北条を見捨て、秀吉どのに味方することに決めたものの、それだけでは収まるまい。その先に何が待ち受けておるのか。わしはいずれ、五国を召し上げられるのであろうな」

「人生は長い。生まれ変わったつもりになって、出直したらどうだ」

「生まれ変わる……。どうするのだ」

「自ら五国の返上を申し出るのだ。ただし代替地として、北条が領有しておる東国のすべてを所望する」

「東国は未開の地ではないか。東国に何か良きものがあるというのか」

「江戸だ」

「江戸……」

随風が言った地名を、家康はただ復誦しただけだった。

初めて聞く地名だったのかもしれない。

「江戸とは何だ」

「上州から武州に向けて流れる利根川という大河がある。淀川や天竜川などとは比べものにもならぬ大河だ。しかも東国の平野は広大だ。上州の山裾から江戸の湾まで、川には滝も早瀬もない。広大な平野の産物が水運で江戸に運ばれ、海につながっている。東国の全体を領有できれば、莫大な富を得ることができよう」

「北条氏政がそれほどの富を得ておるとは、聞いておらぬぞ」

「戦さがあったからだ。平将門の反乱以来、東国では領地争いが絶えることがなかった。それゆえにこそ東国武者は武力を鍛え、鎌倉幕府や室町幕府を築いてきたのだ。その東国を支配できれば、いずれは日本国の覇者になることも夢ではない」

「夢か。わしは耐え忍ぶことに飽いた。遥かな先の夢など見とうもない」

「厭離穢土、欣求浄土……。戦さのない世を築くのが、おぬしの志ではなかったのか」

家康はしばらくの間、黙り込んでいた。

「江戸か……」

ほとんど誰にも聞こえない声で家康はつぶやいた。

「どうせ五国は召し上げられるのだ。その江戸とやらに夢を描いてみるか」

そうは言ったものの、家康の顔つきには決意も覇気も感じられなかった。

まるで果てもない悪夢に取り憑かれているように、虚ろな眼差しで、肩で息をつくばかりだった。

「ところで……」

随風は言った。

「おれは名前を改めたのだ」

「名前……。何という名に改めたのだ」

「天海」

天海は答えて、やや声高な笑いを洩らした。


天正十八年（一五九〇年）二月。

家康は秀吉の命に従って、北条攻めの先鋒として配下の兵たちを小田原に進めた。先発した本多忠勝や井伊直政らは小田原城の東側に回り込み、山王川左岸に陣を張った。秀吉の本隊は三月に京を出発、家康はこれを駿府で出迎えてともに箱根を越えた。そこで小田原城を西側から見下ろす笠懸山という高台に陣を張る秀吉と別れて、家康は配下が準備した東側の山王川沿いの陣に入った。

そこにはすでに天海が待ち受けていた。

「よいところに陣を張ったな。前方に流れる山王川が小田原城からの攻めを防ぎ、後方に酒匂川があって背後を衝かれる心配もない。ここに陣を構えてじっとしておれば戦力を温存できる。そのうち北条は和議を申し出るはずだ」

家康の顔を見ると天海はいきなり話し始めた。

陣に着いたばかりの家康は肩で息をつきながら応えた。

「北条方も準備はしておるであろう。長期戦は覚悟せねばならぬな」

「確かに堅固な城だが、包囲して落とせぬ城はない。武田や上杉は農兵を抱えておったので、田植えや採り入れの時期には農地に戻さねばならなかった。秀吉の大軍は足軽に到るまで百戦錬磨の鍛えられた兵で農兵などはおらぬ。ただ小田原城には一年分の兵粮の備蓄があるらしい」

「ここでただ待つだけか。攻め込んで手柄を立てた方がよいのではないか」

「多少の手柄を立てたところで、いずれ五国は召し上げられる。戦力を温存して、次の戦さに備えた方がよい」

「次の戦さとは何だ」

「小田原城を落としても、東国には北条の残党が各地におるはずだ。東国支配のためには武力が必要だ」

「いつまで経っても、わしは楽になれぬのだな」

家康は力なくつぶやいた。


天海は家康の陣屋を出た。

山王川の河口付近から見ると、小田原城の天守閣の向こう側に、秀吉が陣取っている笠懸山が見えた。緑の樹木に覆われていてそこに陣屋があることは窺えない。

天海は山王川の上流に向かい、そこから山の中に入って、小田原城を包囲している秀吉の軍勢のようすを見て回った。

渓流となった山王川を渡ったところに黒田官兵衛の陣屋があった。今回は秀吉の側近としてではなく、小田原城の北側を包囲する軍勢の総帥を任されているようだ。

陣屋の中に忍び込んで声をかけた。

「此度は猿どのの軍師ではないようだな」

「おう、随風か」

「名を改めた。いまは武州川越の喜多院の住職で、天海と号しておる」

「天海か。壮大な法名だな。わしもいずれは引退するつもりで、如水《じょすい》という法名を用意しておるが、天海には負けたな」

　そう言って笑ったあとで、官兵衛は自慢げに語り始めた。

「このような大軍で城を取り囲んでおるのだから、いずれ小田原城から和議の申し出があるだろう。この官兵衛が乗り込んでいくことも考えておる。和議を進めるためには、籠城は無駄だと城内のものらに諦めさせねばならぬ。ここでは水攻めはできぬが、秘策を用意しておる。事前に秀吉どのには伝えてあって、すでに準備はほぼ調っておる。笠懸山に行ってみるがよい。驚くことになるぞ」

　官兵衛は不敵な笑みをうかべた。


　笠懸山に入ると、人が慌ただしく動く気配が伝わってきた。

　何かを建設している槌音が聞こえる。このように大軍で包囲を固めているのだから、いまさら山城を築く必要はないはずだ。

　いぶかりながらも秀吉の陣屋と思われる立派な建物があったので中に入った。

「猿どの、久方ぶりだな」

　声をかけると秀吉は上機嫌で応えた。

「おぬしにはいろいろと世話になったな。見てのとおり、北条はすぐに滅ぶことになる。後ろの城を見たか」

「いや、槌音が聞こえたので山城でも建てておるのかと思うたが、まだ見てはおらぬ」

「一夜城を築いておる」

「一夜城……」

その噂は聞いたことがある。かつて美濃と合戦していた織田信長が配下の佐久間信盛や柴田勝家に墨俣《すのまた》に砦を築けと命じたが、いっこうに作業が進まないので癇癪を起こした。すると足軽から出世したばかりの秀吉が、自分なら七日もあれば築城できると豪語し、やらせてみると一夜にして城を築いたという話だ。

だが籠城している相手に対して、一夜城を築くことにどのような効き目があるのか。

天海は問いかけた。

「相手は籠城を決め込んでおるのだ。山城など必要ないであろう」

「ただ包囲しただけでは時がかかりすぎる。飢えたやつらが決死隊となって死に物狂いの攻撃を仕掛けてくるやもしれぬ。籠城が長びかぬように、相手の戦意を喪失させたい。そのため石垣を土台とした白壁の豪壮な城を築くことにした。城の名前も決めてある。山城とは思えぬ見事な石垣を築いたゆえに石垣山城。これを見たら城内のやつらは腰を抜かすであろう。どうじゃ、いまから見に行かぬか」

秀吉の案内で陣屋の奥の山を登っていった。裏山の高台に石垣が築かれ、その上に見事な城がほぼ完成していた。

「一夜城というても一夜でできるわけではない。この石は何日もかけて運び込んだものだ。薄い石材を斜面に貼り付けて石垣に見せかけてあるだけじゃが、積むのにも数日かかった。ここを見よ。この白壁は偽物じゃ。漆喰が渇くには時がかかる。木材に紙を貼って白壁に見せかけておる。とはいえ材木を組むのにも時がかかった。すぐに完成する。前には樹木が茂っておるので作業のようすは小田原城からは見えぬ。屋根を葺き終えれば樹木を切り倒す。城のやつらは一夜で城ができたと仰天するはずじゃ」

　天海も驚きを隠せなかった。

　官兵衛の軍略とはいえ、それを実現させたのは秀吉の采配だ。

　天海は秀吉の方に振り向いて問いかけた。

「北条が滅べば、もはや敵はおらぬということだな。この東国をどうするつもりだ」

「配下のものに少しずつ分けるつもりじゃが、しばらくは北条の残党に悩まされるであろうな」

「力のある大名に東国全体を任せてはどうだ」

「おぬしは家康とも親しいのであったな。いま東国を任せられるのは家康しかおらぬ。されどもあやつが領有しておる五国に東国を加えれば、日本国の半ば近くを支配することになる。代わりに元の五国を召し上げるということになれば、あやつは応じぬであろう。三河も駿河も豊かな土地で、あやつにとっては故郷でもある。召し上げると言えば戦さになろうぞ」

「おれが話をつけておく」

「まことか」

　秀吉は声を高めた。その顔に無邪気な笑いがうかんだ。

「おぬしが家康に五国の返上を説いてくれるというのか」

「家康は戦さに倦んでおる。東国の全体と引き替えなら、何とか応じるはずだ」

「東国に何があるというのじゃ。家康が応じるとは思えぬ」

「まあ、この天海に任せておけ」

　天海の言葉に、秀吉はいぶかしげに問い返した。

「天海……。おぬしは名を改めたのか」

「天台宗の東国本山、武州川越無量寿寺の豪海僧正から名をもらった。戦さがなくなれば東国は豊かな土地だ。おれが家康を説き伏せてやる」

「天海。おぬしは何が望みじゃ」

天海は突然、あたりをはばからぬ豪快な笑い声を立てた。さすがの秀吉も、びくっとして身を硬ばらせるほどの大声だった。

まだ笑い続けながら天海は言った。

「猿どのには何も望まぬ。すでに比叡山再興の費用も出していただいておるからな。あとは家康に頼んで、東国にも新たな寺を建てるつもりだ。おれは修行者だ。寺さえあればそれ以上は何も望まぬ」

「欲のないやつじゃな。ならば家康の調略はおぬしに任すことにしようぞ」

秀吉は最後まで上機嫌だった。


小田原城は落ちた。

北条氏政は死罪とされたが、家康の娘婿の氏直《うじなお》は赦免されて高野山で出家することになった。娘の督姫は家康のもとに戻りのちに配下に再嫁することになる。

家康は五国を召し上げられ、代わりに東国のほぼ全域を領有することになる。下野の宇都宮、常陸の佐竹、陸奥の伊達などが人質を差し出して所領を安堵されたが、それ以外の広大な領域が家康の支配下に置かれることになった。

家康は小田原の陣屋に配下を集めた。

「小田原城が落ちた。これが最後の大きな戦さであろう。関白豊臣秀吉どのによって戦国の世は終わった。われらが幟旗に掲げた厭離穢土はひとまず成ったと言えよう。されどもわれらの行く手にはなお苦難の道が続いておる。北条は滅びたがそのことによって、東国の治安に乱れが生じる惧れがある。北条に代わって東国を統治する重大なお役目を、関白どのの命によってこの徳川家康がお受けすることになった」

家康がそこまで話すと、息を呑むような気配が広がった。誰もが沈痛な表情をうかべていた。東国の全体を賜るというのは加増かもしれぬが、譜代の家臣も国衆も慣れ親しんだ領地を失うことになる。

家康は言葉を続けたがその声はしだいに沈み込んでいった。

「これまで領有しておった五国は関白どのに返上せねばならぬ。三河にも、遠江にも、駿河にも、関白どのの配下が城代として赴任される。おのおの方は即刻、居城や領地から撤退して、東国に居を移してもらうことになる。このような急な国替えとなったのも、わしの力が到らぬゆえである。そのことを皆のものに謝らねばならぬ」

家康は家臣たちの前で頭を下げた。

覚悟をしていた武将や国衆たちも、自分たちの居城や領地がことごとく召し上げられると聞かされて、うめくような声を洩らした。肩を揺すって息をつき、哭《な》き声を上げるものもあった。

東国には新たな領地が用意されていた。大きな紙に人の名と拝領する土地の名称が書かれたものが掲げられ、側近の井伊直政がすべてを読み上げた。だがそれを聞いている武将らの表情は虚ろで、哭き声が止むことはなかった。誰も東国の地名など知らず、そこがどのような土地かも想像できなかったからだ。

国衆たちは故郷に戻って、引越の準備を始めることになった。

家康と側近の武将らは、そのまま江戸に向かった。

第八章　江戸の眺めと肥前名護屋

一行は江戸に到着した。

広大な海が広がっていた。海岸沿いに丘陵があり、穏やかな江戸湾の全容を眺めることができた。丘陵が尽きた先に、入江が入り込んでいた。

天海の先導でそこまで来た家康は、床几の上に腰を下ろした。

そこはのちに家康の命で、火伏せの霊験があるといわれる京の愛宕神社が勧請される場所だ。目の前にあるのは日比谷と呼ばれる入江だった。

その先に戦国時代の初期に太田道灌が築いた江戸城がある。小さな丘を利用した野戦用の城で、天守閣などはなく、城らしい石垣もない侘しいたたずまいの城砦だった。

「何もないところだな」

城の周囲は荒涼とした眺めだった。萱などの雑草が生い茂る草原が広がるばかりの寒々しい場所だ。

家康はつぶやいた。

「天海……」

喉の奥から絞り出すような声で家康は問いかけた。

「そなたが言うておった交易の港はどこにあるのだ」

天海が応える。

「このあたりは砂浜ばかりで船の接岸はできぬ。この浜を北の方に進んだところに、隅田川という大河の河口がある。そのあたりに小さな町がある。家康どのがこの地を本拠とされれば、たちまち商人どもが集まって大きな町となるであろう」

家康は大きく息をついた。

「それはよほど先のことではないか。生まれ故郷の岡崎も、若き日を過ごした駿府も、わが手で城を築いた浜松も捨て、このような鄙びた土地で新たな国を興さねばならぬとは……。わしの苦難の道はどこまで続くのであろうか」

悲しげな声でつぶやいた家康だったが、ふと目を彼方に転じて、驚きの声を上げた。

「おお、あれはもしや、富士山ではないのか」

よく晴れた日で遥か遠くの山並みが見渡せた。東国の平地は下野《しもつけ》のある北方に向けてどこまでも広がっているのだが、西の方には相模や武蔵の低い山並みが横に延びていた。その山並みの上に、小さく突き出した山の姿が見えた。真夏のことで雪をいただいてはいないが、その美しい形は紛れもなく富士の眺めだった。

家康の脇に控えていた側近の井伊直政も、息を呑んだようにその方角を見つめていたが、やがて感嘆したように応えた。

「確かにあれは富士でございます。江戸からでも富士が見えるのでございますね」

家康が嬉しげに言った。

「天海。あれはまさしく富士であろう。あれはどの方角だ」

天海は江戸の周囲を歩き回ったことがあるから、小高い丘に登ればどこからでも富士が見えることを知っている。

幼少のころを駿府で過ごした家康にとって、富士は親しいものであるはずだった。

「裏鬼門の坤《ひつじさる》（南西）から少し西に寄った方向だ」

天海が答えると、家康は満足そうに頷いた。

「駿府からは富士は艮《うしとら》（北東）の方角に見えた。ということは、江戸からは富士の裏側が見えておるということだな」

富士が見えることで、この江戸という地が気に入ったようだ。

天海は側近の井伊直政に声をかけた。

「直政どの。用意した絵図面を出してもらおう」

直政は大きな紙を何枚も重ねて補強した絵図面を取り出して、家康の前に掲げた。

「おお、これは……」

家康は驚きの声を上げた。

明らかにこの場所からの眺めではあるが、ここよりもさらに高い空の高みから見下ろしたような鳥瞰図だった。

「天海、これはおぬしが描いたのか」

「おれは絵が得意だ。ふだんは仏画を描いて心を静め、仏の領域に近づくことを修行としておるが、これはおれ自身が仏の目となって空の高みからこの地を見下ろしたものだ。ただの絵図面ではない。これは二十年後、三十年後の江戸を描いた。わかるか、これが江戸城だ。安土城のような山城ではない。平地に広がった城で、規模としては秀吉が築いた大坂城の何倍にもなる。堀は渦を巻いて二重、三重になり、その先は運河とつながって隅田川の河口にまで達している。江戸湾からの海運や、東国各地から川の水路で運ばれたさまざまな物産が、城内に船で運ばれるようになっている」

家康はそこに描かれた豪壮な城郭に見入っていたが、にわかに声を高めた。

「これはどうしたことじゃ。目の前の入江が描かれておらぬではないか」

「堀を造れば土砂が出る。それで入江を埋め立てる。その外に広がる浅瀬も船が通れるように掘り下げ、その土砂で岸に近いところを埋め立てる。埋め立てによって土地は広がり、船が航行できれば商いが栄える。全国から商人が集まってくる。城の周囲は武家屋敷で固め、隅田川のある東の地域には商人の町を造る。町は急速に広がり、いずれは京や大坂にも負けぬ東国の都となるだろう」

しばらく絵図面に見入っていた家康は、不意に、夢から醒めたように顔を上げた。

「まさにこれは極楽浄土の眺めだ。しかしこれを仏が造ってくれるわけではあるまい。いったい誰がこのような城や町を築くというのだ」

「家康どの。これを造るのは、おぬしだ」

ぶるっと身をふるわせて、家康はうめいた。

「無理だ。わしにはそのような器量はない」

天海はだしぬけに、豪快な笑い声を立てた。

「案ずるな、家康どの。城と町を築くのはいますぐというわけではない。おぬしには欣求浄土という夢がある。その夢に向かって辛抱強く歩んでいく一念の強さがある。秀吉は狡知に長けた輩だが、心の内にあるのは私利私欲だけだ。いずれあやつは家臣に見限られるだろう。秀吉の世は長くは続かぬ。あとわずかな間だけ辛抱しておれば、おぬしが天下を差配する時が来る。そうなってから、全国の大名に普請を命じれば、城も町も必ずこの絵図面のとおりになる。極楽浄土がこの地に築かれるのだ」

家康は驚いたように問いかけた。

「まことか。まことに天海どのは、秀吉の世は長く続かぬとお思いか」

天海は再び大声で笑ってみせた。

「おれに任せておけ。おれは仏とともに生きる修行者だ。おれの言葉は、仏の言葉だと思うておればよい」

家康は目を輝かせてつぶやいた。

「まことにこのような城郭が、ここにできるのだな」

そう言って家康は、改めて目の前の絵図面を、食い入るように見つめ始めた。


唐《から》入り、という言葉が、いつしか全国を駆け巡るようになった。唐とはかつての中国の王朝ではなく、いまは明《みん》が制圧している大陸そのものを指している。

陸奥から九州までを平定した豊臣秀吉の前に、敵はいなくなった。

秀吉は新たな敵を見つけた。

朝鮮半島を経て大陸を制圧する。大陸を支配している明は弱体化していた。戦さに慣れたこの国の武将が総力を結集して明を攻めれば、大陸を支配できる。

そのような妄想をもつようになった。

秀吉は関白職を甥の秀次に譲り、自らは太閤《たいこう》と称した。

太閤とは引退した摂政や関白の尊称で、平安時代の藤原道長がそのように呼ばれていたが、めったに用いられることのない称号だった。

太閤となった秀吉は、まずは朝鮮に進撃することを宣言し、朝鮮半島につながる九州北岸の海を見下ろす小高い丘の上に名護屋城という壮大な城郭を建設した。

各地の武将が肥前名護屋に結集しつつあった。

戦国の世が終わるかと思われたのも束の間、また新たな戦さが始まろうとしている。

全国の武将に召集がかけられ、宇喜多秀家を総大将とする軍勢が海を渡って朝鮮半島に乗り込んでいった。

家康のもとにも召集がかかったのだが、東国には北条の残党が多く、領地の鎮圧に時がかかることを理由に出兵を拒否した。同様の理由で兵を送らない大名も少なくなかったが、秀吉は譜代の配下だけで明を制圧すると意気込んでいた。

家康自身には秀吉の配下として名護屋城での指揮に当たれという命令が出され、家康はわずかな側近を伴って九州に向かった。

天海は江戸に残って、留守を任された嫡男の秀忠とともに、江戸城の築城に参画していた。

天海が描いた絵図面は膨大な経費を必要とするもので、将来の夢にすぎない。とはいえ東国の府としてそれなりの城郭は必要だ。江戸を商都とするための道路や運河の整備も急がねばならなかった。

家康の三男として浜松に生まれた秀忠は二十歳前の若者になっていた。幼いころは才気を感じさせる少年だったが、成長するにつれて人柄が穏やかになり、武将としての覇気が感じられない鈍重な人物になっていた。配下には優しく、家康の代理の役割は堅実にこなしている。天下太平の世となれば、このような跡継が力を発揮するのではと思われた。

天海は浜松城で赤子の秀忠と対面したことがある。あの赤子がこのような若者に育ったかと思うと感慨があった。長男を自決に追い込み、次男は秀吉のもとに人質として送った家康は、この三男に期待をかけていた。

天海は秀忠のことをわが子のごとく大事にしていた。次の世を背負って立つのはこの若者しかいない。だが欣求浄土の世界が実現するのは、もっと先のことになるのかもしれぬ。秀忠にはまだ跡継の男児がなかった。

江戸城の造営は着々と進んでいた。秀忠は天海を信頼していて、城の改修や周囲の町造りなど、すべてを天海の差配に任せていた。

朝鮮に進撃した秀吉の軍勢は首都の漢城を陥落させ、逃亡した朝鮮王が拠点とした平壌をも制圧して、明との国境に迫ったと伝えられる。

李王朝の建国以来、約二百年の間、朝鮮半島は平穏な日々が続いていた。従って兵は鍛えられておらず、保有する鉄砲も少なく、戦国時代を闘い抜いた秀吉の軍勢に対しては無力だった。だが国境まで進出したとなると明が軍勢を出すはずだ。明と李王朝とは同盟を結んでおり、朝鮮の危機に対しては明も対応するだろうし、秀吉が明を攻めると公言していることは明にも伝わっている。

家康はとりあえずは戦力を温存できているのだが、戦さの状況によっては、援軍として出兵を求められることも考えられた。

名護屋城のようすを見に行かねばならぬと天海は思った。江戸城普請の経過を家康に報告する必要もある。

九州に向かう旅の途中、天海は京の近衛前久を訪ねた。

前久は秀吉を猶子にしたほどで、昵懇《じっこん》の間柄であるはずだった。秀吉の意図と、前久の見解を訊いておきたかった。

前久は邸宅を子息に譲り、いまは慈照寺の東求堂《とうぐ》に閉じこもって、ひっそりと余生を送っていた。

慈照寺は京の北東の外れにあった。八代将軍足利義政が拠点とした禅寺で、三代将軍義満が開いた金閣に対比して、寺域にある観音堂が銀閣と呼ばれたこともあったのだが、いまは住職もいない荒れ寺になっていた。

東求堂に忍び込んでいきなり前久の前に座した。

いつ会っても、前久は酔っている。

いまも昼間から酒を飲んですっかり酩酊しているようすだった。

「随風ではないか。それともわたしは酔うて夢を見ておるのかな」

そう言って前久は、どんよりと濁った眼差しで天海を見据えた。

「おれは名を改めた。いまは天海と号しておる」

「名などどうでもよい。そなたは随風であろう。いまも家康の軍師を務めておるのか」

「おぬしが猶子にした秀吉は狂ったようだな。軍勢を朝鮮に渡らせて、明を制圧する野望を抱いておるというではないか」

天海の言葉に前久は薄笑いをうかべた。

「狂ったわけではない。猿どのはそれなりに知恵を働かせておるのだ」

「どんな知恵だ。世界を制覇しようというおのれの野望のために、兵を異国に追いやり死なせようというのか」

「そなたも戦場をいくつか見てきたであろう。もはやこの国は異国との貿易なしには生きていけぬ。鉄砲の弾丸《たま》の鉛も、火薬のもとになる硝石も、鎧をつなぐ革紐や革足袋の材料の鹿革も、南蛮船に頼らねば手に入れることはできぬ。呂宋、安南、シャムなどから荷を運ぶためには、明の帆船が必要だ。明を制圧して港と船を抑え、南蛮船の航路を確保する。そうでなければこの国はいずれイスパニアの伴天連どもに支配されることになろう」

そこまで話して、前久は酒の入った瓶子を差し出した。

「随風……、いや、天海といったな。そなたも酒を飲め。下手をするとこの国の全土が生き地獄になるやもしれぬぞ」

天海は瓶子を受け取って自らの杯に酒を注いだ。

前久は語り続けた。

「貿易がこの国の命運を握っておることは確かだが、唐入りには別の目的があるとわたしは見ておる。おそらくそちらの方が重要なのであろう。秀吉は天下統一を急ぎ過ぎた。信長のように敵を次々に滅ぼしていけば、得られた領地を配下に分け与えることができる。だが猿どのは調略によって敵を味方に取り込んできた。そのため各地の武将を配下として抱え込むことになった。配下が増えるばかりで分け与える土地には限りがある。秀吉は身動きが取れぬようになっておるのだ」

「朝鮮を攻めて新たな領地を得るということか」

天海の問いに、前久は不気味な薄笑いをうかべた。

「土地を増やすのも一つの策だ。だがその逆もある。配下の武将が死ねば、土地を分けずとも済む。朝鮮への出兵で武将や兵が死んでくれれば大助かりだ。猿の狙いはそこにあるのではないか」

天海は小さく息をつき、前久の顔を見据えた。

「近衛どの。おぬしは秀吉に目をかけていたのではないか。その猿どののいまの姿を、どのように見ておるのだ」

前久は唇を歪めるような表情を見せた。

「あれはただの猿であったな。猿回しの猿のように、人を喜ばす芸だけをやっておればよかったが、関白になった途端にあやつはまことの虚《うつ》けになった。いまでは太閤と呼ばれ、図に乗って猿踊りを華々しく踊っておるが、いずれあやつは家臣たちに疎まれ、滅ぼされることになるだろう」

天海は杯の酒を飲み干してから、勢い込んで問いかけた。

「誰も猿どのを止められぬのか。帝はどうだ。太閤といえども帝の配下ではないか」

「いまの帝はまだお若い。せめて誠仁《さねひと》親王がご健在であれば……」

前久は溜め息をついた。

それなりに権威があり、信長も一目置いていた正親町《おおぎまち》帝は譲位して、孫が帝（後陽成帝）に立っている。

本能寺の変のおり、二条新御所から脱出した誠仁親王は、正親町帝の譲位の意向を受けて即位するばかりになっていた。しかし思いがけない病魔によって親王は亡くなり、いまの帝が十六歳で即位することになった。前久の娘の前子《さきこ》が入内《じゅだい》して女御《にょうご》に立てられているが、いまだ子を産める年齢には達していない。

天海はわずかに声を高めた。

「近衛どの。おぬしは猿どのを猶子とした。義理の上にしても父親であろう。諫《いさ》めることはできなかったのか」

「それができるなら、このように京の外れで酒など飲んでおらぬ」

大きく息をついて、前久は自分の杯に酒を注いだ。

「天海。おぬしも猿どのとは懇意なのであろう」

「面識はある。秀吉に頼まれて、越前北ノ庄に出向いてお市の方の娘たちを救出したこともあったな」

当時の三人の娘たちのことは、天海の記憶にも残っていた。

茶々、お初、お江。

三人とも美しい顔立ちをしていた。

「あの三人の娘を救出したのはおぬしであったか」

前久は驚いたように天海の顔を見据えた。

「長女の茶々どのは秀吉の側室になった。いまは淀どのと呼ばれておる。先年、妊《みごも》って男児を産んだが幼くして亡くなった。秀吉には正室にも側室にも子がなかったので、男児が生まれた時はたいへんな喜びようであったが、残念ながら病で死んだ。秀吉は自棄《やけ》になったのやもしれぬ」

「九州に出向いて、猿どのに話を聞かねばならぬ」

天海がつぶやくと、前久は身を乗り出すようにして言った。

「名護屋に行くのなら頼みがある。嫡男の信輔が名護屋におるので、捕まえてわたしの言葉を伝えてくれ」

「ご子息はなぜ名護屋に行かれたのだ」

「わたしが秀吉を猶子にして関白に就かせたことが気に入らなかったようだ。次は自分が関白になる番だと期待しておったのだろうが、秀吉が甥の秀次に関白を譲り、関白職が豊臣家の世襲となってしまった。これでは近衛に関白職が戻るとも思えず、気持が萎えたのではないかな。左大臣を辞して名を信尹《のぶただ》と改め、しばらくは酒浸りになっておったが、朝鮮で連戦連勝との戦果が報告されると、矢も楯もたまらず、自分も朝鮮に渡ると叫んで屋敷を飛び出していった。これを聞いて妹にあたる女御は心労で寝込んだほどで、帝もご立腹だ。廷臣が帝の許可もなく異国に渡るのは許されぬことだ」

「ご子息に何と伝えればよいのだ」

「ただちに京に戻れと、それだけだ。戻らねば帝に奏上して、勅諫《ちょっかん》を出していただく。流罪を覚悟せよと、大袈裟に威《おど》しておいてくれ」

前久は昼間から深酒をしていたようで、酔いつぶれて居眠りを始めた。

天海は東求堂の外に出た。

建物の前に池があった。いつの間にか陽が沈み、東山の上に月が昇っていた。池の縁に盛られた白い砂が月の光に照らされて、ぼうっと光を放っている。

その向こうに、観音堂があった。

銀閣と呼ばれる調った建物の姿が、幻のようにうかびあがっていた。


名護屋城の城郭に入った。

広い湾を望む岬の突端の高台に位置し、北は海、東には大きな掘割、西と南は崖地になっている。そこに二重、三重の堀が築かれ、城郭の乾《いぬい》（北西）に五層七階の天守閣があった。安土城や大坂城には及ばないが、各所に金箔を施した豪壮な城で、唐入りにかける秀吉の意気込みが窺えた。

秀吉は天守閣に一人でいた。

天海が入っていくと、秀吉は上機嫌でいきなり語りかけた。

「この天守閣を見たか。どうじゃ。丘の上にあるので遠くまで海が見晴らせる。朝鮮まで見渡せそうな気がするほどじゃ。勝ち戦が続き漢城も平壌も落ちた。朝鮮の王は明に逃れた。われらの軍勢は国境の義州に進んでおる。いずれ時を置かずに、明の都の北京《ほっきん》にまで進撃することになろう」

「戦さに勝って進撃しただけでは土地を領有することにはならぬ。敵と和議を結ぶことで戦国の世を平定された猿どのには、そのことがようわかっておられるのではないか」

天海が冷ややかに問いかけると、秀吉は剽軽な仕種で自分の頭を叩いてみせた。

「いや、まさにその通りじゃ。さすがは随風じゃな。わしの弱みを衝いてくる」

「おれは天海と名を改めた。南光坊天海。それがいまの名だ」

「ほう。偉くなったか」

「偉くなるつもりはないが、いまは武州川越の喜多院の住職をしておる。おれは一介の修行者として、世の移ろいを眺めてきた。おぬしが天下を統一してようやく戦さがなくなったと思うたのだがな」

　秀吉は天海をじろりと睨みつけた。

「おぬしも戦さ場を駆け巡って、戦さを楽しんでおったのではないか。この日本国《ひのもとのくに》は武士の国じゃ。武士というものは戦さなしには生きていけぬ。命をかけて闘うことが生き甲斐で、粛々と領地を治めるなどということは苦手でな。天下太平の世となればおのれの居場所を失うてしまうのじゃ」

「この戦さ、いつまで続けるつもりだ」

　天海の問いに、秀吉はにわかに肩を落として、大きく息をついた。

「天海よ。こんなことを考えたことはあるか。人は何のために、何を求めて生きておるのか。信長どのには世界を制覇するという夢があった。この日本国だけではない。呂宋、安南、シャムなど、南蛮貿易をつないでおる海と港を制覇せねば、日本国そのものが衰退する。信長どのは切支丹の伴天連を利用して、明や呂宋を制圧することを考えておられた。だが切支丹というのは恐ろしき邪教で、伴天連の神によって世界制覇を目指しておることがわかった。それゆえわしは切支丹を禁止し、伴天連を追放した。ただ無念なことに、伴天連たちが渡航に用いておる大きな船を造る力がわが国にはない。われらにできるのは朝鮮に渡り、陸路で明を攻めることだけじゃ。それでもわしは配下の武士たちに夢を与えておる。夢をもっておる限り、武士たちはいきいきと働き、戦さに命をかけてわしのために尽くしてくれるのじゃ」

「武士に夢をもたせて、戦地で殺そうというのか」

「武士とはそういうものじゃ。戦地で生き、戦地で死ぬしかない。それが武士じゃ。わしの配下の多くは、わしの養子となり、お寧が世話をした子どもらじゃ。皆はわしを父と思うておる。皆を集めて、朝鮮を攻めるとわしが伝えた時、誰もが歓声を上げて奮い立った。あやつらの顔を見ておれば、わしは戦さを止めるわけにはいかぬのじゃ」

秀吉の話を聞きながら、天海は、近衛前久の言葉を想い起こしていた。

配下の武将が死ねば、土地を分けずとも済む。

前久はそう言ったのだ。

目の前の秀吉の姿を見ていれば、この子どもっぽいほどに無邪気な猿どのに、そのような下心があるとは思えない。

だが結果として、多くの武将が朝鮮で命を落とせば、秀吉の肩の荷が下りるということになるのかもしれない。

秀吉は語り続けた。

「天海よ。おぬしは天台の修行者で、寺の住職も務めておるのじゃろう。寺の檀家は武士だけではなく、町衆や農民も寺の支えになっておるはずじゃ。われら武士は戦国の世においては、町を焼き農地を荒らして、町衆や農民に迷惑をかけた。されどもわしが関白になったことで、日本国からは戦さがなくなった。これからの戦場は異国となる。町衆にも農民にも迷惑をかけることはない」

「朝鮮にも農民はおる。そのことは考えなかったのか」

天海が問うと、秀吉はうめくような声を洩らした。

「ううむ……。確かに、朝鮮にも百姓はおるであろうな」

そう言って秀吉は、急に声を立てて笑い始めた。

「天海どの。わしはいまでこそ関白や太閤と呼ばれておるが、もとは足軽であった。つまりは農兵で、百姓上がりじゃ。それゆえにこそ、百姓の気持がわかっておるつもりであったが、朝鮮の農民のことにまでは思いが到らなんだ。いや、これは天海どのに、痛いところを衝かれてしもうたな。ところで……」

剽軽な顔つきで笑いながら、秀吉は巧みに話題を転じた。

「いつぞやは世話になったな。茶々のことじゃ。そなたが救い出してくれたおかげで、茶々はいまではわが妻じゃ。二人の妹もしかるべき武将に嫁がせた。その茶々がいま妊っておる。最初の子はすぐに死んだが男《お》の子じゃった。今度こそ元気な男の子を産んでくれるじゃろう。その子が育てばわしの跡継となる。日本国ばかりか、朝鮮と明の支配者となるのじゃ」

養子として育てた若い武将たちを死地に追いやりながら、実子の誕生を期待する。

どこまで自分勝手な輩だろうと、天海は呆れるしかなかった。

この男の天命はすでに尽きている。その後の世をいかに立て直すか。いよいよ自分が乗り出す時ではないか……。

そんなことを考えながら、天海は勝ち誇ったように笑い続ける秀吉の姿を眺めていた。

家康は天守閣の近くに建てられた材木の香が真新しい建物にいた。

江戸城の普請の状況や留守を守る秀忠のようすなどを報告したあとで、天海は家康にささやきかけた。

「いよいよおぬしの出番が近づいてきたな」

家康は怪訝そうな顔つきになった。

「何の出番だ。わしは朝鮮には渡らぬと太閤どのにも伝えてある。先ごろ太閤どのは母ぎみが亡くなられ、しばらく大坂に戻っておられたが、その留守を預かるなど、多少の役には立っておるが……」

「おぬしは伊達政宗、南部信直、上杉景勝、佐竹義宣らを配下にすると定められたのであろう。日本国の北に位置する辺境の領主を配下とすることで、おぬしは関八州だけでなく、陸奥、越後、常陸までをも支配することになった」

「伊達政宗らは遠国からの出陣を理由に、わずかな兵しか寄越さなかった。そのわずかな兵をわしの指揮下に置いておるだけのことだ」

「それにしても東国よりも北の広大な地域がいま、おぬしの支配下にあると言うてよい。何事かがあれば国を二分する戦さを起こすことも可能ではないか」

「小牧長久手のような戦さをまた起こせというのか。緒戦には勝ったが、織田信雄どのの離脱があって、結局は秀吉の策に絡め取られてしもうた」

「あのころは秀吉に勢いがあった。いまは違う。全国の武将が秀吉の采配に不安を感じておる。明の王都にまで攻め上ろうというのは途方もない愚挙だ。全国の武将が秀吉に反旗を翻す時が必ず来る。そのおりに旗頭となるのは、おぬしを措いて他にない」

淡々と語る天海の言葉を、熱意の感じられない表情で家康は聞き流していた。

その気配を察した天海が語調を変えて問いかけた。

「家康どの。気乗りのしないごようすだな」

「信長どのが亡くなられたのが四十九歳であったか。わしはもう五十歳を過ぎてしもうた。余命も長くはないであろう。死ぬまでにもう一度、大きな戦さをせねばならぬと覚悟はしておる。この世に浄土をもたらす最後の闘いだ。しかし機が熟すまでは、不用意にそのことを人に語るべきではない。戦さを起こす気配を見せることも慎まねばならぬ。いまのわしは動くつもりはない」

強い口調で家康は言い切った。

天海もすぐには引き下がらない。

「いまとは言わぬ。だがいずれ近いうちに、機が熟すのではないか」

「覚悟はしておる」

そう言って家康は穏やかな笑みをうかべた。

天海は、時の流れを覚えた。

三方ヶ原の戦さに敗れた直後の、井戸の水で体を浄めて寒さに震えていた家康の姿は、ここにはなかった。

天海は静かな口調で語り始めた。

「おぬしも齢を重ねて、ようやく天下人らしい風格が具わってきたようだな。秀吉に従う武将の中でも、前田利家《としいえ》どのと並んで、いまやおぬしは長老と言える立場だ。世間には噂が広がっておる。秀吉が聚楽第を築いて帝（後陽成帝）の行幸を仰いだおり、秀吉の臣下が朝廷に忠誠を誓う儀式があり、そのおりの序列第一が大納言の家康どのであったということではないか。織田信雄どのや、のちに関白となられた秀次どのに先んじたということは、おぬしが臣下の筆頭で、太閤秀吉の次席だということだ。そのことは世間も認めておる。異国との無謀な戦さを始めた秀吉の評判は地に落ちておる。家康どの、世の風潮は間違いなく、おぬしの方に流れていくことになろうぞ」

「わしはもはやおのれの欲は捨てておる。世がそれを望むならば、時の趨勢がわしの味方をしてくれるだろう。その時が来れば……」

そこまで言って、家康は言葉を濁した。

その時は必ず来る……。

天海は胸の内でつぶやいた。

こやつは神になる……。


近衛前久の子息の信尹（信輔）は家康の館の奥に部屋を与えられていた。

訪ねてみると、父親と同じように、昼間から酒浸りになっていた。

天海は笑いながら声をかけた。

「おれはいまは天海と号しておるが、昔は随風と名乗っておった。本能寺の変の前夜に酒を飲んだこと、憶えておるか」

「遠い昔だ。わたしがまだ若く、希望をもって生きていたころのことだな」

吐き捨てるように言って、信尹は杯の酒を飲み干した。

天海は声を高めた。

「おぬしはまだ若いではないか」

「あとわずかで三十歳になる。父親に見放されて関白になれず、左大臣の職は自ら辞していまは無位無冠の身だ。朝鮮に死にに行こうと思うておったが、誰も船に乗せてくれぬ。家康どののご厚意で、こうして宿を与えられ、酒も飲ませてもらっておるが、わたしはもう生ける屍のごときものだ」

そう言って信尹は、唇を歪めるような薄笑いをうかべた。その表情は父親の前久に酷似していた。

「前久どのからの伝言がある。ただちに京に戻れと、それが伝言だ。確かに伝えたぞ」

「親父どのは他に何か言わなかったか」

「戻らねば帝に奏上して勅諫を出していただく。流罪を覚悟せよ……と、そのようなことも言うておられた」

「勅諫とは何だ。帝からお叱りを受けるということか。わたしはすでに左大臣を辞しておる。いまさら帝からあれこれ言われる筋合はない」

「台閣から退いたとはいえ廷臣であることに変わりはない。帝から流罪を言い渡されれば従わずばなるまい」

「ならば朝鮮へ流罪としてほしいものだ」

信尹はそんなことを言ったが、流罪は律令制度で決められた手続きに従わねばならず、異国への流罪ということはありえない。

いずれにしても、前久から頼まれた用件は果たした。

信尹のもとを辞して、天海は名護屋城の外に出た。

目の前に玄界灘が広がっていた。

この海の向こうで、いまも戦さが続いている。

そこにも山川草木があり仏の掌《たなごころ》の世界が広がっているはずだ。

日本国の武者が他国に攻め入るなどということは、二度と起こしてはならぬと、天海は胸の内で強く思った。


豊臣秀吉の側室となった茶々は淀どのと呼ばれていたが、第二子を出産した。此度も男児であった。のちの豊臣秀頼《ひでより》だ。

そのことによって、秀吉の政権は大きな方向転換と危機を迎えることになった。

男児誕生の報に秀吉は名護屋をあとにして淀どののいる大坂城に入った。

当初は連戦連勝だった朝鮮での戦さは、農民の反乱が起こって最前線への兵粮の補給が困難となり、そこに明の軍勢の反撃が加わって、戦況は急速に悪化していた。この思いがけない事態に、秀吉はにわかに明を制圧する意欲を失ったようで、最前線の加藤清正《きよまさ》や戦さ奉行の石田三成らに和議の交渉を命じ、自らは大坂城に引きこもってしまった。

秀吉が名護屋城から退去したので、徳川家康もいったん江戸に戻った。

その後、秀吉から伏見城普請の手伝いを命じられて再び上洛することになる。

秀吉は大坂城を秀頼に譲って、伏見城を自らの隠居所とする意向のようだった。

大坂城の秀頼、伏見城の秀吉、京の聚楽第にいる関白秀次と、権力が三極に分散する。

和議の交渉は長びいた。秀吉は楽観していて朝鮮半島の南半分ほどの割譲を期待したようだが、明と朝鮮王朝は強硬で割譲などは認めず、日本国の軍勢の完全撤退を要求した。交渉は決裂し、再び泥沼の戦闘状態となった。

秀吉には思いどおりに事が進まぬ苛立ちがあった。年老いた秀吉は頑固で短気な鬼神のごとき独裁者に変貌していた。

関白の豊臣秀次が突如として罷免され、高野山に追放された上に自害を命じられた。

それだけでなく秀次の妻子、侍女、乳母ら三十九名が、京の三条河原において公開処刑されることになった。

老いた秀吉が狂っている。そのことが人々の目の前にさらされることになった。

文禄四年（一五九五年）、秀吉は宿老ともいえる六人の大名を召集した。

江戸の徳川家康、備前岡山の宇喜多秀家、陸奥会津の上杉景勝、加賀の前田利家、安芸の毛利輝元、輝元の叔父の小早川隆景。

集まった六人に対し、秀吉は「御掟《おんおきて》」と称する箇条書の命令書を示し誓約を求めた。

秀吉は自らの寿命が尽きることを予感していたのだろう。大名同士が勝手に盟約を結んだり娘を嫁がせて縁戚となることを禁じ、すべてを宿老の合議で進めることが掟として定められていた。

のちに最高齢の小早川隆景が没し、残りの五人が五大老と呼ばれることになる。

この五人の内、秀吉の僚友であった前田利家と秀吉の養子となっている宇喜多秀家は豊臣恩顧の武将で、上杉、毛利、徳川は外様だが、広大な東国を支配する家康の勢力は突出していた。秀吉の狙いは、家康の勢力拡大を防ぐことだった。そのために前田利家を中心として四大老が結束し、家康を監視せよということであったようだ。

この五人の合議によって、若い秀頼を支えていくこととなったのだが、実務については五奉行と呼ばれる配下が進めることになった。

中心となるのは秀吉の小姓上がりで朝鮮でも戦さ奉行を務めた石田三成で、浅野長政と増田長盛が協力し、さらに寺社奉行を担当する前田玄以と財政を司る長束正家が陰で支えた。

慶長三年（一五九八年）八月。秀吉は没した。

六歳の秀頼が残された。


天海は江戸にいた。

時々川越の喜多院や江戸崎の不動堂に出向いたが、留守居役の秀忠とともに、江戸城の普請を見守っていた。

太田道灌が築いた江戸城は天守閣も石垣もないみすぼらしい城砦だった。古い掘割は残っていたが、ただの溝に過ぎず、各地の諸城に比べても見劣りのするものだった。このあたりも北条の支配地ではあったが、上杉や伊達、佐竹からの侵略に備える支城は関東平野の周辺部に点在していて、この城は長く放置されたままになっていた。

荒れ果てた建物を修復し、二の丸、三の丸などを整備した。東国全体を支配する大名の本拠であるから、配下の武将を集めて合議をする広間など、必要な施設の建設を急がねばならない。その喫緊の計画は留守を任された秀忠の的確な指示で着々と実現されつつあった。

天海が家康に示した絵図面は、将来の夢であった。

だが、近い将来、必ず実現させなければならない具体的な計画でもあった。

天海はその先のことも考えていた。すでに新たな絵図面も描き上げていたが、その確認のために、今日も城郭内の丘の上に立って城の四方を眺め、さらに大きな夢をふくらませていた。

西に広がる台地は一面の萱や薄《すすき》に覆われた荒れ地だ。南はのちに溜池と呼ばれる湿地と日比谷という入江、東は砂洲が顔を覗かせた浅瀬の先に隅田川の河口がある。北には森林が広がる小さな山があった。

西の荒れ地の先に甲州に向かう街道を開けば、白虎（西）に街道、朱雀（南）に湿地、青竜（東）に大河、玄武（北）に山という、四神相応の地と見ることができる。北にあるのは山というよりも丘というべきもので、そこが不満ではあるが、広大な東国の平地の果てには、自分が生まれ育った会津があり、手前には下野の山々がある。目を近くに転じれば、裏鬼門のあたりに古びた山王神社がある。これはそのまま残しておけばよい。城郭の東には反乱を起こして討たれた平将門を祀った神社があった。それを鬼門の艮《うしとら》の方角に移設することにした。

さらに、京の鬼門に比叡山があることに擬《なぞら》えて、北東にある上野《うえの》と呼ばれる台地に天台の寺院を建てようと思っている。すでにその絵図面は出来上がっていて、懐に忍ばせてあるのだが、取り出して見るまでもなく、全体の伽藍が目の前にうかびあがっている。

天海の夢はさらに広がっていく。水害を防ぐために隅田川や荒川を整備し、その先の利根川は上流で向きを変えて常陸川に合流させ、江戸湾を避けて外海に流す。桁外れの工事になるはずだが、家康が天下を取れば、外様の大名に命じて普請を請け負わせればよい。

そんなことを考えていると、足音がして人が近づいてきた。

家康の嫡男の秀忠だった。

秀忠は家康の後継者として何度も上洛し、すでに権中納言に任じられている。さらに秀次切腹の後、秀吉の後継者が秀頼と定められると、秀吉は徳川との縁戚を結ぶために、母の淀どのの妹のお江《ごう》を秀忠のもとに正室として嫁がせた。

お江は淀どのの末の妹で、最初は織田信雄の家臣の佐治《さじ》一成《かずなり》のもとに嫁いだのだが、夫が小牧長久手の戦さで家康に味方したため離縁させられ、秀吉の甥で養子となっていた亀山城主の豊臣秀勝のもとに嫁いだ。その秀勝は朝鮮に出陣して亡くなっていた。実父の浅井長政の小谷城の落城、継父となった柴田勝家の北ノ庄城の落城と、戦国の世の運命に翻弄されたお江は、気の強いしたたかな女として、秀忠のもとに嫁いできた。

お江が輿入れした直後に、天海は挨拶に出向いた。まだ少女だったころのお江と顔を合わせたことがあった。お江はそのことを憶えていた。鋭い目つきで天海を見据え、お江は冷ややかに言った。

「天海、そなたは秀吉どのの配下と思うておったが、いまは徳川に従っておるのか。節操のない輩じゃな」

その言い方に棘を感じた。この女は用心せねばならぬと思った。

天海は応えた。

「世のため人のために尽くすのが仏法だ。そのためには、天下人の側におるのが何よりだ。いまは秀忠どのに期待をかけておる」

そんなことを言ってみたが、お江は心を閉ざしているように見えた。

お江は秀忠よりも六歳も年上だ。

温和な気性の秀忠は、お江の言いなりになっているのではと懸念された。

その秀忠が笑いながら話しかけた。

「天海どののお蔭で江戸城も少しは格好がついてきたようだな」

「必要な建物は揃ったが、これでは不充分だ。東国の府とするためにはまだ長い道程がある。まずは家康どのに天下を取っていただかねばならぬ。さらに秀忠どのには重大な任務がある」

「わたしに何をせよというのだ」

「この江戸の地を徳川の幟旗に記された欣求浄土の地とするためには何十年もの年月が必要だ。家康どの一代では難しい。秀忠どのの代でもまだ成らぬかもしれぬ。おれは浜松城で生まれたばかりの秀忠どのの顔を見たことがある。同じように、秀忠どのの跡継となるご嫡男の顔が見たいものだ」

そう言って天海は相手を驚かすような笑い声を立てた。

正室となったお江は立て続けに二人の子を産んでいたが、女児ばかりだった。

秀忠も小さな笑い声を洩らした。

「天海どののお望みとあらば何でも従うつもりであったが、これればかりはどうにもならぬ。お江は気も強いが体も丈夫だ。これからも子をたくさん産んでくれるだろう」

お江はさらに子を産むことになるのだが、四番目までは女児が続く。しかしその後で男児を二人産む。三代将軍の家光《いえみつ》と駿府城主となる忠長《ただなが》だ。さらにお江は末子の五女を産む。後水尾《ごみずのお》帝の中宮となる和子《まさこ》だ。

秀忠は江戸城の周囲を見回しながら言った。

「初めてこの地に来た時には、何もないところだと思って落胆したのだが、徳川がこの地を本拠としたことで、隅田川の河口のあたりに商人が集まり、瞬く間に町が広がっていった。天海どのの発案で掘り始めた隅田川から城の堀までの水路も完成し、石垣の石や兵粮を運び込むのも容易となった。天海どのの絵図面には及ばぬが、いずれは東国の府に相応《ふさわ》しい城郭になることだろう」

「十年以上も前のことだが……」

ふと思いついて、天海は語り始めた。

「尾張の小牧長久手のあたりで大きな戦さがあった。秀吉が率いる西軍と、家康どのが率いる東軍とが、真正面から対峙して、天下分け目の戦さになりそうな状勢であったが、家康どのの見事な緒戦の勝利があって、秀吉の方から和議を求めてきた。思えばあの和議は、徳川にとっては僥倖であったな。最後まで戦さが続けば、徳川が負けておったろう」

秀忠が言った。

「微かな記憶がある。その和議の代償として、わが兄の秀康どのが人質として秀吉のもとに送られたということだ」

その次男の秀康は秀吉の養子の扱いとなり、さらに配下で下総結城城の城主、結城晴朝の養女の婿養子となり、結城の跡継となった。実父の家康が東国の領主となったため、秀康はそのまま父の配下となっている。

「その秀康どののことだが……」

不意に重々しい口調になって天海はささやきかけた。

「秀忠どのは嫡男と定められておるが、兄の秀康どのを跡継にすべきだと言うておるものがおる。そのことをご存じか」

「父の側近の本多正信《まさのぶ》のことか。兄は秀吉の人質となったあと、東国の結城一族のもとに養子に出されるなど、苦労を重ねてきた。嫡男として育てられたわたしと違って、人の扱いがうまく、狡いほどに知恵が回る。正信はそこに目をつけて期待をかけておるのだろう」

秀忠の口調には自らを卑下するような、なげやりなものが感じられた。

だしぬけに天海は大声で笑い始めた。

「案ずることはない。秀忠どのはすでに嫡男と定められておる。定めを覆すのは義に反することだ。側近が何と言おうと、このおれが不義は許さぬ。家康どのが迷われるようなら、おれが諫めて差し上げる」

そう言ってから、天海はやおら懐から絵図面を取り出した。

「北東の方角に緑の丘があるだろう。江戸城の鬼門にあたる。京の鬼門には比叡山延暦寺があって、帝の御所を護っておる。秀忠どのが跡継になられたらあの丘をおれにくれぬか。あのあたりを比叡山に見立てて、天台の寺を建てたい」

天海は絵を描くのが達者だ。鮮やかな緑や赤で彩色された絵図面は、仏画の極楽浄土のように、厳かで灼《あら》かな雰囲気をかもしだしている。秀忠は思わず身を乗り出すようにして絵図面に見入っていた。

「壮大な伽藍だな。五重塔の佇まいも見事だ。おお、ここには大仏もあるのだな。この赤く塗られた建物は何だ」

「観音堂だ。京の清水の舞台に似せて、小さいながら張り出しを造ってある。大仏も舞台もすべて小ぶりになっておるが、小さな丘なので致し方ない」

「するとここに描かれておる池は、さしずめ琵琶湖に見立てておるのだな。なるほど、この島は竹生島で、弁天堂もある」

秀忠は子どものように、はしゃいだ声を上げた。

「わたしが跡継となれば、必ずあの丘はそなたに進呈しよう。建物を造営する資金も出し惜しみはせぬ。ただわたしが跡継になるためには、本多正信を何とかせねばならぬが……。そうだ、すっかり忘れておった」

秀忠は急に声を張り上げた。

「わたしは天海どのを捜してここまで来たのだ。伏見城におる正信から書状が届いた。軍勢を出すように言うてきたのだが、大軍を送ったのではいきなり戦さが起こることになろうぞ」

「家康どのは五大老の筆頭として伏見城で執務に当たっておられるのであったな。東国を領有する家康どのはいまや最大の大名だ。何かと風当たりも強いことであろう。いまは前田利家が大坂城に入って秀頼の後見を務めておる。こちらが大軍を送れば利家は五奉行と組んで軍勢を出すだろう。いまは戦さを起こす時ではない。さて、どうしたものか……」

しばし思案をしていた天海は、意を決したように声を高めた。

「この天海に任せておけ。おれが伏見に赴く。大軍は要らぬ。井伊直政の赤備え軍団を貸してもらえるかな。直政は江戸城の普請を差配しておるが、普請は代わりのものでも務まる。ここは赤備え軍団の出番だ」

秀忠は心配そうな顔つきで言った。

「井伊の軍勢だけで大丈夫か」

「少数精鋭の方が脅しが利く。大坂方も戦さは望んでおらぬ。もっともいずれ近いうちに戦さは起こるだろう。小牧長久手の戦さと同じような天下分け目の決戦だ。だが、いまはまだその時ではない」

「天下分け目の戦さ……」

秀忠は息を呑んだような低いつぶやきを洩らした。


井伊直政は遠江浜名湖北の奥まった谷間にわずかな領地をもっていた没落した国衆の跡継であったが、家康の小姓として頭角を現し、甲斐の山県昌景の赤備え軍団を継承して戦功を挙げていた。家康の最も信頼できる側近として、秀忠を補佐して江戸城の普請を監督していた。

直政とともに京を目指した。

途中、浜名湖に出た時に尋ねてみた。

「井伊どのはこのあたりの出身だそうだな」

故郷の近くに来たせいか、直政は嬉しげなようすを見せた。

「浜名湖北岸の港町気賀から少し山の中に入った井伊谷という地に、先祖のわずかな領地がありました。されども今川の配下であったころに領地を召し上げられ、母が三河の親族のもとに移ったため、わたしはそこの養子となりました。縁あって岡崎におられた殿の小姓としてお仕えすることになり、とくに目をかけていただいて、おかげさまで井伊家を再興することができました。その御恩に応えるために、わたしはつねに戦さの先陣を務めておるのでございます」

「岡崎におったころといえば、家康どのも若かったであろう。そのころの家康どのはどのようなお方であったか、何か想い出すことがあれば聞かせてくれぬか」

「わたしはまだ子どもでありましたので、ただ夢中でお仕えしただけでございます」

「遠慮することはない。子どもの目から見て、家康どのはどのように見えておったか、言うてみよ」

「はあ……」

わずかに言い淀んでから、直政は語り始めた。

「お若いころの殿は、武将とも思えぬ優しいお方でした。時に臆病とも思われるほどに用心深いお方で、譜代の配下や三河の国衆の皆さまにいろいろと気を遣っておいででした。ただそうした気遣いが見えるのは、小姓たちの前だけで、武将の皆さまの前に出ると、大声を出して勇ましいことをお話になるのですが、お側にお仕えしているわれらから見れば、無理をしておられることがよくわかります。一人きりになると急に疲れが出て、胃の腑を押さえながら寝込んでしまわれることもありました」

天海は笑いながら言った。

「そうであったか。おれが初めて会ったのは浜松であったが、そのころもいささか無理をして気丈にふるまうところがあったな。年を取り年功を重ねるにつれて落ち着きが出て、いまでは風格のごときものを身に具えておるようだ」

「それでも時には、昔のような気弱なお顔を見せられることがあります。国替えで配下のものが皆、東国に移ることになった時は、まことに沈痛な面持ちをされておりました。そういうところがあるからこそ、ご家来衆に慕われるのでございます」

そのように語る井伊直政の語りぶりからは、自分こそ誰よりも家康を慕っているという思いが伝わってきた。

直政はいまは四十歳近い壮年の武将であり、赤備え軍団を率いる猛将と恐れられるほどになっているが、顔立ちは調っていた。小姓をしていたころは美少年だったはずだ。

天海はふと、織田信長に仕えていた森蘭丸のことを想い出した。あの小姓も美少年であったが、蘭丸の父や兄も猛将として名を馳せていた。

若いころの側近であった本多平八郎忠勝や、この井伊直政など、家康は家臣に恵まれている。それも家康の人徳というべきか。

天海は胸の内でつぶやいた。


井伊直政の赤備え軍団とともに、天海は伏見城に入った。

家康は伏見城の本丸の、かつて秀吉が隠居所としていた場所を自分の本拠としていた。

案内してくれたのは、側近として詰めている本多正信だ。

戦さのおりにはつねに先鋒を務める本多平八郎忠勝とは遠い親戚なのかもしれないが、この正信が側近となったのは最近のことだ。二人とも浄土真宗の信者だったのだが、三河の一向宗と闘った時、平八郎忠勝は浄土宗に宗旨替えして参戦したのに対し、正信は家康を裏切って一向宗の側に身を置いた。そのため長く浪々の日々を送っていたのだが、鷹匠に身をやつして家康に近づいて許され、急速に重用されるようになった。

江戸城の普請についても、家康が江戸にいた間は、本多正信が仕切っていた。

家康が伏見城に移ると、随行する家臣の人数が限られたことから、この本多正信が実務を一手に引き受けるようになっていた。

「井伊の軍団を連れてきたぞ。赤備えの鎧兜を見ただけで、城内は騒然としておるようだな」

天海は周囲を見回しながら笑い声を立てた。

本多正信は暗い顔つきで応えた。

「大坂も伏見も太閤恩顧の武将がひしめいておって、家康さまは苦労されておる。さすがに赤備え軍団は見映えがする。これで家康さまを批判するやつらが少しでもおとなしくなればよいのだが……」

正信は奥まったところにある家康の執務室に案内した。

天海の顔を見るなり家康は心細そうな声を出した。

「おお、天海か。実は困ったことになっておってな。わしは窮地に追い込まれておる」

天海は大声で笑ってから楽しげな口調で言った。

「どうした。三方ヶ原の戦さで負けた時のような惨めな顔つきになっておるではないか」

「仕方がない。政務は五大老の合議で進められることになっておるが、前田利家は秀頼どののおそばに侍るばかりで何もせぬ。他の三大老は遠くの領地におる。やむなくわしがこの伏見で執務をこなしておるが、そのことを独裁だと非難されておる。執務に追われてわしは伏見を離れることができず、東国の守りが心配で、伊達政宗と同盟を結ぶために六男の松平忠輝の嫁に政宗の娘を貰い受けた。そこを糾弾されておるのだ」

「御掟を破ったということか。まあ、確かに、定めは破っておるな」

そう言って天海は声を上げて笑った。

御掟の第一条に、大名間の婚姻禁止の定めがある。

伊達との婚姻の他にも、家康は養女の満天姫と福島正則の嫡男正之、養女の万姫と蜂須賀家政の嫡男豊雄の婚約も相次いで結んでいた。他にも豊臣恩顧の武将らとの縁組が次々と計画されている。

家康も笑いながら言い訳をした。

「御掟を定められた秀吉どのはもうおられぬ。秀吉どのが薨《みまか》られた直後に、わしは朝鮮からの撤兵を進言した。他の大老も賛同してくれた。掟破りといえば、それが最大の掟破りであろう。五大老が揃って掟を破ったのであるから、御掟などというものはもはや掟ではないのだ」

家康は声を高めた。

「わしが伏見で執務することについては、他の大老も認めておる。子女の婚姻などというのは些末事にすぎぬ。それを事々しく荒立てたのは、奉行の石田三成だ。五奉行といいながら、あやつは大坂での政務を独裁しておる。三成が前田利家どのを嗾《けしか》けて、四大老がこぞってわしの専横を非難しておると言い出したのだ」

「三成は生真面目に過ぎるところがある。あやつを嫌っておるものも少なくない。ようすを見ておれば墓穴を掘ることになる」

「辛抱が過ぎると、三成はますます図に乗るのではないか」

「それゆえ赤備え軍団を連れてきた。少し脅してやろうと思うてな。戦さとなれば三成ごときは敵ではない。家康どのは二百五十万石、三成はせいぜい二十万石にすぎぬ」

そう言って天海は再び豪快な笑い声を上げた。

その声のあまりの大きさに、家康は不審げに天海の顔を見つめた。

確かに以前の自分は、こんな笑い方はしなかった、と天海は思った。

名前を改めたせいで、師の豪海の笑い方がしみついたのかもしれなかった。

病で寝込んでいると伝えられた前田利家が、大坂から舟に乗って伏見の家康を訪ねてきた。

かなり弱っているようすだったが、事態を鎮めるために何としても出向かねばという決意のほどが窺えた。

天海と本多正信が同席した。

「此度はわしが三成の巧みな言葉に乗せられて、四大老の威を借りて家康どのを責めることになってしもうた。そのことを詫びねばならぬ。婚姻によって縁戚を増やすのは世の倣いであって何ら咎めを受けることではない。御掟には太閤どのの許可を得るようにと書かれてあったが、ご逝去されたいまは許可を求める相手もおらぬ。それゆえ家康どのを責めるいわれはまったくないのじゃ。そのことを上杉や毛利にも書状で伝えてある。宇喜多も同意しておるので、どうかお許しいただきたい」

　前田利家が非を認めたので、家康は上機嫌だった。

「石田三成は太閤どのの側近であったことを笠に着て、出過ぎた真似が目につくようだな」

「上杉も毛利も本拠が遠方にあって、密に話し合うことができぬ。家康どのが伏見にあって数多くの政務を裁量しておられるのは、三成の独裁を防ぐためにも、まことにありがたきことと思うておる。わしは病を得て寝込んでおった。寿命が尽きようとしておるのやもしれぬ。そこで家康どのにぜひともお願いしたきことがあり、病を押して参上した次第じゃ」

　前田利家は家康より四歳ほど年長なだけだが、意気軒昂な家康に比べて、体力が衰え、すっかり老け込んでいる。本人の言うようにもう長くはないのかもしれない。

「太閤どのが大老を定められたおりは、六大老であった。最高齢の小早川隆景どのが亡くなられても後任の補充がなく、五大老となった。隆景どのは跡継の男児がなく、北政所（お寧）の甥にあたる秀秋どのが養子として跡を継がれたが、まだお若いので大老に推挙されなかったのであろう。わしには利長という嫡男がおる。今年で三十八歳になっておるので、立派な跡継じゃ。わしに万一のことがあれば、家康どののご推挙で、利長を五大老の一人に加えていただくわけにはいかぬものか」

　家康は笑いながら言った。

「それは当然のことであろう。小早川秀秋は二十歳にもならぬ若造だ。利長どのは宇喜多秀家よりも年長で、大老となる資格は充分にある」

　この時、静かな口調で天海が口を挟んだ。

「ご進言いたしたきことがあるが、よいかな」

前田利家が驚いたように天海の方に顔を向けた。

「此度のこと、四大老が家康どのを責めたということになっておるが、毛利と上杉は遠方におり、宇喜多は若輩だ。実際のところは、前田どのと三成が談合して決められたのではないかな」

口調はごく穏やかなものだったが、言い逃れはできぬという重みが感じられた。

「いや、そのようなことは……」

利家は言い淀んで、激しく咳き込んだ。

天海の声が高まった。

「重篤な病を押してわざわざ伏見にまで来られたのは、よほどのことであろう。あるいは家康どのと差し違えることもお考えであったか」

利家の顔が硬《こわ》ばった。

天海はだしぬけに、笑い声を立てた。

利家は身構えるように、天海の顔を睨みつけた。

天海は急に笑うのを止め、厳かに言い渡した。

「場合によっては戦さが起こるのではと懸念しておったが、こうして前田どのが謝罪に来られたことで、すべてを不問にいたすこともできよう。さりながら、ただ頭を下げるだけでは、まことに謝罪しておられるのか、いささか心許ないようでもある。ここは謝罪の証しとして、人質などを差し出されてはいかがかな」

「人質……」

横合いから本多正信が勢い込んで口を挟んだ。

「前田どのには子女が十数人もおられるそうな。子女の人質では信用がおけぬ。利長どのの生母でもあられるご正室に、江戸城までおいでいただければと存ずる」

「まつを……」

前田利家には多くの側室がいたが、それは縁戚を拡大するためで、正室のまつをひたすら愛していた。まつは二男九女を産んでいる。

利家は声もなく、よろよろした足取りでその場を辞し、大坂へ戻っていった。

一ヵ月ほどのちに、利家は没した。

その直後に、淀どのの側近の大野治長と五奉行の一人の浅野長政が、家康の暗殺を謀ったとして追放された。前田利家嫡男の利長にも共謀の疑いがかかった。

利長はやむなく生母のまつ（芳春院）を江戸に送ることになる。


秀頼の後見役を務めた前田利家が没すると、大坂城の内外に不穏な雰囲気が広がり、にわかに騒動が起こった。

朝鮮に出兵した武断派と呼ばれる七人の武将が、朝鮮で戦さ奉行を務めていた石田三成の裁量に不審があると訴え、三成の大坂屋敷を襲撃した。三成は直前に動きを察知して大坂を脱出し、伏見城に逃げ込んだ。城郭の中に三成の自邸があったからだ。追撃してきた七人は、家康の兵によって阻止された。

七人は家康のもとに案内された。天海も同席した。

武将らの言い分は、戦さ奉行を務めた三成の態度が横柄で裁量にも不審な点が多く許しがたいということだった。具体的な事例を事細かに指摘して糺弾する武将らの主張にはそれなりの理があったが、三成の側にも同情すべきところはあった。不慣れな異国の地で地元の農民の反乱に遭遇し、混乱の中での裁量だったことを考慮すれば、武将らの言い分だけを認めるわけにもいかない。

武将らは三成に切腹を求めていた。それ以外の裁定が出れば、実力で三成邸を襲撃しそうな勢いが感じられた。

家康と三成の対立が顕わになっていた時期で、ここで三成に不利な裁定を下せば、家康が批判される惧れがあった。

困惑した家康は天海の考えを質した。

「ここは北政所にお任せしてはどうかな」

「高台院《こうだいいん》どのか……」

秀吉の正室のお寧は出家して高台院と称していた。

三成を襲撃しようとした武断派の福島正則、加藤清正、藤堂高虎、細川忠興、浅野幸長《よしなが》、蜂須賀家政、黒田長政は、秀吉の盟友の子息であったり、秀吉のもとで育てられた若者たちで、何かにつけてお寧の世話になっていた。秀吉が健在であったころは、内向きの揉め事などは北政所のお寧が裁定していた。

お寧の裁定を仰ぐことに七人の武将も同意したので、天海が家康の親書を持って大坂に向かった。

お寧は天守閣のある本丸からは離れた二の丸を住居としていた。実兄で姫路城主の木下家定が兵を率いて守りに就いていた。近くの播磨三木に領地のある三男の延俊に姫路城を任せて家定が大坂に詰めているのは、秀頼の実母の淀どのの勢力が強くなり、お寧の身に危機が迫るのではと懸念してのことだった。

警戒は厳重だったが、家康の親書を持っているので堂々と案内を求めた。

お寧は天海の顔を憶えていた。

「おみゃーさまは、長浜のお城においでたお坊さまだね。あんときゃあ、どえりゃあ世話になったがね」

「いまは天海と号しておる。おれは家康どのの配下というわけではないが、急な用件を頼まれてこちらに出向いた」

事情を話すと、お寧は笑い声を立てた。

「あれまあ、正則や清正が、三成を殺そうとしとるのかね。難儀なことじゃね。皆、可愛い子どもらだがね。わたしゃ子を産めんかったで、猿どの配下の若いもんは誰もが息子じゃと思うて世話をさせてもろうた。息子同士が喧嘩をするのは、母親としてはつりゃあもんじゃね」

「三成を処罰せねば、七人の武将らは収まらぬ。家康どのも三成とは対立しておるので、家康どのが裁定したのでは専横の批判を招きかねぬ。ここは高台院どのに仲裁していただいてはと思うたのだがな」

「三成は気立てのよい子じゃ。側近として太閤さまのご命令を伝える役目に就いておったで、その癖が抜けけんのじゃね。命を取られるほどの悪事たぁ思えんがね。しばらく佐和山に戻って謹慎しておればええ」

そう言ったあとで、お寧は天海の顔をまともに見据えた。

「長浜城においでたおり、おみゃあさまは光秀の謀反を予見しとられた。仏さまの験力《げんりき》かね。ならば教えてくださらんか。これからも戦さは起こるのかね」

「戦さは避けられぬ。大坂城といえども万全ではない。山寺へでもお隠れなさるか」

「ここまで長生きした。命は惜しゅうねえだがね。聚楽第の跡地の太閤御所がいまは空き家になっとる。太閤さまの墓所も近いことゆえ、京に移ってもよいと思うとる」

秀吉は死に瀕した枕元に吉田兼和を呼んで墓所の手配を命じた。侍従の兼和はいまは兼見《かねみ》と改名しているのだが、吉田神道の秘伝によって遺骸を処理し、生きたままの姿を壺の中に封じ込めて、秀吉を神として東山の麓に祀った。墓所は豊国《とよくに》神社と呼ばれ、吉田兼見の弟の梵舜が別当を務めている。

高台院は京の太閤御所に移り、西の丸には家康が入って、奉行の石田三成に代わって大坂城を差配することになった。

第九章　関ヶ原に謎の槌音が響く

石田三成が佐和山城に謹慎となり、前田利長は生母を人質に取られた。

家康の前に立ちはだかっているのは、東の上杉と西の毛利だけとなった。ともに百二十万石の大名で、家康に次ぐ勢力を有している。

秀吉の遺言によって後継者は秀頼と定められていたから、豊臣恩顧の武将は秀頼に従うべきところではあるが、いまは幼少のため、五大老筆頭で内府（内大臣）と呼ばれている家康が天下を支配している。

機が熟した。

家康はついに決意を固めたようだ。

大坂城の二の丸に天海を招いて、家康はその決意を打ち明けた。

「まずは上杉を討つことにした」

病没した上杉謙信の甥で養子となった景勝は、秀吉の生前に国替えを命じられて、越後から会津に本拠を移していた。

「会津を攻めるのか。おれの故郷だな」

天海はつぶやいた。

「親戚などはおらぬのだろう」

「会津の蘆名一族は伊達に滅ぼされた。会津を追われた蘆名の当主はいまは常陸の江戸崎という地におる。秀吉は小田原攻めに遅参した伊達政宗を咎めて、会津を配下の蒲生氏郷に与えたが、病没したため上杉の領地とした。越後から会津への国替えでは、上杉も不満をもっておるはずだが、それでも五大老の一人として、秀吉に協力を誓ったはずだ」

「上杉は会津に移る時に、本来は越後に残すことが定めとされている備蓄米を会津に運び込んだ。家臣の中に通報するものがあって、上杉は戦さの備えをしておるという。そこで秀吉の顧問であった西《さい》笑承兌《しょうじょうたい》どのに書状を書いていただいた。疑いを晴らすためには大坂に出頭して釈明をされた方がよいと、穏便に勧めていただいた。ところが家老の直江《なおえ》兼続《かねつぐ》が返書を寄越して、出頭を拒否した。これは由々しきことだ。よって成敗に出向くことにした」

「直江の書状はおれも目を通したが、事細かに釈明をしておるだけで、格別に礼を失したものではない。上杉を討つ名目にはならぬのではないか」

天海が問い質すと、家康はうす笑いをうかべた。

「長く苦しい道程であったが、ようやくわしの前にも道が開けてきた。石田三成が謹慎となり、豊臣恩顧の武将らが仲間割れをしておるのを見ると、いまが千載一遇の機会であろうと思う。直江の書状の内容などは、どうでもよい。上杉景勝は秀頼どのの後見を務めておるわしの命に叛いた。豊臣の権威を認めぬということだ。すでに淀どのや奉行らの承認は得ておる。軍資金と兵粮米は豊臣が出す。朝鮮で闘った豊臣恩顧の武将らはすべてわしの配下として会津討伐に加わることとなった」

天海は息をついた。

「豊臣恩顧の武将らを信用しておるのか。裏切るかもしれぬぞ」

家康は低い笑いを洩らした。

「天海よ。おぬしにだけは言うておくが、わしは誰も信用してはおらぬ。本多平八郎と井伊直政だけは信じておるが、譜代の家臣でも、いつ裏切るかわからぬと思うておる。だからこそわしは、すべての配下を信じることにした。わしが信じておると態度で示せば、相手もわしを裏切るのが難しくなる。一人や二人は離反するであろうが、会津まで行軍をともにすれば、気心も知れてくる。そうではないか、天海」

天海も静かな笑みをうかべた。

「いよいよその時が来たのだな」

家康は無言で頷いた。

「懸念が一つある」

天海がつぶやくと、家康が応じた。

「毛利の動きであろう。確かにわしが大坂城を留守にすると、毛利が乗り込んで来るやもしれぬ」

「豊臣恩顧の軍勢がすべて出払ってしまえば、大坂城は無防備となる」

「毛利には書状を送り、上杉が謀反の準備をしておることは伝えてあるが、毛利が上杉と結べば、わしは東と西から挟み撃ちになる」

「石田三成はどうする」

「謹慎中の三成にも、上杉征伐に加わるように書状を送った。あやつは従わぬであろうが」

天海はしばしの間、無言で考えをめぐらせていた。

「三成は皆から嫌われている。あやつが動いてくれた方が、かえって好都合だ。気にかかるのは毛利だな。まあ、おれに任せておけ」

「どうする。何か策があるのか」

家康は身を乗り出すようにして問いかけた。

「黒田如水……」

天海は低い声でつぶやいた。


豊前中津。

わずか十二万石の領主として、黒田官兵衛が逼塞した日々を送っていた。

秀吉の軍師として天下取りに貢献した官兵衛への恩賞としては、あまりにも寡少な対応であったが、官兵衛は甘んじてこれを受け容れ九州に下った。

官兵衛は出家して如水と名乗り、すでに引退した身だった。城主となった嫡男の黒田長政は兵を率いて家康の会津征伐に加わっている。そのため中津城の守りは手薄になっていた。

天海はかつて随風と呼ばれたころと同様、風のように城内に忍び込んだ。

突然現れた天海の姿を見て、官兵衛は嬉しげな笑顔を見せた。

「随風か。いまは天海と名乗っておるのだったな。おぬしは家康の軍師になったのだろう。長政からの書状にそのようなことが書いてあったぞ。家康とともに会津に行ったものと思うておったのだがな」

天海は答えた。

「家康どのは人質として駿府におったころに今川義元の軍師の太原雪斎から軍略を学んだ。軍師は不要だ」

「天海どのはつねに家康のそばについておるではないか。軍略を授けたりはされぬのか」

「おれはただ戦国の世の争乱を終わらせる英傑が現れぬかと、あちこち渡り歩いておっただけだ」

「それで家康に目をつけたということか。どこが気に入ったのだ」

笑いながら官兵衛が問いかけた。

天海も笑いながら答える。

「あやつは気が弱く、いつも不安げではあるが、妙に図太く狡賢いところがある。おのれの弱さを自覚し、おのれを抑えるすべを知っておって我慢強い。そういう輩がいずれ天下を取る」

「家康に天下を取らせて天海どのは何をなさるおつもりか」

「おれは修行者だ。領地などは望まぬ。いずれは寺の一つも建ててもらえればと思うておるがな」

「欲のないことで恐れ入った。引退した身とはいえ、わしは武将だ。手柄を立てれば褒美がほしい。しかしながら軍師というのは損な役目でな……」

官兵衛は顎のあたりに手を当て、渋面を作りながら語り続けた。

「猿どのが天下を取れたのは、わしの功績だと自画自賛しておる。その褒賞がこの豊前中津の十二万石だというのは、あまりに寂しいではないか。しかもここは大友宗麟の残党がおって平定するのに苦労いたした。流さずともよい血を流すことにもなった。あの猿に知恵の限りを尽くして仕えた結果がこれかと、いささか情けない思いになったりもした。秀吉はおそらく、おのれの天下を脅かすものがあるとすればこの官兵衛であろうと警戒して、わしをこのような辺境に追いやったのだろう。天海どのも気をつけられよ。家康が天下を取れば、あやつも天海どのを恐れるようになるのではないか」

天海はとぼけた口調で応えた。

「この天海は、官兵衛どののような狡知に長けた軍師ではない。おれが会津に行かぬと言うても、家康はあっさり認めた。まあ、言い訳として、会津はわが故郷なれば戦さを見るに忍びず、と言ってやったのだがな。とはいえ、会津で戦さが起こることはないとおれは予想しておった」

「わしもそう思うておる」

そう言って官兵衛は不気味な笑いをうかべた。

「安国寺恵瓊《えけい》が暗躍しておる。何事かが起こりそうだ。家康は途中から引き返してくるだろう」

「家康の留守の間に、毛利の軍勢が大坂を制圧するというのか」

「多くの武将は大坂に屋敷を持ち、人質として妻子を住まわせている。大坂を制圧されれば従わぬわけにはいかぬ。そうなれば、西軍と東軍に分かれた、天下分け目の戦さが起こることになる。どうだ、天海、楽しくなってきたではないか」

「おぬしの跡継の長政どのは、家康の側近となっておるのではないか」

「軍略の立て方を息子には伝えてあるが、三十歳を過ぎたばかりの若造だ。役に立つかどうか」

「さればおぬしも東軍に加わるしかないだろう」

「わしは引退した身だ。ここで静かに余生を送っておる」

官兵衛が自嘲気味にそう言うと、天海はだしぬけに大声で笑い始めた。官兵衛はいぶかることもなく、天海の笑いが収まるのを待っていた。

「何がおかしい。わしが余生を送っておるというのが、そんなにおかしいか。天海よ。何のために中津まで来たのだ。老いた軍師の末路を見たかったのか」

天海はまだ含み笑いを続けながら、低い声で言った。

「黒田官兵衛は老いてはおらぬ。何事かが起これば必ず知恵を巡らせて、おのれが天下を取るための戦略を立てるだろう」

「このわしが、どうやって天下を取る。おぬしの考えた戦略とやらを聞かせてほしいものだな」

身を乗り出すようにして官兵衛は問いかけた。

天海も上体を傾けて、秘め事を告げるような声でささやきかけた。

「ならば聞かせてやろう。天下分け目の戦さとなれば、九州各地の武将が兵を率いて大坂に向かう。その間、黒田官兵衛は隠居と称して寝たふりをしておるだろう。九州から兵がいなくなった頃合いを見て挙兵し、九州全土を制圧する」

「おもしろい。だが挙兵するにしても、黒田の兵は息子の長政が引き連れて会津に向かっておる」

「おぬしは軍資金を秘蔵しておるのではないか。銭さえあれば農兵が集まる。農民が動けば噂は各地に広がって、浪人どもも集まるだろう。あとはおぬしが戦略を立てれば、守りが手薄になった各地の城を落とすのはいとも容易《たやす》きことだ」

天海がそこまで話すと、官兵衛は頭に手を当て、いかにも楽しげに笑って見せた。

「思いもかけぬ戦略で、この官兵衛、参ったと申し上げるしかない。もしわしがいま言われたように九州で兵を挙げれば、切り取った国をわしの領地にしていただけようか」

天海の目が怪しく輝き始めた。

「切り取り自由と申し上げておこう」

「ならば九州はすべてわしのものだ。九州を制圧すれば、その勢いで毛利を背後から攻める。わしは必ず家康どのの強いお味方になると、そのようにお伝え願いたい」

天海は無言で、官兵衛の顔を見据えていた。

安国寺恵瓊が暗躍している……。

黒田官兵衛がそんなことを話していた。

確かに、いま家康が最も警戒すべきなのは、安国寺恵瓊かもしれない。

家康は譜代の家臣や長く仕えてきた国衆だけでなく、豊臣恩顧の若手の武将を率いて会津を目指している。だが朝鮮に出兵しなかった古豪の多くは、会津攻めにも加わっていない。安国寺恵瓊が暗躍して、畿内や西国に留まっている武将を一つにまとめれば、家康に対抗する大きな勢力になるだろう。

何よりも懸念されるのは、西軍が八歳の豊臣秀頼を戦さの旗頭として擁立することだ。天下分け目の戦さに秀頼が出陣すれば、いまは家康の配下として会津に向かっている豊臣恩顧の武将らは、こぞって西軍の側に回るのではないか。そうなれば家康は孤立することになる。

天海は大坂城に向かった。

家康が大坂城の西の丸で政務を執っていた時期があるので、天海が家康の側近であることは知られていた。

案内を請い、淀どのと対面した。

かたわらには大蔵卿局と呼ばれる老女が控えていた。茶々、お初、お江という三姉妹の乳母を務めた女で、淀どのの参謀のごとき立場となって城内の奥向きを仕切っていた。その専横が目立ちすぎて、家康は大坂城に入った直後に、老女と息子の大野治長を追放処分としたのだが、家康が出陣するとただちに戻ってきたようだ。

淀どのは三十五歳になっている。天海が北ノ庄城から救出した時は、十七歳くらいだった。あれから二十年近くの年月が流れている。末の妹のお江は江戸城の秀忠のもとに嫁いできたので言葉を交わしたこともあるが、淀どのと対面するのはそれ以来のことだ。

少女のころから際立った美貌であったが、中年に差しかかったいま、異様なほどの清冽な美しさが発散されている。

ものに動じることのない天海でも、わずかに息苦しさを覚えるほどだった。

淀どのが凛とした口調で語りかけた。

「天海、その方が家康の軍師になっておることは聞いておった。お江が江戸におることも承知しておる。思えばお初とともに三人で、その方の助けで城から逃れたのであった。当時のわたしは母とともに死ぬ気であったが、生きながらえたからこそこうして秀頼どのの母として、大坂城を守る責務を負うこととなった。されども生きておってよかったと思えるかどうかは、これからわかるであろう」

「大きな戦さが起ころうとしておる」

天海はいきなり用件を切り出した。

淀どののかたわらに控えている老女が、警戒するように天海の顔を凝視した。

低い声で老女が問いかける。

「誰と誰が戦うのでございましょう」

「とりあえずは毛利と徳川と言うておこう。されども毛利を戦さに誘っておるのは石田三成だ。三成が戦さを企てるとすれば、豊臣を守るためという口実を掲げる。さすれば必ず、秀頼どのを戦さの旗頭にという要請が来る」

「幼き秀頼どのを戦さの旗頭にするなど、あってはならぬことでございます」

そう言って老女は確かめるように淀どのの顔を見た。

淀どのが厳しい口調で問いかけた。

「天海、そなたは家康の配下であろう。策があってそのようなことを言うのではないか」

「策はある。そのことをお伝えするためにここに来たのだ」

天海は大きく頷きながら言った。

「申し上げたいのは徳川に義があるということだ。家康どのは五大老筆頭の内府という立場で、秀頼どのの命を受け、豊臣の軍資金と大坂城に備蓄された兵粮を戴いて上杉征伐に出陣された。その家康どのに対して戦さを起こせば、豊臣に反旗を翻すことになる。毛利や石田の奸計に乗せられぬようにお願いいしたい」

「義などはない。家康は信用できぬ」

強い口調で淀どのは言い放った。

だしぬけに、天海は大声で笑い出した。

さすがの淀どのも、驚いたように顔を硬ばらせた。

ひとしきり笑ったあとで、天海はつぶやいた。

「確かに家康は信用できぬと、おれも思うておる」

わずかな間のあとで、天海は言葉を続けた。

「同じくらいに毛利も石田も信用できぬ。策を弄する輩に利用されぬように、つねに身構えておられることだな。戦国の世を戦い抜いた武将は、誰も狡賢いものだ。だが戦国の世はすでに終わった。天下太平の世にあっては、義が重んじられなければならぬ。義の前には、家康も頭を下げて従うしかない。この大坂城におられる秀頼どのは、まさに義そのものというべきお方だ。ただし……」

天海は淀どのと老女の顔を交互に睨みながら語り続けた。

「秀頼どのがこの城を出られ、賊軍の旗頭となって戦場に赴かれれば、それはもはや義とはいえぬであろう。家康にも五大老筆頭としての義がある。賊軍の旗頭となられたお方は、討たずばなるまい。命が惜しくばけっして戦場に出られぬようにお願いしたい。大坂城は難攻不落で、ここにおられる限り秀頼どのは安泰だ。秀頼どのには太閤どのの後継者として大坂城を守るという義がある。このことは家康も認めるしかない」

天海の口調には人を酔わせるような響きがあった。淀どのも老女も、何度も大きく頷きながら、天海の話に聞き入っていた。

天海が口を閉じると、淀どのは声をふるわせながら言った。

「もとよりわれらは、この城を出るつもりはない」

「そのお覚悟さえあれば、豊臣は永久《とわ》に栄えることであろう。先年、お江さまが女児を産まれた。四歳の千姫さまだ。そのおり太閤秀吉どののご意向で婚約が結ばれたが、もう少しお育ちになられたら、千姫さまを秀頼さまのもとにお迎えしてはいかがかな」

老女が横合いから口を挟んだ。

「おお、それは……」

笑みをうかべて老女は言葉を続けた。

「またとないよい縁組でございます。豊臣と徳川の強い絆が生じ、太平の世が永久に続くことでございましょう」

その言葉に応じて、淀どのは和やかな笑みをうかべた。

それを見て、天海は戦さの勝利を確信した。


天海は京に向かった。

かつて関白豊臣秀次が本拠とした聚楽第は取り壊され、跡地に小さな城砦のごとき建物が設けられた。

太閤御所と呼ばれる。

いまはそこに北政所のお寧すなわち高台院が居住している。

警備の兵はほとんどいなかった。天海は素早く城砦の中に入り、お寧と対面した。

いきなり強い口調で話しかける。

「戦さが近い。木下家定どのを呼んで警備を固められよ」

お寧は驚くようすもなく落ち着き払っている。

「おみゃあさまは世の動きが読めるようじゃね。謹慎中の三成が旗挙げするのじゃろう。秀頼どののほんまの父親は三成じゃという噂があるがね。太閤どのにゃあ子種がなかったようじゃ。わたしゃ赤子を産めなんだ。そりゃあわたしのせいじゃにゃあだよ。ようけの側室がおりながら、子を宿したものはおりゃあせんがね。あのおなごだけが子を産みゃあした。怖《おそが》いことだね」

「太閤どのは多くの養子をもたれた。北政所が育てられたのであろう」

「わたしの大事な秀次を猿どのは殺してしもうた。あのころから、猿どのは狂うておられた。それもあのおなごのせいじゃろ」

「淀どのを怨んでおられるか」

「怨んどりゃせん。どうでもええと思うとる」

「されども養子として育てられた若武者が、敵と味方に分かれて闘うというのは、北政所としては、つらいことではないか」

「子どものほとんどは会津に向こうておるがね。残っておるのは小早川を継いだ秀秋くらいのものじゃ」

「いまは上杉征伐に加わっておるが、いずれも豊臣恩顧の武将だ。そのまま家康の配下に留まるか、石田三成の側につくか、迷いが生じることになろう」

「三成の側とは、あのおなごの手下になるということじゃね」

いままで和やかな笑みをうかべていたお寧の顔に、一瞬、悔しげな表情がよぎった。

「北政所に頼みがある。書状を書いてくださらぬか」

「家康どのにお味方せよと書くのかね。わたしゃ平仮名しか書けんよ」

「とくに小早川秀秋どのに、西軍には加わらぬようにと書いていただきたい。毛利にも石田にも大義はない。西軍に加われば必ず負けると心得ねばならぬ」

「小早川は毛利の三本の矢の一つだに、裏切れと言うのかね」

「裏切っていただきたい。さすれば大幅な加増となる。木下家の血筋が末代まで残ることになる」

「木下の家などどうでもええがね。秀秋は木下家定の正室の末の子で、まだ二十歳にもなっとらん。生き残ってほしいものじゃ」

お寧は書状を書き始めた。


天海は足を急がせた。

大坂も京もふだんどおりに賑わっており、戦さが起こりそうな気配はなかった。

だが、何かわけのわからない霊気の動きのようなものを感じる。

何ごとかが起こる前に、確かめておかねばならぬ。

安国寺恵瓊はどこにいるか。すでに安芸の毛利輝元のもとを離れて、畿内に来ているはずだ。だとすれば石田三成のところだろう。

三成は本拠の佐和山城に閉じこもって謹慎している。彦根は古代に関所が置かれた不破関に近い。まさに西国と東国の境目が不破関であり、その前後には関ヶ原と呼ばれる細長い盆地が広がっている。

手前にある佐和山城と盆地の先にある大垣城が、戦さの拠点となるはずだ。

戦さが起こるとすれば、関ヶ原だ。

琵琶湖に出た。近江大津の京極高次の居城にも動きは感じられない。高次は城内にいるはずだが、弟が率いる軍勢を会津に派遣しているので東軍につくだろう。関ヶ原に向かう西軍は必ずここを通る。激しい闘いが起こることは避けられない。

淀どのの妹のお初が、京極高次に嫁いでいる。高次は三姉妹の従兄にあたり、浅井家にとっては主筋にあたる名門とされている。末の妹のお江は江戸城にいる。姉の淀どのは大坂城だ。妻の姉と妹が敵対する。高次自身も引き裂かれることになるだろう。

いまは大津を素通りして琵琶湖東岸を北上する。

佐和山城はすでに臨戦態勢に入っていた。豊臣恩顧の武将や兵の多くが上杉征伐に動員されて会津に向かったのに対し、謹慎中の石田三成は兵も出していない。配下の全軍が城郭の中に待機している。

天海はすでに六十五歳に達しているが、いまも山岳修行に励んでいるので、体力の衰えはいささかも感じていない。若いころのように自らの気配を消して、素早く城内に忍び込んだ。

丘の上に広がった山城だが、小さな天守閣の他に、二の丸、三の丸、西の丸などの櫓《やぐら》が建てられ、尾根筋に沿って城郭が細く伸びている。その先にも支城となる砦がいくつか築かれていた。

この城砦に立てこもるような難儀だが、三成は最前線で闘うはずで、関ヶ原から大垣のあたりまで進出するはずだ。

天守閣に入ると最上階から話し声が聞こえた。柱を伝って天井に取り付き、音もなく部屋の片隅に座した。

「そなたは確か、随風どのであったな」

安国寺恵瓊が何ごともなかったかのように話しかけた。

備中高松城の水攻めの現場を見下ろす黒田官兵衛の陣屋で顔を合わせて以来の再会だ。

そこに案内してくれたのが小姓の石田三成だった。あれから十八年の年月が流れている。その直後に本能寺の変が起こって、戦国の歴史が急速に動き始めた。そしていま、戦国の世は収束に向かおうとしている。

不機嫌そうに天海を睨みつけて、石田三成が語りかけた。

「いまは天海と名を改めて家康の軍師を務めておるのだろう。よくここに忍び込めたな」

天海は笑い声を立て、大声で言った。

「おれは仏の分身だ。仏の験力によって姿を消すことができる」

三成は顔をそむけて言った。

「われらのようすを探りに来たか。見てのとおり、戦さの準備をしておる。五奉行のうち家康に追放された浅野長政は別として、残りの四奉行は健在だ。われら四奉行の総意によって、家康を大坂に召喚することとなった。あやつは自らを筆頭大老と称して専横を極めた。此度の会津攻めはあやつの許しがたき独断だ。上杉には何の落ち度もない。国替えの荷の中に城の備蓄米が含まれていたとのことだが、そんなことで大軍を会津に向ける必要があろうか。あやつを大坂城に呼び戻して、申し開きをさせる。秀頼さまの命による召喚だ。家康は大坂に戻らずばなるまい」

三成は勝ち誇ったような笑いをうかべた。

「家康がどう出るか。われらの勢いを恐れて江戸城に閉じこもれば、会津攻めに従った豊臣恩顧の武将らはことごとくわれらの味方に回るだろう。召喚に応じるとすれば、あやつは東山道を通って関ヶ原に来る。われらと毛利の軍勢がそこで迎え撃つ。留まれば地獄、進むのも地獄、家康の進退はここに窮まったと言わねばならぬ」

冷ややかとも思える淡々とした口調で三成は語った。

恵瓊の前には杯と瓶子があった。顔が少し赤くなっている。

三成の前にも杯が置かれていたが、酒を飲んだようすはなかった。

「大坂城は静かだった。毛利の軍勢はいつ到着するのだ」

天海が問いかけると、隠すようすもなく三成が答えた。

「毛利はまだ動いておらぬが、水軍を擁しておるので、いつでも大軍を大坂に派遣することができる。毛利が動けば、西国に軍勢を残している武将らは一斉に大坂城に集まる。あとは大軍が粛々と関ヶ原に向かうばかりだ。家康はいまごろは会津の手前の小山《おやま》のあたりで評定をしておるのではないか。あやつの軍勢の大半は豊臣恩顧の武将だ。軍勢から離脱してわれらの側に回るものが続出することになるだろう」

「三成どのを謹慎に追い込んだ武断派の七武将は、いまでも三成どのを恨んでおるのではないか」

天海の言葉に、三成は顔を硬ばらせた。

「あやつらも太閤さまには恩義がある。此度の戦さは家康の専横を咎めるもので、大老のうち、母親を人質に取られておる前田と、会津を攻められておる上杉は動きがとれぬであろうが、毛利、宇喜多はわれらの味方だ。豊臣恩顧の武将はこぞってわれらの側に回るだろう。家康の召喚は秀頼さまの命によるもので、われらには大義がある」

「大義……」

天海がつぶやいた時、三成のかたわらの恵瓊が、狡そうな薄笑いをうかべた。

天海は独り言のようにつぶやいた。

「なるほど。秀頼どのを関ヶ原に連れ出すというのだな」

三成も恵瓊も、黙ったままだった。

長い沈黙のあとで、恵瓊が語り始めた。

「太閤どのは巧みな調略で次々と敵を寝返らせ、ついには天下を統一された。だがそこに落とし穴があった。寝返った敵の領地を安堵したために、子飼いの武将に分け与える領地がなくなり、致し方なく朝鮮を攻めることになった。武将の人数が多過ぎるのじゃ。ここは天下分け目の戦さを起こして、互いに殺し合いをした末に、武将の人数を半分にするしかない。そうなれば、勝った側の武将に滅んだ側の領地を分け与えることができよう。天海どの。この戦さ、避けるわけにはいかぬのじゃ」

天海は恵瓊と三成の顔を見回して問いかけた。

「おぬしらは、勝ったあとのことを考えておるのか。誰が天下を支配するのだ。毛利輝元か。あるいは三成どの、おぬしが天下を差配いたすのか」

三成は強い眼差しで天海を見据えた。

「天下を差配されるのは秀頼どのだ。われら四奉行は合議の上で実務を担うことになる。専横に及んだ家康がいなくなれば、万事はうまくいく」

「大谷刑部《ぎょうぶ》も加担しておるのだろう」

天海の問いに、三成と恵瓊は顔を見合わせた。

刑部と呼ばれる越前敦賀城主の大谷吉継《よしつぐ》は、ともに秀吉の小姓を務めていたころからの石田三成の盟友だ。三成とともに奉行として朝鮮での戦さを仕切っていた。帰国後、吉継は眼病を患って領地で療養することになり、奉行などの役職からは退いた。家康は吉継の能力を高く評価していて、上杉攻めの軍勢の指揮を任せるつもりでいたのだが、敦賀から彦根のあたりで合流するはずだった大谷の軍勢が消息不明となったと伝えられている。

　彦根の佐和山城で、三成、吉継、恵瓊の三人が、談合の上で決起を図ったのではと天海は見ていた。

「刑部は眼病がひどく戦さに出られぬ。そのまま兵とともに敦賀に帰った」

　三成が応えた。生真面目な三成は、心の中の動揺が顔に出てしまう。

　戦さの首謀者は、大谷吉継ではないか。

　天海は吉継とは会ったことがないが、頭の切れる人物で、文官としても武将としても、敵にすれば恐ろしい輩だと家康が語るのを聞いたことがある。

「おぬしを含めた四奉行は、わずかな領地と兵員しかもたぬ輩ばかりだ。これに刑部を加えても、おぬしらには誰も従わぬのではないか」

　天海の問いに、三成は気色ばんで答えた。

「秀頼どのを支えておるわれらには義がある。義のもとに豊臣恩顧の武将が結集し、一丸となって秀頼どのを支える。武将らは奉行に従うのではなく、秀頼どのに従うのだ」

　三成の語り口には苦しげな響きがあった。自らが語る義というものを、この男自身が信じ切れていないのではないか。

　恵瓊が横合いから口を挟んだ。

「天海どの。おぬしは家康が勝ったあとのことを考えておられるのか」

「考えぬでもない。奥州の上杉さえ滅ぼせば、戦さに加わっておる豊臣恩顧の若い武将らに、わずかでも領地を配分することができる。われらは大きな戦さは望んでおらぬ。毛利を滅ぼすつもりもない。恵瓊どの、いまからでも遅くはない。毛利が家康どのと和議を結ぶというのであれば、われらはいつでも応じることにしようぞ」

「それはない」

恵瓊は笑いながら言った。

「その場で和議に応じたところで、家康が天下を取れば、その後に改めて毛利を攻めるであろう。それくらいのことはわしにもわかる。わしは軍略については輝元どのからすべてを任されておる。此度は和議に応じることはない。なぜならば、これはわしの最後の戦さじゃからな」

「最後とは……」

「わしも長く生きた。戦さに次ぐ戦さであった。結局のところ、じりじりと毛利の領地を減らすことになってしもうた。毛利の三本の矢も、いまは尽きようとしておる。わしは戦さ場で死にたい。それが軍師としての定めじゃと思うておる」

そう言って、恵瓊は寂しげな笑いをうかべた。


佐和山城を出て尾根筋を辿って山道を進む。どこまでも山が続いているように見えるのだが、眼下の隘路を東山道が通っているはずだ。

松尾山と呼ばれる丘陵の上に出た。その先に盆地が広がっていた。

関ヶ原。

盆地の北側に笹尾山、南側に松尾山があり、南北の山に挟まれたところに不破関跡がある。古代に三関の一つとされた畿内防衛の拠点だ。若狭や越前に向かう愛発《あらち》関や、東海道の鈴鹿関は嶮峻な山道の峠近くに置かれているのだが、不破関は盆地の中央に土塁を築いて設置されていた。

いまは廃墟となっている関跡は戦さの役には立たない。

家康の軍勢を迎え撃つとすれば、盆地の西側の奥まったところに布陣するはずだ。

関ヶ原は東西に長く伸びた盆地で、南と北は山地が迫っている。右手のずっと先に、南宮山という山地がある。いまいる松尾山から南宮山までは、関ヶ原を見下ろす絶好の地形だ。天海は備中高松城の水攻めのようすを想いうかべた。あの時も、毛利、吉川、小早川は、高松城が望める南側の山地に陣を張っていた。今回も似たような地形に陣が置かれるのではないか。

ふと何かの気配を感じた。盆地の奥の小高い丘のあたりから、槌音のようなものが聞こえる。不思議な槌音だった。不気味であり謎めいていた。

天海は松尾山の急斜面を下って関ヶ原に下りていった。

槌音は関ヶ原の西の、最も奥まったところから聞こえる。そのあたりは山地で、南側に東山道、北側には不破関跡で分岐して北陸に向かう北国街道があった。その街道に挟まれた小高い丘に登っていく。

どうやら山城を造成しているようだ。

樹木を切り倒し、周囲の土を固めて、何層もの掘割を穿ち、堅固な城砦がすでに半ば以上出来上がっている。

作業のようすを確認した天海は、胸の内でつぶやいた。

ここに本陣を置くつもりか。

平坦に均された山の頂上に床几を置いて、作業を見守っている人物がいた。

戦さでもないのに面頬《めんぼお》を着けている。

「大谷刑部だな」

近づいて声をかけた。

相手は天海の方に振り返った。

眼病を患っていると聞いたが、目は見えているようだ。

「何だ、おぬしは」

「天台の修行者で、南光坊天海と号しておる」

「家康の軍師だな。玉城《たまじょう》の普請を探りにきたか」

「ここは玉城というのか。見事な城砦だな。いつごろから準備しておるのだ」

「半月ほどだ。三成が旗挙げするというので共に立つことにした。三成は義を重んじる生真面目な男だ。戦国の世を終わらせたのは秀吉どのだ。従って義は豊臣の側にある。五大老の筆頭というだけで独断で会津を攻めるなどというのは、義を踏みにじる暴挙ではないか。三成はさような不義を許すことができぬようでな」

「三成には敵が多い。福島正則ら武断派の七人の武将らに糺弾され殺されかけたではないか」

「朝鮮ではわたしも三成とともに戦さ奉行を務めておった。現地の農民の反乱で食料の調達ができず、武将らの逸る気持を無視して全軍を撤退させるしかなかった。あやつらの意向を受け容れておれば、わが軍は全滅しておった。あやつらはそのことがわかっておらぬ」

「武断派の武将らは上杉征伐の軍勢に加わっておる。この戦さ、おぬしらの負けだ。そうは思わぬか」

「戦さの総師が三成では、負け戦は避けられぬ。だがわれらには秘策がある。それがこの玉城だ。ここに古い山城があった。すでにある地形を活かして、土を削り、城郭を広げておる。まだ途中だが、豪華な館も築くつもりだ」

「秀頼どのをお招きするのだな」

わずかな間があった。

面頬をつけているので相手の表情は窺えない。

だが声の調子で、相手が緊張したことが伝わってきた。

「さすがは天海どのだな。こちらの手の内を見透かしておられる。ご明察のとおり、秀頼どのをこの城にお招きする。淀どのも来られるだろう。この城の上から秀頼どのが采配を振るわれるということになれば、武断派の武将らも、その采配に従わぬわけにはいかなくなる。上杉征伐の軍勢の大半は豊臣恩顧の武将だ。誰もが玉城を振り仰いで、豊臣に忠誠を誓うことになる」

「おぬしは何ゆえに、そのように手の内を明かすのだ」

天海の問いに、面頰を通したくぐもった声が答えた。

「天海よ、このような城が築かれておることを、家康に伝えてくれぬか。関ヶ原は家康の死に場所となろう。命が惜しくば、江戸から出ぬ方がよい。われらも江戸まで攻めて行くつもりはない。東国は家康に任せる。日本国を二つに割って、豊臣と徳川が分け合うというのはどうだ」

「伝えておこう。家康は用心深い。あるいは江戸に留まるやもしれぬ。だが、刑部よ……」

吉継の方に一歩近づいて、天海は問いかけた。

「おぬしは目を病んでおるのではなかったのか」

「目は見えておる。顔に瘡蓋《かさぶた》の出来る病でな。醜いさまになっておるので面を被っておるのだ」

「おぬしの狙いは何だ。どうやら三成よりも、おぬしの方が頭が切れそうだ。家康を追い返した上で、何を企んでおるのだ」

「何も。わたしは三成が唱える義というものに、心を打たれただけだ。わたしの病は重い。放っておいても、来年までは生きられぬだろう。義のために闘う盟友に、わたしの短い命を貸してやろうと思ったまでだ」

「秀頼どのと淀どのが、大坂城から一歩も出ぬということになれば、何とする」

「ここがわたしの死に場所となるだろう」

顔を覆った面頬の隙間から、くぐもった笑い声が洩れてきた。

まるで地獄からの声のように聞こえた。

こやつはすでに死人のようだ……。

天海は胸の内でつぶやいた。


周囲の木が伐られているため、山上の城砦からは、関ヶ原の全体が見渡せた。

北の伊吹山、南には鈴鹿にまで列なる山地がある。その細い隙間が次第に開けて、やがて美濃の大垣にまで達する細長い平地が続いている。

山の斜面を一気に下り関ヶ原に下りても、天海の目には玉城からの眺めが灼きついていた。

あの城に、秀頼と淀どのが入る。

たとえ姿が見えなくても、噂は関ヶ原の全体に広がるだろう。

天海は仏になったつもりで天の高みから関ヶ原を見下ろしている。

関ヶ原の中央、不破関跡のあたりに家康の本陣がある。その南東にある南宮山に陣取った毛利の軍勢が一気に山を下っていく。家康は退路を断たれる。

天海の眼前に、負け戦の絵図が展開されている。

だが……。

すでに布石は打ってある。関ヶ原で西軍と東軍が激突するころには、九州で黒田官兵衛が兵を挙げている。その報せは毛利のもとに届くはずだ。毛利は戦力を温存して、戦さが終わればただちに安芸に引き返さねばならぬ。毛利は最後まで日和見を決め込むのではないか。

備中高松城の水攻めのおりと同じように、小早川勢が毛利の本隊より離れた場所に陣を張るとすれば、少し西に寄った松尾山あたりに布陣することになる。

天海は思わず自分の胸に手を当てた。

高台院お寧が平仮名で書いた書状が何枚も束ねて懐に収められている。

お寧が育てた若き武将たちに宛てた書状だ。

とくに小早川秀秋……。

天海はいま、関ヶ原の最も奥まった地点に立って、右手に聳える松尾山を見上げている。

この平仮名の書状が、あるいは戦さの趨勢を決めるのかも知れぬ。

天海は松尾山の山上を見つめ続けていた。

清洲まで来ると、井伊直政の赤備え軍団が城郭内に駐屯しているのが見えた。

家康の本隊はまだ江戸に留まったままだが、先遣隊がここまで来ている。

城内では武将らが集まって談合していた。

親しい井伊直政のそばに座して、武将らの顔を眺め回した。

清洲城主の福島正則、美濃高松城主の徳永寿昌、岡崎城主の田中吉政、吉田（豊橋）城主の池田輝政ら、尾張や美濃、三河に領地をもつ武将が、先遣隊として最前線の清洲に待機している。彼らは秀吉から城と領地を拝領した豊臣恩顧の武将たちだ。

福島正則は武断派の筆頭で三成には批判的なはずだ。

池田輝政は長久手の戦さで家康に討たれた池田恒興の次男だが、長久手で父と兄が討たれたことで家督を相続できた。家康に恨みはないと本人は語っているのだが、内心は父の仇と思っているのかもしれない。

いずれにしても、豊臣恩顧の武将はどちらに転ぶか予断は許されない。

頼みとなるのは強力な軍団をもつ井伊直政がここにいることだ。家康の小姓であった直政は信用できるし、赤備え軍団の実力は誰もが知るところだ。

ここには藤堂高虎という壮年の武将が加わっている。四国の伊予が領地だが、武断派の一人で、城作りの名人として名が知られている。かつて家康が上洛した時、聚楽第の一郭に家康の館を建てるように秀吉に命じられた。高虎は秀吉が示した予算に私財を追加して立派な館を建てた。豊臣恩顧の武将ではあるが、家康はこの高虎を評価している。のちのことになるが、高虎は家康の指示のもと、各地に名城を築き、さらに天海の指示に従って多くの寺院や社殿の建設にも携わることになる。

末席に、黒田長政の姿が見えた。官兵衛の嫡男だ。

長政とは初対面だが、顔を見ればすぐに官兵衛の子息だとわかった。

天海は長政の隣に席を移して声をかけた。

「中津まで出向いて官兵衛どののようすを探ってきた。あやつは九州を制覇すると意気込んでおったぞ」

「父は大法螺吹きでございます。ただ夢を語っただけでございましょう」

控え目な口調で長政は応えた。

黒田長政は三十三歳の若者だが、顔が官兵衛に似ているせいもあって、すでにしたたかな軍師の風貌を宿していた。

「これを見てくれ」

天海は懐から絵図面を取り出した。

関ヶ原のようすを自らの筆で描いた地形図だ。

「これが関ヶ原だ。中央に不破関跡があり、東山道から北に進む北国街道と南に進む伊勢街道が分かれている」

天海が語り始めると、その場にいた武将らが集まってきて、腰を屈めて絵図に見入っていた。

「西軍はいま大垣城を押さえておるが、この清洲の軍勢だけでも、手前の岐阜城を落とすのは容易い。そのままの勢いで西進すれば、西軍は大垣城を捨て、関ヶ原の奥まで退避するだろう。山を背に、鶴翼の陣を布くことになる。家康どのの本隊が不破関跡のあたりまで進んで西軍と対峙する。さて、そこからが大事なところだ」

天海は絵図を覗き込んでいる武将らの顔を見回して言葉を続けた。

「おれは備中高松城の水攻めのおりの布陣を憶えておる。東の山地に秀吉と黒田官兵衛の陣屋があり、北の山地には秀吉配下の軍勢、対面する南の山地には毛利の軍勢が布陣しておった。高松城を眼下に見下ろす岩崎山に吉川元春が布陣し、毛利輝元が率いる本隊はその後方の猿掛山に陣取っておった。三本の矢のもう一本、小早川隆景はかなり離れた日差山に陣を布いて別行動の遊軍として控えておった。これが毛利勢の陣形だ。吉川は子息の広家、小早川は養子の秀秋が継いでおるが、年輩の側近がついておるだろうから、毛利勢は此度も同様の陣形を布くであろう」

天海は南宮山を指差して言葉を続けた。

「毛利輝元は安全な後方に控え、吉川元春がその前方に布陣する。吉川が動かねば、毛利は前に進めぬ。吉川の動きが、戦さの趨勢を左右することになる」

かたわらの黒田長政が口を挟んだ。

「吉川広家を調略いたしましょう」

天海が長政の顔を睨みつけた。

「できるのか」

長政は自信ありげに頷いた。

「広家はわたくしとは年齢が近く、ともに酒を酌み交わしたこともございます。吉川も毛利も、もともと家康どのと争うつもりはなかったはず。石田三成に豊臣恩顧の義というものを押しつけられて、困惑しているものと思われます。たとえ出陣したとしても、しばらくは趨勢を見守っていて、負け戦には加わらぬようにと考えておるはず。領地の安堵を約束すれば、話に乗ってくるでしょう」

「もしも吉川が動き、毛利の軍勢ともども関ヶ原の平地に出てくれば、われらは背後から襲われることになる。吉川軍を動かしてはならぬ」

「心得ております。わたくしにお任せください」

長政は穏やかな口調でさらりと言ってのけた。

確かにこの男には、官兵衛の血が伝わっているようだ。

天海は続けて言った。

「小早川秀秋は松尾山に陣取るはずだ。小早川が東軍に回ってくれれば戦局は一挙に逆転する。小早川を継いだとはいえ、秀秋は北政所の実の兄の子で、幼少のころからお寧どのに育てられた。そのお寧どのはいまやわれらの味方だ。このとおり、小早川秀秋に向けての書状を書いていただいた」

そう言って天海は、お寧が平仮名で書いた書状を皆に見えるように広げて見せた。

目の前に広げられた書状を見て、黒田長政が声を高めた。

「これはまことに北政所さまの筆遣いだ。わたくしも父が秀吉さまに仕え始めたころ、人質として長浜城に送られたおり、北政所さまには可愛がっていただきました。そのご恩は一生忘れるものではございません。まして小早川秀秋どのは、北政所さまとは血のつながりがございます。この書状を見れば、秀秋どのは必ずや北政所さまの指示どおりに動かれるでしょう」

「どれどれ……。わしにも見せてくれ」

遠い席にいた福島正則がわざわざ回り込んで、長政の肩越しにお寧の書状を覗き込んだ。

「お懐かしい。わしは尾張の桶屋の息子に生まれた。わが母が秀吉どのの母親すなわち大政所さまの妹であった縁で、子どものころより小姓としてお仕えすることになり、お寧さまにはわが子のごとく可愛がっていただいた。そういう子どもがお寧さまの周りには数多くいた。秀吉どのは親類縁者の子どもを次々に養子として迎えたばかりか、人質までお寧さまに預けられたので、お寧さまは二十人くらいの子どもを同時に育てておられたのではなかったか。わしもこのような書状をいただきたかった」

天海は懐に手を入れ、福島正則に宛てた書状を引き出すと、無言で正則に手渡した。

何気なく受け取った正則は、宛名書きに自分の名があるのがわかったようで、急に手をふるわせ、食い入るように書状の文面に見入っていたが、途中で呻くような声を発した。それは低い嗚咽となり、さらにはあたりかまわぬ号泣となった。

涙に咽びながら、福島正則は途切れ途切れに語り始めた。

「わしは家康どのの養女を妻として縁戚となった。それゆえ会津から引き返す途上の小山での談合でも、率先して家康どのに従うと宣言したのだが、心の内にはまだ迷いがあった。わしは何と言うても太閤秀吉どのに引き立てられて、清洲二十万石の城主にまで取り立てていただいた。その恩義からすれば、跡継の秀頼どのをお守りするのがわが務めとも思うたのだが、石田三成が総帥となりそうな此度の戦さであやつの配下となるのも気が進まず、迷いながらこの清洲まで戻ってきたのだ。だがいま、お寧さまの書状を見て気が晴れた。わしは迷いなく家康どののために尽くし、東軍の先陣を務める覚悟が固まった」

「おぬしが迷うておることはわかっておったぞ」

正則のすぐわきにいた黒田長政がささやきかけた。

「岐阜城に向けて出陣する前に、じっくり話し合わねばならぬと思うておった」

その声を聞き咎めた井伊直政が、驚いたように声を高めた。

「おぬしらはそのようなことを考えておったのか。ここは最前線ぞ。明日にでも西軍に加わった織田秀信どのの岐阜城を攻め取らねばならぬ。迷うておる場合か」

口調は厳しかったが、顔は笑っていた。

豊臣恩顧の武将らも、多くは淀どのよりも北政所に好感をもっている。恩顧の武将の代表格ともいえる福島正則が先陣を務めれば、多少の迷いを抱えた他の武将らも後に従うはずだった。

岐阜城主の織田秀信は幼少のころは三法師と呼ばれた。信長の嫡男、信忠の嫡男であるから、織田の嫡流であり、信長が築いた岐阜城を与えられていた。かつてこの清洲で、信長の後継者を決める会議が開かれた時、秀吉は三法師を擁立して、安土城を本拠にすることに成功した。しかしその後、秀吉は三法師を冷遇して、自らが関白にまで昇りつめた。従って秀信は秀吉にそれほど恩義は感じていない。

しかし三成が軍勢を率いて大垣城まで進出するに及んで、態度を明確にする必要に迫られた。岐阜城は大垣に近く、さらに周囲の支城の武将は西軍に属している。やむなく秀信は西軍に与することを表明し、清洲に結集した東軍の先遣隊に対する、西軍の最前線に位置することになった。

決戦の火蓋が切られようとしていた。

天海は江戸に向かった。

江戸城は天海が描いた設計図にはまだ遠いものの、必要な建物は建ち並んでいる。

中央にある本丸は嫡男の秀忠の住居とされていたが、その秀忠は譜代の臣下らとともに、まだ宇都宮に駐屯していた。家康の会津攻めに備えて守りを固めているはずの上杉勢が、撤退した軍勢の背後を衝く惧れがあったからだ。

家康は福島正則らの先遣隊に続いて、豊臣恩顧の武将らを西進させていたが、自らは江戸城の西の丸に一ヶ月ほど留まっていた。

側近の本多正信が秀忠の参謀として宇都宮に残っているので、代わりに子息の本多正純《まさずみ》がそばに控えていた。他には臨済僧の西笑承兌と閑室元佶《かんしつげんきつ》がいて、家康の書状の代筆などの仕事を受け持っていた。

いまや家康の側近のような存在となっている天海としては、しばらく家康のもとを離れている間に、見知らぬ顔が増えたという気がしたが、途惑うほどのことはなかった。戦さを控えて各地の武将に大量の書状を発信する必要があることもわかっていた。

西笑承兌は相国寺の禅僧で、豊臣秀吉の顧問をしていた。年齢は五十歳前後、権力者の顧問としては若い僧だがそれだけ秀吉に信頼されていたのだろう。秀吉の没後も大坂城に詰めて、学問や社寺の管理、仏事の法要などの相談に応じていたが、上杉の家老の直江兼続と交渉するなどの経緯があり、家康の上杉攻めの一行に加わっていた。

もう一人の閑室元佶も同じくらいの年齢だった。その名を聞いて、思い当たることがあった。

天海は問いかけた。

「閑室和尚といえば、足利学校の能化《のうけ》（学長）ではないか」

閑室元佶は穏やかな微笑をうかべた。

「ようご存じじゃな」

「おれも足利学校で学んだことがある。二十五歳から四年ほど学んだのだが、ずいぶん昔のことだ」

「当時の能化はどなたでござったか」

「九華瑞璵《きゅうかずいよ》というお方だ。九華老人と呼ばれておったが……」

「わたしも九華老人の弟子でございます」

「ならばおれは兄弟子だな」

「さようでございますな。天海どのは天台の修行者と伺っておるが、なぜ足利学校で学ばれたのか」

「儒学というものに触れてみたかった。足利学校は鎌倉の禅僧が教えておるが、仏教の用語は一切用いず、ひたすら儒学を叩き込んでくれる。戦国の世で役に立つのは軍師や外交僧だが、戦さのない世を治めるのは儒学だ。これからは儒学の時代がやってくるぞ」

「戦さが終わるとお思いか」

「これから天下分け目の戦さが始まる。それが最後の戦さだ。向後は天下太平の世となるだろう。若い儒者で評判のものを知っておるか。戦さが終われば招いて秀忠どのに儒学を講じてもらいたい」

「京に藤原惺窩《せいか》という儒者がおる。臨済の僧が説く古い儒学ではなく、朱子学という新しい教えを説いて京学と呼ばれ、なかなかの評判とのこと。お父ぎみは参議を務められた冷泉為純《れいぜいためずみ》さまと伺っておるが……」

「藤原惺窩か。憶えておこう」

のちに藤原惺窩が伏見城に招かれて家康に儒学を講じることになるのだが、側近になることは拒否した。代わりに弟子の林羅山が推挙され、秀忠の側近として朱子学を講じることになる。主に対する厳格な忠義を説く朱子学が、江戸時代の秩序を支えていくことになる。

家康は溜め息をつきながら言った。

「この一ヶ月、ひたすら書状を書いておる。承兌どのは上杉攻めの参謀として同行していただいたのじゃが、思いがけぬ三成の反乱で、書状を書く手伝いをしていただいておる。それだけでは手が足りぬゆえ、足利から元佶どのをお招きしたのじゃ」

「いずこに書状を出しておるのだ」

「西国の武将にはことごとく出しておる。宇都宮の秀忠のもとにおる譜代のものの他は、ほとんどが豊臣恩顧の武将じゃ。上杉攻めに加わっておったものらも、いつ敵に回るかわからぬ。まあ、秀忠の軍勢を呼び寄せれば負けることはないと思うておるが……」

そう言った家康の顔には不安げな表情がうかんでいた。

二百五十万石といわれる広大な地域を支配する大名となったいまも、家康は弱さを抱えた情けない武将だ。だからこそ、この人物には天下を平定する力がある。

天海は笑いながら、清洲での井伊直政や福島正則とのやりとりを伝えた。

家康はわずかに元気づいたようだった。

「福島正則がそのようなことを言うたか。実を言うと、わしも正則には迷いがあると睨んでおった。清洲の福島、美濃高松の徳永、岡崎の田中らを先遣隊として先に出発させたのも、あやつらが西軍につくこともあると思うたからじゃ。九州の黒田、四国の藤堂を同行させたのも、同じことじゃ。怪しい輩を懐に抱えておるわけにもいかぬ。裏切りそうなものから順に出発させた。いちおう用心のために井伊の赤備え軍団を派遣して見張らせたのじゃが、あやつらが離反しても仕方がないと覚悟しておった。いま話を聞くと、清洲に集まったものらは心を一つにして岐阜城攻めにあたるという。まことにありがたいことじゃ」

そうは言ったものの、家康はさらに暗い顔つきになって言葉を続けた。

「わしは疑り深い質《たち》でな。これまでも耐えることの多き人生であった。いつも最悪の事態を考えてしまう。石田三成が旗挙げした報せと、秀頼どのから急ぎ大坂に戻って事態を鎮めよという命令とが、ほとんど同時に届いた。状勢を探ってみると、毛利が三成に味方するという。慌てて毛利に書状を出したのじゃが、そんな話は聞いておらぬという返書が来た。書状というのは信用のおけぬものじゃ」

家康は大きく息をついた。

「上杉征伐の軍勢は宇都宮まで進んでおり、会津はすぐ先であったが、とりあえず秀忠と次男の結城秀康、それに本多正信が率いる譜代の武将らの軍勢を宇都宮に残して、豊臣恩顧の武将らを小山まで移動させた。そこで評定を開き、西軍側に回るものがあっても咎めはせぬと言い渡した。すると嬉しいことに武将らはこぞってわしに従うと誓うてくれた」

家康は遠くを見るような目つきになった。

「かつてわしは三河、遠江、駿河の三国を領有し、東海道を支配しておった。ところが国替えで東国に移ることになり、慣れ親しんだ城には豊臣恩顧の武将らが配置された。されども小山の評定では、掛川城主の山内一豊が真っ先に、わしの軍勢が東海道を西進するおりには掛川城で軍勢を休め兵粮も提供すると申し出てくれた。すると駿府城の中村一忠《かずただ》、浜松城の堀尾忠氏、吉田城の池田輝政、岡崎城の田中吉政らが次々に城の提供を申し出てくれた。わしは野営をすることもなく清洲までは進めるようじゃ」

「おぬしはいつ出陣するつもりだ」

天海の問いに、家康は笑いながら答えた。

「急ぐことはない。先遣隊が岐阜城を落とすのを待って江戸を出ることにする。わしは書状を書き続ける。おぬしの話では黒田長政が調略のために動いてくれるようだな。官兵衛の息子なれば、手柄を立ててくれるだろう」

「黒田官兵衛といえば……」

天海は声をひそめた。清洲の話をしただけで、官兵衛を訪ねたことはまだ話していなかった。

「九州の武将や兵が戦さに出向いた隙を衝いて、官兵衛は九州をすべて制圧すると言うておった」

家康は上機嫌になって言った。

「あやつならやってのけよう。されども戦さに勝つことよりも難儀なことがある。制圧した領地をそのまま支配し続けるのは難しい。わしは国衆のご機嫌を伺いながら、少しずつ味方の国衆を増やし、三河から遠江、駿河と、支配地を増やしていった。国替えで東国に来てみると、見ず知らずの国衆を武力で押さえねばならぬ。それはたいへんな苦労であった。官兵衛にはそこまでの力はない」

「おぬしも戦さに勝ったあとのことを考えておるのであろうな」

天海の問いに、家康はにわかに表情をひきしめた。

「小山評定でわしは豊臣恩顧の武将に、西軍に付いてもよいと申し渡した。それでもわしに味方してくれる武将は、信頼してよいであろう。戦さに勝てば、そのものらを全国に配置する。それで支配はできる」

「十年ほどはそれでよいだろう。しかし百年後、二百年後はどうであろうか。再び戦乱の世が生じぬように、世に秩序を築かねばならぬ」

「百年後といえば、わしはもう極楽浄土じゃ」

「憚りながら、そこを考えておかねばならぬ。おぬしが薨《みまか》ったのちも、徳川の世が末永く続くように、人心を一つに結ばねばならぬ」

「どうするのじゃ」

「おぬしには、神になってもらう」

そう言って天海は、声を立てて笑った。

第十章　将軍が日本国を支配する

慶長五年（一六〇〇年）、九月一日。

徳川家康は江戸を発った。街道沿いの領主はすべて東軍に味方することを誓っている。宿が提供されると同時に、兵力を増強しながら、十四日には岐阜の先の美濃赤坂に到着した。すでに岐阜城は陥落しているため、そこが東軍の最前線だった。

すぐ先に石田三成が陣を張っている大垣城がある。翌日には大垣城を攻める予定で、遊軍の沼津三枚橋城主中村一栄《かずしげ》と、遠江横須賀城主有馬豊氏《とようじ》が、大垣城の裏側に回り込もうとしたところ、三成の家老島左近の軍勢に撃破された。その夜のうちに三成は全軍を関ヶ原まで後退させた。

三成は軍勢を関ヶ原の奥まった場所まで移動させ、待機していた西軍の主力と合流した。鶴翼の陣を張って東軍を待ち受ける。

関ヶ原の南に列なる山地には毛利の三本の矢が陣を構えている。毛利は南宮山に、その前方に吉川、東側には安国寺恵瓊、そして少し離れた西の松尾山には小早川秀秋が陣取っている。

九月十五日未明、袋小路のようになった関ヶ原に、家康の主力軍が進入していく。

家康には大きな誤算があった。

上杉勢に備えて宇都宮に待機させていた軍勢のうち、わずかな兵と次男の結城秀康を残して、嫡男の秀忠を大将とした主力部隊が東山道を進んでいた。信頼のできる譜代の武将たちと合流できれば、戦さの勝利は確実だ。家康が江戸を出た翌日の九月二日にはすでに小諸に達していたので、家康よりも先に岐阜城に到着しているはずだった。

だが、秀忠の軍は上田城で足止めされていた。

真田昌幸と幸村（信繁）の父子が、上田城を死守していた。

のちに伝説の策士として語られることになる真田幸村は、当初は支城の戸石城という山城に陣取っていたのだが、そこに攻めかかったのが兄の信之（信幸）だとわかると兵を撤退させて上田城に逃げ込んだ。真田の嫡男の信之は家康の譜代の側近で猛将として知られた本多平八郎忠勝の娘を正室に迎えたため、秀忠の軍勢に加わっていたのだ。兄弟が東軍と西軍に分かれて闘う。あるいは家系を絶やさぬ配慮だったのかもしれない。

幸村は敵を誘導するように上田城に逃げ込んだ。敗走に見えたのだが、これは敵を引きつける罠だった。

上田城は難攻不落の要塞で、家康自身も幾度となく攻撃しては落とせずにいた。城郭内が迷路のように入り組んでいて、攻め込んでも容易に奥に進めず、狭い通路で動きがとれなくなったところを銃や弓矢で攻撃される。多くの兵を失い結局は撤退することになった。そのような苦い経験があったので、家康は上田城に関わるなと秀忠に命じていたはずだった。

だが若い秀忠は功を焦った。参謀として付けられた家康側近の本多正信や大久保忠隣《ただちか》の進言を無視して、秀忠は全軍を足止めさせて上田城を攻撃したが、城は落ちなかった。そこで数日を無駄に費やした秀忠の軍勢は、関ヶ原に遅参することになった。

家康は頼りにしていた譜代の軍勢なしで戦さに臨むことになる。

「どうした。秀忠の軍勢はまだか。あやつは何をしておるのじゃ」

家康は関ヶ原の中央、不破関跡近くに本陣を構えたが、表情は冴えなかった。

配下の東軍の軍勢は、いつ裏切るか知れぬ豊臣恩顧の武将ばかりで、信頼できる譜代の軍勢がいっこうに到着しない。家康の戦力は半減したままだ。戦さとなれば劣勢となることは否めない。

家康の本陣の前方に、東軍が陣を張っている。その向こうの奥まったところに西軍が待ち構えていた。

平地に陣取った軍勢はほぼ互角だったが、南側の山地に陣取った毛利勢が参戦すれば、東軍は一挙に崩壊する。

鶴翼の陣を張った西軍に対し、東軍は家康の本陣の後方にも、南宮山からの毛利の攻撃に備えて、山内一豊、浅野幸長、池田輝政らの軍勢を縦長に並べていた。従って前方の兵力が不足し、両翼を広げた敵の陣形に対し、右翼に偏った変則的な陣形になっていた。

本陣の家康は、かたわらの天海だけに聞こえる声でつぶやいた。

「黒田長政の調略が失敗して毛利勢が山の上から攻めてくれば、わしは負けじゃな」

家康の声がふるえていた。

天海は三方ヶ原の戦さに負けた直後の若き家康の姿を想い起こした。その哀れな姿を仏画に描いたりもした。

あの時と同じように、猛将の本多平八郎忠勝がすぐ近くに控えていた。

若いころはつねに家康軍の先陣を務めていた平八郎忠勝だが、赤備え軍団を率いる井伊直政が台頭してからは、直政に先陣を譲るようになった。いまは家康の身辺警護に就いている。平八郎配下の軍団は、嫡男の忠政とともに秀忠の軍勢に加わっていて、家康の本陣を守っているのはわずかな兵だけだった。

平八郎は家康の目の前をうろうろしながら、何やら独り言のようなものをつぶやいていた。

「どうしたことだ。秀忠どのはまだ来られぬのか。忠政はどうした。関ヶ原におるのは豊臣の家臣ばかりだ。やつらが裏切ったらどうする。先鋒を務める井伊直政にしても遠江の国衆にすぎぬ。三河の松平家に仕えた譜代の家臣がここにはおらぬではないか。これでいかに闘えばよいのだ」

家康は床几に腰掛けた姿勢で足を組み、上体を縮こまらせて、ぶるぶると武者震いをしていた。これではあの菩薩思惟像と同じ格好だ。

この日、天海は生まれて初めて、甲冑を身につけていた。以前から準備していたもので、朱塗りの水牛の角を左右に延ばし、覇者を招くとされる幻獣の麒麟を前立とした兜、胴の背面から巨大な半月状の指物が突き出しており、総帥の家康より目立つ出で立ちだった。

天海は落ち着き払っている。

「服部半蔵からの報せが刻々と届いておる。秀頼は大坂城にこもったままだ。毛利の主力も大坂城の守りについている。近江大津城の京極高次が奮戦して西軍の一部を足止めした。西軍の意気は上がっておらぬ。これに対して東軍は死力を尽くして闘うだろう。豊臣恩顧の武将らはおぬしが疑り深いことを知っておる。おぬしへの忠誠を示すためにはこの戦さで軍功を挙げるしかない。まあ、見ておれ。この戦さ、東軍の圧勝となるだろう」

家康は不安げに言った。

「関ヶ原は細長い平地だ。われらは縦長の陣を布きつつ最前線は敵の鶴翼の陣に対応して左右に開いた陣を布いておるはずだが、秀忠の軍勢が遅れたので、兵の人数が足りておらぬ。とくに左翼が手薄だ。そこを突破されれば、この本陣が危うくなる。敵がここまで攻めてくれば、左手の山に陣を布いた毛利勢が、勝ち戦と見て襲いかかってくるのではないか」

「毛利は動かぬ。九州で黒田如水が暴れておる。急ぎ西国に戻って備えねばならぬからな。主力を大坂城に入れて温存しておるのもそのためだ。この関ヶ原でもなるべく兵を失わぬように、ぎりぎりまで日和見を決め込むはずだ」

「戦さでは何が起こるかわからぬ。いったん大垣城に戻って秀忠の軍勢を待った方がよくはないか」

「家康どの。胆力を示されよ。欣求浄土を馬印に掲げたおぬしには仏の加護がある。三方ヶ原でも、小牧長久手でも、おぬしは劣勢をものともせずに生き延びたではないか」

　家康は大きく息をついた。

「そうであったな。わしが重荷を背負うて生きてきたのも、この日のためであった。この戦さ、何としても勝たねばならぬ。天海、そなたも自らを生き仏と称しておるのだろう。仏の験力で、この戦さ、わしに勝たせてくれ」

「打つべき手はすでに打った。おれには闘いの結果が見えておる。この戦さ、大勝利は間違いない」

　そう言うと天海は立ち上がり、本陣の外に出た。

　目の前に関ヶ原の平地が展けていた。

　まだ早朝といっていい時刻だ。朝霧が立ちこめていて、鶴翼の陣を布いているはずの敵の陣容は見えない。味方の姿も霧に閉ざされている。

　だが天海の目は神仏のごとく空の高みから関ヶ原の全容を見下ろしている。

　霧の中を、井伊直政の赤備え軍団が進んでいるはずだ。井伊の軍勢には、家康の四男の松平忠吉が加わっている。秀忠の同母弟で、この戦さが初陣だ。直政はまだ幼い娘を忠吉に嫁がせることにしていて、忠吉に軍功を挙げさせたいと意気込んでいた。

一方、天海から高台院お寧の書状を手渡された福島正則も、手柄を挙げんと意気込んでいる。敵も味方も見えない深い霧の中で、井伊と福島の先陣争いが密かに進んでいた。

辰の刻（午前八時）になってようやく霧が晴れた。

だしぬけに戦闘が始まった。

通常は銃撃や弓矢の攻撃から始まるのだが、霧のために互いの前線が接近していて、いきなり白兵戦が勃発した。戦場はたちまち大混乱となった。

左翼が手薄な東軍の弱点を衝いて、西軍の右翼に陣取った大谷刑部の軍勢が前進を始め、松尾山の麓に到達した。大谷刑部は小早川秀秋の裏切りを予見してわざと誘いをかけたのかもしれない。小早川の軍勢が動いた。一万五千の兵力を有する小早川秀秋の軍勢が、山の斜面を一気に下って関ヶ原の戦場に突入した。病のために視力が衰え、輿に乗って奮戦していた大谷刑部だが、裏切りに備えて右翼に配置していた味方の軍勢が、小早川の攻撃にひるんでにわかに寝返ったため、あっけなく惨敗することとなった。大谷刑部は戦場で自害したと伝えられる。

西軍の混乱は、周囲にも伝わっていった。勢いを得た豊臣恩顧の武将らが前進を始め、西軍の鶴翼の陣は各所で綻びが生じた。左翼にいた島左近は鬼神のごとく奮戦していたが、黒田長政配下の鉄砲隊に銃撃されて深傷を負った。

南宮山に布陣した毛利と吉川は最後まで動かなかった。黒田長政による調略で吉川勢が動かず、後ろにいる毛利勢も動けなかったのだが、九州で黒田官兵衛が旗挙げしたことが伝わっていて、戦力を温存したのかもしれない。

安国寺恵瓊は戦況が不利と見て逃亡を図ったが、のちに捕らえられて処刑された。

午後の早い時間に、西軍は総崩れとなった。

石田三成も敗走し山中に逃れた。東軍はそのままの勢いで近江に入り、佐和山城を落としたが、三成の姿は見つからなかった。三成は一ヶ月ほどもの間、伊吹山近辺の山中に身をひそめていたが、捜索隊に捕縛され、六条河原で処刑された。


関ヶ原の戦さは東軍の圧勝に終わった。

しかし家康の本陣が一瞬、大きくざわめく場面があった。

戦さの趨勢が決し西軍がわれがちに敗走を始めたあとで、陣営の最深部にいた島津義弘の千五百騎が、いきなり東軍の真正面に向けて突撃を開始した。

不意を衝かれた東軍は、驚いて道を開けてしまった。

島津の一隊はそのまま一気に前進して家康の本陣に迫った。

本多平八郎が兵を従えて迎え撃とうとしたのだが、相手の勢いに押されて馬が倒され、地面に落下した。それでも手にした槍は放さず、仁王立ちになって闘おうとした。

その時、背後から天海の声が響いた。

「槍を引け。島津は敵中突破して伊勢街道から逃げようとしておるだけだ。通してやれ。東軍の勝ちは決まっておる。逃げる敵を相手に命をかけることはない」

すでに島津の一隊は本陣の手前で進路を右に変え、伊勢街道に向かっていた。槍を構えていた平八郎も敵を追うのは諦めてその場に立ち尽くしていた。

だがこの時、馬の蹄の音が近づいてきた。

砂塵の中に、井伊直政の赤備え軍団の騎馬武者の姿が見えた。

戦場の最後尾から的中突破で逃亡を図った島津の軍団を、ここまで追跡してきたようだ。

「待て、敵を追わずともよい。鎮まれ、鎮まれ……」

天海の声は届かなかった。

島津の軍団の最後尾には、鉄砲を背負った武者たちがいた。彼らは大将の島津義弘を逃がすために馬を止めて鉄砲を構えた。

銃声が響いた。

赤備え軍団の先頭の武者が落馬した。後続の武者が鉄砲隊に襲いかかった。

天海が重い鎧をものともせずに駆け寄って、周囲の騎馬武者に声をかけた。

「留まれ。敵は逃げていった。もはや追うことはない」

その天海の背後で声がした。

「万千代、万千代……」

家康の動顚した声が響き渡った。家康は落馬した武者を抱き抱えようとしていた。

本多平八郎が槍を放り出して駆け寄ってきた。紐を解いて兜を外そうとしている。金色の脇立が角のように聳えている見事な兜だ。一目で井伊直政のものとわかった。

「万千代、しっかりせい」

家康が叫んでいた。小姓だったころの幼名が思わず口をついて出たようだ。

本多平八郎が落ち着いた声で言った。

「左腕を射貫かれておるが、命に別状はない」

天海もすぐそばに駆け寄った。

「直政。見事な闘いぶりであったな。そなたが関ヶ原で先陣を務めたことは、末代までの語り種となろうぞ」

井伊直政の活躍は関ヶ原の随一の軍功と称えられることになる。

一方、島津義弘の敵中突破も、後々まで語り伝えられた。

義弘は伊勢街道を鈴鹿のあたりまで進み、山道を辿って大坂に出て人質の妻を救出してから船で薩摩に戻ったと伝えられる。

本陣に戻った天海は家康に言った。

「薩摩に向けて急ぎ書状を送らねばならぬ。島津と和議を結ぶのだ。そうでなければ官兵衛が九州の全土を支配してしまうだろう」

実際に黒田官兵衛は秘蔵した軍資金で集めた浪人や農民を指揮して、守りが手薄になった各地の城を次々に落とし、薩摩の目前にまで迫っていた。

早急に和議が結ばれ、官兵衛の戦さは終わった。

九州の大半を占める広大な領域を制圧した黒田官兵衛だったが、嫡男の黒田長政が関ヶ原の功績で筑前福岡に五十万石以上の領地を与えられたことで満足して、兵を支配地から撤退させ、もとの隠居生活に戻った。


関ヶ原の戦さから十日以上経った九月二十七日に、家康は大坂城の西の丸に入った。

天下分け目の戦さではあったが、すぐに何かが変わったわけではない。

秀吉の遺言に沿って五大老が秀頼を支えるという体制はそのままになっている。

上杉征伐に出陣するに際して、家康は秀頼から二万両の軍資金と二万石の兵粮米を受け取っていた。

三成は家康の専横を咎め大坂城への召喚を秀頼に求めたのだが、秀頼はただ大坂城への帰還を家康に命じただけだった。それは石田三成の反乱を鎮めよということだったと、あとづけで解釈され、家康が関ヶ原で闘ったのは秀頼の命に従っただけということになった。

家康はその成果を秀頼に報告した。

日本国の頂点にいるのが豊臣秀頼だという建前はそのままだったが、関ヶ原の戦さにおける敗者への懲罰と勝者への褒賞の配分は、すべて家康の独断で実行された。

西軍に加わった武将の領地はことごとく召し上げられた。宇喜多秀家の備前岡山五十七万石が突出して大きく、あとは長宗我部盛親の土佐二十二万石、石田三成の近江佐和山十九万石など、小さな領地ばかりだが、総勢八十七名の領地を合計すると、四百十五万石が召し上げられたことになる。

召し上げではないが国替えで減封となったものもいる。関ヶ原に軍勢を派遣した毛利輝元は国替えとなり、安芸広島百二十万石から周防と長門の三十七万石に減封、上杉景勝は会津百二十万石から米沢三十万石に、召喚に応じず傍観していただけの佐竹義宣は水戸五十四万石から秋田二十万石に減封された。この総額は二百八万石に及ぶ。

さらに豊臣が全国四十箇所に所有していた蔵入地（直轄地）は、大坂近辺の領地に限定され、秀頼の収入は二百二十二万石から六十五万石と大幅に削減された。秀頼と淀どのにとっても、負け戦に等しい結果となった。

こうして家康の裁量に委ねられた石高は全国の米の生産量の四割に及んだ。

その大半が、東軍に味方した豊臣恩顧の武将に分けられた。これらの武将は家康の譜代の配下と区別して外様大名と呼ばれた。

外様大名の中で最大の領地をもつのは加賀の前田ということになる。関ヶ原には参加しなかったものの領地を接する西軍の丹羽長重と北陸で闘った前田利長は、本拠の加賀金沢が安堵されただけでなく周辺の領地が加えられて、もとの五十四万石が百十九万石に倍増した。黒田長政には筑前福岡、池田輝政には姫路、福島正則には毛利の安芸広島が与えられた。石高は増えたが、外様大名は概して遠隔地に配置されることになる。

家康の西進を支えた駿河、遠江、三河の外様大名も、わずかな加増と引き替えに遠国に飛ばされてしまった。真っ先に城の使用と兵粮の提供を申し出た掛川の山内一豊は四国の土佐浦戸という辺鄙な土地に国替えになった。

徳川譜代の武将の多くは、秀忠に従っていて関ヶ原に遅参したため、わずかな加増に留まったが、先陣を切って活躍し銃撃で腕を負傷した井伊直政には石田三成の佐和山城があった彦根、本陣を守った本多平八郎忠勝には東海道の桑名が割り当てられた。いずれも交通の要衝で、重要な拠点には譜代の家臣を当てるという家康の姿勢が示された。かつて家康が支配していた駿河、遠江、三河の三国には、東国の小さな領地に分散していた譜代の家臣が赴任し、故郷に凱旋することになる。

これらの差配は、筆頭大老としての権限で進められた。知行地の通達は秀頼によってなされたのだが、それは形式だけのものだった。豊臣の蔵入地の削減に反対できない秀頼の無力さが露呈されることになった。

同じ年の年末、九条兼孝が関白に任じられた。五年前の秀次の死のあと、関白職は空位のままで据え置かれていたが、伝統的な摂関家が関白に任じられたことで、豊臣一族による世襲という流れが絶ち切られたこととなった。

この間、天海は本拠の川越喜多院にいることが多かった。家康や川越領主酒井忠利からの寄進を受けて、本堂や周辺施設の改修が進んでいた。天海という名を提案した導師の豪海が亡くなり中院無量寿寺の面倒も見なくてはならず多忙だった。

家康は江戸城の普請は秀忠と側近の本多正信に任せて、伏見城に長く留まり、大坂城に睨みを利かせるとともに、朝廷の公家たちとも密に連絡をとっていた。江戸城なら天海の脚力をもってすればその日のうちに訪ねることもできるのだが、伏見は遠すぎる。しばらく家康の顔を見ない日々が続いた。

その家康から呼び出しがかかったので、天海は伏見に向かった。

天海の顔を見るなり、家康は思案顔で問いかけた。

「朝廷に働きかけて空席となっていた関白職を埋めていただいた。これで秀頼どのが関白に任じられることはない。わしはいまのところ豊臣の大老ということで職務を続けてきたが、それだけであれば秀頼どのが成長すればわしの立場が危うくなる。どうしたものであろうか」

「ううむ」

天海は思案をする顔つきになったが、すでに腹案をもっていた。

「かなり以前のことだが、おぬしは三河守に任じられたおりに、源氏の子孫だという偽の家系図を作ったであろう。それがあれば将軍になれるのではないか」

「そのような系図があるということは聞いたが、わしの手元にはない。吉田神道を継承する吉田兼右なるものが作ったらしいが、昔のことじゃ。いまごろは反古になっておるのではないか」

「反古になっておれば新たに作ればよいが、系図の作成を命じたのは近衛前久だったな。おれは前久とは親しい。系図を作った吉田兼右の子息とも酒を飲んだことがある。まずは前久に書状を出し、京まで出向いて確認しよう。手土産を用意してくれ」

「金ならいくらでもある」

そう言って家康は満足げな笑みをうかべた。

天海はまず前久に書状を送り、しばらくしてから京に向かった。

銀閣のそばの東求堂に隠遁していた近衛前久は、もとの近衛邸に戻っていた。

朝廷からは距離をとっていたが、娘の前子《さきこ》が今上帝（後陽成）の女御となり、第三皇子の政仁《ことひと》親王を産んでいた。すでに皇太子には第一皇子良仁《よしひと》親王が立てられていたが、病弱であるので、今上帝は廃太子を要望していた。ただし今上帝は弟宮の智仁親王への譲位を望んでいるようだった。だがこれには多くの公卿が反対していた。

前子が産んだ政仁親王が皇位に就くようなことがあれば、近衛前久は外戚（母方の祖父）となり、権力者への道が展けることになる。

近衛前久と久々に対面した。

前久は天海と同じ年齢で、六十歳代の半ばに達しているはずだ。かつての美少年の面影はないが、それでも上品な顔立ちはそのままで、老いて衰えたという感じはいささかもない。若いころは武将の真似事をして戦場に出たりもしたようだが、早くに隠居の状態になって、のんびりと日々を過ごしているのだろう。

相変わらず昼間から酒を飲んでいる。

「おぬしとは石山本願寺で会ったのが初対面だが、あの時も酒を飲んでおったな」

天海が語りかけると、前久は自嘲するような薄笑いをうかべた。

「酒を般若湯とはよく言ったものだ。酒を飲んでおれば悟りの境地に浸ることができる。生きながら極楽往生したようなものだ」

「もはや欲はなくなったか」

「欲……。そのようなものは最初からなかった。七歳のおりに権中納言になった。十二歳で内大臣、十八歳で右大臣、翌年には関白の宣下を受けた。関白になりたくてなったわけではない。秀吉を猶子にして関白職に就けてやった時のあの猿の喜びようを見て、関白になるというのは嬉しいものなのだなと気づいた。喜怒哀楽で心が揺れる輩は幸多き人生を生きておるのだろう。わたしの人生は最初から何かが間違っていたのだ」

「おぬしもおれも戦国の世を終わらせたいと願っておったではないか。秀吉が天下を取って願いがかなった。それゆえにおぬしは秀吉を近衛の猶子としたのだろう」

「そんな願いをもっておったか。遠い昔のことで、忘れてしもうた。おぬしは天海と名を改めたのであったな。だがいまは昔のように、随風と呼ばせてもらおう。随風よ。おぬしの願いは叶うたのか」

「これからだ……」

天海は言葉を濁した。

「関ヶ原の戦さで天下の趨勢は決まった。だがいまは大坂城の豊臣秀頼が太閤秀吉の後継者として、恩顧の武将らを支配しておる。家康が天下の総帥であることを世に示さねばならぬ」

前久は杯に酒を注ぎながら言った。

「随風よ。おぬしも酒を飲むがよい。酒を飲めば誰もが天下を取った気分でいられるぞ」

「酒など要らぬ。山野を駆けておればおれは草木と一体となり、仏の境地に到達出来る。十方世界に広がった久遠本仏になったつもりで、おれは世を眺めてきた」

「理屈はよいから、とにかく飲め。おぬしから届いた書状は読んでおるから心配するな。徳川の系図は確かに見たことはあるが、その後、何度も引越をしたのでここにはない。あれを作ったのは吉田兼右だ。子息の兼見とはここでともに酒を飲んだので憶えておろう。確かあれは、本能寺の変の前夜であったな」

前久に勧められるままに天海は杯に酒を注いだ。

口に含むと芳香があった。その芳香が、記憶を甦らせた。

「光秀の配下の斎籐利三が、この館の屋根の上から二条新御所に向けて銃撃を命じたのであったな」

本能寺の変の直前に坂本城を訪ねたおり、斎籐利三の姿を見た。その表情の異様な暗さに、不吉なものを覚えた記憶がある。あのおり利三は幼い少女を連れていた。その少女の目つきの鋭さが、強く心に残っていた。

確か、福という名であった……。

そんなことを考えていると、前久の声が響いた。

「吉田兼右の館は兼見が継承しておるから、過去の文書も保存してあるはずだ。問い合わせてみたら、どこかにあるはずという話だったので捜すように頼んだ。そのうち届けに来るだろう」

「確か源氏を祖とする系図であったな。ならば将軍になる血筋だと認められるはずだ」

「家康を将軍に推挙せよということか。見返りは何だ」

「まあ、いろいろと……」

前久と吉田兼見のために、手土産を持参している。

手で持てる程度の金銀だが、朝廷にも応分の報酬が必要だろう。

だがそれ以外にも手土産を考えてある。

「今上帝は譲位を考えておられる。弟宮ではなく、三宮の政仁親王への譲位を、家康どのからも強く推挙していただく。さらに、信尹《のぶただ》どのの関白就任もお願い申し上げるつもりだ」

「信尹のことはどうでもよい」

吐き捨てるように言って、前久は杯の酒を飲み干した。

前久の嫡男の信尹は朝鮮に渡りたいと名護屋に赴いたことを咎められて勅勘を下され、薩摩に流罪となった。父の前久も長く薩摩にいたことがあって、薩摩では歓迎されたようだ。坊津《ぼうのつ》に館を与えられ、書道の技を研《みが》いたと伝えられる。四年ほど前に勅許が出て京に戻っている。左大臣に復職することも決まっているのだが、父親以上に酒に溺れ、体を壊しているという噂もあった。

「家康を将軍にしただけでは、天下は治まらぬぞ。どうするつもりだ」

酔いの回った濁った目つきで、天海を睨みつけながら前久が低い声で詰問した。

天海は前久の顔を睨み返して、いきなり豪快に笑い始めた。

「おれに任せておけ。天下を平定し、百年、二百年と、戦さの起こらぬ世を築く。それは仏道にも適う重大事だ。そのための道筋について、おれには考えがある。だが、いますぐに何をどうするということではない。少しずつ地固めをして、何年先になるかはわからぬが、必ず実現させてみせる」

「何をするというのだ。そなたに何ができる」

「とりあえず家康どのには将軍になっていただく。将軍には大きな権威があるのだろう」

前久は冷ややかに言った。

「将軍の権威は帝を上回るものではないが、帝の命を受けて全国の武士を束ねることができる。ただし将軍職に就くものは源氏の末裔でなければならず、将軍は源氏一族の氏の長者を兼ねることになる。さらに慣例によれば、皇族や貴族の子弟で仏門に入るものが学ぶ淳和院と、学者になるものが学ぶ奨学院の別当（長官）も担うことになる」

「氏の長者というところが大事だな。それで全国の武士に命令を出すことができる。早急にとりかからねばならぬのは江戸の整備だ。江戸城だけでなく、江戸の町そのものの普請を大名たちに命じたい。

江戸には川筋が多く水運には便利だが、豪雨が降れば洪水が起こる。まずは江戸城の堀に流れ込んでおる神田川の流れを変え、隅田川という大きな川に合流させようと思うておるが、それには丘を一つ、削り取らねばならぬ。そこから取った土で浅瀬を埋めて、武家屋敷のための土地を築くつもりだ。さらに上州から流れる利根川という大河が江戸湾に流れ込んでおるのを、下総の方に流す必要がある。こちらはもっと大きな山を削らねばならぬ」

前久は鼻先で笑うような言い方をした。

「随風、そなたは風来坊のようでいながら、巧妙な知恵を働かせるものだな。次々と大きな工事を計画して、全国の大名に普請を請け負わせ、戦さが出来ぬように軍資金を搾り取ろうというのだろう」

天海はとぼけた口調で応じた。

「洪水を防ぐというのは世のため人のための事業だ。江戸だけではない。尾張や美濃のあたりも大河が流れておる。京や大坂でも普請が必要であろう。これを将軍の命令によってやり遂げれば、民も喜び、商いも盛んになる。ただ懸念が一つある」

「豊臣の隠し金だな」

薄笑いをうかべながら、前久がつぶやいた。

さすがに前久は、隠遁していても世の動きをよく見ている。

前田や毛利や伊達や島津から軍資金を搾り取ることができても、太閤秀吉が一代で築いた莫大な資産が、大坂城のどこかに秘匿されているはずだ。

関ヶ原の戦さで、豊臣恩顧の武将の多くが家康の側に回った。しかし成長した秀頼自身が総帥となって戦さを起こせば、豊臣の側に寝返るものも出るだろう。家康は東国と東海道を譜代の家臣で固め、外様の武将は遠国に追いやったが、そのため西国は豊臣恩顧の武将で固められている。軍資金があれば、イスパニアの商船から鉄砲や大砲などの武器を買うことができる。関ヶ原で負け戦に加わって浪人となった武士を集めることもできる。

戦さのない世を築くという夢は、容易くは実現されない。

「随風よ。前から問いたいと思うておったのだがな……」

杯に酒を注ぎながら、前久が問いかけた。

「そなたは何を求めて、そのように考えを巡らせ、飛脚のごとく諸国を走り回っておるのだ」

天海は大きく息をついた。

「おぬしが物心ついた時から公卿であったように、おれは物心ついた時から修行僧であった。会津の生まれであったから、陸奥や下野の山野を走り回っておった。山野の草木と一体となるというのが天台の修行だ。走っておるうちに、おれは十方世界を包み込んでおる久遠本仏になったつもりで世界を見渡すようになった。切支丹の伴天連とも話をしたことがあるが、おれにとっての世界というのは、この日本国だ。この国から戦さというものを取り除きたい。それが仏の道であろうといまも思うておる」

「ふん……」

前久は疑うような声を洩らした。

「わたしは寺で暮らしたこともあるが、仏の教えには疎い。そなたを見ておると時に羨ましいと思うことがある。おぬしは十方世界のことを考えておる。わたしには及ばぬことだ。わたしは毎日こうして酒を飲み、自分一人が酩酊して極楽気分になっておるだけだ」

「おぬしは秀吉を関白に就け、いままた家康を将軍に就けようとしておるではないか。おぬしの働きで、天下太平の世が築かれるのだ」

「どうでもよいことだ」

そう言って前久は酒を呷った。


夜になって、吉田兼見が訪ねてきた。兼見はかつては兼和と名乗っていたが、今上帝の和仁親王という諱《いみな》に配慮して兼見と改名したらしい。

「おお、天海どのもおいでか」

兼見は天海に向かって丁寧に挨拶した。

家康の側近だとわかっているので、露骨に遜《へりくだ》った態度を見せている。

兼見には連れがあった。頭を丸めた僧形の姿をしている。

「これは弟の梵舜《ぼんしゅん》でございます。わたくしが継承いたしました吉田神社には神龍院という神宮寺があり、弟は住職を務めておりますが、豊国神社の別当も兼ねております。豊国神社はわたくしと弟の二人で建てたようなものでございまして、吉田神道の秘術によって太閤さまのご遺体に永遠の命を授け、神として祀ることにいたしましたのもわれわれでございます。われらは太閤さまのご臨終に際して、直々に太閤さまのお言葉を戴き、豊国神社の創設に尽力いたしたしだいでございます」

秀吉は死して神となった。帝による神号の宣下があって、豊国大明《とよくにだいみょうじん》神と呼ばれている。

天海は興味を覚えて兼見に問いかけた。

「秀吉どのの遺骸はそのまま廟の中に納められておるのだな」

「吉田神道の秘術でございます。太閤さまは生きておられたままの姿で、廟に納めた壺の中にいまも座しておられます」

「生き返りはせぬであろうな」

「すでに神になっておられますので、人の世にお戻りになることはございませぬ」

天海は梵舜の方に向き直った。

「おぬしは仏教の僧であろう。吉田神道の秘術とやらを、おぬしはどう思うておるのだ」

「本地垂迹説によれば、仏が神に化身して顕現するということであるから、神も仏も似たようなものじゃ。太閤さまは即身成仏で仏になられたということであろう」

「仏には仏像というものがあるが、神道の神には姿形がないのではないか」

「姿形は見えぬ。封印された壺の中は誰も見ることはできぬ。壺の中に座しておられる太閤さまのお姿を見たのは、兄者と愚僧だけじゃ。ところで……」

梵舜は天海の顔を睨むようにして言葉を続けた。

「天海どのは徳川さまのご側近だと伺った。愚僧からぜひとも進言したいことがあるのじゃが」

兄の兼見は朝廷に仕えて風見鶏のように右往左往している輩だが、弟の方は、何やら野心めいたものを秘めているようだ。役に立つ進言なら聞いておけばよい。

「言うてみよ」

天海に促されて梵舜は語り始めた。

「関ヶ原の戦さで豊臣恩顧の武将らがこぞって徳川どののお味方となったことは承知しておる。されども太閤さまの御恩はたやすく忘れられるものではない。今後も武将らの心を繋ぎ留めるためには、徳川どのが率先して豊国神社に詣でられ、太閤さまの悲願であった京都大仏の修復に財を惜しまれぬことこそ肝要ではないかな」

天海に対して遜った態度をとっている兄の兼見に比べれば、梵舜はかなり強気のようだ。豊国神社の別当だということで、豊臣の権威を笠に着ているのだろう。

天海は余裕のある笑い方をして応えた。

「確かにそのとおりだな。おれから家康どのに伝えておこう。それにしても、おぬしらは秀吉どのと懇意であったのだろう。関ヶ原で豊臣方を破った家康どのを恨んではおらぬのか」

兼見が梵舜を押しのけるようにして言った。

「確かにわれらは豊国神社のために尽力いたしましたが、それは過去のことでございます。これからは徳川の世となりましょう。これこのとおり、徳川どののためになる家系図を探し出しましたぞ」

そう言いながら兼見は前久の方に顔を向けた。

「ご所望の家系図は、書庫の中に埋もれておりました。捜し出すのにたいへんな苦労をいたしましたが、確かにこれは父の兼右の筆蹟でございます。家康どのが三河守に就任されたおりに朝廷に提出したものの原本がこれでございます」

そう言って兼見は前久と天海の前に継ぎ合わせた横長の紙を広げた。

天海も身を乗り出して家系図の始まりの部分に見入った。

冒頭にあるのは源義家。八幡太郎と呼ばれた源氏武者の祖だ。さらに先祖を辿れば清和帝に到達する。

義家の次が義国で、鎌倉将軍となった頼朝の祖父為義の兄にあたる。そこから新田義重と足利義康に分かれ、義重の子息が山名、里見、徳川に分かれる。

徳川と名乗った初代は徳川義季だとされ、そこから十代先の信光が松平を名乗った。これが家康の六代前の先祖だ。

「どうだ。よくできているだろう」

前久がささやきかけた。

「これをすべて兼右が捏造したのか」

天海がつぶやくと、兼見が声を高めた。

「捏造など、とんでもないことでございます。これはわが父が苦労をして調べ上げた、まことの系図でございます」

「どうやって調べたのだ」

兼見に代わって前久が答えた。

「洛東にある吉田神社は全国の神社の元締めだ。問い合わせれば氏子の名簿を取り寄せることができる」

「足利や新田といえば東国の源氏であろう。そんな遠方の神社まで調べることができるのか」

「その土地の領主を務める者の名は必ず氏子として記される。農民や足軽の名はさすがに調べることはできぬ。それゆえ秀吉は近衛の猶子にするしかなかった」

前久の言葉を聞きながら、思いついたことがある。

神社が寄進の多い氏子の名簿を有しているなら、同じようにさらに詳しい名簿を作って、すべての民を管理することはできぬものだろうか。それは神社ではなく、仏教の寺の役目だろう。すべての民がいずこかの寺の檀家となれば、その名簿にすべての民の名が書き込まれることになる。

人別帳……。

武士から農民に到るまで、すべての民の名が記され、その先祖まで辿ることができれば、謀反人や犯罪者や主のない浪人などを確実に取り締まることができる。

戦さは収束に向かっている。

これから先は、大名と民を管理し、二度と戦さが起こらぬ平穏な世を築かねばならぬ。

天海は心の内に、大きな夢を広げ始めている。

京から足を伸ばして大津に向かった。

明智光秀が開いた坂本の町がかつては琵琶湖の水運の中心地だったが、坂本城が落ちたあと、古代に都があった大津の港が交易の拠点となっていた。

関ヶ原の戦さの直前、この大津でも激しい戦闘があった。東軍に味方すると宣言した大津城主の京極高次が、関ヶ原に向かおうとする西軍の毛利元康や立花宗茂と闘って、敵を足止めすることに成功した。

京極高次は功績を認められて若狭一国を与えられ、小浜《おばま》の後瀬山《のちせやま》城に移っている。

激しい戦闘で廃墟のようになっている大津城から少し山側に寄ったところに、大津御坊という小さな寺があった。

浄土真宗の後継者争いに敗れた教如が、わずかな支持者の支援を受けて築いた寺だ。

父の顕如は石山本願寺から退去したあと、雑賀衆との縁で紀伊鷺森を本拠としていたが、秀吉に招かれて大坂の天満宮天神の近くに天満本願寺を築き、のちに京の南、七条堀川の地に移った。父の死後、後継者となったのは弟の准如だった。

天海は石山本願寺で最後まで籠城しようとする教如と、二人きりで語り合ったことがある。

その時、教如にこんなことを語った。

いずれおれが、おぬしの居場所を見つけてやろう……。

弟の准如との後継者争いに敗れた教如が、七条堀川の隠居所と呼ばれる小坊でくすぶっているという噂を聞いて、天海は家康の側近の本多正信に声をかけた。

本多正信は三河で一向一揆が起こった時、一揆の側に加担して若き家康と闘ったということだ。教如の境遇に同情するかと期待したのだが、正信は思いのほか冷ややかに言い放った。

「一向宗の門徒は全国に広がっておる。一揆が収まったとはいえ、これからも家康どのの敵になるやもしれぬぞ」

「おぬしは一向宗の門徒ではなかったのか」

天海の問いに正信は狡そうな薄笑いをうかべた。

「わしは家康どのの現世に欣求浄土という志に胸を打たれて宗旨替えをしたのだ。一向宗の死後の往生ではなく、この世に浄土を築かねばならぬ。戦さでばたばたと死んでいく門徒たちの姿を見て、わしは考えを変えた」

「戦さの時代は終わった。これからは穏やかな世が続く。民の心の拠り所として、仏の教えは欠かせぬものだ。宗派が何であれ、仏教の寺院を増やすことが、世の平穏を保つことにつながるのではないか」

正信はしばらくの間、考えを巡らすようなようすを見せていたが、不意ににんまりと笑って言った。

「世を治めるためには、宗門同士が争っておるほうが好都合かもしれぬな。一向宗の勢いは恐るべきものだが、これを二つに分けて争わせれば、勢いを削ぐことができる」

そう言って正信は教如への支援を約束してくれた。

その後、正信の進言で家康が教如に寄進することになり、この大津御坊が築かれた。

家康は関ヶ原から大坂城に向かう途上で、この大津御坊に寄ったと伝えられる。

教如への寄進は本多正信に任せていたので、天海は長く教如とは顔を合わせていなかった。大津に来たついでに教如の顔を見たくなった。

寺域に入り案内を請うと、教如がじきじきに出迎えてくれた。

天海は教如に語りかけた。

「久々に京に出向いて近衛どのと酒を酌み交わした。思えばおれが近衛どのと最初に会ったのは石山本願寺であった。それでおぬしのことを思い出したのだ」

「家康さまに多大のご寄進をいただき、このように御坊を築くことができました。ありがたきことと思うております」

丁寧な口調で教如は答えた。

あれから何年の年月が流れているのか。かつての過激な若者の面影は失せていた。

籠城していた石山本願寺から撤退したあと、教如は鷺森に居を構えた父を避けて、東海や北陸への旅に出たと伝えられる。ずいぶんつらい修行もしたのだろう。四十歳を過ぎたくらいのはずだが、老僧のような落ち着きが感じられる。

「まだこれからだ。家康どのは近々将軍になられる。おれは家康どのに願い出て、洛南の本願寺の近くに、新たな寺を建立する土地を寄進していただこうと思うておる」

「新たな寺……」

教如は驚いたように口ごもった。

天海は低い笑い声を洩らした。

「本願寺が二つあってもよいではないか」

教如は怪訝そうな顔つきで天海の顔を見守っていた。

天海は教如を見据えて言った。

「京に新たな寺を興すためには勅許が必要であろう。帝への上奏もおれが手筈を調えてやる。だが戦国の世は終わったのだ。これからは教えを説いて門徒を増やしていくことだな」

「修行の旅に赴いたおり、上州厩橋の妙案寺という寺に、木像の親鸞聖人像が大事に祀られておるのを見つけました。この御坊に引き取ろうと考えておりましたが、新たな本願寺が建立されましたなら、そちらに御影堂を築いて安置いたす所存でございます。されども本願寺が二つあるということでは、門徒を奪い合うことになりはせぬかと心配でございます」

「限られた門徒を奪い合うのではなく、二つの本願寺が競うことによって、より多くの門徒を導けばよいのだ」

「より多くの門徒……」

教如は独り言のようにつぶやいた。その意味するところがすぐには呑み込めぬようすだった。

天海はわずかに声を高めた。

「おれに考えがある。長く続いた戦さのために、国土は荒らされ、住処《すみか》を失ったものも多い。負け戦の側に味方して行き場を失ったもの、国替えによって見知らぬ土地に赴くもの、さらには太平の世となって新たな商いを始めるために農村から町に出てくるもの……。さまざまな民がそれぞれの目当てをもって故郷を離れ新たな土地に住みつくことになる。見知らぬ土地に行けば心の拠り所が必要だ。新たな寺が築かれねばならぬ。おれはな、人別帳というものを作るつもりだ」

「人別帳とは何でございましょう」

「武士も農民も、すべての民はいずこかの寺を菩提寺と定め、その寺が用意した人別帳に名を記さねばならぬこととする。そうするとこの国の民がいずこかの寺の檀家になる。長く続いた戦乱で土地が荒れ、寺から離れた民も多いはずだが、それらの民がすべて檀家になれば、どの寺も大いに寄進が増えることだろう」

「浪人や流人など、寺に所属せぬものも少なくないのでは……」

「まあ、見ておれ。おれは天台の修行者だが、天台だけのために尽くすつもりはない。禅宗であれ、浄土の教えであれ、すべての寺が潤い、仏教が盛んになることを願っておる」

そう言って、天海はまた大声で笑い始めた。

のちに教如は准如の本願寺のすぐ近くに新たな本願寺（東本願寺）を築くことになる。

天海は大津御坊を出て、琵琶湖に沿った街道に出た。

川越の喜多院の近くに鯨井という地があり、そこの領主だった戸田一西《かずあき》がいまは大津城主に任じられている。挨拶に出向こうかと思案したが、もとの城主の京極高次が若狭の小浜に移ったことを思い出した。

ふと小浜に行ってみる気になった。

京極高次の正室は、淀どのの妹のお初だ。秀忠の正室のお江の姉に当たる。

かつて北ノ庄城から三姉妹を救い出したことがあった。その三人がいま、互いに微妙な立場に立たされている。

大津から小浜までは、六十歳を過ぎても衰えを知らぬ天海の脚力ならば、一日もあれば到達できる。

かつて三関の一つとされた愛発関のあった嶮峻な峠を一気に越えて、小浜に到達した。

後瀬山《のちせやま》城は小浜の港を見下ろす高台に築かれた山城だった。

夕刻になっていた。案内を請うて城内に入った。

京極高次は四十歳前後の若い武将だ。三姉妹の父の浅井長政の主筋にあたる名門の生まれで、切支丹となった母のマリアは長政の姉なので、高次は三姉妹の従兄にあたる。本能寺の変の直後に、妹の竜子が嫁いだ僚友の武田元明とともに明智に味方した。そのため元明は討たれ、未亡人となった竜子は秀吉の側室となった。さらに秀吉の新たな側室となった淀どのの妹を正室に迎えて、妹と妻のお蔭で出世したと陰口を叩かれた。

だが関ヶ原の前夜まで大津城で籠城を続け西軍の軍勢を足止めした。その功績で若狭一国を領有するまでになった。

高次としばし歓談した。だが、高次に会うことが目的ではない。

夕餉の時間なので食膳が運ばれ、酒を勧められた。

正室のお初が同席した。

「あなたさまに助けられたことを、いまは恨んでおります」

いきなりお初は天海に語りかけた。

「此度の戦さは家康どのの勝利で、東軍に味方した高次も出世いたしました。されども、このままでは済まぬと考えております」

天海が応えて言った。

「此度は秀頼どのが幼く、また野戦であったので、秀頼どのの出陣はなかった。しかし秀頼どのが成長され、武将として闘えるほどになれば、再び戦さが起こるやもしれぬ」

「姉と妹の間に立たされて、わたくしは身を引き裂かれる思いです」

「まことにつらいお立場であろう。そのお初どのに頼みたいことがある。大坂と江戸との間に紛争が起こった時には、お初どのの口添えで淀どのを説得していただきたい」

「姉はわたくしの言葉など聞かぬでしょう」

「お江さまの娘の千姫どのと秀頼どのとの縁組も決まっておる」

「まあ、それはめでたいこと」

お初の顔に初めて笑みがうかんだ。

「わたくしは子を産めぬ女でございますゆえ、お江の子を一人、貰い受ける約束をしております。あの子は毎年、子を産んでおります。お江の子どもらによって、この国に平穏がもたらされれば、われら姉妹が生き延びた甲斐もあったと申せましょう」

すでにお江の産んだ次女の珠姫は、加賀の前田利長の跡継となった利常に嫁いでいる。

三女の勝姫はのちに越前の松平忠直に嫁ぎ、お初の養女となった四女の初姫は夫が側室に産ませた跡継の京極忠高の正室となる。

お江はその後、男児を二人産んだあと、末の娘を産む。後水尾帝のもとに入内する徳川和子だ。その娘が古代以来の女帝、明正《めいしょう》帝となる。

淀どの、お初、お江は、気の強い女ばかりだ。

織田信長に通じる血が、三姉妹の体内に流れている。その血がさらに子孫に広がっていくことになる。


慶長八年（一六〇三年）、二月。

徳川家康は征夷大将軍に任じられた。

併せて源氏の氏の長者となり、すべての武士を統率する権威を得た。

二年後の慶長十年、四月。

家康は将軍の地位を嫡男の秀忠に継承させ、将軍職を徳川家の世襲とすることを世に示した。譜代の家臣の中に次男の秀康を推すものがあることを察して、跡継を巡る争いを未然に防ぐという狙いもあった。

ただし、秀忠が譲られたのは将軍職と淳和院別当の地位だけで、源氏長者と奨学院別当の地位は手放さなかった。

全国の武士を統率する権威は依然として家康の掌中にあった。家康は大御所と呼ばれ、将軍よりも高い立場で政務の独裁を続行することになる。

その前年、秀忠の正室お江は初めて男児を産んでいた。

天海は秀忠のもとに出向いて言った。

「やっとのことで跡継ぎが生まれたな。めでたいことだが、ただちに乳母を探さねばならぬ。おれにまかせておけ」

秀忠は訝しげに言った。

「娘が生まれたおりも、乳母はすぐ見つかった。案ずることはない」

「乳を呑ませるだけが乳母の役目ではない。三代将軍になるお方だ。厳しく躾けて逞しい男児に育っていただかねばならぬ」

「お江は自分で躾けるつもりでおるようだが」

「産みの母親では甘やかしてしまう。その結果が、信康どのの不幸を招くことになった。大御所もそのことを懸念しておられる」

「大御所の命とあれば致し方ない。お江も引き下がるしかないだろう」

秀忠は心細げにつぶやいた。

お江の説得は秀忠には難しいかもしれぬと天海は思った。ここは大御所に乗り出していただくしかないだろう。

とにかくお江に任せておけば、三代将軍が母親の側近に囲い込まれてしまう。ここはどうしても乳母を自分で探さねばならぬ。

天海には思うところがあった。

坂本城で最後に光秀と会った時、斎藤利三が連れていた娘。あの少女の鋭い目つきが忘れられなかった。

あの娘はいまどこにいるのか。確か美濃の稲葉一鉄のもとに赴くという話だった。人を遣って美濃のようすを探った。

娘は確かに美濃にいた。

福と名づけられたその娘は、母の実家の稲葉一族に預けられ、一鉄の長男の稲葉重通の養女として育てられた。織田信長に仕えていた重通は、本能寺の変のあとは秀吉の家臣となった。重通は長男ではあったが母が側室であったため家督は継げず、美濃清水に一万石ほどの領地を与えられた。

福はその清水城で育ったが、母方の親族で京の三条西家という貴族のもとに預けられていた時期があり、貴族の教養を身につけていた。重通には実の娘がいて正成という婿養子を迎えたのだが、幼い子を残して亡くなったため、福が後妻となった。先妻の子はすでに成長しているが、福にも八歳と二歳の実子《うみのこ》がいる。二歳（数え年）の子がいるということは乳母としてうってつけだ。

稲葉正成は秀吉の命で小早川秀秋の側近となり、松尾山での東軍への寝返りにも功績があったとされる。ただ裏切りの心労のためか秀秋が急逝したため、正成は浪人となり、美濃に戻っていた。

天海は関ヶ原の戦さの直前、各地の武将のようすを探っていたため、正成の名は知っていたが、後妻が斎藤利三の娘だとは今回初めて探り当てたことだった。

天海は美濃に出向いて、正成と福に会った。

まずは福に向かって言った。

「突然の来訪ゆえ訝っておることであろうが、そなたとは初対面ではない。そなたの父とともに坂本城で会うたことがある」

福は強い眼差しで天海の顔を見つめた。

「忘れはいたしませぬ。確か当時は随風というお名前でございました」

「そなたは四歳くらいであったろう。よく憶えておるな」

「あの日は、明智さまとも最後の別れでございました。けっして忘れることはございませぬ」

「そなたは坂本城に預けられていたこともあったのだな」

「わたくしは……」

鋭い目つきで天海をまっすぐに見つめながら、強い口調で福は言った。

「明智さまを、わが父と思うております」

その強い口調に、さすがの天海も、すぐには次の言葉が出てこなかった。

少し息をついてから、ようやく語り始めた。

「明智光秀どのは戦国の世を終わらせ天下太平の世を築くという大きな志をおもちであったが、志半ばで亡くなられた。その明智どのの無念を、おれとそなたで晴らしたいとは思わぬか」

福は不審げな顔つきになって問いかけた。

「そのようなことが、わたくしにできるのでございますか。わたくしに何をせよと……」

天海は夫の正成の方に向き直った。

「いきなり訪ねて無理を強いられると思われようが、おぬしに頼みがある。これは天下国家の行く末に関わる重大事だ。福どのを離縁してくれ」

「何と……」

「おぬしは浪人であろう。おれが頼んで家康どのに召し抱えていただく。松尾山でのおぬしの功績は家康どのもご承知だ。心配はいらぬ。おれが必ずおぬしを出世させてやる」

稲葉正成は家康の孫の松平忠昌に仕えて清崎城主、のちには下野真岡二万石の藩主となる。

福は秀忠の長男の乳母となった。この長男が三代将軍の家光であり、福は春日局《かすがのつぼね》と呼ばれることになる。


源氏の長者となった家康は、全国の武将に命令を出す権威を得た。

まず取りかかったのは江戸城の整備だった。

各地の外様大名に区画を割り当て、何重にも堀を巡らせ、見事な石垣を築き上げた。また丘を削って水路を通し、浅瀬を埋め立てて新たな土地を造った。城の周囲に武家屋敷が建ち並んでいく。

割り当てられた土木作業はすべて大名の負担だった。これを天下普請という。

江戸の整備がある程度進むと、地方の整備に移った。井伊の彦根城、池田の姫路城など、西国の要所に城砦を築いた。豊臣恩顧の大名の中には、秀頼への忠誠心を失っていないものも少なくないと懸念された。そのため街道の要所に信頼できる配下を配置し、堅固な城砦を築いて反乱を防ぐ拠点とした。

家康は天下普請で築かれた駿府城に移った。

駿河は家康のかつての領地であり幼少のころには今川義元の人質として過ごした懐かしい土地だった。

家康側近の本多正信は江戸を統括することになり、駿府の側近は子息の正純《まさずみ》が務めていた。西笑承兌と閑室元佶も駿府に移っていた。

その西笑承兌が天海に言上した。

「このところ異国への親書や朱印状など、外交や貿易に関わる文書が急増しておる。外様大名への書状も、関ヶ原の戦さの直前と同じくらいに増えた。耄碌した禅僧二人の手には負えぬ」

確かに外交文書は増えていた。家康は南蛮貿易の管理を強化した。呂宋や安南など各地に親書を送り、幕府の許可を得た船には朱印状を配布する。南蛮貿易と呼ばれてはいるが、実際に荷を運ぶ船の多くは明船で、外交文書も漢語が公用語として使われていた。

わずかだが西洋の貿易船も来航していた。家康は切支丹に対しては警戒を固めていたので、貿易に布教を絡ませるイスパニアやポルトガルではなく、イギリスとオランダの船のみとの取引を考えていた。イギリス人の三浦按針《あんじん》（ウィリアム・アダムス）、オランダ人の耶揚子《やようす》（ヤン・ヨーステン）が顧問として雇われていたので、欧文はこの二人に任せることができた。

また国内でも、秀頼が進める太閤秀吉の法要や、秀吉が建立して文禄五年の大地震で崩壊した京都大仏の修復工事に関する連絡、秀頼がいまだに関係を保っている豊臣恩顧の武将を牽制するための書状のやりとりなど、政務に関する文書の作成が増えていた。その文書の量からすると、大きな戦さが再び起こりそうな気配が感じられた。

西笑承兌は声をひそめるようにして語りかけた。

「いまが大事な時期じゃ。求められた文書を作成するだけでなく、幕府による統治の基礎となる規範を定めなければならぬ。朝廷への対応、外様大名の管理など、これからの世の在り方を考えて、揺るぎのない諸法度《しょはっと》を草する若い英才を求めてはいかがか」

「おぬしと閑室元佶だけでは手に余るというのか」

「漢語の教養では負けぬが、頭の方がいささか耄碌しておってな」

そう言って西笑承兌は笑い声を洩らした。

その承兌は六十歳近くで、閑室元佶も同じほどの年齢だ。天海は二人より十歳以上も年上だった。

「承兌どのにそのように言われては、おれはもう冥土にいるようなものだな」

天海も笑い声を立てた。

それから真顔になって問いかけた。

「そのような英才がおるのか。目星はつけておるのであろう」

「三十七歳という若さで南禅寺の住職となった気鋭の禅僧がおる」

臨済禅の僧侶は漢語に優れ、外交や貿易の文書の作成には欠かせなかった。朝廷や足利幕府は臨済宗を重んじ、五山と呼ばれる寺が大きな権威を有していた。その五山より格下の妙心寺の禅僧が地方に下って各地の武将の参謀を務めるほどだから、京の五山の権威は擢《ぬき》んでていた。南禅寺はその五山よりも上の別格の寺とされていた。

最も格式の高い南禅寺の住職に三十七歳で就任したというのだから、よほどの逸材と言わねばならない。

「そのものの名は何というのだ」

「金地院《こんちいん》崇伝《すうでん》……」

その名が天海の脳裏に深く刻まれた。

第十一章　金地院崇伝と御法度公布

慶長十三年（一六〇八年）、金地院崇伝が南禅寺住職を兼任したままで駿府の大御所のもとに赴任した。

崇伝は京都の生まれでこの時点で四十歳。足利将軍家に仕える一色氏の出身で南禅寺に入門し、二十六歳で摂津国福厳寺住職、同年に相模国禅興寺住職、三十七歳で相模国建長寺住職、同年に南禅寺住職と、異例の早さで臨済宗最高位の寺の責任者となり、南禅寺の寺域にある筆頭塔頭《たっちゅう》、金地院《こんちいん》を本拠とした。

すでに家康のもとには西笑承兌、閑室元佶という二人の禅僧が控えていて、さまざまな業務に当たっていた。とりあえず崇伝には、先任者二人の作業の手伝いをすることが求められたが、この若い禅僧には、さらに大きな働きが期待されていた。

天海はおりを見て、崇伝と二人きりで対面した。

天海は自分の年齢を数えたことがない。それでも近衛前久とほぼ同じ年齢だと自覚している。四十歳の崇伝に対して、天海は七十三歳ということになる。

自分を老人だとは感じていないし、若者を軽んじるつもりもない。かつて明智光秀と語り合ったように、対等の人間として言葉を交わそうとしている。

ただ金地院崇伝と対面した時には、わずかながら気圧されるところがあった。

穏やかで調った顔をしている。名門の出身らしい気品が感じられた。近衛前久も名門の出身だがおのれの人生に迷い自棄的になっているところがある。かつて自分が仕えた覚恕法親王は帝の弟宮という高貴な血筋ではあるが、帝に対して強い対抗心があり屈折したところがあった。

金地院崇伝は、おのれというものに揺るぎのない自信をもっている。まっすぐに前を向いて、ひたすら前進し、他を寄せつけない高みに昇ってきたという気負いが感じられた。

厄介な輩だ……。

天海は胸の内でつぶやいた。

「おれは天海だ。風来の修行者だが縁あって家康どのとは長い付き合いになる。家康どのの馬印には、欣求浄土の文字が書かれておる。戦国の世を終わらせ、この世に浄土を作るという強い志のもとに幕府を開かれた。この天下太平の世を長続きさせるためには、新たな定めが必要であろう。古くは朝廷が定めた律令格式というものがある。鎌倉幕府は御成敗式目を作って武士を管理した。戦さが起こらぬように世を治めるためには、世に秩序をもたらす規範が必要だ。じっくりと考えた末でよい。おぬしにはその規範となる諸法度を草してもらいたい」

崇伝はただちに応えた。

「誰のための規範、何のための規範か。答えていただきたい」

不気味なほどに穏やかな口調だった。明らかに天海を、そして家康を批判し糾弾するような物言いではあるが、感情を表に出さず淡々と語っている。

その穏やかな口調の陰に、家康や徳川幕府のための規範を作るつもりはないという、強い決意が感じられた。

こやつはただものではない……。

天海は息をついた。

「おれは家康どのの配下ではない。一介の修行者だ。天台の教えでは、山川草木に悉く仏性あり……ということになっておる。戦さは山を荒し、川を濁らせ、草木を薙ぎ倒す。農民が丹精した作物を踏みにじり、人を戦さに駆り立てる。そのような戦さが二度と起こらぬように、規範を作って人の動きを抑え、秩序を築き上げることが肝要ではないか」

「その規範によって徳川は栄え、人々は自由を奪われる。そのような規範を作れと言われるか」

「人を縄で縛り、鞭を打って使役するわけではない。ある程度の自由は与える。ここまでは自由にしてよいが、ここから先は侵してはならぬという境界を定める。それが規範だ。それを文書にして公布する。武士も農民もその規範に従っておれば、世に乱れは生じず、戦さが起こることもない。百年、二百年と、天下太平の世が続くことになる」

「規範を定めるだけでは世は治まらぬのではないか。定めに従わぬものはいかがなさるのか。厳罰に処して拷問にかけ、島に流し、あるいは磔にする。そのような覚悟がおありか。ことによれば、欣求浄土とは程遠いこの世の地獄のごときありさまになるのではないかな」

「刑罰については幕府が考える。おぬしは文書を草すればよいのだ」

低い声で天海は言った。

崇伝の目が怪しく輝いている。

「わたしが書いた規範に従って、人が処罰される。わたしの言葉が人を殺すことになる。それでよろしいのか」

崇伝の問に対して、天海は低い笑い声を洩らした。

「政《まつりごと》とはそのようなものであろう」

「天海どの……」

相手の顔をまともに見据えて、崇伝は言った。

「あなたは地獄の閻魔大王のごときお方でございますな」

天海はさらに大声を出して笑ってみせた。

「この世にあるすべてのものは、仏の胎内にあり、生あるものの悉くが仏の分身だ。だとすれば観音が現れることもあろうし、時には閻魔も現れよう」

「ならばわたくしも、閻魔にならねばならぬということでございますか」

「欣求浄土を望むものがおる一方で、閻魔の役を引き受けねばならぬものもおる。それが仏のご意向であれば、われらは閻魔に化身した観音菩薩だと考えようではないか」

天海の言葉に、崇伝は微妙な笑みをうかべた。

心の底から納得したわけではないのだろうが、崇伝は自分の職務を忠実に果たした。

崇伝の力量は群を抜いていた。いままで西笑承兌と閑室元佶が手に余していた作業が、崇伝の手にかかると一気に片付いていった。困難な作業はすべて崇伝がこなし、二人には手のかからぬ仕事だけが割り当てられた。たちまち崇伝は家康の側近となり、承兌と元佶は遠ざけられるようになった。

金地院崇伝の力量が試される事件が生じた。

猪熊教利《いのくまのりとし》という公家がいた。複雑な家系に生まれたせいか、公家としての人生に虚しさを感じたようで、生まれついての美貌をよいことに乱脈な生活を続け、不義密通を重ねた。さらに何人かの仲間を誘い、女官たちを招いて乱交の宴を催すようになった。

これが発覚して激怒した後陽成帝は、京都所司代の板倉勝重に訴え出て、猪熊教利は死罪、乱交に関わった公家や女官も処罰されることになった。所司代に訴えたのは、治安の維持はすべて所司代の役目とされ、京における事件は朝廷では対処できなくなっていたからだ。帝の無力が露呈することになった。

このことがきっかけとなって後陽成帝は退位を決意し、近衛前久の娘の前子が産んだ三宮の政仁親王（後水尾帝）が即位することになった。

秀忠の娘の和子が入内して中宮に立てられた。

家康は崇伝に、公家を規制する規範を作るように命じた。

崇伝は公家諸法度と呼ばれる文書の草案を天海のもとに持参した。

一読して細部まで考えぬかれた厳密な規定を定めた崇伝の力量に脅威を覚えた。

天海は思わず唸るような声を洩らした。

「幕府が公家の職務や私的な生き方にまで細部に亘って規範を定めて管理する。これは画期的な文書となるだろうな」

労をねぎらうためにそんな言い方をしたのだが、崇伝は不満げに言い返した。

「天海どのはこれでよいとお思いか。これは公家を管理するための文書にすぎぬ。いずれはもっと厳しい規範が必要であろう」

「厳しい規範とは……」

「帝を規制する文書が必要だ」

「幕府が帝を支配するということか」

崇伝は不敵な笑みをうかべた。

「家康どのは戦さのないこの世の極楽をお望みであろう。帝と将軍が対立するようでは、戦さが起こらぬとも限らぬ。将軍が圧倒的な権威で帝を凌駕する。そのような規範が必要ではないか」

崇伝の自信に満ちた物言いに、天海は小さく息をついた。

こやつは何を考えておるのか……。

「幕府が公布する諸法度の中に、帝の職務についても定めるということか。神の末裔とされる帝を何と心得ておるのだ」

半ば呆れながら天海は問いかけた。

崇伝は事もなげに答えた。

「いまの帝にはもはや何の権威もない。伝統の上に胡座《あぐら》をかいておるだけだ。此度の騒動でも、帝は公家たちの処分を京都所司代に任せるしかなかった。いずれこの諸法度は書き替えねばならぬ。新たな諸法度が公布されれば、帝も皇族も、すべてはその規範に従っていただくことになろう」

「朝廷の側が異議を唱えることはないのか」

「朝廷は武力を有しておらぬ。武力を有しておる外様大名でさえ幕府の指示に従って天下普請に資金と労力を提供しておる。もはや徳川の権威は朝廷を凌駕しておる」

「長い朝廷の歴史の中でも、そのような規範が示されるのは、空前のことであろう」

「だからこそ文書を書くものの責務も重いと考えておる。いまはまだその時ではない。そのことは承知しておる。帝のおられる京は、秀頼どのの大坂に近い。太閤秀吉は帝の権威を借りて関白となり世を統べた。いまも秀頼どのが帝と結託して反乱を起こせば、豊臣恩顧の武将や関ヶ原で敗れた浪人どもが集まって、戦さが起こる惧れが生じよう。されば此度の諸法度は、公家の規範を記すに留めた」

「いつの日か、この諸法度を書き替えるというのだな」

「それほど先のことではないと思うておる」

崇伝が公家諸法度を書き替えて、帝の職務にまで言及した禁中並公家諸法度を草するのは、わずか二年後のことだ。

帝の規範を幕府が定めるという大胆な案を聞いて、天海にも思うところがあった。

「おぬしに頼みたいことがある。おれはいずれ、切支丹を取り締まらねばと思うておるのだが、おぬしの考えを聞きたい」

崇伝は探るような眼差しで天海の顔を見据えた。

「たとえ戦さがなくなったとしても治安の維持のためには武器が必要だ。鉄は国内で産出されるが、鉛と硝石は南蛮貿易に頼るしかない。切支丹を取り締まるというのは、イスパニアやポルトガルとの貿易を禁じることになるが、それでよろしいのか」

「家康どのは三浦按針、耶揚子を召し抱え、イギリスやオランダとの貿易を促進するおつもりだ。外様大名が勝手にイスパニアやポルトガルから武器を購入せぬように、異国との貿易を取り締まらねばならぬ」

「かつて太閤秀吉どのが伴天連追放令を公布したことがあった。京の南蛮寺は破壊され、長崎では二十六人の切支丹が処刑された。だがその後、伴天連たちは九州の平戸に集まって布教を続け、秀吉どのも黙認することとなった。朝鮮との戦さで大量の弾丸や火薬が必要となり、南蛮船の来航を禁じることができなかったのだろう。外国船を取り締まるためには幕府も覚悟が必要だ。切支丹の弾圧は大名たちに貿易を禁じるよい口実になるだろう」

「もう一つ、おれには腹案があるのだ」

天海は身を乗り出すようにして語りかけた。

「おれは武士も町人も農民も、日本国のすべての民がいずこかの寺の檀家となり、そのことを名簿に記すという定めを設けたいと思うておる。切支丹の取り締まりの口実として、寺ごとに人別帳を作り、そこに記載されておらぬものは切支丹であると断じて取り締まることとする。さすれば流人や浪人も取り締まることができよう」

「寺の檀家にならぬというものもおるのではないか」

「神社の禰宜《ねぎ》なども、大きな神社には寺が併設されておるからそこに所属すればよい。どうしても寺の檀家になるのはいやだというものは、怪しいやつに決まっておる」

「取り締まって磔刑にすればよいのだな」

そう言って崇伝は冷ややかな笑いをうかべた。


事件が起こった。肥前日野江の有馬晴信が派遣した朱印船がマカオ停泊中に、船内で暴力事件が起こり、死者が出た。事件は長崎奉行に通報されたが、これが駿府に伝わるとポルトガル船の来航が禁止されるのではと恐れた関係者が揉み消しを計り、そこから問題がこじれて大きな騒動となった。

事件は布教活動とは無縁だったが、有馬晴信が切支丹大名であったことから、以前から切支丹については否定的だった家康は、禁教令の公布を決意した。

この意向はただちに金地院崇伝に伝えられた。

崇伝は一晩で伴天連追放之文と呼ばれる文書を書き上げた。

ただちに天海が検証し、崇伝と対面した。

「見事な規範だ。すべての民は切支丹でないことを証明するためには、いずこかの寺の檀家にならねばならぬということだな」

「これを寺請制度という。寺が檀家を管理し、切支丹でないことを請け負うようになる。ついでに過激な不受布施派も取り締まることにすればよい」

不受布施派というのは日蓮宗の中の過激な一派だ。布施を受け取らないことを趣旨として極端に禁欲的な修行をする狂信的な一団で、時に暴力事件を起こして弾圧を受けていた。いずれにしても、この寺請制度が実施されると、江戸や大坂など人口が急増しつつある都市では寺が不足することになる。

「各地に新たな寺を造らねばならぬな」

「仏教が盛んになるのは、天海どののお望みであろう」

これで西と東が並立している本願寺は活気づくだろうと天海は心の内で思った。

同じ年、崇伝はすでに勅許紫衣《しい》寺院諸法度を公布していた。従来、宗派の最高位に位置する僧侶には、帝の勅許によって紫衣を着することが認められていたのだが、この新たな法度によって、幕府の許可なく帝が紫衣の勅許を下すことができなくなった。

この結果、法度を草した金地院崇伝は朝廷や公家および僧侶を統括する存在として、大きな権威をもつことになる。

金地院崇伝は黒衣の宰相と呼ばれるようになった。


天海は武州川越の喜多院の住職を務めている。

喜多院や中院無量寿寺の修復が完了し、東国随一の豪壮な寺院となっている。東国の天台寺院を統括する役目も負っているので、天海は頻繁に川越に出向いて役目を果たしていた。

駿府からの往復の途上で江戸城に出向く。

天下普請の工事が着々と進み、江戸城の偉容が完成に近づいていた。ただの廃墟だった城砦が、いまは安土城や大坂城にも劣らぬ見事な石垣をもった堀に囲まれ、白っぽい鉛瓦に純白の漆喰で壁を塗り固めた壮麗な天守閣が聳えていた。

天下普請の主力は遠国の外様大名で、肥後熊本の加藤清正、伊予今治の藤堂高虎、播磨姫路の池田輝政など、築城の名人と称えられる武将らが競って見事な石垣を築き上げていた。かつて天海が紙の上に筆で描いただけの、渦を巻いて何重にも張り巡らされた堀が、堅固な石垣を擁する見事な眺めを現出させていた。

城主の秀忠と対面する。側近の本多正信が脇に控えていた。

「江戸城の整備もかなり進んだようだな」

相手は将軍だが、天海は家康の側近なので立場は上だ。もとより天海は相手が誰であれ遜ることはない。

幼いころから秀忠は、天海が家康と親しく、対等の物言いで接していることを知っている。従って父に対するのと同じような敬意を払っている。

「天海どのが絵図面に描いたとおりの幾重にも重なった螺旋のごとき堀が完成した。山を一つ削って神田川の流れを変え、その土砂で日比谷の埋め立ても完了した。いまでは立派な武家屋敷が建ち並んでおる」

「江戸の街はまだ途上だ。裏鬼門の坤《ひつじさる》（南西）には浄土宗の増上寺を移設したが、鬼門の艮《うしとら》（北東）に天台の寺を建てたいと思うておる」

「以前に上野《うえの》の山の絵図面を見せてくれたな。そこを比叡山に見立てて壮大な伽藍を築くということであったが、すべてを天海どのにお任せする。資金はいくら使うてもよい」

「まだその先がある。この江戸の地に初めて家康どのをご案内したおり、白虎に街道、朱雀に湿地、青竜に大河、玄武に山という、四神相応の地であるとお伝えした。西に向かう甲州街道、南の入江は埋め立てたがさらに南に海があり、東は隅田川、北は本郷や上野の山と思うておった。残念ながら本郷のあたりは丘にすぎぬ。東国の平野は広大で北の方角には山など見えぬが、真っ直ぐに北に進めば下野の山地に突き当たることに気づいた。家康どのにお願いして、日光山輪王寺を修復し、おれが貫首を兼ねることとなった。日光には二荒山《ふたらさん》という見事な山がある。日光は江戸の守り神だといまは思うておる」

日光には山を御神体に見立てた二荒山神社がある。日光という呼称は「二荒」を「にこう」と音読みして生じたものだ。

「いずれ大御所は亡くなられる。江戸の真北にあたる日光に墓所を築き家康どのを神としてお祀りしたいと考えておる」

「わが父を神に……」

秀忠は息を呑んだ。太閤秀吉が豊国神社に祀られた先例がある。驚いたものの、とくに異を唱えるつもりはないようだった。

天海は自分が死ぬとは毫《ごう》も考えたことがない。

六歳ほど年下の家康が先に死に、その後も自分は生きているはずだと確信している。そこからが大事だ。家康を神として祀る壮麗な神殿を築く。その事業を成し遂げるまでは、自分が死ぬわけにはいかぬ。

いまこうして秀忠を相手に話しているのも、そのための布石だ。

この秀忠も、もしかしたら自分よりも先にいなくなるかもしれない。

そのための布石も必要だと、天海は自分に言い聞かせている。

本丸を出ると別棟になっている嫡男竹千代の住まいに向かった。

家康の幼名と同じ名で呼ばれている竹千代は、正室お江の方が産んだ最初の男児で、嫡男とされた。身分の低い女が産んだ長男がいたのだが、すでに亡くなっているので、まぎれもない将軍の跡継だ。

いまは十歳になっているのだが、吃音があり、しゃべる言葉もよく聞き取れないことがある。知恵の育ち方が遅いのかもしれない。乳母につけた福が気の強い女で、小姓上がりの側近の松平信綱と、警護と剣術指南を担当している柳生宗矩《むねのり》だけを近くに置いて、余人を遠ざけるような育て方をしている。

産みの母親のお江もめったに竹千代に近づけない。二歳年下の八歳になる国千代という同母弟がいて、お江は弟を溺愛している。国千代は幼いころから聡明さが際立っており、周囲の家臣の中にも国千代に期待をかけるものが少なくなかった。

竹千代のそばには四人ほどの小姓がついている。一人は福の実子の稲葉正勝だ。弟の正利は乳兄弟として育ったものの、いまは弟の国千代の小姓となっている。

天海は福と対面した。

福はのちに後水尾帝と中宮和子（秀忠の娘）に拝謁、春日局という名号を賜ることになる。

「竹千代どののご機嫌はいかがかな」

「お元気でお育ちでございますが、懸念いたしておることがございます」

福は生真面目な顔つきで語りかけた。

「わたくしが大事に育てすぎたせいかもしれませぬが、竹千代さまは何やらお寂しいごようすでございます」

「小姓がついておろう」

「あの子らは子どもでございます。信綱もまだ十八歳で小姓のようなものです。柳生宗矩は剣術指南で竹千代どのは恐れておいでです。頼りになるご年輩の方との触れ合いがなければ、将来が心配でございます」

「どれ、おれが相手をしてやろう」

あらかじめ福に小姓たちを遠ざけるように指示してから、天海は竹千代と二人きりで対面した。天海は江戸を通る時は必ず寄るようにしているので、竹千代は懐いている。天海の姿を見ると嬉しげな声を上げて飛びついてきた。

「ジ、ジイ……天海爺……」

そう言ったようだがはっきりとは聞き取れない。

天海は笑みをうかべた。

「竹千代どの。剣術は上達したか」

「ケケ……剣術は、ススス……」

「剣術は好きか。それはよかった。柳生宗矩は当代随一の剣豪だ。鍛錬に励めば、竹千代どのも強くなるぞ」

「ツツツ、強くなりたいぞ」

竹千代には学問の師もつけてあるのだが、剣術ほど好きではないと福から聞いていた。

もはや戦国の世ではない。将軍が戦略を立てて兵を動かし、敵を調略する必要はない。ただ健康で、側近の指示に従って将軍としてふるまうことができれば、役目は果たせる。

しばらくの間、竹千代の相手をしていた。

竹千代は天海を、父か祖父のごとく信頼している。

天海が何か進言すれば、必ず従うだろう。乳母の福のことも信頼している。福はこの少年を意のままに操ることができる。

このままでよい。天海は胸の内でつぶやいた。

福のもとに戻って天海は強い口調で命じた。

「竹千代どのは次の将軍だ。多くのものらが狙うておる。誰も近づけてはならぬ。中には竹千代どのを陥れるために策を弄するものがおらぬとも限らぬ」

福も心配そうにつぶやいた。

「お江さまも将軍さまも、国千代さまに期待をかけておられます。よもや竹千代さまが廃嫡とされるようなことは……」

「敵は国千代どのだけではない。もっと手ごわい敵がおる」

弟の国千代は聡明ではあるがまだ子どもだ。

天海の胸の内に懸念としてわだかまっているのは、のちに御三家と呼ばれることになる家康の末の子息たちだ。家康は高齢になっても多くの側室を抱え、次々と赤子が生まれた。末の三人の男児を家康はとくに可愛がっていた。

家康はまだ成人に達していない子どもたちを大名として要所に配置した。

十四歳の九男、徳川義直《よしなお》を尾張名古屋に。

十二歳の十男、徳川頼宣《よりのぶ》を少しのちに紀伊和歌山に。

十一歳の十一男、徳川頼房《よりふさ》を常陸水戸に。

江戸と駿府の築城が終わったあとも、家康は外様大名に天下普請を命じ、各地の築城を進めていた。家康は次男の結城秀康に松平姓を名乗らせ、四男から八男までもすべて松平姓を与えていた。松平は家康の元の名字で、配下の武将にも松平を名乗る親族は少なくない。さらに功績のあった譜代の家臣にも松平を名乗ることを許していた。

松平は家康が信頼する武将たちの総称となっていたが、同時に臣下であることを示す呼称でもあった。

家康は末の三人の子には徳川を名乗らせている。

後継者となりうるのは将軍職を継いだ秀忠と嫡男の竹千代だけでないことを、家康は世に示しているのだ。

後水尾帝の即位に際して、家康は京の二条城に出向いて、新帝の行幸を仰ぎ、皇室との関係を深めていたが、そのおりにも義直と頼宣を同行している。

家康は病弱な竹千代に万一のことがあれば、この三人のうちの誰かを将軍の後継者にと考えているのかもしれない。

天海は福にささやきかけた。

「竹千代どのを守らねばならぬ。頼りになるものを何人か、竹千代どの付きの年寄りとしておそばに侍らせることにしよう」

少しのちのことになるが、天海は家康に頼んで、自分で選んだ三人の人物を竹千代のそばに配置することにした。

生まれたばかりの竹千代を山王神社に初詣に連れていくなど、以前からお世話をすることの多かった譜代の家臣の内藤清次、喜多院のある武州川越の領主酒井忠利、江戸崎の二代領主の青山忠俊……。

天海はいまも江戸崎の不動院に通っていた。会津から逃れて江戸崎を任されていた蘆名盛重（義広）は、常陸の領主であった兄の佐竹義宣が出羽秋田に移封となったため、秋田の近くの角館《かくのだて》に移ることになった。代わって江戸崎に移封されたのが青山忠俊で、天海とは酒を酌み交わす仲になっていた。

天海はさらに譜代の家臣の子弟から六十人ほどの若者を選んで、竹千代直属の家臣団を編制した。これによって次の時代の将軍となるのは竹千代であることを内外に示した。

竹千代はやがて元服して徳川家光となる。

弟の国千代は松平忠長と名乗り、家康亡き後の駿府城主を任されることとなる。

家康は駿府城にさまざまな宗派の僧侶を集めて御前論議を開くようになった。多くの僧侶が招かれて見識を披露したが、天海は家康に代わって質問したり、問題点を指摘したりした。時には諍論に近い議論になることもあったが、そうした議論に接することで、家康の仏教への理解が深まっていくように思われた。難解な教義の応酬にならぬように、巧みに論点を誘導し、なるべくわかりやすい法話になるように心がけた。

この御前論議は数年にわたって継続された。そのころから家康は、自分の死について思いを馳せるようになったのではと天海は見ていた。

関ヶ原からは十数年の年月が経過し、世の中は落ち着きを見せていた。後水尾帝のもとに孫の和子を入内させるなど、家康も朝廷との絆を深めていた。豊臣秀頼とも円満な関係を保ち、太閤秀吉の法要を取り仕切ったり、秀吉の悲願であった京都大仏の修復に費用を投じたりもした。これも自らの死後への備えではないかと思われた。

家康の寿命もそろそろ尽きようとしている……。

家康が体調を崩したおり、天海は寝所に呼ばれた。

「天海よ、そなたとの付き合いも長くなったな。わしはこのところ、もの思いに耽ることが多くなった。わしの人生はこれでよかったのかと、自分に問うてみることもある。答えは出ない。さまざまな宗派の高僧たちの話を聞いておっても、人は何のために生きるのか、死んだあと人はどこに行くのか、いまもってよくはわからぬ。それでもわしは将軍職を息子に譲って、この駿府に戻ってきた。幼少のころを人質として駿府で過ごした。懐かしい場所だ。わが祖母の華陽院が母代わりであった。祖母は若いころは美しい女であったらしい。わが母を産んだあと、多くの武将に惚れられて各地を転々として、駿府に流れてきたという。幸のうすい生であったやもしれぬが、晩年はわしに夢を託して厳しく育ててくれた。産みの母よりも、いまは祖母のことばかりが思い出される。駿府に戻ったせいもあるだろうが……」

幼少のころの想い出に耽るのは、いよいよ死期が近いのかもしれない。父母から離れていても、祖母がそばにいたというのは、天海としては羨ましいことだ。天海は父の顔は記憶になく母の想い出もほとんどない。祖父母などというものは想像もつかない。

それでも龍興寺の住職の弁誉からは、いろいろと教えを受けた。

ふと思いついて天海は家康に言葉をかけた。

「おぬしは太原雪斎の薫陶を受けたのであろう」

家康は嬉しげな笑みをうかべた。

「そうであった。あれは老いておったが稀代の軍師であった。あやつがあと数年生きておれば、今川義元が桶狭間で討たれることもなかったであろう。義元が討たれたお蔭でわしは岡崎へ戻ることができた。わしの人生は苦しきことが多かったように思うておったが、いま思えば運がよかった。阿弥陀仏のご加護があったのであろうな」

「われらがこの世に生まれたのは、すべて仏の思し召しであろう。死ねば仏のもとに還っていくのだ」

「仏の浄土に往生できるのであれば、ありがたいことじゃ。されども天海、わしはこの世で何事かを成し得たのであろうか」

　家康の問いに天海は強い口調で答えた。

「見事に天下太平の世を築き上げた。ここまでは上出来といえよう。だが、まだやり残したことがある」

「豊臣の残党のことじゃな」

「大坂城には太閤どのが残した隠し金があるらしい。その金で大坂方はイスパニアより大砲を購入したという噂もある」

「わしもイギリスから大砲を購入した。イギリスはイスパニアの無敵艦隊を撃破したとのことじゃ。大砲の闘いとなれば、イギリスの大砲を有するこちらの勝ちじゃ」

「外様大名は天下普請の命令にも従っておる。いまさら秀頼どののもとに馳せ参じることはあるまい。ただ西軍に加わった大名らは改易となり、大量の浪人が国に溢れることとなった。大坂方が金をばらまけば、浪人どもが集まってくる」

「浪人を一掃するよい機会じゃ。わしが生きておる間に、何とか決着をつけたいものじゃな。とはいえ、豊臣を滅ぼしたとしても、心配の種は残る。豊臣恩顧の武将の多くが、関ヶ原ではわしの味方になってくれた。ありがたいことではあったが、わしは虚しさを覚えておった。太閤として君臨された秀吉どののも、死んでしまえば配下の武将の心は離れていく。そのようなものかと思うた。秀忠はあのように、頼りにならぬ輩だ。竹千代もそなたがついておる間はよいが、五十年、百年先には、徳川はどうなっておるのか。考え出すと不安でならぬ」

天海はいつもの高笑いのあとで、力強く言いきった。

「心配するな。おれに任せておけ」

「おお……」

家康は喜びの声を洩らした。

「これまでも、そなたの言うとおりにしておれば、すべてがうまくいった。そなたはまことに、御仏の分身であろう。そなたに任せておけばよいのじゃな」

「側近の本多正純には話してあるし、秀忠どのにもお伝えしてあるが、おぬしの口からも遺言として語ってもらいたい。おぬしの墓はこの駿府の東にある久能山に置くが、墓所に向かう正門は裏鬼門の坤《ひつじさる》に作る。すると墓の向こうの艮《うしとら》の方角に富士山が位置することになる。さらにその富士の向こうの遥かな先には、下野《しもつけ》の日光という地がある。文字にすれば日輪の光だ」

「日光……。それはどういうところじゃ」

日輪の光という言葉の響きに、家康は興味をもったようすだった。

「二荒山《ふたらさん》という姿の美しい山があり、中禅寺湖という清涼な湖があり、華厳の滝という聖なる滝がある。その麓に日光山輪王寺という天台の寺がある。おれはそこの住職も務めておって、本多正純を通じておぬしからも寄進を受け、寺の整備も進めておる。久能山に設けるおぬしの墓から一年後に魂だけを勧請して、日光山を霊廟とする。そこにおぬしを神として祀る宮を建立するつもりだ」

「わしを神として祀る……。それは豊国神社のようなものか」

「あれはただの神社だ。八百万《やおよろず》の神々の一つに過ぎぬ。おれが日光に祀る神は、東照大権現という、久遠本仏が神に姿を変じた、宇宙そのもののような唯一無二の神だ」

「ふうむ……」

この程度の説明では、納得することができなかったようだ。

家康は半信半疑のような顔つきになった。

天海は語り続けた。

「江戸城の位置については京と同様の四神相応の地と説明してきた。富士山が北にあればよかったのだが、実際には西から少し南にずれた方向にある。大手門などの主要な門を東側に造り、門から入ると雪を宿した富士と白い天守閣が並んで見えるように配慮はした。だが北にある緑に包まれた台地は、山というほどの高さがない。おれは山岳修行者として、東国の山々はすべて走破した。そして気づいたのだ。江戸城から北の空を見ると、北辰が見える。漢や唐では北辰は神々の王とされておる。その北辰の直下にあるのがまさに日光なのだ。おぬしを祀る神殿を築くには最適の場所だ」

家康は急に元気づいて言った。

「わしもそのことが気になっておった。京の御所はいまは東に寄っておるが、昔の御所は朱雀大路の正面にあった。朱雀門から御所に向かって進むと、帝の御座所の上空に北辰が見え、その下に京の北山が眺められたはずじゃ。駿府も浜松も、南に海があり、北には山があった。東国には山がない。富士が眺められるのはありがたいが、北の方にはどこまでも平地が続いておる。そこに山がないことが不満であった。されどもどのように広大な平地でも、必ず果てがあり、山があるはずじゃと思うておった。その北の果てに、日光山があるというのじゃな」

どうやら家康は日光という地に惹かれ始めたようだ。

「それにしても……」

家康は天海の顔を見据えて問いかけた。

「まだよくわからぬのじゃが、わしはなぜ神にならねばならぬのじゃ」

天海は静かな声で答えた。

「おぬしの本当の敵は、豊臣秀頼や、浪人どもや、豊臣恩顧の外様大名ではない。徳川の世を揺るがすものがあるとすれば、それは親藩や譜代の大名だとおれは見ている」

「わしの親族や譜代の家臣たちが敵に回るというのか」

「すでに竹千代どのには敵がおる。弟の国千代どのを擁立しようとする勢力だ。母親のお江さまは国千代どのを溺愛しておられるようだな。そればかりではない。御三家と呼ばれる徳川姓のご子息や、松平姓となったご子息の周囲には、おりがあれば主君を将軍の座に就けようと機会を窺うものがおるのではないか。そうした内紛が徳川の破滅につながりはせぬかとおれは懸念しておるのだ。それを防ぐためには、親族と家臣のすべてが心を一つにして、徳川を守り抜く覚悟をもたねばならぬ。その心を一つにするための拠り所として、おぬしは神とならねばならぬのだ。帝の先祖が天照大御神なら、徳川の先祖は東照大権現だ。そうなればどのような内紛が起ころうとも、一つの神を信仰することで敵も味方もなくなる。徳川が安泰であれば、戦さのない世が永久に続くことになる」

家康の顔が輝き始めた。

天海の言葉が胸の中にしみこんできたようだ。

「わしは、東の空から昇る日輪のような神となるのじゃな」

「そうだ。東照大権現。かつてそのような神が祀られたことがあったか」

「すべてをそなたに任せよう。じゃが、天海よ……」

笑いながら、家康は問いかけた。

「そなたはわしより年上であろう。わしより長生きするつもりか」

天海は答えなかった。

ただ低い笑い声を洩らしただけだった。


崇伝は南禅寺の筆頭塔頭の金地院を本拠としていたことから金地院と呼ばれているのだが、駿府に常駐することを義務づけられた。そこで家康に願い出て城の近くに金地院という同じ名の寺を建立してそこを住居としていた。

天海は自由の身であって、武州川越の喜多院を本拠に、日光山輪王寺や江戸崎不動院なども回り、山岳修行を兼ねて天台の寺を訪ね歩くこともあった。いまだに風来坊のような生き方をしていたが、駿府に来た時は最高の賓客の扱いで、城内に専用の部屋を与えられていた。

その天海の居室に、金地院崇伝が駆け込んできた。

「豊臣が家康どのを呪詛した動かぬ証拠を摑んだ。京都大仏の梵鐘の銘文に、このような文字が刻まれておる」

日頃は冷徹なまでに落ち着き払っている崇伝が、珍しく気持を昂ぶらせていた。

京都大仏と大仏殿は太閤秀吉の生前に建立されたもので、六丈の仏が二十丈の建物に鎮座していた。秀吉の権威を世に示す大事業であったが、落成の翌年に大地震で崩壊し、その二年後に秀吉が世を去った。

大仏の復興は、秀頼にとっては悲願だった。父の追善供養のため、さらには豊臣の権威復興を祈願するために、財を惜しまずに取りかかったのだが、建設の途上で火災で焼失した。三度目の建立に際しては家康も多額の出費を惜しまなかった。豊国神社別当の梵舜を二条城に招いて、儀式の作法を学び、盛大な追悼の法要を執り行った。家康が秀頼に協力するところを豊臣恩顧の外様大名たちに示す狙いがあった。

大仏と大仏殿が落成したあと、慶長十九年（一六一四年）には梵鐘が完成し、南禅寺の長老文英清韓《ぶんえいせいかん》が起草した銘文が刻まれた。その銘文の控えを崇伝は天海の目の前に差し出した。

「ここをご覧いただきたい」

崇伝は銘文のある箇所を示した。

国家安康……という文字が目に入った。

次の行には、君臣豊楽、という文字も見える。

天海は崇伝の意図を察した。

「これを書いたのは南禅寺の長老だというではないか。おぬしは南禅寺の住職を務めておったのだろう」

崇伝は冷ややかに応えた。その目が怪しく輝いている。

「わたしの方が一歳年下だが、清韓どのは長く東福寺におられたので面識はない。だが同じ南禅寺の僧であるから、わたしが頼んで書かせたのではと疑うものもおろう。それは厭わぬ。豊臣方はこの銘文を見て梵鐘に刻むことを認めたのであるから、言い逃れはできぬ。この銘文には明らかに家康どのを呪詛する誓願が記されておる」

天海は笑いながら言った。

「国家が安らかであることを願い、君も臣も豊かさを楽しめる世になれば……と記されておるだけではないか」

「家と康の間に別の文字を入れ、家康どのを分断しておる。さらに豊臣が主君として君臨するようにという願いも秘められておる。梵鐘に刻まれた銘文はまさに動かぬ証拠だ」

「これを証拠に、豊臣を滅ぼすというのか」

「天下太平の世を築くためだ。これは天海どのの望みにも適うのではないか」

崇伝は勝ち誇ったように、天海の顔を覗き込んだ。

天海はわずかに息をついてから低い声で言った。

「動かぬ証拠をよくぞ見つけた。これはおぬしの手柄だ」

崇伝は唇の端を歪めるようにして不気味な笑いをうかべた。

第十二章　家康が神として祀られる

家康は大坂城攻めを決断し、各地の大名に参戦を要請した。

豊臣恩顧の外様大名は悉くこれに応じた。

豊臣方として大坂城に集まったのは関ヶ原の負け戦に加わっていた浪人ばかりだった。統制のとれない浪人たちが相手とはいえ、幾重もの堀に囲まれた大坂城は難攻不落で、籠城されてしまえば長期戦は避けられない。豊臣方は豊富な隠し金で武器や弾薬を調達し、兵粮も充分に確保していた。

家康はイギリスから輸入したカルバリン砲を駆使して大量の砲弾を撃ち込んだ。イギリス海軍がイスパニアの無敵艦隊を打ち破った原動力となった射程距離の長い大砲だった。命中率は低いのだが、広大な大坂城の城内で次々と砲弾が炸裂するさまに、大坂方は戦意を喪失した。

豊臣方は淀どのの妹の常高院お初を仲介として家康側に和議を申し出た。家康はこれを受け容れたが大坂城の外堀を埋めることを条件とした。

大坂冬の陣と呼ばれる戦さは終わった。

実際に堀を埋める工事が始まると、和議に不満を抱いていた浪人たちが騒ぎ出した。外堀だけでなく内堀まで埋め立てられたからだ。秀頼や淀どの、乳母の大蔵卿局の息子の大野治長などの大坂方は、浪人たちの動きを制圧できなかった。

浪人たちは堀が埋まった大坂城を捨て、野戦をする覚悟で元の外堀の南側に陣地を造り始めた。家康は再び軍勢を集めたが、三日分の兵粮しか用意させなかった。短期決戦の覚悟を兵たちにもたせるためだ。激しい戦闘があり家康は勝利を収めた。秀頼と淀どのは大坂城内で自害して果てた。

これは大坂夏の陣と呼ばれるもので、長い戦国時代の戦乱はついに終わり、天下太平の世が実現することになった。

広大な敷地を有していた豊国神社は縮小され、後水尾帝の勅許を得て豊国大明神の神号は剝奪された。豊臣秀吉は神ではなくなったということだ。秀吉の霊は神社の裏手の小さな五輪石塔に移された。北政所お寧の要望で社殿だけは残されたがしだいに朽ち果てることとなった。

金地院崇伝はこれまでの諸法度をより厳密なものに書き換えるとともに、武家諸法度など新たな法度を次々に草して公布させた。

江戸幕府による朝廷、公家、仏教寺院の管理が強化されることになった。


家康は老齢のために寝込むことが多くなった。

黒衣の宰相と呼ばれるほどに大きな権威をもち、諸法度を公布して幕府による統治の根幹となる規範の体系を築き上げた崇伝は、家康に代わって駿府城を支配するようになっていた。城に勤める武士たちも武家諸法度に縛られているので、誰も崇伝に逆らえなくなった。

喜多院や江戸城に逗留していた天海が、久し振りに駿府城を訪ねてみると、自分に与えられていた部屋がなくなっていた。対応に出た若侍が気の毒そうな顔つきで言った。

「金地院どののご命令で、部屋を替わっていただくことになりました」

案内されたのは、茶坊主が控えているような狭い部屋だった。

「このようなところで申し訳ございません。たまにしかおいでにならぬお方のために広い部屋を空けておくわけにはいかぬと、金地院どのが仰せでございまして……」

「何、構わぬ」

天海は穏やかな口調で応えた。

「おれは山岳修行者だ。山奥の寺に泊めてもらうことも多い。雨露が凌げればそれでよい」

そうは言ったものの、胸の中にわずかな憤懣があった。

このまま崇伝をのさばらせておけば、秀忠を超えた権力者になるやもしれぬ。

だがすぐに思い返した。

この懸念を秀忠に伝えておけば、何とかするだろう。

崇伝は駿府を本拠としていたので、秀忠とは疎遠だった。崇伝の駿府での横暴ぶりは、すでに本多正純が江戸城に伝えているはずだ。

天海は家康の寝所を見舞った。

「まだ生きておったか」

声をかけると、家康は寂しげな笑いをうかべた。

「たやすくは死ねぬ。早く極楽浄土に往生したいものじゃ」

「おぬしはこの世に浄土を築いたのではなかったか」

家康は苦しげな息をついた。

「厭離穢土、欣求浄土の馬印を掲げて闘ってきたが、わしの願いは叶ったのであろうか。人の一生は重荷を負いて遠き道を行くがごとし、急ぐべからず……、そのようにおのれに言い聞かせて長い道程を歩んできた。その間に、多くの武将を滅ぼし、配下の兵を死なせた。命を奪われたものにとってはまさに生き地獄であったろう。それでも豊臣恩顧の武将を味方につけ、難攻不落の大坂城を落とした。わしが成すべきことはすべて成し遂げたと思うておるが、はたしてそれでよかったのか……」

喘ぐような口調で家康は言葉を続けた。

「豊国大明神として祀られた秀吉を、勅許を仰いで神の座から引きずり下ろした。それはやりすぎではなかったかといまは悔いておる。わしは地獄に落ちるのではないか」

天海は横たわった家康の姿を、枕元に座して見下ろしていた。

「おぬしは法然の浄土宗の門徒であったな。南無阿弥陀仏と称名念仏を唱えれば、必ず極楽浄土に往生できると、法然も親鸞も説いておる。されどもおぬしは、あの世に頼らず、この世に浄土を築こうとした。それは果敢な試みであり、たやすく達成できるものではない。いまはまだ途上だ。懸念には及ばぬ。秀吉を神の座から引きずり下ろし、おぬしが新たな神になるのだ。下野国日光に、この世の極楽のごとき神殿を築き、百年後、二百年後の衆生が、おぬしを跪拝するようになる。そのことによって、戦さのない真の浄土がこの国に実現するだろう」

家康は安心したように、微笑をうかべた。

元和二年（一六一六年）、四月。

徳川家康は危篤となった。大坂夏の陣の翌年のことだ。

没したのは四月十七日。生前に太政大臣に任じられていた。享年七十五。

死の半月ほど前に、家康は天海、崇伝、本多正純を枕元に呼んで遺言を残した。

その内容は崇伝の書を集めた本光国師日記として世に遺されている。

「本上州（本多上野介正純）、南光坊（天海）、拙老（崇伝）、御前へ召され、仰せ置かれたのは、ご遺体をば久能山に納め、ご葬礼は増上寺にて申しつけ、ご位牌をば三州（三河）の大樹寺（岡崎の菩提寺）に立て、一周忌が過ぎたあとで、日光山に小さき堂を建て、霊を勧請し、八州（関東八国）の鎮守とすべし」

天海が先に語り聞かせたとおりの内容であり、崇伝も本多正純も確かにその言葉を聞いていた。臨終に際しては、京から吉田兼見の弟の梵舜が招かれていた。兼見はすでに没しており、梵舜が吉田神道の後継者となっていた。

梵舜は豊国神社の別当となり、太閤秀吉の法事を差配していた。豊臣恩顧の外様大名との融和を図るために、家康は率先して法事を催し、その際の儀礼について何かと梵舜の助言を求めた。神道と仏教の双方に造詣の深い梵舜は、口先が達者なこともあって、家康のお気に入りとなり、大坂冬の陣、夏の陣でも家康の陣屋に侍ることになった。

天海も近衛前久邸で梵舜と酒を飲んだことがあるので旧知の間柄だ。

天海は梵舜にささやきかけた。

「葬儀は簡素にしたい。おぬしの差配で手早く済ませようぞ」

一瞬、梵舜は途惑うような表情を見せたが、すぐに小狡そうな笑みをうかべた。

黒衣の宰相と呼ばれるほどの崇伝の権勢の噂は京にまで伝わっていた。崇伝はすでに家康の遺言に従って、江戸の芝増上寺での葬儀の準備をしていた。そのことは梵舜もわかっていたが、天海の落ち着き払った態度に接して、ここは天海の指示どおりに動いた方が得策だと判断したようだ。

家康の遺骸は死の当日の深夜、天海の指示で豪雨をついて久能山に運ばれた。すでに富士山を背にした本殿は完成していた。のちに千段を超える石段が整備されるのだが、当時はぬかるみの多い急坂で、柩の搬送は困難を極めた。それほどまでにして深夜に遺骸を移送したのは、家康は死と同時に神となっており、人の姿をした遺骸を余人の目に触れさせてはならぬと考えたからだ。

同時に梵舜によって、吉田神道の儀礼に従った簡素な葬儀が実施された。

この秘儀のような葬儀については崇伝には知らされなかった。葬儀のすべてを取り仕切るつもりでいた崇伝は、すでに遺骸が墓に入れられたことを知って激怒したが、なすすべがなかった。

家康の遺言に従って、江戸の芝増上寺で改めて葬儀が実施された。岡崎にある菩提寺の大樹寺は浄土宗であったから、同じ浄土宗の増上寺での葬儀は当然のことであるが、招かれたのは関東に領地をもつ譜代の家臣だけで、京から公家を招くことはなかった。

すでに家康を神として祀ることは決まっていたので、仏教による葬儀は内輪だけのものということになった。

これとは別に、天海も本拠の川越喜多院で法要を実施した。


葬儀が終わってから問題が生じた。

家康を神として祀るためには、帝の勅許が必要だった。梵舜が京に戻って奏上することになっていたが、そのおりの神号について諍論となった。

本多正純のもとに、梵舜、崇伝、天海の三人が集められた。

「亡き大御所さまが神として日光山に祀られることはすでに決まっておりますが、神号を戴くためには帝の勅許が必要でございます。その旨を梵舜どのが帝に奏上してくださることになっておりますが、神号をいかがいたすか、まずは梵舜どのにお伺いいたしましょう」

正純に促されて梵舜が語り始めた。

「朝廷は古来、神道によって支えられてきた。日本《ひのもと》には八百万《やおよろず》の神々がおられるが、とくに霊験灼《あらた》かな神については、大明神という神号によって称えることになっておる。太閤秀吉どのにも豊国大明神という神号が下された。直近に前例のあることなれば、帝に奏上して勅許を得ることはできようが、天海どのが提案されておる大権現というのはいかがなものか。前例のないことゆえ、お認めいただくのは難しいかと……」

何かを恐れているような頼りなげな話しぶりだったが、その言葉がまだ終わらぬうちに、天海が強い口調で反論した。

「その豊国大明神という神号は、帝の命によって剝奪されたばかりではないか。そのような不吉なものを家康どのの神号とするなどもってのほかであろう」

天海の勢いに気圧されたのか、梵舜は急に小声になって言った。

「確かに豊国神社もいまは見る影もなく縮小された。そのことは帝も配慮されるであろうし、こちらも口添えするつもりじゃ。それにしても吉田神道を守ってきた吉田家としては、神道から外れた大権現などという神号は……」

「大権現も神の称号ではないか。道祖神のような小さな神ではなく、仏や菩薩が化身された偉大なる神を権現と称しておる。家康どのほどのお方をただの神と呼ぶのは礼を失することになる。ましてや朝鮮との戦さで多くの兵を死なせた秀吉と同格の大明神では、幕府は満足せぬであろう」

「まことにごもっともでござる。そのことは必ず帝に言上いたそう」

低い笑い声が響いた。

声を発したのは金地院崇伝だった。

梵舜はびくっとして、崇伝の方に顔を向けた。

崇伝は不気味な目つきで梵舜を睨みつけた。

「わたしが禁中並公家諸法度を公布したせいで、朝廷も公家方もすっかり弱気になっておられるようだな。それほどに恐れていただくことはないのだ。朝廷には千歳を超える伝統がある。天照大御神の末裔であられる帝が、仏の化身の権現などという神号を下したりするのは、あるまじきことではないか」

さほど高くない声ではあるが、反論を許さぬ重々しい口調だった。梵舜は言葉を失って荒い息をつくばかりだった。

崇伝は天海の方に向き直った。

「天海どの。そなたの考える権現とはいかなるものだ。そもそも権現とは、太古からある修験道の行者どもが、仏教伝来ののちに修行の場となる山々を仏や菩薩に見立てて権現と呼んだのがもとであろう。当初の仏教は人の姿をした仏像が怪しまれ、異神《あだしがみ》と呼ばれ排斥されておった。そこで寺院を建立するにあたり、土地の神を鎮めるために先に神社を築いて祓うのが慣例となった。寺院の一郭に神社があるのはそのためだが、そのうち伝統的な神社にも神宮寺が建てられるようになった。本地垂迹などという考え方も広まって、多くの神社が権現と呼ばれるようになったが、それは正しき神の敬い方ではない。吉田神道の伝統を守っておられる梵舜どのも、神宮寺の社僧を務めておられるが、吉田神道では権現などというものは認めておられぬのであろう」

梵舜は大きく頷き勢いづいて声を高めた。

「確かに吉田神社には伝統的な春日神も祀られておるが、虚無太元尊神《そらなきおおもとみことかみ》をお祀りした大元宮《だいげんぐう》が中心となっておる。これは宇宙の根元となる神を祀ったもので、それゆえ吉田神道は唯一神道と呼ばれ、吉田神社は伊勢神宮よりも上位の神社とされておる。御所の神祇官にあった宮中八神殿をも大元宮境内の斎場に移し、吉田一族は皇室の神祇官代をも務めておる。各地にある権現と呼ばれるものは、地方に土着した小さな神にすぎぬ。よって帝の勅命によって下される神号には相応しくないと……」

「言いたいことはそれだけか」

低い声で天海が遮った。

梵舜は不意を衝かれたようすで、顔を硬ばらせて口を閉じた。

天海が語り始めた。

「梵舜よ。吉田神道というのはおぬしの高祖父の吉田兼倶《かねとも》が捏造した新興の宗派にすぎぬ。巧みに朝廷に取り入って全国の神社を統括するようになったが、その伝えるところはさほど古いものではない。それに先立つ何百年も前に、伝教大師最澄どのが比叡山延暦寺を開かれた。そのおり最澄どのは琵琶湖の東岸にあまたの薬師堂を、平安遷都以前の何もない京の西山に阿弥陀堂を置かれた。比叡山を世界の中心と考え、東に薬師仏の浄瑠璃浄土、西に阿弥陀仏の極楽浄土を配置されたのだ。そして比叡山の東麓には山王日吉社《さんのうひえしゃ》を開かれた」

梵舜に向かって語りかけていた天海は、いつの間にか崇伝の方に向き直って、諍論するような口調になっていた。

「比叡山の麓にあるから山の名を採って日吉社と呼んでおるが、山王の文字を冠したのは、最澄どのが赴かれた唐の天台山の守護神が山王元弼神君《げんひつしんくん》であるからだ。この山王神君は中国古代の周王であった霊王のご子息で晋というお方であったが、天台山で仙人となり、やがて山の神となった。山王の二文字はいずれも三本の線に一本の線が交わったもので、これは最澄どのが師と仰いだ天台智顗《ちぎ》の三諦即一の思想にも通じる。それだけではない。大和飛鳥に都が置かれた時代には、大神《おおみわ》神社が御神体とする三輪山そのものが神々の王とされていた。三輪山の王を勧請したゆえに山王社であり、日本国のすべての神々を結集したものが山王であるともいえる。これを山王権現と称する」

天海は崇伝を睨みつけ、語調を強めた。

「金地院崇伝どのは禅僧であるゆえ、『法華経』などは読まれぬのかもしれぬが、そこには法身の釈迦というものが説かれておる。二千年以上も前に天竺に顕現した釈迦仏の背後には、法身の釈迦とでもいうべき姿形のない仏がおられる。それは十方世界を包み込む巨大な仏であり、無限の過去から未来に向けて存在し続ける仏であるがゆえに、久遠本仏と呼ばれる。すべての仏や菩薩や天や明王は、久遠本仏の分身にすぎず、人も獣も草木も、命あるものはすべて久遠本仏の掌《たなごころ》の中で生きておるのだ。日本の神々もまた久遠本仏の化身であり、それゆえにこそ山王権現は、すべての仏とすべての神を包み込んだ唯一絶対の神仏なのだ」

天海の鋭い視線に晒された崇伝は、夢でも見ているような顔つきになったまま、身動きできなくなっていた。

「崇伝どの。これが山王権現であり、法華経の神髄である法華一実の思想がここに集約されておる。おれはこれを山王一実神道と呼んでおる」

天海は梵舜の方に向き直った。

「すでにこの話は、将軍秀忠どのにも伝えてある。秀吉と同格の大明神では不満足であるというのが将軍のお考えだ。そのことを帝にお伝えいただきたい」

そこで天海は声を低めてささやきかけた。

「おれが求めているのは東照大権現という神号だけだ。これがあればすべて幕府の費用で家康どのの霊廟を築くことができる。おれはこの山王一実神道を世に弘めるつもりはない。全国の神社を統括する吉田神道の権益は、いまは朝廷によって守られておるが、これからは幕府が管轄することになるだろう。神社に関する諸法度を公布するおりに、全国の神主の任免権を吉田家に委ねることとしようぞ。幕府のために尽くしてくれ」

梵舜はその場に頭をすりつけるようにして言った。

「この梵舜、必ずや天海どののご意向どおりの神号を帝に言上し、話を決めることを約束いたします」

梵舜は帰京したが、家康の神号はすぐには決まらなかった。

朝廷でも長く議論が続いたようだ。

七月になって、ようやく天海のもとに、勅許を下す文書が届けられた。

そこには家康に下される神号として四つの案が示されていた。

そのどれを選ぶかは天海に一任すると記されていた。

四つの案とは、次のようなものだ。

東照大権現。

日本《ひのもと》大権現。

威霊大権現。

東光大権現。

むろん天海は「東照大権現」を選んだ。

この五文字は天海が梵舜に伝えたものだ。

神号の案を出すように帝から命じられた二条昭実か菊亭晴季のどちらかに、梵舜がこの五文字を伝えたのだろう。帝も始めからこの神号に決めると考えておられたようだ。ただ勅許の体裁を調えるために朝廷が候補を示し、幕府側の天海が一つを選ぶこととなった。

候補を示したのが帝であるから、帝から下された神号ということになる。

東照大権現。

徳川家康の神号が決まった。

葬儀から神号勅許までの慌ただしい日々が終わると、天海は肩の荷を下ろした気分になった。

寂寥感を覚えずにはいられなかった。

四年前に近衛前久が亡くなっていた。

前久は長く隠居した状態で、酒浸りの日々を送っていたようだが、七十七歳まで生き延びた。

天海は前久と同歳であるので感慨があった。

戦国の世を終わらせ天下太平の世を築く……。

同じ志をもった明智光秀はとうに亡くなり、いままた徳川家康と近衛前久が没した。

前久の嫡男の近衛信尹は父親以上の酒浸りの日々を送っていたが、十年ほど前に念願の関白に就任した。ただこれは父の前久が帝に強く要望したもので、形式だけの叙任にすぎず、一年後には退任ということになった。

酒乱が昂じて精神に障害を来し、父のあとを追うように二年後に没していた。享年五十。不本意なことの多い生涯だった。

正室をもたず嫡子もいなかったが、側室が産んだ娘がいたので、後陽成帝の中宮となった妹の中和門院（近衛前子）が産んだ二宮《にのみや》を婿に迎えた。今上帝（後水尾帝）の同母弟であり、いまは右大臣を務めているが、将来の関白が約束されている。

多くの時が流れた。

だが自分にはやり残したことがある。

まだ死ねない。天海は胸の内で、おのれに言い聞かせた。

この年、大僧正に任じられた天海は、その後も三十年近く生き続けることになる。


大御所の家康が亡くなったため、すでに将軍となっていた秀忠が権力の座に就くことになった。駿府にいた家康の取り巻きの宿老たちは江戸城に移ることになった。しかし江戸には秀忠の取り巻きがいる。宿老たちはしだいに秀忠の周囲から遠ざけられるようになった。

駿府では家康に次ぐ権威を有していた本多正純は、江戸城を仕切っていた父の本多正信が死去したこともあって、江戸城でも重責を負うことになったが、やがて謀反の疑いをかけられて失脚することになる。

代わって台頭したのが土井利勝《としかつ》で、本多正純を失脚に追い込んだのも利勝ではないかと噂された。

崇伝も江戸に移った。諸法度の改定や貿易に関する文書など、その能力は高く評価されていた。江戸城内竹橋門の近くにある松原小路に屋敷を与えられ、秀忠の側近を務めていたが、やがてその権勢は失墜することになる。駿府では黒衣の宰相と呼ばれ、横柄な態度がしみついていた。秀忠の取り巻きたちの間に、崇伝に対する憤懣がたまり、秀忠自身も崇伝に疎ましさを覚えるようになった。

それでも崇伝の能力が必要な場合が多く、仕事は与えられていたが、政務の中心からは外されるようになった。

家康の取り巻きが一掃される中で、天海だけは秀忠の第一の側近として君臨していた。

宿老たちや崇伝が駿府を本拠として、江戸との交流が少なかったのに対し、川越喜多院を本拠とする天海は、頻繁に江戸城を訪ねていた。

まだ秀吉が健在で、家康が伏見城や名護屋城に赴いていたころ、秀忠と天海は江戸城の造営に取り組んでいた。当時は毎日のように顔を合わせていた。そのころから秀忠に絵図面を見せて、江戸城の未来や上野の山の造営について語ってきた。

家康の死から六年後の元和八年（一六二二年）、十二月。

上野の山の造営が本格的に始まった。比叡山とは比べものにもならないささやかな台地だが、寺院の伽藍を築くには充分だった。

秀忠は将軍職を嫡男の家光に譲り、自らは江戸城内の西の丸に本拠を移したが、家康と同様に大御所として君臨していた。

三年後の寛永二年には本坊が落成し、東叡山寛永寺の活動が始まった。

それまでは天海が住職を務めている川越喜多院が東国の天台宗本山とされていたが、以後はこの寛永寺が本山となった。その名称からもわかるとおり、天海はここに比叡山そのものを模した伽藍を築こうとしていた。

本坊に続いて二年後には法華堂、常行堂、二ツ堂、仁王門、黒門、東照社、経蔵、三十番神社などが落成し、伽藍らしい佇まいが調った。さらにその後、釈迦堂、鐘楼、清水観音堂、五重塔、大仏、祇園堂などが完成した。

やがて秀忠は亡くなり家光の代になっていく。

寺域の整備は続き、慈恵大師堂、山王社、薬師堂が建てられた。

さらに台地の西の低地には不忍池が造られ、池の中央の島には弁財天が祀られた。もちろんこれは琵琶湖を模したもので、中央の島は竹生島に相当する。寺域の建物の多くも、比叡山や京にあるものをそっくり踏襲したものだった。

江戸城の鬼門に比叡山を築くという天海の構想はほぼ実現されることになった。秀忠の葬儀は芝増上寺で執り行われたが、のちには将軍の葬儀は寛永寺が担うこととなり、墓所も寛永寺の寺域に置かれるようになった。

寛永六年（一六二九年）。

明正《めいしょう》天皇が即位した。古代以来の女帝の誕生だ。母は家光の妹の徳川和子。従って天皇は家光の姪ということになる。幕府の権威はさらに高まることになった。

天海は東叡山寛永寺と日光山輪王寺の双方の貫主（住職）を兼ねていたが、さらに大きな野望を胸に秘めていた。天海は皇族を京より招聘することを考え、交渉を始めた。

実際に実現するのは没後のことになるのだが、天海生存中の寛永十六年には、後水尾帝の第六皇子（明正女帝の異母弟）の下向が決定された。当時の皇子はまだ六歳にすぎなかったが、のちに京の青蓮院で得度して守澄《しゅちょう》法親王《ほっしんのう》となり、江戸に招かれて輪王寺宮と称された。

これ以後、代々の皇子が日光山輪王寺、東叡山寛永寺の貫首となると同時に、比叡山延暦寺の貫首であり天台宗全体の宗主でもある天台座主を兼ね、三山管領《さんざんかんれい》宮《のみや》と称されるようになる。

江戸の人々は中国に倣って東叡大王《とうえいだいおう》と呼ぶこともあった。

天台座主を兼ねる皇族が江戸に在住するということは、京の帝に万一の事態が生じた時に、帝の代行として幕府の権威を支える役目を負っている。

天海はそこまで考えていたのだ。

輪王寺宮（三山管領宮）は十二代続き、幕末には幕府残党の彰義隊が北白川宮能久《よしひさ》親王を擁立して寛永寺に立てこもり官軍と闘うことになる。

後水尾帝の皇子を江戸に招く交渉を始めた時、天海はふと、近衛前久のことを想った。後水尾帝の母は前久の娘の前子だ。従って江戸に招かれる皇子は前久の曾孫ということになる。

その皇子はおそらく、前久に似た美しい顔立ちをしているのだろう。

あるいは途方もなく酒好きの人物になるのかもしれない。

そう思うと、天海は自ずと自分の顔に笑みがうかぶのを覚えた。


家光が将軍となると、天海の権威はさらに高まった。

産みの母のお江とは離れて育った家光にとっては、春日局が母であり、天海が父であった。

また実務を担う側近として力をもっていたのは、秀忠の時代に本多正純を失脚させた土井利勝であったが、利勝の方から天海に取り入ってきたので、政務は土井利勝と天海が談合して推進することになった。

すでに金地院崇伝は遠ざけられ、やがて江戸城内の私邸で寂しく没することになる。崇伝が草した数多くの諸法度は、必要に応じて書き換えられることになった。

寛永十二年（一六三五年）。武家諸法度が書き換えられ、寛永令と呼ばれた。

全国の大名は、江戸に屋敷をもち、江戸城に出仕することが義務づけられた。これは鎌倉幕府以来の慣例であり、戦国時代には途絶えていたが、織田信長は安土城内に大名屋敷を築き、豊臣秀吉も大坂城内の大名屋敷に正室や嫡男を人質として確保していた。この制度は江戸城においても踏襲された。

大名は配下の武士を率いて、江戸城の守りに就くというのが第一の任務であったが、また江戸城内で幕府の要職に就き、政務の一端を担うことになる。さらに江戸城の整備に伴った堀や運河の工事や、丘を削り浅瀬を埋めて江戸という街そのものを開発する仕事のために、大名配下の武士たちが活躍することになる。

天下普請と呼ばれるこれらの工事のために、地方の大名は江戸に詰めている必要があったが、それでは領国の管理が疎かになる。そこで大名は一年を領国で過ごし、一年を江戸詰とする制度が確立されたのが寛永令だった。

これを参勤交代という。

従って大名は一年ごとに、地方から江戸へ、江戸から地方への移動が欠かせなくなった。その結果、東海道を始めとする街道の宿場には、本陣と呼ばれる豪華な旅館や、配下の武士が宿泊する旅籠が建ち並び、大変な賑わいとなった。これは地方経済を活性化させることにつながった。

また藩主が地方にいる間も、正室と嫡男は人質として江戸にいる必要があり、江戸屋敷には一定の人数の武士が駐留することになる。大小すべての藩の江戸屋敷には、大量の独身の武士が勤務することになり、日本橋などの魚河岸を中心に屋台の店が建ち並び、のちには料理屋や居酒屋も開かれて、江戸の街は巨大な商業都市として広がっていくことになる。

農民は与えられた農地を守る義務を負っていたが、次男や三男にはその義務がなかったので、近郊の農民が江戸に押し寄せ、商家の手代や丁稚となり、また職人となって江戸の街を支えた。

家康が領地替えで赴いた時は寒村があるだけだった江戸は、百万人が居住する大都市に変貌した。

一方、遠隔地に領国を有する外様大名にとっては、江戸までの往復の負担は大きかった。天下普請という制度には、地方大名の蓄財を防止し、反乱を起こすだけの財力を削ぎ取るという思惑があったが、この参勤交代の制度によって、天下普請などの要請がなくても、外様大名の財政は疲弊することになった。そのため全国各地で、換金作物や名産品などが開発され、新たな産業や文化が起こることになった。

すでに外国船の来航は長崎と平戸に限定され、イスパニアとの国交断絶の措置もとられて、大名が武器弾薬を密かに輸入することは困難になっていたが、財政の逼迫によって外様大名が反乱を起こす可能性はなくなった。

天海が想い描いた天下太平の世はついに実現した。


天海には、最後の大仕事が残されていた。

家康の一周忌のあとで、柩は駿府久能山から日光山に移された。

駿府での家康の葬儀は梵舜が吉田神道の儀式で執り行い、江戸の芝増上寺での葬儀は浄土宗ではあったが崇伝が駿河から呼ばれて差配した。

しかし柩を日光山に移送する儀式はすべて天海が統括した。

まだ権威のあった本多正純の指示で、江戸の築城でも活躍した藤堂高虎が日光山の工事を差配して、社殿や墓が設けられていた。

江戸城の造営で活躍した熊本の加藤清正は没し、天下普請で姫路城を造った池田輝政は、最も警戒すべき外様大名の毛利に備えて山陽道を守っていたが、藤堂高虎は領国には戻らず、秀忠の側近となっていた。

日光山での儀式はすべて天海が執り行った。天海自身が創設した山王一実神道による儀式で、そのうちの多くは秘儀と呼ばれる神秘的なものだった。

家康の遺言では「日光山に小さき堂を建て……」ということだったが、藤堂高虎の指揮で立派な社殿が完成していた。また奥まった場所には奥院廟塔が築かれ、家康はそこに改葬された。

天海はそれだけでは満足しなかった。

秀忠を説き伏せて日光造営の作業を天下普請とし、全国から選りすぐりの名工が集められた。街道が整備され、街路樹として杉が植えられた。この作業は何年にもわたり、やがて家光に引き継がれた。

寛永十三年（一六三六年）、家康の二十一年神忌に向けて進められてきた大改装がようやく完成した。極彩色に彩られた陽明門を始め、眠り猫や三猿に代表される彫刻をちりばめた建物群がすべて揃って、まさに家康が夢に描いた欣求浄土の世界がこの世に顕現することになった。

この時点ではまだ東照社という名称であったが、十年ほど後には朝廷から宮号が授与され、日光東照宮と称されることになる。

二十一年神忌には皇族や諸大名を集めて盛大な儀式が挙行された。

主役は天海と三代将軍家光だ。

家光は三十三歳。幼少のころは体が弱く、弟の松平忠長を次期将軍に擁立しようとする動きもあったのだが、忠長を溺愛していた生母の崇源院お江も亡くなり、いまは揺るぎのない独裁者となっている。

近衛前久と関白職を競った二条晴良の孫にあたる鷹司孝子を正室に迎えたが、子には恵まれなかった。心配した春日局が本丸の奥まったところに大奥と呼ばれる領域を設け、そこに多くの側室を住まわせた。まだ子は生まれていないが、のちには四代将軍と五代将軍が誕生することになる。

大奥を支配している春日局は、女でありながら政務に口を出すほどの権勢を誇っている。幕府の奥向きの案件はすべて春日局が差配するだけでなく、朝廷との交渉にもあたっていた。春日局という名号は朝廷から賜ったもので、従二位に叙され、平清盛の正室平時子や源頼朝の正室北条政子と同格の扱いを受けている。

二十一年神忌には春日局も同行していた。

かつてお福と呼ばれた春日局は五十八歳になっている。

実子の稲葉正勝は家光の近習を務め、のちには小田原藩八万五千石の大名となり幕府の老中も務めていたが、激務の疲れから二年ほど前に亡くなっている。また正勝の弟の正利は、家光の弟の松平忠長の側近を務めていたが、将軍の座を狙った忠長が陰謀を企てたとして改易となり、忠長は切腹、正利自身も長く蟄居のままで据え置かれ非業の死を遂げることになった。

そうした身内の不幸にもかかわらず、春日局は自分の職務を全うしていた。

幼少のころから病弱で性格にも欠点を抱えていた家光は、成長してからも時として問題を起こすことがあったが、春日局は家光を守り続けていた。

三代将軍家光の権威は、春日局によって支えられていると言ってよかった。

天海は百一歳。

その年齢とは思われぬ身のこなしで二十一回神忌の儀式を無事に済ませた。

家光は皇族や大名らとの宴席に臨むのだが、天海は宴席を辞して、輪王寺の別院になっている中禅寺に出向くことにした。

思いついて、同じく宴席には出ない春日局を誘った。

寺の前にある中禅寺湖は山岳に囲まれた湖で、東照宮からは急峻な山道を登っていくことになる。

春日局のために輿を用意させた。

天海は輿のかたわらに寄り添って徒歩で山道を登った。

輿の上から春日局が声をかけた。

「天海さまはいつまでもお元気でございますね」

天海は笑いながら応えた。

「百年も生きたのでいささか疲れた。二十一年神忌も無事に終わった。思い残すことは何もない」

「まことに夢のような社殿でございますね。生きながら極楽浄土を垣間見た思いがいたします」

「上野の山はおれが絵図面に描いたとおりに仕上がった。そのことに満足しておるが、日光はこのおれも夢かと思うほどの仕上がりになった。全国から絵師や名工が集められ、競い合うて龍を描き、猿を配し、眠った猫の像まで作った。家康どのもあの世で驚いておることだろう」

輿の上の春日局が小さく息をついた。何かを言い淀んでいる気がしたので、天海は笑いながら輿を見上げた。

「どうした。言いたいことがあるなら言うてみよ」

わずかなためらいのあとで、春日局が問いかけた。

「明智光秀さまは、天下を取ることを目指しておいででした。天海さまは、自ら天下を目指すおつもりはなかったのでございますか」

山道を歩きながら、天海は大声で笑いだした。

笑いは長く続き、その声が日光の山々に響き渡った。

湖の畔に着いた時には夕刻になっていた。その夜は寺で一泊した。

春日局が何気なく光秀の名を口にしたことで、天海の胸の内に、光秀と交わした会話の想い出が甦った。

寺が用意してくれた精進料理を食しながら、天海は、明智光秀の想い出を語った。

天台座主覚恕法親王の使いとして一乗谷の朝倉義景のもとに赴いたおりに、光秀と出会った。自宅に誘われて酒を酌み交わした。光秀の言葉はいまも脳裏に刻まれている。

「この日本国のありようを、大局を見据えて熟考すれば、どのようにして戦さを鎮め、世を治めることができるか、その道筋が見えてくるはずだ。いまは英傑の出現が求められておるのではないか」

気持よさそうに酒を飲みながら、光秀はそんなことを語った。

「このような荒《あば》ら屋に住み、田舎侍を相手に塾を開いておるわしが言うたのでは誰も信用せぬであろうが、ここでわしは毎日、日本国の状勢を眺めながら、密かに戦略を練っておるのだ。いずれ時が来たら、わしは旗挙げをする。このわしが、天下太平の世を実現する英傑になるつもりだ」

光秀は相手の杯に酒を注ぎ、低い声でささやくように言った。

「まだ機が熟しておらぬゆえ、野望も戦略もわしの頭の中に留まっておるが、いまこれほどの野望を抱き、戦略を練っておるものは、日本国広しといえども他にはおらぬであろう。天下を制するのはこの明智十兵衛光秀だ」

そんなふうに力強く言い切った自信に満ちた顔つきが、まざまざと目の前に甦る気がする。天下を制したのは家康だが、実際にはいまこうして、南光坊天海が天下を治めている。

そこに到るまでには多くの人々との出会いがあった。快川和尚、近衛前久、織田信長、豊臣秀吉、金地院崇伝……。

中でも明智光秀の野心の強さが胸の奥で長く尾を曳いている。

ひとしきり光秀の話をしたあとで、天海は春日局に問いかけた。

「そなたはまだ幼かったが、光秀のこと、少しは覚えておるか」

春日局は顔を上げ、天海の顔をまともに見据えて言った。

「忘れるものではございません。わが父の斎籐利三は戦さに明け暮れており、顔もよく覚えておりませんが、光秀さまのお姿や、声や、強い眼差しは、いまも胸の奥に深く刻まれております。わたくしが天海さまと出会うことができましたのも、光秀さまのお引き合わせと思うております」

天海も大きく頷いて言った。

「まことに、あの本能寺の戦さの直前に坂本城を訪ねることがなければ、そなたと出会うこともなかった。日光があれほど見事に仕上がったのは、天下普請の命を下された家光さまのお蔭であるが、そこには春日局どのの並々ならぬお骨折りがあった。そう考えてみると、すべては明智どののお引き合わせであったやもしれぬな」

翌日は朝方の霧が晴れると、青空がのぞけて、上天気となった。

寺の前に湖が広がっていた。少し先に、中禅寺湖の水が断崖絶壁を流れ落ちる華厳の滝と呼ばれる豪壮な滝があり、滝の音が遠くから響いてきた。

まだ会津の寺にいたころに繰り返し走り回ったことがあり、このあたりの地形は熟知していた。

寺の裏手に小高い丘があった。そこからなら中禅寺湖の全容を一望できる。

春日局と連れ立って丘に登った。

目の前に二荒山が見えた。富士山や近江富士に似た、姿形のよい山だった。この山を男体山と呼び、奥にある女峯山《にょほうさん》、左隣の太郎山《たろうさん》と併せて日光三山と呼ぶこともあった。これらの山々を神仏に見立て、日光権現とも呼ばれている。

広大な中禅寺湖が眼下にあった。湖の青と丘に広がっている草原の緑が目に染みた。

「まことに美しい眺めでございます」

春日局はつぶやき、大きく息をついた。

それからわずかに声を高めて言った。

「光秀さまの故郷の美濃明智城の近くにも、このような平らに開けた土地があり、明るく開けた土地ということで、昔から明け地の庄と呼ばれていたそうでございます」

天海が頷いて言った。

「さようか。その話はいま初めて聞いた。明智という地名にはそのような由来があったのだな」

天海は丘の周囲を眺め回した。

「このあたりもまさしく明るく開けた土地だ。この地を明智平《あけちだいら》と呼ぶことにしよう」

七年後の寛永二十年（一六四三年）、十月。

天海は上野寛永寺にて入滅した。

享年百八。

その二年後の正保二年、それまで東照社と呼ばれていた神社に、朝廷から東照宮という宮号の宣下があった。

日光東照宮。

家康の葬儀が行われた久能山の社殿は東照社と呼ばれ、上野寛永寺の寺域にも東照社が建立されていたが、それらもすべて東照宮と呼ばれることになる。

家康は東照大権現という神となり、神君と呼ばれた。

血縁の親藩や譜代の大名だけでなく、全国の大名が家康を神として信仰し、各地に東照宮が勧請された。

その数は七百以上に達し、徳川の治世は二百六十五年に及んだ。

あとがき

天海についての資料は限られている。ほとんどないと言うべきか。

徳川家康の晩年に天海という天台僧が側近となっていたことは記録に残っている。実在の人物であることは確かだ。作品に引用した家康の遺言も金地院崇伝の『本光国師日記』の中に書き留められている。

天海の年齢については確証はないが、伝えられているところによれば家康より六歳ほど年長だったようだ。にもかかわらず天海は家康の孫の三代将軍家光の時代まで生き、家康の二十一年神忌の儀式を執り行っている。

天海がどのようにして家康の知遇を得たのか、上野寛永寺や日光東照宮の造営をなぜ思いついたのか、そのことに関する記録はない。天海がまとめたとされる『東照大権現縁起』という書は実在するが、これは山王一実神道に関する理屈を述べたもので、なぜ家康を神として祀ったのかという根本のところはわからない。

そういうわけで、この『天海』という作品は、作者の想像力によって創作されたフィクションであり、あえて言うならば、作者の夢想を描いたものだ。

とはいえ、天海の周囲の登場人物の動きは史実に沿って書かれているので、比叡山焼き討ちから、三方ヶ原、本能寺、小牧長久手、関ヶ原と続く戦国末期の様相を概観できるようになっている。明智光秀、近衛前久、黒田官兵衛といった個性的なキャラクターも重要人物として登場する。

そのリアルな戦国絵巻の中に、随風（のちの天海）という謎の人物を放り込んで、とぼけた感じの風来坊として、自由自在に闊歩させてみた。

戦国時代を終結させ、戦さのない天下太平の世を築く。これは途方もないヴィジョンと思われるのだが、これを実現させた徳川家康の馬印の幟旗には「欣求浄土」の文字があった。

その家康を支えた謎の人物の姿を、一種の夢物語として楽しんでいただければ幸いだ。

なお本書の出版に際して、作品社の髙木有さんのお世話になった。感謝したい。

参考文献

『徳川家康』藤井讓治（吉川弘文館）

『大御所　徳川家康』三鬼清一郎（中公新書）

『天海・崇伝』圭室文雄〔編〕（吉川弘文館）

その他「歴史人」「歴史道」「歴史と人物」などの歴史雑誌を参照しました。

著者略歴
三田誠広（みた・まさひろ）
一九四八年、大阪生まれ。
早稲田大学文学部卒業。
七七年『僕って何』で芥川賞受賞。
著書＝『いちご同盟』『鹿の王』『釈迦と維摩』『桓武天皇』『空海』『日蓮』『親鸞』『尼将軍』『新釈 罪と罰』『新釈 白痴』『新釈 悪霊』『偉大な罪人の生涯』他多数。

天《てん》海《かい》

二〇二二年七月二〇日第一刷印刷
二〇二二年七月二五日第一刷発行

著者 三田誠広
装幀 小川惟久
発行者 青木誠也
発行所 株式会社 作品社

〒一〇二-〇〇七二
東京都千代田区飯田橋二ノ七ノ四
電話 （〇三）三二六二-九七五三
FAX （〇三）三二六二-九七五七
https://www.sakuhinsha.com
振替 〇〇一六〇-三-二七一八三

印刷・製本 中央精版印刷㈱
本文組版 ㈲マーリンクレイン

ISBN978-4-86182-898-0 C0093

三田誠広の本

［新釈］

罪と罰

スヴィドロガイロフの死

影の主役、好色なエゴイストはなぜ自殺するのか？これまでの作家論・作品論を咀嚼しつつ謎多き名作の主題と構造を脱構築し、原作以上の興奮と感銘をもたらす画期的労作！

［新釈］

白痴

書かれざる物語

『白痴』創作ノートに遺されたドストエフスキー自身の構想に基づいて、当初の主題を深く鮮明に追究する、愛と倨傲と理想が交錯する壮大なポリフォニック・ロマン。渾身の1200枚。

［新釈］

悪霊

神の姿をした人

帝政末期、革命前夜のロシアを背景に、神なき世界を暴走する観念の悲劇を描く壮大な思想劇。 ニーチェ「超人思想」、レーニン「左翼マキャベリズム」の源流となった原作を踏襲しつつ闡明に深化させた画期的雄篇。畢生の書き下ろし大作2400枚！

偉大な罪人の生涯

続・カラマーゾフの兄弟

未完の名作『カラマーゾフの兄弟』。ドストエフスキー自身が予言した構想を含みつつ、以降の歴史を踏まえ、現代に生かした壮大な思想小説。原典に依拠して原点を超える、未完の名作、瞠目の展開！書き下ろし1500枚！